灵珠剧作初集

赖玲珠 著

中国戏剧出版社
CHINA THEATRE PRESS

图书在版编目（CIP）数据

三倒丫轶事：灵珠剧作初集 / 赖玲珠著. -- 北京：中国戏剧出版社，2023.8
ISBN 978-7-104-05390-3

Ⅰ．①三… Ⅱ．①赖… Ⅲ．①戏剧－剧本－作品集－中国－当代 Ⅳ．①I230

中国国家版本馆CIP数据核字（2023）第158395号

三倒丫轶事：灵珠剧作初集

责任编辑：曹　静
美术编辑：冯志强

出版发行：中国戏剧出版社
出 版 人：樊国宾
社　　址：北京市西城区天宁寺前街2号国家音乐产业基地L座
邮　　编：100055
网　　址：www.theatrebook.cn
电　　话：010-63385980（总编室）　010-63381560（发行部）
传　　真：010-63381560（发行部）

读者服务：010-63381560
邮购地址：北京市西城区天宁寺前街2号国家音乐产业基地L座

印　　刷：宁德市报捷数字印刷有限公司
开　　本：787mm×1092mm　1/16
印　　张：26.25
字　　数：350千字
版　　次：2023年8月　北京第1版第1次印刷
书　　号：ISBN 978-7-104-05390-3
定　　价：168.00元

版权专有，违者必究；如有质量问题，请与出版社联系调换。

序

去年听小赖说，她准备出本集子，要让我写序。自从患上青光眼之后，不敢轻易动笔，但这篇序，却推卸不了，非写不可。因为在2001年10月，福建省文化厅聘我为首批戏剧导师，让我挑选一位年轻的编剧，指导其创作两年，当时我挑选了小赖，她刚带着自己的戏剧剧本习作《英雄与逃犯》从新闻界自愿投奔到戏曲编剧队伍里，在福建剧坛引起了不小的震动。一转眼，二十年过去了，小赖很勤奋，笔耕不辍，写出不少好作品，而我却没有达到当初文化厅的要求：在带徒的两年中，必须辅导学生写出一个大戏达到省级调演二等奖，而小赖却只获得三等奖，所以作为导师，我是不称职的，一直深感愧疚。这也是我迟迟不敢写序的原因。

在那两年的时间里，小赖主要写的大戏是《桃花吟》与《三倒丫轶事》。这两个都是现代题材。拜师之前，《桃花吟》就已经写出来了，得了省戏剧征文的二等奖，很快要参加了省调演。由于小赖所在的地市没有合适的院团，而另一个地市的剧团要排，小赖也就同意了。在排演过程中，我也参与指导小赖对剧本的修改。可是由于种种原因，结果演出效果不好，在调演中剧本只得了个三等奖，比征文时降了一级。这种状况对小赖打击不小，我也有点沮丧，但还是鼓励小赖不必气馁，来日方长。于是她紧接着就忙于根据小说改编的《三倒丫轶事》的创作。

《三倒丫轶事》是我从她选材开始就一直关注的剧本，是根据一篇当代小说《讲案》改编的。原小说讲述一个被人称为"气死公安，难倒法院"的乡村小无赖贼豆，在村口手牵掳来的母羊，调戏了刚从外地回来的打工妹毛五月之后，又到处散布谣言，说毛五月与他如何相好，弄得毛五月只得离家逃脱。不久，贼豆老迈痴呆的老娘不慎在井边摔倒，毛五月的嫂嫂，就是毛弄井的老婆好心将她送到乡卫生院医治，不料却遭到贼豆的反诬。毛家夫妻为讨公道，受尽屈辱，历尽艰辛，最后，安分守己的毛弄井在妻子被逼疯狂的情况下，忍无可忍，向贼豆举起了手中的菜刀，正当此时，傍上黑社会小头目蔡八的毛五月，领着蔡八来了。蔡八轻轻一句话，贼豆就吓得屁滚尿流，跪地求饶。毛家夫妻的遭遇和蔡八"以黑制黑"的反讽，成为小赖改编此作的最初动机。由于原小说人物众多，情节复杂，再加上小赖是第一次改编别人的作品，以为所谓改编，就是把别人的作品进行简单地剪辑与拼贴，所以一开始是冲动有余而构思不足。初稿出来以后，在当地召开的改稿会上基本遭到了否定。在省里组织的改稿会上，专家们也都不怎么看好这部戏。大部分意见认为，把这样一个极不光彩的乡村无赖作为一号人物来写，意义何在？同时，作品基调太灰，篇幅冗长，结尾也缺少弘扬主旋律的作品应有的光明……听了这些意见后，小赖十分沮丧，打算就此放弃。我知悉这些情况后，建议她把剧稿发送给我看。看完初稿，我觉得这个题材大有潜力可挖，便给她发了一封电子邮件，鼓励她说："我认为，改稿会的意见值得你好好思考，但你不要轻易放弃这部戏。鲁迅的《阿Q正传》不是写得很灰暗吗？但深刻极了。你这个题材写好了很有现实意义，也揭露了人性的弱点。记得前些年《剧本》发表了一部外国剧作，叫《纵火犯》，写的是众人对纵火犯的纵容，最终大家都惨遭其害，富有哲理。我相信你可以改好的，只是别太急，要酝酿成熟后再动笔。"我的这封信使小赖备受鼓舞，她立即给我回信，表示愿意从头再来，认真修改这个本想放弃的剧稿。《三倒丫轶事》的剧本开始了长达五个多月的辅导修改，看了不知多少次，每次都通过电子邮件，给她提了许多具体的意见。

根据小赖事后的统计,交流信件达一百五十多封。有一次我尖锐的意见,竟把小赖批评哭了。后来这个剧本发表在《新剧本》2003年第2期上,受到一些专家的好评。

但是,这个剧本虽然发表了,却引不起剧团的兴趣。好不容易终于在2004年广州的戏剧征文中,《三倒丫轶事》在全国应征的五百六十四部作品中脱颖而出,名列入选的十一部作品榜首。我们听到消息,都喜出望外,认为一定有剧团能排这个戏了。谁知以后石沉大海,杳无音讯,没有院团采用,主办方不了了之。我也不敢埋怨外地的院团没有伯乐,不能慧眼识珠,因为不带功利心排戏的,毕竟是极少数人。我认为,小赖所处的戏剧环境不如我。我虽然只是仙游县的一个编剧,但县里有个鲤声剧团,我在20世纪80年代所创作的戏,剧团都乐意做我的试验田。我的新编历史剧《新亭泪》在颇有争议的情况下,他们勇敢地排演,后来带有探索意味的剧本《青蛙记》《神马赋》他们也排,尽管失败了,他们也毫无怨言,此后还继续争取机会与资金,排演我的新作。虽说鲤声剧团的演员阵容不如以往,更不如大的院团,排演经费也远远低于人家,但这种甘为自己的编剧当试验田的气度与精神却让我感恩与欣慰,比起小赖所处的闽东地区要强多了。她这样好的本子,竟然就这样被冷落,被尘埋。《三倒丫轶事》要是排了,说不定会引起共鸣,产生轰动,启发观众的思考……

两年签约时间过去了,小赖依然努力创作,依然认我为师。我始终心中有愧,但也不好推托。小赖不像我,只守着戏曲这一亩三分地,她继续写戏,写了现代戏《状元琴》与历史剧《寿宁知县冯梦龙》,虽然很不错,但也无法排演,还是非常遗憾。宁德的歌舞力量比较雄厚,小赖写的舞剧《山哈魂》参加全国第五届全国少数民族文艺会演,荣获音舞类剧目银奖,还获福建省百花文艺奖一等奖。她写小品,也获过不少奖项,而且还写长篇报告文学,她的"草民"系列已经写了三部。我非常钦佩她有着旺盛的精力,涉猎面那么宽广。这与她丰富的阅历有关,她进入戏剧界之前,曾在宁德报社工作,从记者做起,一直做到副总编辑,一共做了七年之久,有着丰厚的生活积累。她又有语言天分，所以挥洒自如，文采斐然。更可贵的是她深入社区，扶助孤苦，把这种情感融入作品中，作品充满着浓浓的悲天悯人的大爱，感人至深。每次读小赖发来的各类作品，我总是受益匪浅。我想，上天赋予每个人的才华不同，命运也不同。由于我辅导无方，小赖在戏剧创作方面没有做出更大的成就，她或许在别的领域将有杰出的贡献。如今的我，年龄大了，视力也模糊，不能再给予小赖帮助，只能乐观其成！

  是为序。

郑怀兴

匆草于辛丑年初夏

目 录

序 ……………………………………………………… 1

戏曲 …………………………………………………… 1

三倒丫轶事 ……………………………………………… 2

寿宁知县冯梦龙 ………………………………………… 46

英雄与逃犯 ……………………………………………… 84

桃花吟 …………………………………………………… 134

生日快乐 ………………………………………………… 183

状 元 琴 ………………………………………………… 224

歌舞剧 ………………………………………………… 271

畲族歌王钟学吉 ………………………………………… 272

山哈魂 …………………………………………………… 309

鸾峰桥 …………………………………………………… 312

小品 …………………………………………………… 349

星星索 …………………………………………………… 350

生日……………………………………………………361

父母的味道………………………………………………371

摆位子……………………………………………………378

小贝落户…………………………………………………386

金贝情缘…………………………………………………391

麦盖提的羊巴扎…………………………………………396

今天是你的生日…………………………………………403

后记……………………………………………………411

戏曲
Xiqu

三倒丫轶事
(根据阙迪伟中篇小说《讲案》改编)

时间：当代
地点：一个名叫"三倒丫"的村庄
人物：（按出场顺序）
    翠花 毛弄井 杨婶 贼豆 毛五月 杨树儿 豆干嫂 社会闲杂
    甲乙 男女村民 村干部
场景：青瓦白墙，寻常村落。户与户之间隔着一道墙，人与人之间隔着一扇窗。村口一株老树，枝丫横斜，树旁堆着各色垃圾，树上栖着不同鸣鸟，一个巨大的马蜂窝常年挂在枝丫间。三条碗口粗的枝干，不知是何年月被雷劈折，以不同姿势歪斜倒挂着，上面藤蔓盘缠，布满苍苔，中间稀稀疏疏冒着几根纤细的蕨草，这就是"三倒丫"村名的由来。离"三倒丫"不远处，有一口老井，村妇们常在那里洗洗涮涮。

序曲

[幕内（唱）三倒丫，三倒丫，
　　　　　　百年老树断枝丫。

春去秋来多少载,
树下走过你我他。
今夕演戏听轶事,
明朝柴米酱醋茶。
诸君若是能笑纳,
敬请观看三倒丫。

第一场　戏聘

[幕启。

[早晨。毛家院前。翠花一手提兜,一手撒谷上。

翠　花：嘱咯咯咯,嘱咯咯咯……

（唱）口呼鸡,撒谷米,

小姑就要回家里。

为给她,补身体,

今天我要杀只鸡。

毛家的鸡有标记,

只只身上点红漆。

三只公来四只母,

咦?——

（数）一、二、三、四、五……六……

（接唱）怎么少了一母鸡?

嘱咯咯咯……嘱咯咯咯……（走到"三倒丫"树下探了探头,不见母鸡,满腹狐疑）

（接唱）贼豆住在我隔壁,

偷鸡摸狗多劣迹。

今天这只小母鸡,

八成又是他偷的。

弄井，弄井——

［毛弄井手拎柴刀匆匆上。

毛弄井：什么事大呼小叫的？

翠　花：咱家一只母鸡不见了，（手指贼豆家）你到那边找找看。

毛弄井：让我上他家找母鸡？你没疥找癞疤啊？（意为没事找事。）（气下）

翠　花：你……唉，这个死鬼！

（唱）弄井胆比芝麻小，

母鸡丢了瞧都不敢瞧。

我对贼豆三分怕来七分恼，

不骂几句我气难消。

（冲着杨家）黄鼠狼，畜生！叼我家的鸡，吃了烂肚肠，不得好死！

［"吱"的一声，杨婶惴惴不安地探身开门，出。

杨　婶：（小心翼翼地）翠花，发生什么事啦？

翠　花：（狠狠地剜了杨婶一眼）还能有什么事？我家母鸡又给黄鼠狼这畜生给叼了！（"砰"的一声，关门入内）

［杨婶一阵心悸，悲从中来。

杨　婶：（唱）翠花她指桑骂槐话带刺，

一句句如针似锥扎心里。

都只为孽子豆儿不争气，

邻里们这才横眉竖眼看人低。

为此我人前受气赔尽礼，

人后伤心抹泪常哭泣。（插白）唉！

找豆儿，问仔细，

莫非他真的掳了毛家鸡。（下）

［贼豆光头秃脑拎着一只母鸡大摇大摆上。

贼　豆：咯咯咯，咯咯咯……（狠狠揪下一撮鸡毛，弹开）嘿嘿！

（唱）一根毛，两根毛，三根毛……

　　　小母鸡，咯咯叫，

　　　满地鸡毛飘呀飘。

（插白）哼，做记号！

　　　一撮红毛全拔掉，

　　　它就姓贼不姓毛！（走过"三倒丫"树旁，见跟前一个
　　　破铁罐，抬脚一踢，破铁罐立即乒乒乓乓滚落一旁）

[毛五月一身时新装束，上。

毛五月：（唱）三年打工在深圳，

　　　无枝无叶也无根。

　　　今日里回家来取户口本，

　　　顺便把哥哥嫂嫂来探问。

[经过"三倒丫"时，看见满地垃圾，不由得皱了皱眉头，踮足跨过。

贼　豆：（一见五月，顿时眼直）嘿，五月，好久不见了，在深圳嫁老公了吧？

毛五月：老公？嗬，哪有啊？你给我找一个吧！

贼　豆：找一个多麻烦，现成的，你看我怎样？

毛五月：你？莫非想拿这只母鸡当聘礼？呵呵呵……（径直走开）

贼　豆：（追上去）我拿母鸡当聘礼怎么不行？

毛五月：行，行，你就拿这只母鸡当聘礼吧。（笑着步入家门）

贼　豆：（直着眼，喃喃地）婊子个五月，一身曲线，真他妈的凸！

　　（唱）不见五月眼不花，

　　　见了五月心里就像小虫爬。

　　　她从上美到下，

　　　我活活想死她。

　　　想死她，何不趁机要一要？

（插白）嘿嘿！反正在深圳——

　　　她也是任人揉捏的豆腐渣！

　　　　　　　［毛弄井抱着一捆柴火上。

贼　豆：（歪头一笑，迎上去）哥！

毛弄井：（如被蜂蜇，柴片掉落）贼豆，你、你叫我什么？

贼　豆：哥，五月回来了，我跟她的婚事也该办了。

毛弄井：什、什么？你说什么？

贼　豆：（一笑）哥，你知道的，我家里穷，可五月她不嫌弃，她说我要真喜欢她，就用这只母鸡当聘礼。（把鸡往毛弄井怀里一塞，转身朝自家走去，快到门口，回头一歪，邪邪地笑着）不信，你问问五月。（"嘎吱"一声，入内关门）

毛弄井：这……这是哪门子事啊？（朝内吼）五月，你给我出来！

　　　　　　　［五月自门内出。翠花跟出。

毛五月：哥，什么事？

毛弄井：（拎起母鸡）你跟贼豆到底是怎么回事？

　　　　　　　［翠花接过母鸡，左看右看。

毛五月：（愣了一下，想想，顿时明白，不禁笑弯了腰）呵呵呵……一句玩笑话，他居然当真了。

毛弄井：你开玩笑，他可不当玩笑。告诉你，粘着他，你不死也得脱层皮！

毛五月：不至于吧？（毫不介意，笑着入内）

翠　花：弄井，这可是咱家的鸡啊！

毛弄井：你没认错？

翠　花：这鸡我一手养大，就是光着身子我也认得。

毛弄井：那就别理他！（转念一想）哎呀，不行啊。把鸡给我。

翠　花：你想干吗？

毛弄井：你还不知道吗？那婊子儿可是白露的雨水——下到哪，坏到哪啊。我怕他日后拿这作借口，纠缠五月。

翠　花：这可是咱家的鸡啊！

毛弄井：唉，咱就当被黄鼠狼叼了吧。（抢过鸡，向贼豆家走去）

翠　花：（跺脚）人说你软，你还真软！（生气入内）

　　　　　[杨树儿（内唱）当个九品芝麻小村官——（腋下夹着个皮包匆匆上）
杨树儿：（接唱）整天东家长来西家短。

　　　　　　　　我要是不善应酬没两下，

　　　　（插白）那我这个村长啊——

　　　　　　　　就好比一只针眼万线穿。

　　　　[毛弄井敲贼豆家的门。
杨树儿：（见状，打背躬）毛弄井敲贼豆家的门，这不是死人去见活鬼吗？看来要出怪事，我得赶紧避一避。（避开）

　　　　[贼豆开门，毛弄井虎着脸，把母鸡往他怀里一塞，转身就走。
贼　豆：（追出）哥，嫌聘礼少是不？（扯住）唉，斤鸡马蹄鳖，礼轻情义重嘛！
毛弄井：贼豆，我没空跟你开玩笑。
贼　豆：（正色地）婚姻大事，谁开玩笑？
毛弄井：（火起）贼豆，你想粘五月，先撒泡尿照照脸。
贼　豆：（也火）哥，婚姻自由，我跟五月的事，你管不着。送聘礼是乡俗，你不收也得收！（把鸡一掼，"砰"地关门）
毛弄井：（暴跳）贼豆，你做梦！
杨树儿：呵呵……（走出）我还以为什么事呢，这个贼豆……
毛弄井：（如遇救星）村长，贼豆拿我家的母鸡到我家下聘，他想赖上五月呢。
杨树儿：（笑）呵呵呵，这个贼豆，八成是想老婆想疯了。
毛弄井：村长，你可要替我做主啊。
杨树儿：呵呵呵，这种事，我怎么好做主呀？我还得赶去乡里开会呢。（低头匆匆走过"三倒丫"，下）
毛弄井：村长……

　　　　[切光。

第二场　耍泼

[灯亮。紧接前场。杨婶屋内。

[杨婶垂泪不已。贼豆嬉皮笑脸。

贼　豆：娘，我不过是跟他们开个玩笑嘛。

杨　婶：开玩笑？你啊你，为什么就不给我争口气啊！

（唱）你胡作非为瞎胡闹，

　　　我一天到晚把心操。

　　　你可知我为你流了多少泪？

　　　你可知我有多少愁和恼？

　　　我出门怕听警车叫，

　　　在家害怕邻里话声高。

　　　白天我怕你在外不学好，

　　　夜里我老梦着你坐监牢。

（插白）你啊你，你看看自己——

　　　一头光秃秃的芋头脑，

　　　剃得像个不长毛草的小山包。

　　　你知道，我看了，这心里……（抹泪）

贼　豆：（笑）娘，您就是胆小、怕事、爱发愁。您还甭说，要不是这颗光秃秃的脑袋，你儿子我今天在人前能抖得起来吗？

杨　婶：你还威风啊，你再这样抖下去，我这条老命迟早要给你抖掉的。

贼　豆：娘，这您就不懂了。你看如今这世道，人家有钱有权有势的，过的是什么日子？他们前呼后拥，吆三喝四，要什么有什么，想整谁就整谁。咱们一穷二白，凭什么让人家觉得咱也是个人？凭老实？善良？前几年，我老不老实？您善不善良？可咱们孤儿寡母过的是什么日子？

杨　婶：你少胡说八道。去，快向五月姑娘赔个不是。

贼　　豆：我干吗要向她赔不是？

杨　婶：你去不去？

贼　　豆：不去！

杨　婶：你想气死我是不是？（哭）

贼　　豆：好好好，我去我去。嘿嘿，向五月赔不是，我乐意！（嬉笑下）

杨　婶：（拭泪）唉，这孩子自小没爹，都是我把他给宠坏了。

　　　　[暗转。

　　　　[毛家。翠花闷声不响，毛弄井唉声叹气。

毛弄井：（唱）贼豆抱鸡来下聘，

　　　　　　　不由我心头怦怦跳不停。

　　　　　　　他泼皮无赖传百里，

　　　　　　　怕只怕从此生活不安宁。

　　　　（白）唉……

翠　花：哼！像颗空心的枣子，人家哈口气，就缩成一团了。

毛五月：哥，那贼豆算什么货色呀，我就不信他能把咱给吞了！

　　　　[贼豆上。闻声止步。

毛弄井：他吞不了你，可他像疥疮，像毛刺，像粪坑里的蛆虫！他要往你身上粘，你不臭也得脱层皮。

　　　　[贼豆一听，火冒三丈。正要发作，转念一想，不动声色，走进毛家。

毛五月：（笑）哥，你也说得太让人恶心了吧？就凭他那副德行，就是抱着金鸡，我也……（抬头猛见贼豆两手抱胸，站在跟前，不由得戛然而止）

　　　　[毛弄井夫妻大气不敢出。

毛五月：（强装镇定，满脸不屑）贼豆，你……你想干啥？

贼　　豆：（冲她一笑，温言软语地）找你叙旧呀。

毛五月：你少自作多情。

贼　　豆：多情？嘿嘿，月啊，我对你可真是三年不下雨，要有多（晴）情

有多（晴）情啊。

毛五月：贼豆，你别疯狗咬人不看对象，你想粘我，算盘打错了。

贼　豆：月，怎么一转眼，你的心就像冰库里的五脏，冷硬冷硬的呀。哎，你知道吗？我想见你的脸，那是看戏流眼泪，听书抹鼻涕。我想亲你的嘴，只得半夜抱着茶壶喝凉水啊，唉！

　　　　（唱）我好比剥开皮肉种红豆，

　　　　　　　想你想得入骨头啊……

　　　　["啪"的一声，贼豆挨了五月一巴掌。

弄井夫妇：（失声惊呼）五月……

　　　　[五月怔住，惶恐不安地望着贼豆。

贼　豆：（摸摸脸，歪歪嘴，居然笑了）好，打是亲骂是爱，杨宗保和穆桂英的姻缘就是打出来的。（邪气地）月，你猜我昨晚梦见什么了？

　　　　（说着旁若无人，将手往五月腰间一搂）走，到里屋我悄悄告诉你……

毛五月：（"腾"地红了脸，闪身啐道）

　　　　（唱）骂一声贼豆，你皮真厚！

贼　豆：（嘻嘻笑唱）皮厚质量好。

毛五月：（唱）你无耻！

贼　豆：（涎皮赖脸唱）无耻价更高。

毛五月：（唱）你……你……你流氓！

贼　豆：（更加得意）流氓？嘿嘿！

　　　　（唱）流氓那是老字号，

　　　　　　　现在改称性骚扰。

毛五月：你……你给我滚出去，不然，我就报警了。

贼　豆：报警？哈哈，你要有胆去报警，我就敢——

毛五月：你敢怎样？

贼　豆：（唱）我就敢十字路口做广告，

让来来往往的路人都知晓。

咱俩哪，好比那熟透的西瓜老相好，

还有个私生儿子——叫豆毛！

你要是不怕粪勺搅粪坑越搅越臭，你现在就报警去吧！

毛五月：你……（哭）哥……

翠　花：贼豆，你太过分了！（安抚五月）

毛弄井：（吼）你给我滚！

贼　豆：嘀，这话听起来过瘾，就像刚开坛的老白干，有股冲劲！不过，哥，我这人好比出炉的生铁，越打越硬。我告诉你，我跟五月呀，算是泡泡糖粘住了糯米饭，扯不开啦。

毛弄井：（一下子软了）贼豆，我们家跟你无冤无仇啊。

贼　豆：那自然，咱们是亲戚嘛。

毛弄井：（眼泪都快掉下了）就算我求你，不要胡闹了，行吗？

贼　豆：（两眼朝天）说什么来着，大声点！

毛弄井：……就算我求你了！

贼　豆：嘀，求我呀？那你说，谁是疥疮啊？（一笑）说呀，说了我就不闹了。

毛弄井：我……我是疥疮！

贼　豆：那谁又是毛刺，谁又是粪蛆啊？

毛弄井：我是毛刺，我是粪蛆，这样总行了吧？

翠　花：你啊你，真是连粪蛆都不如啊你！

贼　豆：（笑）呵，呵！呵呵呵……嫂子这话，我爱听。好吧，看在多年邻居的分上，今天我就放你们一马。不过，你们都给我听着，我贼豆就算是城隍庙里的小鬼，可大小也是尊神！（走到五月身边，望着她，一笑）五月，要不是看你长得还行，这一巴掌嘛……嘿嘿，好男不跟女斗，今天就算了，不过，咱俩哪，牛郎约织女，后会有期！

拜拜——（一个飞吻，笑下）

[切光。

第三场　赔礼

［灯亮。次日晨，房前井边。

［翠花一手执衣盆、一手提水桶上。

翠　花：（唱）泼皮贼豆太可气，

　　　　　　　弄井软弱任人欺。

　　　　　　　夜送五月离家去，

　　　　　　　心头怨恨难平息。

［豆干嫂肩挑水桶，手提一袋垃圾上。走过"三倒丫"时，顺手将垃圾往前一抛。

豆干嫂：翠花，洗衣呀？

翠　花：哎。

豆干嫂：听说贼豆想五月想疯了，想用一只母鸡赖个老婆呢。

翠　花：唉，别提了，恼得我们只好让五月一走了之。

豆干嫂：嗬，这个贼豆啊，真是百年的歪脖子树。咱们哪，千万别让他粘着，不然的话，就是铁人也得脱层皮啊。

翠　花：唉，怎么就没个人治治他呢。

豆干嫂：要有人能治得了他，他还叫"气死公安，难倒法院"吗？他呀，大错不犯，小错不断，判刑不够，劳教没用，罚款又没钱，就是好不容易让派出所给逮住了，送进了拘留所，那也是前门进后门出，唉，这种人是死猪不怕开水烫啊，你还是能躲则躲，能忍则忍吧。

［杨婶愁容满面地上。

杨　婶：（唱）豆儿做事太荒唐，

　　　　　　　愧对毛家心不安。

　　　　　　　趁他一早进城去，

　　　　　　　我登门赔礼去道歉。

豆干嫂：（肘碰翠花）那不是杨婶吗？你让她好好管教管教贼豆。

翠　花：她？哼，烂绳一根，拴得住野马吗？

豆干嫂：那倒也是。（转身对杨婶笑道）杨婶，上哪去呀？

杨　婶：呃，我、我找翠花。（不自然地笑着）翠、翠花，你洗衣啊？

　　　　［翠花斜了她一眼，转身去打水。

杨　婶：（笑容僵住，尴尬地）翠花……

　　　　［翠花提水怒倒盆中，水花飞溅，杨婶惊避。

杨　婶：（再次强颜赔笑）翠花……

　　　　［翠花埋头搓洗衣服。

豆干嫂：翠花，杨婶唤你呢。

翠　花：（冷硬粗重地）我听着呢！

　　　　［杨婶如闻惊雷，连跌两步，艰难站稳，擦拭眼泪。

　　　　（背唱）三声叫唤赔笑脸，
　　　　　　　换得冷语和冰颜。
　　　　　　　砸在地上能跳起，
　　　　　　　刺在心头似刀尖。
　　　　　　　养子不肖羞为母，
　　　　　　　人前受气泪暗咽。（转向翠花）
　　　　　　　翠花呀，孽子豆儿多不是，
　　　　　　　得罪你全家我心不安。
　　　　　　　今天我厚着老脸来赔礼，
　　　　　　　还望你大人大量不计前嫌。

翠　花：大人大量？说起来轻巧！

杨　婶：翠花，你要是有气，只管冲着我骂吧，我生了这样一个不肖子，我活该呀……（哭）

豆干嫂：翠花，算了吧。

翠　花：豆干嫂，你说说，婚姻大事，总不能像冬瓜秧爬进茄子地，胡乱攀扯吧？再说，偷我家的母鸡到我家下聘，往一个干干净净的姑娘身上泼脏水，这算哪门子事嘛。

豆干嫂：嘀，要我说呀，这都得怪杨婶。

杨　婶：是是是，都怪我没管教好他。

豆干嫂：不是怪你没管教好他，而是怪你怀贼豆的时候，癞蛤蟆的脊梁看多了，酸石榴的籽籽也吃太多了，要不，你怎能生出一个满脑袋都是鬼点子的宝贝儿子呢？呵呵……

　　　　[翠花"扑"地笑了。杨婶羞愧难当，她见翠花笑了，不禁舒了一口气。

豆干嫂：好了好了，笑一笑，公鸡啼母鸡叫，什么怨气都消了。你们慢慢聊吧，我该回去了。（挑水起身）

杨　婶：翠花，你忙，我也回去了……

翠　花：（勉强缓和）那你走好。

杨　婶：（感激地）哎！（诚惶诚恐，不料脚底一滑，一个趔趄，"扑"，重重跌倒）哎哟！

豆干嫂：杨婶！（放下担子，正要上前，却又犹豫了）

翠　花：哎呀，你怎么这么不小心呢！（快步上前，扶起杨婶）

豆干嫂：（重新扶起担子，远远地）杨婶，没事吧？

杨　婶：哎哟哟……（疼得起不来）

翠　花：哎呀，怕是屁股骨断了。豆干嫂，快去叫人吧！

豆干嫂：哎！（挑担，匆匆下）

　　　　[切光。

第四场　质疑

[灯亮。接前场，午后。杨婶屋前。贼豆三分醉意上。

贼　豆：（唱）昨日我把毛家来戏闹，

　　　　　　　吓得五月夹着尾巴连夜逃，

　　　　娘是又气又哭哀哀告，
　　　　我是点头认错又哈腰。
　　　　嘿嘿！其实那有什么大不了，
　　　　想想毛弄井那熊样，
　　　　整个是烤熟的烧鸡窝着脖子别着脚。
　　呵呵呵……（推门进屋）
杨　婶：（躺在床上，虚弱地）豆儿，你上哪去啦？怎么这时候才回来啊？
贼　豆：城里有个哥们儿生日，叫我去喝两杯。（走到床边，挨近杨婶）娘，今天这么早你怎么就睡啦？（随手掖了掖被子，不小心碰着杨婶痛处）
杨　婶：（惊叫）哎哟！
贼　豆：（顿时酒醒）娘，你怎么啦？
杨　婶：不小心，跌了一摔，屁股骨断了……
贼　豆：屁股骨断了？！那……那你看过医生没有？
杨　婶：唉！多亏了翠花，是她把我送到卫生院的，六十块的诊费还是她垫的呢。
贼　豆：毛弄井老婆？
杨　婶：是啊，亏你昨天还去戏弄五月姑娘。
贼　豆：我不是跟你说过了吗？我只不过跟他们开个玩笑嘛，谁叫他们那么紧张。
　　[杨婶忽感内急，欲言又止，脸皱成一团。
贼　豆：娘，您怎么啦？
杨　婶：豆儿，快、快拿马桶……
贼　豆：啊？！（手忙脚乱，操起一个脸盆，但为时已晚）
杨　婶：豆儿，我……（捂脸痛哭）
贼　豆：娘，你怎么尿床了呀……
　　　（唱）娘伤筋断骨动不了，

一切全都乱了套。

她躺在床上屙屎尿，

真叫我头痛心发毛。

钱没有，粮米少，

衣谁洗？饭谁烧？

吃喝拉撒谁照料？

寸步难离太糟糕！

娘啊娘，你这一躺几个月，

叫我如何才是好？

杨　婶：豆儿，娘拖累你了。

贼　豆：娘，你到底是怎么跌的啊？

杨　婶：我……我去井边……洗菜……不小心滑倒的。

贼　豆：你去井边洗菜怎么会跌成这个样子呢？

（背唱）娘身体健康腿脚好，

一辈子操劳从来不曾跌过跤。

井边洗菜骨折断，

我越想越觉好蹊跷。（满腹狐疑看着杨婶，杨婶慌忙避开）

昨日我到毛家来戏闹，

那翠花一张鸟嘴快如刀。

多年来毛家视我如稻草，

今日里怎会以德把怨报？

定是她冲着我娘来撒气，

推倒我娘、情知不妙、这才亡羊补牢想讨好。

娘，你说，是不是翠花冲你撒气，把你推倒的？

杨　婶：不不不，豆儿，你千万别瞎猜，翠花她可是一片好心啊！

贼　豆：她好心？杀头我也不信。

杨　婶：我说的是实话，不信，你问问豆干嫂，她也在场。

贼　　豆：那我找豆干老婆问去！（下）

杨　　婶：（惊恐不安地）豆儿……

　　　　　[切光。暗转。灯复明，豆干嫂家。豆干嫂在做家务。

豆干嫂：（唱）翠花井边扶杨婶，

　　　　　　　村头村尾人评论。

　　　　　　　说什么宽宏大度气量大，

　　　　　　　以德报怨世难寻。

　　　　　（插白）哼，别说她对杨婶冷嘲热讽，单说这助人为乐——

　　　　　（接唱）这功劳，她也不能独自吞。

　　　　　[贼豆上。敲门。

贼　　豆：豆干嫂！

豆干嫂：谁呀？（开门，一怔，满脸堆笑）贼豆兄弟，您找我，有事？

贼　　豆：豆干嫂，我娘在井边是怎么跌倒的？

豆干嫂：这……（不自然地笑）村里人不是都在夸翠花学雷锋做好事吗？

贼　　豆：哼，她学雷锋？那是啄木鸟学戴口罩。

豆干嫂：呵呵，我说贼豆兄弟啊，我可不是一个搬弄是非的人，不过，有些事，我也看不下去……

贼　　豆：（顿时严肃）豆干嫂，你说。

豆干嫂：这……好像是为了什么母鸡的事，你娘向翠花赔不是，可是翠花……哎呀，我真的不好说啊……

贼　　豆：豆干嫂，你不说，我也明白！（下）

豆干嫂：哎，贼豆兄弟，我可什么都没说啊……

　　　　　[切光。

第五场　胁迫

［灯亮，紧接前场。毛家屋外。

［杨树儿腋下依然夹着公文包，喜吟吟上。

杨树儿：（念）县委开展文明评比，乡里部署又快又急。三月二十一，村村搞评比，结果好不好，都算是政绩。要是评上全县第一，考核干部提升一级。哎呀，说来也算是运气，这乡里开会才回来，我就听到一桩典型事迹。呵呵，我这就上毛家找翠花去。（走过"三倒丫"旁，驻足回头，皱了皱眉头，低声嘟囔）这"三倒丫"四周的卫生，得想办法好好清理清理，要不然影响村容村貌。

［毛弄井内唱：翠花以德报怨救杨婶，（荷锄归来，愉悦上）

毛弄井：（唱）贼豆一定会感恩。

　　　　我心头石块落了地，

　　　　从此睡觉也安稳。

（看见杨树儿）村、村长，您到我家……有事？

杨树儿：特地上你家报喜呀。翠花呢？

毛弄井：（心领神会，高兴地）翠花——

［翠花内声：哎！——（自内出）

翠　花：村长，您找我？

杨树儿：（笑眯眯，打量着）翠花，还真看不出来呀你！

翠　花：村长，怎么啦？

杨树儿：（唱）夸一声翠花脸带笑，

　　　　你以德报怨风格高。

　　　　若不是村里消息传得快，

　　　　（插白）我这个村长哪——

　　　　还蒙在鼓里不知晓。

翠　花：（不好意思地）村长，原来是为这个呀。

杨树儿：正好县里开展文明检查评比，要树一个先进典型，我看就报你吧。

翠　花：哎呀村长，千万别开玩笑！我这张嘴平时不饶人，哪有资格当先进啊？

毛弄井：就是，她这啄木鸟整天"叽咕叽咕"，哪配当先进啊？

翠　花：（笑嗔）去你的乌鸦嘴。

杨树儿：呵呵，我说翠花啊，你越是谦虚，我就越要报了。

[贼豆气冲冲上。

贼　豆：（步入毛家，环视四周，一笑）嘿，还挺热闹的嘛。

杨树儿：哎哟，贼豆，我正想找你呢。

毛弄井：（有些不自然地）贼、贼豆，坐、坐……

翠　花：（心里有些发毛，但也很热情）贼、贼豆兄弟，我……我给您倒杯茶。（慌忙倒茶，手抖、杯盖掉落）

贼　豆：（见状一笑）嫂子，别客气，我还没谢谢你为我娘所做的一切呢！

翠　花：（尴尬地）嗬，应该的，应该的……（捧茶，手抖、茶泼）

杨树儿：（笑眯眯）贼豆，怎么样，准备怎么谢谢翠花呀？

贼　豆：是得好好谢啊。村长，您说我该怎么谢呢？

杨树儿：千金难买一个"和"字。你们两家今天能这样坐在一起，我真替你们高兴啊。这样吧，你的心意我替你表达。县里正要开展文明评比，我准备把翠花作为先进典型报上去，你看怎样？

贼　豆：先进典型？那我可要恭喜嫂子了。村长，这先进的机会很难得吧？

杨树儿：那当然，全乡才一个名额呢。

贼　豆：既然这样，那我就得好好帮帮嫂子喽。

杨树儿：（满脸期待）好啊！说，你想怎么帮？

贼　豆：我想让嫂子好人做到底，干脆把我娘的吃喝拉撒全包了。

杨树儿：贼豆，你这话什么意思？

贼　豆：什么意思？她拿我娘撒气，把她推倒，还想充好人，当先进。

翠　花：（跳起来）你说什么？！

毛弄井：贼豆，你别血口喷人，恩将仇报！

贼　豆：我恩将仇报？你看看你老婆那副尊容，她像个活雷锋吗？

翠　花：（哭）村长，我没碰他老娘，不信你问问豆干嫂，她在现场，可以证明。

杨树儿：那你们现在就去把她叫来。

翠　花：去就去。（和毛弄井一起，怒下）

贼　豆：（挨近杨树儿身边，低声笑道）村长，发那么大火干吗呀？你那砖厂发死了，你要没当村长，那砖厂轮得到你承包吗？

杨树儿：（怔住，良久，恨恨挤出一句）婊子儿，你想干啥？

贼　豆：（一笑）别紧张嘛，我贼豆能干啥呀？

杨树儿：你……（沉默良久，抽出一根烟，点燃，闷吸一口，平静地）贼豆，村里要迎接文明评比，有什么事，好好商量，别胡闹，啊？

贼　豆：我没闹呀村长，你也看到了，我是心平气和来跟他们协商的，再说，我也不想给咱村的文明评比抹黑。只要他们答应赔偿，邻里之间，我是绝对不会计较的，不过，要是他们想赖账，那可就难说了。

杨树儿：这豆干老婆还没来呢？你怎么就断定人家应该赔偿啊？

贼　豆：那就等她来了再说吧。

　　　　〔翠花和毛弄井气喘吁吁上。

杨树儿：豆干老婆呢？

翠　花：她……她不在家。

毛弄井：听说去豆干的鱼塘了。

杨树儿：哎呀，这就不好办了。这样吧，过两天我让人去把豆干老婆叫回来，等事情弄清楚之后，我给你们一个结论。

贼　豆：那不行，我娘二十四小时都得人侍候呢。

杨树儿：你想怎样？

贼　豆：我的要求很低，我娘的医药费由他们负责。

毛弄井：我老婆没碰你老娘，负责什么医药费？！

翠　　花：（异常激动地）村长，我没碰他老娘，没碰就是没碰！

贼　　豆：还有护理费呢，要么你们护理，要么你们出钱，我雇人。

翠　　花：你做梦！

贼　　豆：你要这么说，那我娘的精神损失费，你们也要负责去。

翠　　花：（近乎尖叫）精神损失个屁！

贼　　豆：村长，她这样，我就没什么话可说了。（走到门口，击掌三下）

　　　　　[幕内传来杨婶哭喊声：你们干什么，快放下我……

　　　　　[社会闲杂甲、乙抬着杨婶跨进毛家。

杨　　婶：（哀号）豆儿，使不得啊……

毛弄井：（惊恐万状，跑到跟前）干吗干吗？

翠　　花：（一声嘶喊）贼豆，你是强盗啊！（冲上，撕扯）

贼　　豆：臭婊子，你敢撒野！

　　　　　[社会闲杂甲、乙跨步上前，往翠花跟前一站，挺胸叉腰。

翠　　花：天哪！这还有没有王法啊……

杨　　婶：豆儿，快抬我回去……

贼　　豆：娘，您安心躺着吧，一切有我呢！

毛弄井：杨婶，你说句公道话，翠花她到底有没有撞你？

杨　　婶：翠花没撞我，是我自己不小心跌倒的呀！

杨树儿：（吼）贼豆，你听见了吗？快把你娘给我抬回去！

贼　　豆：（慢条斯理）村长，我娘她胆小怕事，她是为了息事宁人才不敢说实话的。村长，我丑话说在前头，我娘放在这里，谁他妈的敢动她一根毫毛，就别怪我不客气！（手一招）咱们走！（走到边幕，回头一笑）村长，说不准我今晚就外出打工去了，人命关天，你们看着办吧！（与社会闲杂甲、乙一起，扬长而去）

毛弄井：村长，他们不抬，我们抬！（与翠花一起动手抬杨婶）

杨树儿：（拦阻）弄井，不要意气用事。

杨　　婶：村长，我爬也要爬回去……（挣扎爬起）

杨树儿：（生气地）杨婶，你不要再添乱了好不好？！你要是想把事情闹大，那我就撒手不管了，干脆让你们闹个天翻地覆。

[杨婶立即不再动也不再号。

弄井夫妇：村长……

杨树儿：你们容我想想办法好不好？

（背唱）井边事我一看心里就有谱，

豆干嫂离家出走我也有数。

并非我胆小怕事犯糊涂，

实是从来富贵不与亡命争胜负。

如今有权有钱有势的聪明人，

哪一个不给自己留后路？

那贼豆泼皮无赖亡命徒，

倘若得罪他，定然遭报复。

弄井老实好对付，

杨婶只知啼和哭，

翠花虽说不认输，

可她好比一只硬嘴的纸老虎。

看来局势要镇住，

我只能在他们身上下功夫。

毛弄井：村长……

杨树儿：弄井，我知道你们受冤屈，可是贼豆正在气头上，如果现在就把杨婶抬回去，把她扔在家里，万一有个三长两短，这责任，谁担当得起啊？

翠　花：照你这么说，我就活该给他赖死？

杨树儿：我这不是正在替你想办法吗？翠花，你如果硬要把杨婶抬过去，我也不反对，只是，到时候事情闹大了，你不要又来找我。

[翠花立即被镇住。

杨树儿：杨婶，你要不好好配合，那你的儿子，我也让你自己管去。

杨　婶：村长，只要事情不闹大，你叫我怎样都行……

毛弄井：村长……

[杨树儿示意门外说话，弄井跟出，翠花也跟出。

杨树儿：你们做事情，得动动脑子啊！光吵闹，有用吗？（轻声）你们得防那婊子儿一手，豆干嫂是唯一的证人，要走一走，知道吗？

毛弄井：（感激涕零）知道了，村长……

翠　花：那烂蛇怎么办？

杨树儿：（笑）别烂蛇烂蛇的，你姿态高一点，再怎样也是多年的老邻居嘛。（又温和地一笑）你们要顾全大局，文明评比在即，不能给咱村抹黑，只要你们配合得好，我也不会亏待你们。你们家的宅基地不是还没批下来吗？过几天，我到土地所给你们催催，等你们建了新房，不就可以远离贼豆了吗？我还有事，先走了。（下）

翠　花：村长……（满脸懵懂）

[切光。

第六场　夜探

[接前场。毛家。屋外。夜色朦胧，鸣虫唧唧。"三倒丫"四周的垃圾，在灯光照射下，显得光怪陆离。

[毛家屋内。杨婶躺在一侧，毛弄井蹲在一边，唉声叹气，翠花含怨带怒，摆放碗碟。

翠　花：（唱）好心好意被冤枉，

　　　　　　一股怨气堵得慌。

　　　　　　村长一去不复返，

　　　　　　我侍候她屙屎屙尿前后忙。

　　　　　　弄井他一副任人欺负窝囊相，

　　　　　　　　不由我越看心头越发狂。（摆放碗碟，乒乓作响）
毛弄井：你敲锣打鼓是不是？乒乒乓乓的。
翠　花：那你要我怎样，一声不吭，像你一样做头任人宰割的死驴啊？
毛弄井：你呀你，唉……
翠　花：唉什么唉，连叹气都像挨过刀的烂皮球，死瘪瘪的。吃饭吧！（重重地将碗碟往桌上一放）
　　　　［夫妻俩阴着脸，入座吃饭，端起饭碗，举箸停食。杨婶一声呻吟，毛弄井放下饭碗，示意翠花。
翠　花：管她呢。
毛弄井：她饿了呢。
翠　花：她饿关我屁事。
毛弄井：万一饿出毛病来，怎么办？
翠　花：烂蛇！一个下午端汤送水、屙屎屙尿，现在又要送饭送菜，我前世欠你什么债啊！（极不情愿，草草装饭夹菜，然后虎着脸，把饭碗往杨婶床边一搁，转身走开）
杨　婶：（艰难挣扎，双手颤抖，捧起饭碗，眼泪簌簌）
　　　　（唱）孽子恩将仇报太不堪，
　　　　　　　怨不得翠花恶言恶语来相向。
　　　　　　　从早到晚米未进，
　　　　　　　饿得前腔贴后腔。
　　　　　　　一碗饭菜千斤重，
　　　　　　　个中多少暖和凉。
　　　　　　　端不起，咽不下，
　　　　　　　禁不住老泪横流往下淌。（放下饭碗，抹泪哭泣）
毛弄井：（示意）她吃不来，你过去喂喂她。
翠　花：人家都骑在你头上屙屎了，你还让我给那烂蛇喂饭！
毛弄井：唉，她一个上了年纪的人，又伤筋断骨的……

翠　　花：她伤筋断骨，活该！

杨　　婶：孽子啊……（哭）

翠　　花：（心有不忍，虎着脸，极不情愿地朝着杨婶走去。走至半途，就再也迈不开步伐了）

　　　　　（唱）生吞蜈蚣百爪抓心，

　　　　　　　面对冤家心中顿似翻了五味瓶。

　　　　　　　一步之遥咫尺近，

　　　　　　　心潮翻滚意难平。

　　　　　　　喂鸡喂狗我高兴，

　　　　　　　喂她烂蛇我实在不甘心！（掉头哭泣）

毛弄井：唉！你哭什么呀？杨婶她也怪可怜的，再说这件事跟她又没关系。

翠　　花：你倒可怜起她来了，你当她是你的亲娘啊？

毛弄井：（一怔）亲娘……

　　　　　（唱）翠花一声骂，

　　　　　　　蓦然想起事一桩。

　　　　　　　记得我娘曾说过，

　　　　　　　她也曾经病卧床。

　　　　　　　那时候杨婶新嫁到杨家，

　　　　　　　我和爹爹在他乡。

　　　　　　　杨婶她古道热肠心地善，

　　　　　　　是她悉心照顾我的娘。

翠　　花：有这回事？

毛弄井：（唱）想往事，泪满眶，

　　　　　　　万般感慨涌心上。

　　　　　　　想当初，一方有难八方帮，

　　　　　　　邻里们个个古道热心肠。

　　　　　　　如今为何变这样？

　　　　　　　动不动就你死我活拼一场。
　　　　　　　是贼豆胡作非为太猖狂？
　　　　　　　还是我轻贫重富把人情忘？
　　翠　花：（唱）是我心胸狭窄不够广？
　　　　　　　还是嘴尖舌利太逞强？
　　　　　[幕后伴唱：
　　　　　　　是人人都为自己想？
　　　　　　　还是个个都为赚钱忙？
　　　　　　　是今非昔比世变相？
　　　　　　　还是人情本就薄如纸一张？
　　毛弄井：（唱）举手之劳何必苦苦来相抗？
　　　　　　　杨婶啊，
　　　　　　　翠花她说话不着边，
　　　　　　　您可千万不要放心上。（端起饭碗，欲喂杨婶）
　　翠　花：（唱）眼皮底下怎忍袖手站一旁？（抢过饭碗，阴着脸，侍候杨婶）
　　杨　婶：（望着毛家夫妻，克制不住，失声痛哭）不……我担当不起啊……
　　毛弄井：杨婶，别想那么多了，快吃一点吧……
　　　　　[贼豆偷偷上。
　　贼　豆：（唱）把娘扔在毛家厅堂上，
　　　　　　　又怕毛家恶待我的娘。
　　　　　　　趁着天黑来探看，（躲在"三倒丫"旁窥视，见状，一乐）
　　　　　　　嘿嘿！
　　　　　（唱）他夫妻双双居然侍候在两旁。
　　　　　　　难道翠花真把我娘来相撞？
　　　　　（插白）可瞧她呼天抢地的样子又不像。
　　　　　（唱）难道他们真有一副好心肠？
　　　　　　　难道我恩将仇报把好人来冤枉？

（插白）哼！我才不信呢。

（唱）那翠花一向看轻我娘儿俩，

　　　哪会突然一副菩萨好心肠？

　　　我看他们定是欺软怕硬吓破胆，

　　　自知理亏、低声下气、亡羊补牢、想求我原谅。

哼！那就让他们伺候吧！

（朝自家走去，却又不安地回头，徘徊不已）

[幕后伴唱：

　　　叹人心，太黑暗，

　　　偏怕裂隙一道光。

　　　睁开眼目好好看，

　　　明辨丑恶与善良。

[杨树儿上。贼豆见状，连忙再次躲起。

杨树儿：（念）好不容易镇住弄井和翠花，又要急急忙忙迎接文明大检查，毛家的事关系重大，搞得我的脑袋比那箩筐还要大。唉！

（唱）虽说九品乌纱官不大，

　　　可一村之长恰似基石撑大厦。

　　　别看位子在最底下，

　　　谁能比咱知轻知重知复杂？

　　　喜怒哀乐辛酸辣，

　　　柴米油盐酱醋茶，

　　　是是非非、恩恩怨怨、真真假假、叔伯妯娌、婆婆妈妈、

　　　生老病死、吃喝拉撒，

　　　还有陈年烂谷细芝麻。

　　　我这里左冲右突解疙瘩，

　　　它那里走马看花瞎检查。

　　　我这里千斤重担不堪负，

　　　　　　它那里层层加码任务压。

　　　　唉，当官怕小不怕大，若当公仆准累垮，这一次，我要想不出一个两全其美的办法，明年我这个村长啊，就不再担当这个家。（见贼豆家黑灯瞎火）这婊子儿还没回家，看来他是吃了秤砣铁了心了。（转身朝翠花家望去，见窗户透出明亮的灯光，便走过去，朝门缝里瞧瞧，有点不相信，揉揉眼，趴得更近地看了一会儿，不禁笑了）

　　　　（唱）原以为毛家夫妻怨气大，
　　　　　　　想不到和睦共处如一家。
　　　　　　　以德报怨"和"为贵，
　　　　　　　翠花她配得上先进典型光荣花。
　　　　　　　我再谱新篇传佳话，
　　　　　　　这就进门夸夸她。（敲门）

毛弄井：谁呀？（开门，一见）村长！

　　　　[杨树儿入内，毛弄井关门，贼豆猫在"三倒丫"旁窥探。

杨树儿：（看见翠花在喂杨婶，满脸堆笑）翠花，杨婶，刚吃饭啊？

翠　花：（站起身来，冷淡地）村长，找到贼豆了吗？

杨　婶：村长，你快叫豆儿把我抬回去吧！

杨树儿：哦，我已经叫人去找他了。

　　　　[贼豆冷哼。

翠　花：这么说，你没找到他。

杨树儿：（长舒一口气）哎呀，为了你们这件事，我真是伤透了脑筋啊！我说翠花啊，我到现在才算真正了解你的脾性，你就是那种非常典型的刀子嘴、豆腐心的人。

翠　花：村长，你该不会还想让我当先进典型吧？

杨树儿：嗬，这个典型还真的非你莫属呢。

翠　花：（"啪"的一声，把饭碗重重地扣在桌上）村长，你想让我背着

　　　　　石头上山硬吃亏，是不是？

杨树儿：这话从何说起啊？

翠　花：那你干吗不去找贼豆？

杨树儿：文明检查在即，你也不能把我逼得太紧嘛。

翠　花：那你准备怎么办？

杨树儿：当然是"以和为贵"啦！

　　　　[贼豆冷笑。

翠　花：怎么个和法？

杨树儿：翠花啊——

　　　　（唱）贼豆千方百计想赖账，

　　　　　　　他肚里几根臭肠我全看穿。

　　　　　　　只要你照我说的办，

　　　　　　　保准你因祸得福合家欢。

　　　　[贼豆竖起耳朵。翠花冷笑。

毛弄井：村长，你说咋办？

杨树儿：（唱）杨婶先在你家养，

　　　　　　　赔款村里替你还。

　　　　[贼豆饶有兴趣地笑。

翠　花：（冲动地）我又没撞他老娘，干吗要村里替我赔钱？

杨树儿：翠花，你听我把话说完嘛。

　　　　（唱）县里文明评比在开展，

　　　　　　　咱村千万不能出大乱。

　　　　　　　为了顾全大局面，

　　　　　　　公家花钱买平安。

　　　　　　　息事宁人平事态，

　　　　　　　我也不会让你受难堪。

翠　花：那你准备怎样不让我难堪啊？

杨树儿：（唱）对贼豆，不说这是赔偿款，

　　　　　　而是你雪中送炭来帮忙。

　　　　　　对村人，说你以德报怨气量大，

　　　　　　肚比宰相还宽广。

　　　　　　对县里，说你帮困济贫是模范，

　　　　　　文明先进美名扬。

　　　　　　一举三得大家喜。

翠　花：（接唱）这样的好人我不当！

杨树儿：你……

　　　　[贼豆躲在一旁冷笑：呵，呵！呵……

毛弄井：村长，我都被你搞糊涂了，这件事情这么清楚，这么简单，您为什么把它搞得这么复杂呢？

杨树儿：（暴怒）我还不是为你们着想！（稍顿，换种口气）翠花，就算照顾照顾老邻居嘛，你刚才不是对杨婶挺好的吗？

翠　花：这和贼豆赖我是两码事！

杨树儿：翠花，我只要求你做一件再简单不过的事情嘛。

翠　花：我只要一个再明白不过的道理！

杨树儿：你怎么死抓藜棘硬不丢啊你，这恨虱子，也不能烧棉袄嘛。要不，你就做做样子，好不好？

翠　花：我没法装模作样。

杨树儿：那我雇你照顾一下杨婶，这样总行了吧？

翠　花：老娘我不赚这个钱！

杨树儿：那你说，要怎样？

翠　花：我要公开论断，弄个明白。

杨树儿：你要公开论断是不是，那好，明天上午九点，我当着村里所有的人，给你们公开解决！（怒气冲冲走出毛家，经过"三倒丫"旁，气不打一处来，恨恨骂道）妈的，这些兔崽仔，再三叫他们要把垃

圾清理清理，他们居然当我的话是放屁！（拂袖下）

[气氛顿时紧张。

杨　婶：翠花，千万不要把事情闹大呀……
翠　花：不是我想闹大，是你们逼我不得不闹大啊！
毛弄井：你啊你，你把村长都给得罪了，还闹什么啊？
翠　花：村长又怎么啦？村长就可以是非不分、混淆黑白？村长就可以欺软怕硬、欺上瞒下？村长就可以想怎么摆弄咱们就怎么摆弄咱们？咱有杨婶，有豆干嫂，还有那么多替咱打抱不平的乡亲，你怕什么？！走，跟我找豆干嫂去！（与毛弄井同下）
贼　豆：哎呀！糟糕！

（唱）一听公开论断，
　　　顿时意乱心慌。
　　　若是大庭广众打败仗，
　　　今后怎能把威扬？
　　　输赢凭证据，
　　　胜负全靠证人嘴一张。
　　　豆干嫂，无大碍，
　　　村长把柄在手上。
　　　村里谁敢把我惹？
　　　最最要紧是我娘。
　　　使出浑身的解数，
　　　也要让娘一口咬定是翠花把她撞！

[翻墙进入毛家屋内，三步两趋，来到杨婶跟前。

贼　豆：（一声痛哭，涕泪齐下）娘……我完了，你得救救我啊……
杨　婶：孽子，你自作自受，还不快背我回去。
贼　豆：娘，背你回去可以，但你一定得答应我一件事。明天公开论断，你无论如何都要一口咬定是翠花把你撞倒！

杨　婶：你……你想让我遭雷劈啊？（举手要打）

贼　豆：（双膝跪下）娘，你要想打，就尽管打吧……

杨　婶：你啊你，你存心气死我啊你……（连连捶打贼豆的胸脯）

贼　豆：娘，你只管打吧，反正我自小没爹，什么苦没吃过啊……

杨　婶：（一把搂住贼豆）我那死去的短命鬼啊……

贼　豆：娘，我也不想让你伤心，可是，你要不这么做，那我就得坐牢啊，娘……我要是坐牢，那你可怎么办？娘，只要你帮了儿子这一回，从今往后，我一定改头换面、痛改前非，我对天发誓，我今后再也不惹你生气了……娘，你就答应我吧！

杨　婶：天哪，我怎么会生下你这么个不肖的儿子呀……（捶胸）

　　[切光。

第七场　村断

　　[灯亮。接前场。次日上午。村委大楼前。
　　[幕内（唱）井边是非要评理，

　　　　　　"三倒丫"村风雨急。

　　　　　公开论断本不奇，

　　　　　　奇的是老实人居然敢和泼皮相抗击。

　　[乡亲们急走奔告，争相前往观看。众人神态各异上。相互碰面，彼此对视，说着话儿，打着招呼，笑着脸儿看热闹。

村民甲：（俯身朝向村民乙，呈神秘打听状）唉唉唉，

　　　　（唱）那贼豆远近闻名一泼皮，

　　　　　　毛家怎敢公开与他来为敌？

村民乙：唉，我看哪——

　　　　（唱）定是贼豆欺人太甚伤天理，

　　　　　　毛家这才奋起反抗死不依。

村民丙：（唱）倘若是借此机会惩贼豆，
　　　　　　这倒是大快人心出恶气。
村民丁：（唱）怕只怕这个泼皮惹不起，
　　　　　　到头来毛家打狗不成反遭欺。
村民丙：唉，不就一个泼皮无赖吗？怕什么！
众村民：对呀！
　　　（唱）昨夜翠花求告急，
　　　　　　要我们一起执言来仗义。
　　　　　　只要大家团结在一起，
　　　　　　又怎怕他贼豆一泼皮？！
　　　（众人摩拳擦掌，跃跃欲试）对！
　　　（唱）趁机惩恶除霸气，
　　　　　　免得今后咱们也遭贼豆欺！
　　　[翠花信心十足，急步上。
翠　花：（唱）身正不怕影子斜，
　　　　　　公开论断争个理！
　　　　　　豆干嫂，除顾虑，
　　　　　　答应实事求是说明细。
　　　　　　众乡亲，齐仗义，
　　　　　　支持我惩恶扬善树正气。
　　　　　　信步来到村委会，
　　　　　　看我今天剥蛇皮。
　　　[毛弄井亦步亦趋跟上。
毛弄井：（唱）彻夜辗转难入睡，
　　　　　　忐忑不安把心提。
　　　　　　但愿论断能胜利，
　　　　　　还我夫妻一个理。

[贼豆满脸不屑，慢悠悠上，他昂头抱胸，缓缓斜睨四周，鼻子里哼着冷气。

贼　　豆：（唱）毛家生胆吞活蝎，
　　　　　　　　胆敢和我来抗击。
　　　　　　　　可笑他们还得意，
　　　　　　　　待会儿恐怕哭都来不及。

[杨树儿强打精神上。

杨树儿：（唱）文明检查催得我东倒西歪，
　　　　　　　政绩考核把它交给老天爷。
　　　　　　　他两家斗得头破血流不停歇，
　　　　　　　我公开裁断免得他们说我有偏斜。
　　　　　（环视四周，对着村干）人呢？怎么只有你们几个？

村干甲：其他人都说没空。

杨树儿：没空？（顿时火起）平时吃饭喝酒，个个屁颠屁颠的怎么都有空啊？"三倒丫"旁的垃圾没空清理，今天公开论断，难道也没空？

村干甲：（为难地笑笑）村长，那"三倒丫"旁的垃圾都堆了几百年，这一时还真不好清理呢，再说那儿又有个马蜂窝……

杨树儿：你少废话，快去把他们通通给我叫来！

[几个待在边幕的村干，慌忙跑上。

杨树儿：当事人杨婶和证人豆干嫂呢？

[毛弄井夫妻环顾四周，不见豆干嫂，顿感不安。

[众村民举目四顾，交头接耳。

贼　　豆：我娘她躺在床上，动不了。

杨树儿：（对村干甲）有她的笔录吗？

翠　　花：村长，杨婶说的话你不是都听见了，还要什么笔录啊？

杨树儿：这是公开论断，讲的是真凭实据，要的是明明白白！（转向村干）你说。

村干甲：杨婶只是一个劲地哭，她说求求大家，千万别把事情闹大了。

众村民：（不安地）哎呀，翠花她不是说杨婶一直都替她说话吗？

杨树儿：那豆干嫂呢？昨晚把她叫回来了没有？

村干乙：已经叫回来了，可她刚才又说家里有事，来不了。

[翠花一阵眩晕，几乎跌倒。

[众村民窃窃私语，更加不安。

杨树儿：她是唯一的证人，她不来，怎么下结论？（对村干甲）老五，你去，抬也要把她抬来！

村干甲：已经叫过好几遍了，就像拉她去枪毙一样，死活不肯来。

杨树儿：你再去叫，就说我杨树儿叫她，有事，我负责。

村干甲：哎！（下）

[社会闲杂甲、乙像没事一样，踱上。

[村民甲碰碰村民乙，村民乙碰碰村民丙，众人窃窃私语。

杨树儿：（看看手表）没时间等了，我们先开始。我先宣布会场纪律，不准吵闹，要实事求是，以理服人。贼豆，你先讲。

贼　豆：（瞄了翠花一眼，淡淡一笑，绅士般）女士优先，国际惯例，让她先讲。

杨树儿：翠花，你讲！

翠　花：村长……（环顾四周，方寸顿乱）村长，我冤枉啊……

杨树儿：（不耐烦）摆事实，摆事实。从头到尾一缘二故，讲清楚。

翠　花：村长，我真的没有撞她啊，是婊子儿他不要脸，他癞蛤蟆想吃天鹅肉，他要流氓，要五月做老婆……

贼　豆：村长，我抗议，她污辱我的人格。

杨树儿：（皱眉）翠花，别的少说，讲讲那天在井边的事。

翠　花：井边的事那么清楚，还要我再说吗？杨婶她自己跌倒，我好心去扶，忙前忙后的，六十块诊费还是我垫的呢……村长，这你也知道啊！

毛弄井：村长，翠花说的可都是实话啊！

贼　　豆：你又没在场，怎么知道她说的是实话？

毛弄井：我……

杨树儿：翠花，你讲完了没有？

翠　　花：村长，我真的没有撞她啊……

众村民：（叹息）哎呀，翠花怎么说来绕去就这么一句话呀……

杨树儿：贼豆，你讲。

贼　　豆：（打背躬）哼，看她平时说话像机枪扫射，今天看起来，也不过是后台的一面破锣罢了。哼！

　　　　　（背唱）东山遛过马，

　　　　　　　　西山跑过驴。

　　　　　　　　阵势没少见，

　　　　　　　　说话心不虚。

　　　　　　　　娘和证人没在场，

　　　　　　　　我胜券在握已定局。

　　　　　　　　平时众人总是看轻我，

　　　　　　　　今天我索性抖它一抖唱一曲。

　　　　　（正儿八经地）大家都知道，现在是文明世界、法制社会，处事要合法，待人要文明，告状呢，得真凭实据。翠花嫂，你说你没撞我娘，可你有什么证据？你说我不要脸，这可是骂人的话，弄不好，我告你诽谤污辱。当然，今天我就不和你计较了。我承认，我是喜欢过五月，也希望她能做我的老婆，可这怎么能算不要脸呢。不过，当我知道五月在深圳干那种事时，我就再也不想要她了。（突然提高声音）你们知道，五月在深圳干什么吗？

众村民：呵呵……

毛弄井：贼豆，你血口喷人！

杨树儿：贼豆，正经点！

贼　　豆：（正色地）村长，你当我不正经？那好，我这就言归正传！那天

　　　　　　我想跟五月商量婚事，她觉得自己干了那种事，配不上我，所以就连夜走了。我娘不明真相，以为我伤害了五月，就跑去向她嫂子赔礼道歉，谁知翠花鸡肠小肚，对我娘挖苦讽刺，还把我娘推倒。她见我娘怕事不敢讲，就想瞒天过海，充当好人。

翠　　花：（吼）你放屁！

贼　　豆：（以手扇鼻）果然很臭。村长，你做证，这屁是她放的。

众村民：呵呵……

杨树儿：（对翠花）你说话控制点，光发火，没有用的。

翠　　花：村长，我真的没有撞他老娘，不信你问问豆干嫂。

贼　　豆：好啊，那就问问豆干嫂吧。

　　　　[村干甲领着勾头垂目的豆干嫂上。

众村民：（打背躬）唉，现在就看豆干嫂了。

杨树儿：豆干嫂，你是唯一的证人，你要实事求是，不得隐瞒。

豆干嫂：村长，我……

　　　　（背唱）村长明知是与非，

　　　　　　　为什么还要公开论断来开会。

　　　　　　　分明是把皮球踢给我，

　　　　　　　让我去做坏人倒大霉。

翠　　花：（唱）乡亲们都说要执言仗义支持我，

　　　　　　　为什么关键时刻个个一声不吭闭着嘴。

　　　　　　　一线希望豆干嫂，

　　　　　　　唯有她能救我危！

　　　　（含泪泣求）他婶子，你可一定要说实话啊！

豆干嫂：（唱）我亲眼看见她救危，

　　　　　　　怎能颠倒白与黑。

　　　　　　　她说村人能仗义，

　　　　　　　为什么个个满脸一团灰？

　　　　　　悔不该一时糊涂心发软，

　　　　　　　答应她今天出庭来证对。

贼　豆：豆干嫂，你说呀，我娘是怎么跌倒的？

　　　　　[社会闲杂甲、乙，故意从豆干嫂眼前踱过。

豆干嫂：（抬头乍看）

　　　　（唱）贼豆活像阎罗鬼，

　　　　　　啥事他都敢非为。

　　　　　　要是和他来作对，

　　　　　　只怕十条小命也不够赔。

杨树儿：豆干嫂，你倒是说话呀？

翠　花：（几近崩溃地）他婶子，做人得讲良心啊！

贼　豆：是啊，我就最恨没良心的人。

豆干嫂：良心……

　　　　（唱）谁人没有心和肺？

　　　　　　哪个不知是与非？

　　　　　　欺软怕硬遍地是，

　　　　　　为何独独要我担待是与非？

　　　　　　罢罢罢，

　　　　　　人不为己天诛灭，

　　　　　　是是非非全都推！

　　　　村长，我……我……我当时只顾着挑水，什么也没看见……

弄井夫妇：你说什么？！

杨树儿：豆干嫂，大声点。

豆干嫂：我……我真的什么也没看见。

翠　花：（愤激指戳，近乎嘶喊）你胡说！——

豆干嫂：翠花，我实在帮不了你啊。（把手中之物塞还翠花，捂面跑下。

　　　　匆忙间，一颗小小的圆状之物滚落地上）

[众人伸长脖子探看。

贼　　豆：（一个箭步，拾起）嗬！好沉啊！村长，你看这是什么？（高高举起）

众村民：（伸长脖子）金——戒——指！

贼　　豆：（冷笑一声）村长，这件事再明白不过了吧？

杨树儿：（故作痛心疾首）唉！想不到你们竟然做出这种事情！（生气地走开，下）

[贼豆冷笑一声，随下。

翠　　花：（一声嘶喊）村长，我冤枉啊……（泪流满面，缓缓转向众村民）乡亲们，你们替我说句公道话呀！我真的没有撞他老娘啊……

[众人默然无语。

村民甲：（轻声嘀咕）可、可那金戒指……这、这怎么说呢？

众村民：（像只有半边肺似的低应）就是嘛……（陆续走开）

翠　　花：（站立不稳，凄然苦笑）呵，呵！呵……

（唱）天杀的豆干嫂，

　　　红嘴白牙两面又三刀。

　　　该死的杨树儿，

　　　欺软怕硬不公道。

　　　天啊天，

　　　是非黑白全颠倒，

　　　好心为什么没好报？

毛弄井：（唱）恨贼豆丧尽天良太霸道，

　　　骂村长逢场作戏设圈套。

　　　气杨婶纵子作恶瞒真相，

　　　怨豆干老婆为保自身把井石抛。

　　　翠花啊……

　　　人心叵测难预料，

　　　是非黑白全混淆。

如今咱是跳进黄河洗不掉，

还争什么公道不公道？

（哭）算了吧，咱认了……

翠　　花：你说什么？你这田里的蚯蚓，坑里的爬虫，你这撑不开的伞，烤不得的蜡，你这跳井的武大郎，连壳都没有的乌龟王八蛋，你就这样让人欺负啊你？

［毛弄井忍无可忍，狠狠地甩了翠花一巴掌。

翠　　花：你这软包，就知道打我。（披头散发）你要还有半点男人的骨气，就去找那婊子儿拼杀呀你！

［毛弄井泪流满面，缓缓转过身，猛地掉头，冲下。

［翠花哭声立止，惶恐低喊："弄井……"

［暗转。灯亮。毛家外，门口台阶成为一个高台。毛弄井在台上磨刀霍霍。

毛弄井：（唱）柿子软来怕落地，

　　　　　　做人善来受尽欺。

　　　　　　满腔怨恨无处泄，

　　　　　　磨刀霍霍杀心起。

　　　　　　不蒸馒头蒸（争）口气，

　　　　　　鱼死网破争个理。

　　　　　　他不让我好好过，

　　　　　　我就一刀宰了这泼皮。

［众村民忐忑不安、小心翼翼上。

众村民：（唱）恨贼豆，把人逼，

　　　　　　同情毛家受凌欺。

　　　　　　想劝他，忍忍气，

　　　　　　又怕引火烧身害自己。

毛弄井：（唱）乡亲们，该明理，

　　　　　　为何个个不吭气？

　　　　　　谁都知道我受欺，

　　　　　　为何无人敢仗义？

　　［村民中有人想上去，被亲人拉住。

毛弄井：（唱）我磨刀霍霍声唧唧，

　　　　　　就在他们眼皮底。

　　　　　　为什么没有一人来劝阻？

　　　　　　为什么听不到半点的声息？

　　　　　　难道他们个个都忍心，

　　　　　　把我往那死路逼？

众村民：（背唱）弄井啊，

　　　　　　　我们心中也有气，

　　　　　　　再气也只能压心底。

　　　　　　　我们上有老来下有小，

　　　　　　　不怕一万怕万一。

　　［幕后伴唱：

　　　　　　柴刀越磨越锋利，

　　　　　　阵阵寒气穿骨底。

　　　　　　心做磨石刀下泣，

　　　　　　泪当磨水眼迷离。

毛弄井：（唱）从未这样痛，

　　　　　　从未这样迷，

　　　　　　从未这样冷，

　　　　　　从未这样凄，

　　　　　　从未这样乏无力，

　　　　　　从未这样苦无依。（缓缓站起身来）

　　　　　　一步一挪移，

　　　　　　　柴刀举不起。
　　　　　　　泪眼糊涂看，
　　　　　　　泼皮在哪里？
　　　　　[贼豆趾高气扬上。

贼　　豆：（念）大庭广众打胜仗，心花怒放喜洋洋。扬眉吐气威风抖，昂首阔步来接娘。（见状，怔住，一个趔趄，险些摔倒）你……你想干啥？
　　　　　[毛弄井红着眼，一声不吭，一步步向贼豆逼近。
　　　　　[众人紧张，驻足观看。

贼　　豆：（慌忙四顾，连连后退）你……你想杀我？（一边鼠目窥望，伺机逃走，一边察言观色，想着应对的法子）
　　　　　[众村民两股战战，暗自紧张捏拳。

贼　　豆：（稳住，强撑着，开始装出不屑一顾的样子）嗨，就凭你？也想杀我？（试探性地将头往前一伸，猛地一跺脚，毛弄井全身微微一颤，不由得停住脚步。贼豆立即笑了）来，来呀……（壮着胆子，往前一挺。毛弄井身体失衡地向前一倾。贼豆一悚，倏地收回脚步）

众 村 民：（由紧张担心开始变为试探性地怂恿）弄井，上！
　　　　　[毛弄井闻声，身子晃了晃，勉强稳住。

贼　　豆：（见状，彻底消除顾虑，开怀大笑，拍着胸脯）嗨，来，朝这！
　　　　　[毛弄井费劲地咽下一口气，颤抖着手，缓缓地举起柴刀，举至半空，却又软了下来，如此三次，终不能举起。
　　　　　[众人焦急、失望，发出阵阵泄气声。

贼　　豆：（见状，呵呵大笑，装出一副持刀杀戮的样子，以手为刀，猛地向前一捅）唆！——（夸张地捂住自己的肚子，将脸皱成一团，随即花般展开）哇塞！真他妈的痛快！
　　　　　[毛弄井被贼豆的表演吓得一俯一仰，一摇一晃，脸上青一阵，白一阵。

贼　　豆：（愈加放肆，得意忘形，两手抱肩，往毛弄井跟前一站）毛弄井，你要有胆，就一刀劈了我，就像剖甘蔗，从头到脚把我劈成两片，我要是眉头皱一皱，就不算条汉子。

众村民：（完全成为看客，大声起哄）弄井，上，上啊！

[毛弄井使出全身力气，缓缓举起柴刀。

[众人屏息观看，贼豆神经渐渐绷起。

[杨婶连滚带爬出，欲动艰难，欲呼无声。

[翠花跌跌撞撞奔上，见状，一声尖叫，扑上前去。

翠　　花：弄井……不要啊！我不争了，我不闹了，我认了，我赔他……

众村民：（发出长长的泄气声）唉……

贼　　豆：（重新抖起）呵呵……手无缚鸡力，腿抖如筛米，刀都举不起，还想把我劈。你要是有种，你就劈啊。我站着给你劈，你怎么还不劈啊？

翠　　花：（匍匐到贼豆跟前，语无伦次地）豆爷，我求求你，不要再逼他了……

[众人摇头叹息，掉头散开，扫兴欲离。

贼　　豆：（开怀大笑）呵，呵！呵……（笑声未毕，只见他张着嘴巴，瞪大眼睛，惊恐地注视着前方。但见毛弄井青筋暴凸，两眼圆睁，面部扭曲，双手握刀，猛地举起，一声嘶喊，跨步向前）

毛弄井：老子杀了你……

[众村民：蓦然回首，一阵惊呼："弄井！——"（表情动作定格）

[贼豆刹那间，魂飞魄散，两腿一颤，"扑通"一声，跪在地上。

[翠花惊愕回首，一声尖叫，一把抱住毛弄井双腿，挡住他前进的步伐。

[杨婶一声悲呼，昏厥过去。

[贼豆慌忙爬起，背起老娘，一溜烟地跑下。

众村民：（长长地呼出一口气，随即爆发出一阵刺耳的笑声）呵，呵！呵……

村民甲：呵呵，蜈蚣十八脚，也怕老母鸡，弄井，你真行！

众村民：（连声附和）够威！够猛！够力！

　　　　[豆干嫂慌乱奔上。

豆干嫂：（痛哭流涕）弄井，我对不住你们啊……

　　　　[话音未毕，只听一声"咣当"，柴刀落地，毛弄井趔趄两步，"叭"的一声，像一桩木墩重重倒地。

　　　　[众人一声惊呼，围上前去。

　　　　[杨树儿惊慌跑上，见状，震惊。

杨树儿：出什么事啦？

　　　　[无人应答。

杨树儿：到底怎么啦？

　　　　[无人应答。

杨树儿：你们倒是说话呀！

众村民：（众人缓缓回过神来，你看看我，我看看你，最后发出一阵干涩、怪诞、离奇的笑声）呵，呵！呵……

　　　　[静场。

　　　　[沉寂，沉寂，沉寂……

　　　　[一声长长的汽车喇叭声响起，撕破了沉沉的静默。

杨树儿：（跌撞两步，喃喃地）文明检查团到了……

　　　　[光渐收。众缓下。聚光照着"三倒丫"。

　　　　[幕内（唱）三倒丫，三倒丫，

　　　　　　　　　百年老树断枝丫。

　　　　　　　　　诸君若是有耐性，

　　　　　　　　　敬请再听一句话。

　　　　　　　　　人字倒写是丫字，

　　　　　　　　　众字颠倒成三丫。

　　　　　　　　　此戏若是无真味，

请君一笑忘了它。

[歌声中，幕徐落。

2001年10月17日初稿

2003年1月10日改毕

（附注：《新剧本》2003年第2期发表，2004年参加广州市文体局主办的向全国征集舞台文学剧本活动，564部应征作品，11部入选，《三倒丫轶事》名列第一。）

寿宁知县冯梦龙

时间：明崇祯七年至十一年（1634—1638）

地点：寿宁县

人物：冯梦龙　寿宁知县，六十多岁

　　　周半岭　猎户，四十多岁

　　　阿七婆　接生婆，五十多岁

　　　冯二伢　冯梦龙贴身侍从，二十多岁

　　　白虎进　外号"白虎精"，乡间恶霸，四十多岁

　　　刘　三　乡绅，三十多岁

　　　媚　娘　周半岭之妻，三十多岁

　　　大　花　周半岭长女，十岁

　　　缪大宝、缪二宝、王四（哑巴）、五叔、八婶、衙役、乞丐、家丁、丫鬟、男女百姓若干

序

[一道纱幕，上印明末寿宁县疆域图：城围万山，形似釜底。

[幕后（唱）车岭车到天，

　　　　　　九岭爬九年。

　　　　　地平无三里，

　　　　　十里不同天。

　　　　　穷乡僻壤寿宁县，

　　　　　孰愿与民共苦甜？

[歌声中，纱幕徐徐拉开。冯梦龙与冯二吖的身影出现在光区里，做翻山越岭状……

[幕后（唱）走马灯，换知县，

　　　　　个个叫苦声连天！

　　　　　可叹秀才冯梦龙，

　　　　　不在姑苏享清闲。

　　　　　年逾花甲任知县，

　　　　　所为何来众纷言！

　　　　　是呆傻？是疯癫？

　　　　　还是敲骨抽髓刮穷钱？

　　　　　哎呀呀……

　　　　　地瘠民贫如柴瘦，

　　　　　只怕他要……以身饲虎遭凶险！

[光渐收，主仆二人渐渐隐没在群山深处……

第一场　智断

[幕启。

[明崇祯七年（1634），仲秋，傍晚。

[寿宁县衙。桌案歪斜，文房用品散落，满地狼藉。

[刘三、王四、缪大宝、缪二宝、五叔、八婶等人气势汹汹。

[衙役甲、乙竭力拦阻。

衙役甲：穷山恶水出刁民，胆大包天鬼也惊！

衙役乙：衙门案台都擂塌，肆意妄为罪不轻！

刘　　三：呸！此处还是寿宁县衙吗？

（唱）半年更换四知县，

不见老爷头和脸。

百姓死活无人管，

问你究竟怎为官？

众　　人：（唱）百姓死活无人管，

问你究竟怎为官？（捶桌擂凳，欲掀案台）

衙役甲：哎哎哎！小人当差不当官，若是当官准跳潭。奉劝列位莫急躁，案台可……可擂……不可翻！

衙役乙：列位父老，新任老爷业已到任，怎奈西门虎患猖獗，人畜受伤过百，老爷下车伊始，便马不停蹄访察民情，待他归来，即刻升堂！

刘　　三：如此道来，新任老爷还算体恤民情。敢问老爷尊姓大名？

衙役甲：啊哈！（念）吴下三冯仲为最，三言话本把名垂。

衙役乙：天上文曲星下降，你应知道他是谁！

刘　　三：莫非竟是大名鼎鼎的龙子犹——冯梦龙先生！

衙役甲：正是！

刘　　三：如此，寿民有福，寿宁有望矣！

众　　人：此话怎讲？

刘　　三：冯先生乃直隶长洲人氏，出身名门，学贯古今，常有惊世骇俗之举。他，著作等身，"三言"话本，世人皆知。如此文坛宿将，而今舍近求远，去离繁华，到我寿宁任职，其与去瘠求腴、攀龙附凤之流，自然不可同日而语！

缪大宝：哧，一个老秀才，会写书，不一定会当官断案哪。

五　　叔：管它书生秀才，咱们只管击鼓！

[众人击鼓。

[冯梦龙内唱：鼓声阵阵传衙外，步履匆匆赶将来。

　　　　　[简装便服,风尘仆仆上。
　　　　　[冯二伢背个包袱,跟上。
冯梦龙:(接唱)唤声二伢快步走——
冯二伢:老爷啊……
　　　　(唱)再快也……也……也得喘气哎!
衙役甲:禀报老爷,寿民闹衙!
冯梦龙:竟有此事?!(疾步入衙,见状,震惊)
　　　　(唱)触目惊心,寿人凶悍出理外,
　　　　　　衙门案翻,悲愤感慨从中来。
　　　　　　回想三日细察访,
　　　　　　耳闻目睹多败衰。
　　　　　　城围万山在釜底,
　　　　　　一条蟾溪中隔开。
　　　　　　山险水迅多灾害,
　　　　　　界杂民顽费思猜。
　　　　　　沙浮土浅难稼穑,
　　　　　　民生多艰动心怀。
　　　　　　更有豪强仗权势,
　　　　　　横行乡里酿祸灾。
　　　　　　惩治顽愚需雷厉,
　　　　　　即刻升堂审案来!
　　　　　[幕内三声鼓响,威武声:升堂——
　　　　　[冯梦龙就地整衣正冠,轩昂而立。
　　　　　[众人始而嚷嚷,继而肃静。面对残桌断椅,开始惴惴不安。
冯梦龙:(拱手施礼,神色庄严)列位父老,请恕本县失礼。本县寡德少才,
　　　　承蒙上司提携,任职寿宁正堂。身为一县父母官,本应登门拜会
　　　　各位父老,怎奈今日下乡察访回衙,适逢诸位有讼而来,故此匆

匆拜会，岂料堂堂县衙，竟然一片狼藉，致使诸位竟无落座之处，着实羞愧万分，羞愧万分哪！

[众人局促，羞愧不安。

冯梦龙：来来来，今日我等因陋就简，席地而坐，促膝详谈。（语毕，一撩衣袍，旁若无人，坐在地上）

[众人惶惑，随之坐下。

冯梦龙：列位父老，有何冤情，速递状来。

[众摇头支吾。

刘　三：老爷有所不知，寿民告状，素来不递状子。

冯梦龙：此是为何？

刘　三：寿民穷苦，一则多不识字；二则请不起师爷代笔；三则……

冯梦龙：三则什么？

刘　三：害怕授人以柄，遭人报复！

冯梦龙：此话怎讲？

刘　三：老爷若是真心为民，小人日后自当明告。

冯梦龙：哦？你信不过本县？

刘　三：小人不敢。

冯梦龙：列位父老有何冤情，尽可一一道来，本县定予秉公裁决。

[王四支吾比画。

冯梦龙：这位仁兄，所诉何事，有谁知晓？

刘　三：老爷啊——

（唱）小人姓刘单名三，
　　　与他王四是同乡。
　　　昨日午后牛歇晌，
　　　孰料从天降祸殃。
　　　他家牛母发情性，
　　　惹恼牛公相打将。

>　　　　牛公不幸落崖死，
>　　　　　牛母自当把命偿！

冯梦龙：哦？你说是，你们二位本是同乡，只因两家耕牛歇晌，他家牛母发情，惹恼你家牛公，结果二牛相争，你家牛公跌落山崖活活摔死，为此，你要他家牛母抵命？

刘　三：正是。

　　　　[王四支吾抗议。

冯梦龙：刘三，本县听你应答，知你知书达礼。

刘　三：老爷过奖。

冯梦龙：本县问你，你家有几亩良田？

刘　三：老爷有所不知，寿宁山高水寒，凿石为田，稍有沙土，无不见缝插针栽种庄稼。小人几分薄地，岂算良田？老爷，这牛公乃小人仅有家私，现今摔死，日后耕田下地，小人着实无助啊！

冯梦龙：刘三，本县再问于你，王四家中又有几亩田地？

刘　三：他家田地都与小人挨着，也无几分。

冯梦龙：本县有一良策，可保二位既有肉吃，又有牛耕，尔等可否愿意照办？

刘　三：若能如此，小人求之不得。

冯梦龙：来人，笔墨侍候。

　　　　[衙役甲、乙捡笔、拾砚、研墨、铺纸。

　　　　[冯梦龙一挥而就，交与刘三。

刘　三：（执纸念读）二牛相争，一死一生；死者同食，生者同耕。妙哉妙哉！

冯梦龙：你且告知王四，看他是否愿意。

　　　　[刘三向王四比画，王四连连点头。

刘　三：多谢老爷！

冯梦龙：（对缪大宝、缪二宝）二位何事相争？

缪大宝：大人，小民兄弟二人分家，老母偏心，小民分的家产少，他分的家产多。

缪二宝：大人，是小民分得少，他分得多。

缪大宝：是你多我少！

缪二宝：是你多我少！

冯梦龙：二位不必相争，本县这就给你们论断。既然二位均说对方分的多，自家分的少，本县就命你们将各自分得的家产对换，二位意下如何？

二兄弟：呃……小民不换了……

冯梦龙：（转向八婶、五叔）二位阿叔阿婶，敢问有何冤情？

八　婶：嘿嘿……都怪我家鸡母嘴馋，跑到他家米店啄米拉屎……嘿嘿，老五哥，您看人家牛大的事都和解了，咱这鸡毛蒜皮就算了吧？

五　叔：看在知县老爷的面上，这鸡还你。（还鸡）

冯梦龙：（环顾众人，语重心长）列位父老啊——

　　　　（唱）常言道一个篱笆三个桩，

　　　　　　一条好汉三个帮。

　　　　　　种花春来香千里，

　　　　　　种刺勾心把人伤。

　　　　　　睦邻友好心欢畅，

　　　　　　纵是喝水也甜香。

　　　　　　本官初到寿宁县，

　　　　　　诸多事宜，还请列位多帮忙。

众　人：（唱）老爷你断案息讼有妙方，

　　　　　　小老我心服口服眼开光。

　　　　　　只要老爷有吩咐，

　　　　　　不管啥忙咱都帮。

冯梦龙：好啊，那就有劳各位先将这些残桌断椅扶将起来吧！

众　人：（始而尴尬，继而大笑）哈哈哈……（争相扶案）

　　　　[幕内一阵婴儿啼哭，众人驻足倾听。

　　　　[冯二伢循声查看，发现边幕有一栲栳，提起。

冯二伢：老爷，不知何人将一女婴抛在县衙门口！

冯梦龙：谁家父母如此狠心，竟然抛弃亲生女儿！（抱起）

八　婶：嗨，这种弃婴多啦，老爷若是见一个捡一个，只怕不出一月，这衙门就要变成育婴堂啦。

五　叔：是啊，快让衙役弃于荒野。

冯梦龙：人命关天，岂能见死不救？

刘　三：老爷，弃溺女婴乃寿宁陋习，由来已久。

冯梦龙：如此陋习，非革除不可！

刘　三：只怕无人愿意遵从。

冯梦龙：列位父老，请问谁愿帮忙收养此女？

八　婶：呵呵，民妇有事，先走一步。（下）

[缪大宝、缪二宝、王四、五叔见状，纷纷溜下。

冯梦龙：你们……你们……

刘　三：老爷，您初到寿宁，才断几个小案，尚未立威于县，取信于民，哪个百姓愿意听从于您？

冯梦龙：敢问如何才能立威于县，取信于民？

刘　三：老爷可知，寿宁有两大祸患，百姓深受其害，一乃西门虎患；二乃泗洲恶霸白虎进，老爷若能驱虎除霸，何愁威信不立，政令不行？！

冯梦龙：哦？（神色渐趋凝重）

[切光。

第二场　询疑

[光启。

[镇武山下，知县住宅外，边上是"四知堂"。

[冯梦龙在书房伏案打盹。

[幕内女婴哭声渐大。

冯梦龙：（倏然惊醒，四顾茫然）嚯……二伢！

[冯二伢抱着女婴上。

冯二伢：老爷，您怎么啦？

冯梦龙：唉，老夫不知怎的，仿佛听到许多女婴冤魂向我哀哭求救！

冯二伢：老爷牵挂弃婴，日有所思，夜有所梦。

冯梦龙：是啊！

（唱）夜思刘三述祸患，
　　　辗转反侧难成眠。
　　　驱虎除霸众所望，
　　　禁溺女婴易俗难。
　　　寿宁百废皆待举，
　　　任重道远一肩担。（接抱女婴）

可怜的小女娃啊——
　　　待我除恶驱虎患，
　　　方保汝辈享平安。

[内报声：泗洲白虎进家仆求见！

冯梦龙：说曹操，曹操到！准见。

[二伢接抱女婴，入内，稍后复出。

[二家丁抬着一箱礼物，上。

家丁甲：（念）虎爷威震一方，背后有座靠山。

家丁乙：（接）新任知县刚到，先送礼品一杆。

冯梦龙：请问二位有何贵干？

家丁甲：嘿嘿，这是虎爷给您送的见面礼。

冯梦龙：本县已有明令，拒不收礼！

家丁甲：（笑嘻嘻）老爷，您放心，小的悄悄而来，无人看见。

冯梦龙：你们抬头看看，那是什么？

家丁甲："四知堂"？咦，此处以前挂的可是"看花处"呀。

冯梦龙：你们可知，何谓"四知"？

二家丁：呵呵，小的只懂两个字——不知！

冯梦龙：那本县这就告诉你们。东汉王密夜送十金给杨震，说暮夜无知者，杨震告诉他：天知，地知，我知，子知，何谓无知者！万历十八年，戴镗担任寿宁知县，为了自警，就在此处建立"四知堂"。本县刚刚重立匾额，尔等竟敢上门送礼！

家丁甲：老爷，我家虎爷的小妹乃布政使大人的第十一房姨太太，历任知县都视虎爷为座上宾，您别不识抬举！

冯梦龙：再不抬走，本县就命人把礼品放在升平桥上，供往来百姓观看！

家丁甲：死老货，给脸不要脸，我看你是吃了豹子胆！

家丁乙：敢和虎爷作对，看你如何收场！走！（抬箱，下）

冯二伢：老爷，那白虎进真是布政使大人的小舅子？

冯梦龙：是啊，老夫上任之时，有司就曾招呼。听了刘三陈述，才知白虎进倚仗权势，横行乡里，无恶不作。

冯二伢：如此看来，老爷您……

冯梦龙：怎样？

冯二伢：嘻嘻，小人想起老爷写的"三言"话本：卢太学诗酒傲王侯，杜十娘怒沉百宝箱，这回老爷八成又要写个：冯知县智斗白虎精啦，哈哈哈……

冯梦龙：好你个机灵鬼。唉，眼下当务之急，是尽快找到捕虎猎手！

冯二伢：老爷，平溪猎户周半岭擅制捕虎笼，里长业已前去寻访。（幕内婴儿啼哭）不过老爷啊，先找乳娘才是燃眉之急！（入内）

[内报：阿七婆求见。

冯梦龙：来得正好，快快有请。

[阿七婆一手执旱烟管，一手拎栲栳，内装接生用品，乐颠颠上。

阿七婆：（念）阴阳一张纸，生死一呼间；接生三十载，就图几个钱。老身一辈子从未想过攀龙附凤，谁料今日竟然要给知县老爷的太太接生。嘿嘿，这女人生产啊，只有六个字：屏气、下努、用劲！呵呵呵……（拾级而上，得意忘形，一个趔趄，桙桙落地。）哎哟！

冯梦龙：（闻声离座，上前搀扶）你是接生的阿七婆吧？

阿七婆：哎哟，老身头一回进官家就跌倒，看来这官家的地气真是重啊！请问老爷，你家太太几岁？生过几胎？几时开始腹痛？

冯梦龙：呵呵，本县未曾携带家眷呢。

阿七婆：未带家眷？那老爷您叫老身前来做甚？

冯梦龙：本县请您前来，是有要事相托。

阿七婆：哦？老爷尽管吩咐。

冯梦龙：阿七婆，本县初到寿宁，人生地陌，你平日里接生护产，常在乡间走动，熟识的妇人，必定很多吧？

阿七婆：（打背躬）呀，这位老爷未带家眷，开口就向老身打听妇人……（偷偷瞄冯一眼，窃笑）哦——老身明白了。老爷呀——

（唱）七婆我今年刚把五十过，

　　　眼不花来背不驼。

　　　接生护产乡间走，

　　　熟识的妇人哪——

　　　就像山间竹米一样多！

冯梦龙：（唱）本县有桩要紧事，

　　　正好请你来帮我。

阿七婆：（唱）这事老爷您不说，

　　　老身我也猜得着。

冯梦龙：哦？

阿七婆：（俯身近前）老爷你可是要老身替您——

（唱）找一个生儿育女的妇婆？

冯梦龙：（笑）咦，此事你如何知晓？

阿七婆：老身是过来人，一看便知。不过老爷啊，这种事可不太好办哦。

冯梦龙：事关乡风民俗，本县能够体谅，只要她肯把娃儿抱回家去就好。

阿七婆：（一怔，打背躬）这生米还未下锅，就想抱娃娃？（反感）老爷，人家可不一定情愿呢。

冯梦龙：倘若当事之人不肯前来，你就先帮本县找个乳娘。

阿七婆：（震惊，打背躬）呀嗬！他要乳娘做甚？莫非他年老体衰，要喝人乳？！（害怕）老爷，此事恐怕不行哪！

冯梦龙：你先把人带过来，本县自有法子。

阿七婆：呃，老爷，您要老身何时把人带来？

冯梦龙：自然是越快越好啦。

阿七婆：（恼怒，背唱）虽说这媒有得做，

　　　　　　　可这未免太过火。

　　　　　　看他年已六十过，

（打背躬）哼！什么知县大老爷——

（接唱）分明是一个，不知害臊的老色货！

（白）老爷，此事老身干不了！（掉头欲走）

冯梦龙：阿七婆，你说说，为何干不了？

阿七婆：老爷，您嗜好特别，性子还忒急！

冯梦龙：那女娃日夜啼哭，要吃奶水，本县能不着急吗？

阿七婆：什么女娃？

冯梦龙：唉，有人把一女婴扔在县衙门口，本县知你常在四乡八坊接生，故而请你帮助找个乳娘，并且协查女婴父母。

阿七婆：（笑打自脸）哎哟，瞧我都想哪去喽！我说老爷啊，这弃婴多得是，你捡她做什么哟。

冯梦龙：人命关天，岂能见死不救！

阿七婆：嗨，这女人哪是人啊。

冯梦龙：若无女人，何来你我？

阿七婆：老爷，您是富贵人家，您没听过寿宁俚曲《月光光》吧？

冯梦龙：《月光光》？

　　　　[幕后传来童谣：

　　　　（唱）月光光，照四方，

　　　　　　　照遍人间爹与娘。

　　　　　　　只愿生男莫生女，

　　　　　　　生女便出恶心肠。

阿七婆：我们穷人生了女娃，没法养，不是溺死就是抛弃路旁。不瞒老爷您，上月老身接了十几个女婴，十之八九都弃溺啦。

冯梦龙：果真如此？！

阿七婆：弃溺女婴，由来已久，老爷何必大惊小怪。老身也是弃婴，自个也曾溺过女婴。老爷不知，城南不远处有座女儿山，专门掩埋溺死女婴的小尸骸，那里啊，寸草不生呢。

冯梦龙：造孽啊！都说闽地重男轻女风甚，不想竟是如此严重！阿七婆，你可知晓，东汉有地方长官，名叫贾彪，他见当地民苦，多不养子，遂制定律法，凡不养子女者，与杀人同罪。

阿七婆：（惊惧）这……

冯梦龙：后来，城南有盗贼杀人，而城北有妇人杀子，贾彪接报案，命人先捕妇人而后捕盗贼，你道此是为何？

阿七婆：老爷，您该不会……要拿老身问罪吧？

冯梦龙：本县要你明白：贼寇害人，有违法理；母子相残，却是逆天违道，这是要遭天谴，要遭报应啊！

阿七婆：老爷，您别说了，请把女婴交给老身，乳娘也包我身上。

冯梦龙：如此，多谢七婆。

　　　　[冯二伢抱女婴上，交给阿七婆。

冯二伢：回禀老爷，前往平溪的公差已经回报，他说周半岭拒绝捕虎，还口吐狂言，说哪个再叫他捕捉老虎，他就让老虎咬死哪个。

冯梦龙：这个周半岭为何恨官胜于恨虎呢？二伢，准备行囊！

冯二伢：是。

　　　　[光渐收。

第三场　访察

　　　　[次日午后。

　　　　[平溪，山居，茅草棚，周半岭家。边上一棵碗口粗的树。

　　　　[周半岭正努力将媚娘往树干上拴。

媚　娘：（挣扎）放开我，我要去找花儿……花儿……

大　花：（哭）爹，我求求你，不要拴娘。

周半岭：她疯了，不拴住她，到处乱跑怎么办？

大　花：娘……

媚　娘：（望着大花，眼直，一把搂进怀里）花儿，你饿了吧？娘这就给花儿喂奶……（掀起衣襟，欲喂）

大　花：（躲闪）娘，我是大花，我去给您端药。（入内端药）

媚　娘：花儿……花儿……

周半岭：（捂脸哀泣）天哪，这日子可怎么过啊！

　　　　（唱）世道险恶运衰败，

　　　　　　　天灾人祸接踵来。

　　　　　　　山中捕虎讨生计，

　　　　　　　恶霸凶狠赛狼豺。

　　　　　　　新生女儿抛野外，

　　　　　　　结发妻子又疯呆。

　　　　　　　满腹悲愁无处诉，

　　　　　　　这般苦日怎生挨？（拭泪，一旁劈柴，一斧比一斧用力发泄。）

大　花：（端药出）娘，您喝药吧。

媚　　娘：（眼直，惊恐）你是谁？不要过来，不要过来……

大　　花：娘，我是大花啊……

媚　　娘：（尖叫）不，你是索命鬼……（昏厥）

大　　花：爹……

周半岭：媚娘……（撂下柴斧，急忙解绳）

　　　　[冯梦龙内唱：山道崎岖登半岭，（与冯二伢草笠褡裢，气喘吁吁上）

冯梦龙：（接唱）喘息未定汗淋淋。

　　　　唉，看来老夫真是老矣！

冯二伢：（接唱）莫道老爷力不济，

　　　　　　二伢我——两个腿肚抖不停！

　　　　老爷，我给您砍根竹子做个拐杖。（砍竹，递上）

冯梦龙：咦，此即是某些官绅想方设法索求的寿宁方竹吗？

冯二伢：嘿，这竹竿的形状还真是方的呢，不过太细了，做拐杖都不行。

冯梦龙：回衙后，务必详加询查，倘若方竹就是如此之材，想必所传有讹，重修寿宁旧志时，务必将其删除，以免后有猎奇者求之，为地方之累。唉，寿民着实穷苦，我要上书有司，请求宽免税赋。

冯二伢：老爷眼细情深，所言极是。老爷，前方就是周半岭的家。

　　　　[大花哭声：娘……

冯梦龙：二伢，你听，好像有人在哭！

冯二伢：（上前，见状）老爷，快！

　　　　[二人帮忙抢救媚娘，媚娘缓过气来。

媚　　娘：花儿……我要去找花儿……

周半岭：大花，扶娘进屋歇息。

　　　　[大花扶媚娘入屋。

周半岭：多谢二位搭救我家娘子，请问二位所为何来？

冯二伢：周师傅，这是我们县老爷，西门虎患猖獗，我们专程前来请您捕虎。

周半岭：（顿怒）小民已经有言在先，不论哪个衙门命我捕虎，一概免谈！

冯梦龙：（微笑）周师傅，人家谈虎色变，你却为何谈官色变哪？

周半岭：老爷啊——

（唱）山中老虎不可怕，

　　　两脚恶虎你可见过他？

冯梦龙：（唱）人心歹毒逞凶暴，

　　　即是虎狼遍地爬。

周半岭：（唱）七都泗洲有恶霸，

　　　官府和他是一家！

冯梦龙：此话怎讲？

周半岭：七都恶霸白虎进，横行乡里，老爷难道不知？小民原籍泗洲桥，十年前，小民与媚娘新婚不久，他见媚娘貌美，屡次图谋不轨，小民只得举家迁至平溪，捕猎为生。可那恶霸并不罢休，隔三岔五，敲诈勒索，兽皮、兽骨、兽肉，乃至整只大老虎，都被他白白吞吃。前几天，他又派爪牙把小民家里抢劫一空，连媚娘坐月子吃的地瓜粉蔻和山榛油，也被抢走……

冯梦龙：如此遭遇，可曾报官？

周半岭：他有后台，报官何用！

冯梦龙：（唱）听罢周师傅含悲忍泪一番话，

　　　子犹我豁然开朗解疙瘩。

　　　都说是山中猛虎甚可怕，

　　　又谁知市井恶霸把骨刮。

　　　看周家一间茅棚半山挂，

　　　穷日子好比那个黄连渣。

　　　叹民间百姓疾苦民怨沸，

　　　无怪乎大明江山风雨飘摇，处处斩木揭竿事纷发。

周师傅啊——

　　　世路难行多坎坷，

> 披荆斩棘有山花。
> 官场虽然有腐化,
> 自有秉公执王法。

周半岭:哼!

> (唱)白家后台忒强大,
> 历任知县都怕他。

冯梦龙:(唱)不拘何人敢违法,
> 本县誓拔他虎牙!

周半岭:(唱)老爷若是能除霸,
> 山中老虎我来抓!

冯梦龙:好啊!

> (唱)咱二人同心合力除祸患,
> 到那时我给你敲锣打鼓戴红花!

昔唐潮州刺史韩昌黎,为除鳄鱼之患,而作《祭鳄鱼文》,本县愿效其法,拟写《祭虎文》,助你驱虎!二伢,备笔墨。

冯二伢:小人随身带着呢。(递上)

冯梦龙:(边念边写)寿宁知县冯梦龙,受命天子,守土治民,而虎类不安山林,据处伤人食畜,以肥其身,虎若有知,请听县言:七日之内,尔当举族,迁入深山,远离民居,只食禽兽,勿伤人命,如不听令,则必捕杀乃止!

周师傅,你布笼之前,务必焚香出示此文,叩请山神管辖。

周半岭:小民一定照办。

冯梦龙:(示意二伢掏银,接过)这些银子你先用,如有不足,本县再补。

冯二伢:周师傅,这些银子可是老爷捐的俸薪呢!

周半岭:老爷如此体恤,小民定当竭力而为!

[大花自内出,一旁静听。

冯梦龙:周师傅,本县还有几句话,不知当讲不当讲。

周半岭：老爷有何吩咐，但说无妨。

冯梦龙：敢问你家娘子，因何致疯？

周半岭：这……

  （背唱）老爷询问媚娘病，

     怎敢明言弃女婴？

     都只为官匪勾结心肠狠，

     百姓穷苦不聊生。

     抛弃女婴衙门口，

     一线希望谋生存。

     老爷若是知根底，

     定加严惩罪不轻。

  老爷啊——

  （唱）穷家苦事言难尽，

     此事还请莫探听。

大 花：不！

  （接唱）爹爹抛弃新生妹，

     才使娘亲哭不停！

周半岭：你胡说什么？！

大 花：我没胡说。爹爹嫌弃女儿，说女儿是赔钱货，所以娘生下两个妹妹，你都把她们溺死了。前几天，娘又生了一个妹妹，她哭着求你不要再溺了，可你还是把妹妹抱走……

周半岭：（急甩大花一巴掌）再说，看我打断你的牙！

[大花哭。

冯梦龙：周师傅，童言无忌，何必打她啊。

周半岭：唉，小人也是万般无奈啊！回想前面二女已经溺死，这一个，小人实在于心不忍，故而将她放在……

冯梦龙：放在哪里？

周半岭：放在……路旁，倘若有人捡去，也是她的造化。

冯梦龙：（背唱）听他父女一番话，

　　　　　　　含悲忍看这一家。

　　　　　　　衙门女婴谁抛弃，

　　　　　　　答案已知十七八。

　　　　　　　驱虎除霸废陋习，

　　　　　　　三虎并除祸根拔！

　　　　　　　我且装聋又作哑，

　　　　　　　想个法子先帮他。

　　　　周师傅，本县有一偏方，或可根除媚娘病症。

周半岭：老爷有何偏方？快快请讲。

冯梦龙：（接唱）这个偏方三个字，

　　　　　　　名字就叫活人参！

周半岭：活人参？何处可寻？

冯梦龙：呵呵，你啊只管专心捕虎，不必多虑。大花和媚娘我替你安顿，
　　　　待你捉到老虎，本县再让你看看那无比神奇的活人参！

周半岭：一言为定！

冯梦龙：一言为定！

　　　　［切光。

第四场　斗虎

　　　　［光启。

　　　　［泗洲桥，白虎进山寨，白虎堂。

　　　　［白虎进躺在安乐椅上，闭目养神，两丫鬟在旁轻轻捶腿侍候。

　　　　［幕内传来几声犬吠和惨叫声。

白虎进：（一脚踢开丫鬟，恼怒）哪个狗胆包天，竟敢搅扰虎爷休息！

[两个家丁拖着乞丐上。乞丐腿部受伤,鲜血淋淋。

家丁甲:虎爷,这乞丐活得不耐烦了,竟敢打咱家的狗!

白虎进:哦——(从乞丐手中抢过拐棍,饶有兴趣地看着,突然表情顿变,举起拐棍照着乞丐伤腿狠狠一击)

乞　丐:(惨叫)虎爷饶命……

白虎进:知道疼了?(连续狠击)给我记着:打狗看主人!(将拐棍扔到乞丐面前)拖出去,让他向狗儿磕头,磕到狗儿满意为止!

[二家丁将乞丐拖下。

[家丁丙,上。

家丁丙:虎爷,前往县衙打探消息的弟兄们回来了。

白虎进:说!

家丁丙:弟兄们说,那个老货断案如神,不仅拒收财礼,还接了许多告爷的诉状。虎爷,咱是不是得防着点?

白虎进:哼!

　　(唱)虎爷我打小就唱莲花落,
　　　　　肩上一颗头,胯下一个鸟,
　　　　　砍头当作风吹帽,
　　　　　犯案就像牛吃草。
　　　　　背后有山牢牢靠,
　　　　　黑白两道都结交。
　　　　　历任知县来报到,
　　　　　谁敢冷眼把我瞧?
　　　　　不知这个冯梦龙,
　　　　　他是一头什么鸟。

　　(白)哼!他要是敢和老子叫板,老子就叫他尝尝——

　　(唱)野猴吃辣椒,
　　　　　上蹿又下跳!

哈哈哈……

[家丁甲，上。

家丁甲：报告虎爷，发现官差进寨！

白虎进：来得正好！弟兄们——给我准备好，墙头戏猴！

[幕内众家丁应喝声：墙头戏猴——

[寨门轰然关闭，白虎进登梯上楼。

[四衙役上。

衙役甲：（念）老爷传唤白虎进，

衙役乙：（念）我等胆战又心惊。

衙役丙：（念）只恐白虎不听命，

衙役丁：（念）讯息传到就回行。

[四人相互推诿之后，一起壮胆上前擂门。

白虎进：（站在墙头）官差辛苦啦，弟兄们，快给官差接风洗尘！

[众家丁抬着汤壶从楼窗往下泼沸水。

[众衙役被烫，连声惨叫，落荒而逃（下）。

白虎进：哈哈哈，敢和老子作对，看我怎样收拾他……

[暗转。

[光启。夜晚。

[冯梦龙书房外，一株老梅，凌霜挺立。

[冯梦龙从座上弹起，怒发冲冠。

冯梦龙：（唱）恶贼肆意逞豪强，

　　　　　　　愚弄官差太猖狂。

　　　　　　　不加严惩难服众，

　　　　　　　为害百姓是祸殃。

[冯二伢上。

冯二伢：禀报老爷，布政司密札。

冯梦龙：（阅信，怒）岂有此理！

（唱）有司助纣来为虐，
　　　颠倒黑白太荒唐。
　　　子犹我，笑谈古今多少事，
　　　何惧妖异与强梁。
老夫下车伊始，百废待兴，布政使大人不仅不加体恤，反而以寿宁虎患猖獗为由，斥责老夫无能，不仅如此，还要老夫与那白虎进沆瀣一气、狼狈为奸，真是岂有此理！

冯二伢：老爷，想当初，您在丹徒教子攻书，修史著书，多么清闲自在，何必到此穷乡僻壤，吃苦受罪哪！

冯梦龙：此言差矣。常言道，学而优则仕。想我子犹，一生苦读，屡试不第；崇祯三年，方补贡生；年逾花甲，蒙升知县。虽然年在桑榆间，影响不能追，但以勤补缺，以慈辅严，以廉代馈，做一分亦是一分功业，宽一分亦是一分恩惠啊。

冯二伢：只是那白虎进有布政使大人给他撑腰，老爷荣辱升沉，在他手中。怕只怕老爷您打虎不成，反被虎伤啊！

冯梦龙：二伢啊——

（唱）子犹我身为一县父母官，
　　　一念为民记在心。
　　　寿宁非比姑苏外，
　　　下车稔知地瘠贫。
　　　水无涓滴不为用，
　　　山任崔嵬也要耕。
　　　民无余欠常赤脚，
　　　库无余财缴税银。
　　　更有势豪吮膏血，
　　　四境祸生不安宁。
　　　民生疾苦催人泪，

　　　　　吃苦受罪我甘心！
　　　　大丈夫穷则独善其身，达则兼济天下。叹如今，北望长安，狼烟四起，大明江山，风雨飘摇。子犹我蜗居山中，虽不能申报国之志，但力图表为民寸心。遥想万历十八年，县令戴镗，设四隘，详复民兵，积谷、征输皆有良策，县乡仓库充实，百姓安居乐业。子犹我才疏德寡，虽不敢自比戴县，然见贤思齐，见不贤而内自省。看如今，市井恶霸嚣张，西门虎患未除，贫儿赤足，女婴弃溺，我身为一县父母，外不能驱逐虎豹，内不能保百姓安居，如再贪生怕死，为虎作伥，如何立威于县，取信于民，又如何移风易俗，教化百姓啊！

冯二伢：老爷留心民事，但也得自我保重啊！

冯梦龙：祸患不除，吾必寝食难安！

冯二伢：唉……（入内）

　　　　[冯梦龙踱步屋外，望梅沉思。

冯梦龙：老梅啊老梅，想你经霜历雪百年，孑然在此，默默无言，花开无人赏，花落无人知，可你年年岁岁，凌霜傲雪，风骨不改。想我子犹，耳顺之际，去离姑苏繁华，到此穷山僻县，所为何来啊？！

　　　　（唱）县在翠微处，

　　　　　　　浮家似锦棚。

　　　　　　　三峰南入幕，

　　　　　　　万树北遮城。

　　　　　　　地僻人难到，

　　　　　　　山多云易生。

　　　　　　　老梅标冷趣，

　　　　　　　我与尔同清。

　　　　[幕后伴唱：驱虎除霸为百姓，

　　　　　　　　　恰似孤胆入丛林。

　　　　题诗明志添豪气，

　　　　　壮怀激烈虎山行。

　　[一阵清风吹过，信札飘然落到冯的眼前。冯捡起信札，眼前一亮。

冯梦龙：布政使大人致信要我与那白虎进同流合污，呵呵呵，老夫何不将计就计？呵呵呵……

　　[切光。

第五场　擒霸

　　[一月之后。

　　[二道幕外。

　　[阿七婆，乐颠颠上。

阿七婆：（念）遵照老爷吩咐，老身做了保姆，先将女娃照顾，后接媚娘同住。一对苦命母女，多亏贵人相助。自从媚娘见到女儿，病情就日渐好转，今日老身见她已然全好，特向老爷报喜，只是不知老爷上哪去了。（嘀咕，下）

　　[二道幕启。

　　[泗洲桥，白虎寨前。寨门紧闭，家丁把守。

　　[冯梦龙内唱：讼庭何日能生草？

　　　　　　　俗吏有时亦看山。（轻装便服上）

　　[冯二伢随上。

冯梦龙：（接唱）练得降龙伏虎术，

　　　　　擒妖缚怪保平安。

冯二伢：老爷，白虎进生性多疑，官差往往靠近不得，此次老爷借布政使信札，巧设计谋，真是再好不过。

冯梦龙：呵呵，此行万万不可粗心大意！

冯二伢：小人明白！老爷，前方就是白虎寨。

冯梦龙：果然一个占山为王的大贼窝！二伢啊——（念）赤手空拳擒白虎，
　　　　成败就看这一注！
冯二伢：（接念）老爷锦囊有妙计，二伢胸中有成竹！
冯梦龙：走——
　　　　[二人绕场，前行。
　　　　[二家丁如狼似虎，冲上。
家丁甲：站住！
冯梦龙：（赔笑施礼）二位仁兄，本县受布政使大人派遣，前来会见虎爷，
　　　　有劳通报。
家丁甲：死老货！上回虎爷派我们上门送礼，你一点脸面不给，还派官差
　　　　前来传讯虎爷，现在，你知道我们虎爷是谁了吧？
家丁乙：敬酒不吃吃罚酒！就凭你这老货，也想和虎爷作对？！
冯二伢：二位仁兄，老爷奉布政使大人之命，公务在身，若有耽搁，担当
　　　　不起，还请速速通报。（扬了扬手中信札）
家丁甲：哼，看虎爷怎样收拾你！（入内）
　　　　[白虎进内笑：哈哈哈……
　　　　[寨门打开，白虎进自内出。
白虎进：冯大人大驾光临，白某有失远迎啊！
冯梦龙：冒昧打搅，失敬失敬！
白虎进：（背唱）听说姐夫把令传，
　　　　　　　　心里就像喝鸡汤。
冯梦龙：（背唱）深入虎穴除祸患，
　　　　　　　　面不改色心不慌。
白/冯：（背唱）这个知县不简单/这只老虎不简单，
　　　　　　　 不可大意要提防/不可粗心要提防。
白虎进：（背唱）回想他处处与我来对抗，
　　　　　　　　今日我炒盘小菜让他尝。

弟兄们，冯大人大驾光临，尔等整装列队出迎。

[众家丁操着铁尺、三叉戟、田刀等，耀武扬威，上。

冯梦龙：（背唱）且看他列队出迎摆排场，

分明是向我示威逞豪强。

白虎进：（背唱）弟兄们威风凛凛阵势大，

管叫他胆战心惊手脚凉。

冯梦龙：下官不过是令姐夫部下，虎爷何必如此排场。

白虎进：冯大人虽属我姐夫所辖，却是朝廷命官，白某自当大礼相迎。请！

冯梦龙：虎爷请！

[二人入座，侍女端茶（下）。

白虎进：冯大人大驾光临，不知有何赐教？

冯梦龙：虎爷，布政使大人不日就要莅临寿宁巡视，特嘱下官安排私晤虎爷，为此，下官敬备薄酌，敢请虎爷移尊衙内，与布政使大人一叙思情。（递上信札）

白虎进：（接信）冯大人，都说你博学多才、智赛孔明，你该不会因为前番派人传讯白某不成，故而又想设局，将我骗到县衙，束手就擒吧？

冯梦龙：虎爷误会了。前番衙役进山，乃诚请虎爷入衙赴宴看信，都怪他们办事糊涂，未说清楚。

白虎进：请我赴宴看信？我看这信分明是你假造！来人，给我拿下！

[二家丁如狼似虎，上前欲扭。

冯梦龙：虎爷，下官所言，句句属实。

白虎进：句句属实？那我问你，在你上任之前，我家姐夫已有交代，而你为何处处与我作对？

冯梦龙：虎爷知道，寿宁县人喜欢告状，上任伊始，积案如山，下官身为朝廷命官，岂能无视民意？

白虎进：那你拒收财礼，也是逢场作戏？

冯梦龙：虎爷处事，不避耳目，下官岂能为了区区小礼，招惹非议？！

白虎进：那你说，我家姐夫当真要到寿宁巡视？

冯梦龙：虎爷，布政使大人亲笔致函，如此重要信札，你看都不看，岂非不明不智？！

白虎进：（阅信，喜）姐夫对我真是骨肉情深哪！哈哈哈，冯大人受惊了！
（示意家丁放手）

冯梦龙：下官初来乍到，与虎爷未有交情，难怪虎爷心存疑虑。

白虎进：冯大人啊——
（唱）白某虽占此山地，
　　　不与官府来为敌。
　　　只要你我相默契，
　　　兄弟愿效犬马力。

冯梦龙：（唱）下官前程与政绩，
　　　都在虎爷你手里。
　　　若是虎爷能出力，
　　　涌泉相报表感激。
虎爷，下官公务在身，不便久留，咱们早些起身吧！

白虎进：且慢——
（背唱）都说他是智多星，
　　　　此行务必要小心。

冯梦龙：（背唱）见他临行疑虑起，
　　　　欲擒故纵莫轻心。

白虎进：（背唱）略施小计再试探，
哎，冯大人初次光临敝寨——
岂可杯酒未饮就回行？

冯梦龙：（唱）虎爷啊——
布政使巡视寿宁县，
下官哪有空闲把酒饮？

　　　　　虎爷若是不想和下官同去迎接布政使，那就罢了，下官就此告辞！

白虎进：呵呵，我家姐夫莅临寿宁，岂有不迎之理？（对众家丁）走，你
　　　　们统统和我同去。

冯梦龙：虎爷，布政使大人与你私下会晤，你多带人马，恐有不便。

白虎进：（旁白）想他前程掌握在我姐夫手里，岂敢动我一根毫毛，我若
　　　　过于谨慎，反将贻笑于他！（对家丁甲、乙）你们两个，随我同行。

家丁甲：虎爷，依奴才看，最好多带几个弟兄。

白虎进：放你的狗屁！冯大人一个随从，都敢进寨见我，布政使大人约我到
　　　　衙门会晤，难道我还怕冯大人害我不成？冯大人，你说是吗？！

冯梦龙：是啊，有布政使大人护着，虎爷您还怕谁啊？

冯/白：哈哈哈……

　　　　[冯梦龙、冯二伢与白虎进及二家丁出寨，绕场。

冯梦龙：（唱）引蛇出洞心欢畅，
　　　　　　　调虎离山保平安。
　　　　　　　此去还有数十里，
　　　　　　　步步为营需盘算。

白虎进：（唱）离开寨门出山去，
　　　　　　　回头想想心不安。
　　　　　　冯大人啊……
　　　　　　　寿宁人人告我状，
　　　　　　　你我同行怕麻烦。
　　　　　　　若是路人来撞见，
　　　　　　　只恐大人受牵连！

冯梦龙：哈哈哈……
　　　　（唱）这个下官早料想，
　　　　　　　微服简装进出山。
　　　　　　　虎爷只管大胆走，

　　　　　　　有事下官我承担。
白虎进：（唱）过了一村又一寨，
　　　　　　　越走心头越不安。

　　　　　冯大人啊……
　　　　　　　前头廊桥旗招展，
　　　　　　　疑有伏兵快转还！
冯梦龙：（唱）虎爷呀……
　　　　　　　不是下官我笑你，
　　　　　　　疑神疑鬼丧胆寒。
　　　　　　　那是西门驱虎患，
　　　　　　　巡游城隍保平安。
白虎进：（唱）眼看路途已过半，
　　　　　　　我且定神心放宽。
　　　　　　　为防万一事有变，
　　　　　　　且把丑话说在先。

　　　　　冯大人啊……
　　　　　　　若是你敢将我骗，
　　　　　　　休怪我心狠手辣把脸翻！
冯梦龙：（唱）哎呀呀……
　　　　　　　虎爷若是有疑虑，
　　　　　　　请你转身快回还。
　　　　　　　布政大人若问起，
　　　　　　　实言相告不隐瞒！
　　　　　虎爷你是怎么了？你信不过下官，难道还信不过布政使大人吗？
白虎进：呵呵……
　　　　　（唱）有我姐夫布政使，
　　　　　　　谅你无有包天胆！

　　　　弟兄们，走！

　　　[众绕场。

　　　[幕内唱：

　　　　　　调虎离山擒恶霸，

　　　　　　步步为营到县衙。

　　　　　　天网恢恢疏不漏，

　　　　　　多行不义终伏法！

　　　[众衙役上，严阵以待。一见冯梦龙等人，立即呼拥而上，把白虎进团团围住。

二家丁：你们……你们干什么？

　　　[众衙役将白虎进和二家丁扭住。

白虎进：（疾心痛首）冯梦龙，你……

冯梦龙：呵呵，老夫一路辛苦，待我歇息歇息，再来审你！

　　　[幕后锣鼓声响。刘三率众百姓欢天喜地，上。

刘　三：（五体投地）多谢老爷为民除害！

冯梦龙：本县也要谢谢你和各位父老乡亲鼎力相助啊！（含笑拭汗）

　　　[切光。

第六场　践诺

　　　[寿宁县衙。

　　　[幕内唱：泗州恶霸落法网，

　　　　　　　白虎山寨老底翻。

　　　　　　　一封奏折报有司，

　　　　　　　人赃俱获证如山。

　　　[冯梦龙写好奏折，交与冯二伢。

冯二伢：老爷，布政使大人该不会来寿宁巡视了吧？

冯梦龙：呵呵，老虎恶行一旦公开，就无人敢公然护恶了，此乃官场常态。

冯二伢：白虎进落网，老爷又派捕快抄了他的老巢，那些家丁群龙无首，已作鸟兽散，被抢的良家妇女及财物也已追回。如今就剩西门虎患啦。

冯梦龙：昨夜西门虎啸声声，想必山中猛虎业已落笼，我们静待周师傅捷报。

冯二伢：是啊，昨夜小人也听到老虎叫声，好像不止一只呢。

冯梦龙：是啊，始而吼叫不停，继而吼声渐远，莫非我的《祭虎文》发生效力了。二伢，我们去西门看看。

[周半岭垂头丧气，拎着一瓶酒，微醺，上。

周半岭：（唱）山中打虎梦一场，
　　　　　　惊魂失魄暗悲伤。

冯梦龙：周师傅！本县正要找你。

周半岭：老爷——
　　　　（接唱）泗洲恶霸已落网，
　　　　　　你找草民来算账？

冯梦龙：呵呵，昨夜虎啸声声，想必虎已落网，本县要重重赏你呢。

周半岭：老爷，您还是重重处罚草民吧！因那老虎一家三口，已被草民放啦！

冯二伢：一家三口？！放虎归山？！

冯梦龙：周师傅，您喝醉了吗？

周半岭：小民没醉，小民是大梦一场，刚刚睡醒啊！老爷啊——
　　　　（唱）一月前你我立誓打虎霸，
　　　　　　为此我制好笼匣把虎抓。
　　　　　　白天等，夜晚盼，
　　　　　　就是不见老虎它。
　　　　　　昨日里听说泗洲白虎已落网，
　　　　　　我是又喜又急又害怕。
　　　　　　喜的是老爷你旗开得胜擒恶霸，

　　　　　急的是草民还未把虎抓。

　　　　　为此我翻山越岭四处探，

　　　　　洞中发现一虎娃……

　　[舞台光区，呈现周半岭捕虎场面。

　　[周半岭发现虎崽，将其偷偷抱走，放在捕虎笼里。虎崽不断哀叫，叫声引来母虎。母虎救子心切，虽知前有凶险，毅然扑前救子，陷入笼中。

　　[母子二虎一齐嘶吼，吼声引来公虎。公虎怒吼，绕笼撕咬、挣扎，欲救不能。

　　[三虎吼声阵阵，摧肝裂胆。

　　[光区灯暗。景复原。

周半岭：老爷啊——

　　（唱）人说虎毒不食子，

　　　　　此言丝毫也不假。

　　　　　我看母虎救虎崽，

　　　　　好比媚娘和女娃，

　　　　　再看公虎情深重，

　　　　　自叹禽兽不如啊！

　　[幕后伴唱：自叹禽兽不如啊！

周半岭：（唱）三虎生死共患难，

　　　　　纵是铁石心也化。

　　　　　小民我对虎宣示《祭虎文》，

　　　　　不料想，老虎竟然通人性，

　　　　　匍匐在地跪又爬。

　　　　　携妻带崽三回首，

　　　　　迁往深山不见它。

　　[幕后伴唱：迁往深山不见它。

周半岭：（唱）老爷啊——
　　　　　　半岭我违约未把虎抓打，
　　　　　　要杀要剐任凭您处罚！
冯梦龙：（唱）听罢他推心置腹一番话，
　　　　　　不由人铭感五衷泪花溅。
　　　　　　我只知山中捕虎是壮举，
　　　　　　不承想惊心动魄化愚顽！
　　　　　　抽丝剥茧真情现，
　　　　　　对物有情剖心田。
　　　　　　这真是天眼一双是非鉴，
　　　　　　心田半亩善恶间。
　　　　　　多谢苍天灵光照，
　　　　　　润化神功辟新天！
　　　[幕后伴唱：天眼一双是非鉴，
　　　　　　　　　心田半亩善恶间。
　　　　　　　　　多谢苍天灵光照，
　　　　　　　　　润化神功辟新天！

冯梦龙：周师傅啊，山中猛虎尚通人性，本县岂能不明事理？西门城墙业已修复，老虎举家又感念你不杀之恩，自行离去，此乃祥瑞之兆啊！本县不仅不罚你，还要与你兑现诺言——让你看看神奇无比的活人参！
　　　[媚娘怀抱女婴，端庄美丽，出现在光区里。
周半岭：媚娘……
媚　娘：夫君……
周半岭：冯大人，您说的"活人参"莫非就是……
冯梦龙：就是你扔在县衙门口的女婴啊！
周半岭：多谢老爷救婴之恩，草民感激不尽哪！

冯梦龙：呵呵呵，快看看你的宝贝女儿吧，她是多么可爱啊！
周半岭：花儿……
　　　[幕后伴唱：死而复生！
　　　　　　　　失而复得！
　　　　　　　　百感交织无言语，
　　　　　　　　化作倾盆泪如歌。
　　　　花儿，爹爹对不起你，也对不起你那两个可怜的姐姐啊……
媚　娘：夫君，咱们去女儿山看看二花和三花吧。
冯梦龙：本县和你们同去。
周夫妻：老爷……
　　　[切光。

第七场　祭山

　　　[幕内唱：女儿山，女儿山，
　　　　　　　　花不开来草不长。
　　　　　　　　踟蹰而行把山上，
　　　　　　　　捶胸俯首嘘短长。
　　　[光启。
　　　[女儿山。霜冷雪寒，一片荒茫。招魂幡随风飘荡。
　　　[刘三与寿宁众百姓满怀深情，聚集山脚，肃然恭候。
　　　[冯梦龙内唱：女儿山，女儿山，
　　　　　　　　　风中是谁欲断肠？（白衣素服，上）
冯梦龙：（接唱）纵目放眼四周望，
　　　　　　　　顿时泪零五内伤。
　　　　乡亲们，你们怎么都来啦？

众　人：老爷啊——
　　　　（唱）您是神明从天降，
　　　　　　　造福寿宁这一方。
　　　　　　　平虎患、除恶霸、革陋习、减赋税、兴文教，桩桩善举和德政，
　　　　　　　都为寿宁百姓想。
　　　　　　　听说老爷来祭奠，
　　　　　　　震动我等心肝肠。
　　　　　　　弃溺女婴这罪孽，
　　　　　　　应由我等来清偿。

冯梦龙：列位父老乡亲哪，天地有造化，人间有阴阳；男女相和谐，万世来承传。人人都是父母养，弃溺女婴何心肠？为父者，你自想，若是生女不收养，你妻从何而来？

周半岭等成年男：（唱）老爷问责如雷震，
　　　　　　　　　我等羞愧实难当。

冯梦龙：为母者，你自想，若是生女不收养，你身又从何而活？

阿七婆等成年女：（唱）纵然老爷不责问，
　　　　　　　　　我等也已悔断肠。
　　　　　　　　　回想十月怀胎苦，
　　　　　　　　　泪如泉涌裂胸膛。

冯梦龙：如今好善百姓，畜生还怕杀害，何况活活一条性命，置之死地，于心何安？于心何安哪！

众　人：（唱）老爷泣血声声唤，
　　　　　　　噩梦醒来悔恨长。

冯梦龙：（唱）乡亲们哪……
　　　　　　　天眼一双头上看，
　　　　　　　良心一颗在胸膛。

善恶终归有报应,

残害生灵遗祸殃!

纵观寿宁县百余年,文风不振,科第绝响,礼教不兴,乡贤名宦正义不举,伦理纲常仁德不扬,而弃溺女婴歪风恶俗畅行无阻,小人作恶,虎患猖獗,何也?不识乾坤德,徒矜草木祥,人心是根本,本腐根烂百祸生哪!

众 人:老爷,我们有罪啊……

冯梦龙:人人都有罪!回想弃溺女婴恶俗由来已久,历任同道身为父母,不曾竭力阻止,致使此风愈演愈烈,乃至百姓司空见惯,饮恶如水,实在有伤官德!本县既为寿宁正堂,今日当替历任同道,乞请万千屈死女婴,宽恕见谅!(双膝跪下)

众 人:老爷……(众亦跪下)

冯梦龙:青山默默,芳草凄凄,生生婴孩,嘤嘤断泣。呜呼哀哉!天地无语,山河哽咽!坚冰为化,钢铁为摧!石心破碎,泪流血滴!俯首乞请,怀抱痛戚!哀哉哀哉,悔恨交织!

(唱)举目四望众百姓,

皓首垂髫皆悲戚。

推心置腹出肺腑,

两行清泪眼迷离。

唤声父老乡亲啊……

愿尔倾心听仔细!

人命关天须珍爱,

骨肉情深堪怜惜。

子犹我为官一任造福祉,

颁布政令从今起:

凡生女婴严弃溺!

违者惩办不姑息！
愿尔仁德蒙天赐，
福至心灵泽后裔。
愿尔仁德蒙天赐，
福至心灵泽后裔。

[冯梦龙与众人焚香，祭拜。

[幕后唱：三杯黄酒一炷香，

　　　　　七品知县来祭山。

　　　　　一念为民施德政，

　　　　　祈降甘霖花满山。

[众人诚心感动天地，天降甘霖，满山遍野催开五彩山花。

[花丛中，走来一个个亮丽的姑娘，她们犹如满山遍野的春花，给大地增添无限的生命和色彩。

[众人无限深情地簇拥着冯梦龙，冯梦龙无限深情朝着花丛走去……他渐行渐远，直至消失在舞台的尽头……

[音乐声中，冯梦龙亲自撰写的"禁溺女告示"从天幕上徐徐升起……

禁溺女告示

　　寿宁县正堂冯，为严禁淹女以惩薄俗事：访得寿民生女多不肯留养，即时淹死，或抛弃路途。不知是何缘故？是何心肠？一般十月怀胎，吃尽辛苦，不论男女，总是骨肉，何忍淹弃？为父者你自想，若不收女，你妻从何而来？为母者你自想，若不收女，你身从何而活？况且生男未必孝顺，生女未必忤逆。若是有家的，收养此女，何损家产？若是无家的，收养此女，到八九岁过继人家，也值银数两，不曾负你怀抱之恩。如今好善的百姓，畜生还怕杀害，况且活活一条性命，置之死地，你心何安？今后，各乡、各堡但有生女不肯留养，欲行淹杀或抛弃者,许两邻举首,本县拿男子重责三十,枷号一月,首人赏银五钱。如容隐不报,他人举发,两邻同罪。或有他故必不能留,该图呈明,许托别家有奶者抱养。其抱养之家,本县量给赏三钱,以旌其善。仍给照,养大之后,不许本生父母来认。每月朔望,乡头结状中并入"本乡无淹女"等语。事关风俗,毋视泛常,须至示者。

——剧终

2014 年 6 月 18 日初稿
2014 年 8 月 22 日改毕

(注:该作发表于《福建艺术》2015 年第 1 期,获第 31 届田汉戏剧剧本三等奖。)

英雄与逃犯

时间：20世纪80年代末

地点：江南沿海某县

人物：姚高明　联防队长，二十二岁

　　　苏小琴　县报记者，二十三岁

　　　苏大嫂　鱼虾小贩，约四十岁

　　　姚大娘　姚高明母亲，六十三岁

　　　刘志鹏　县公安局局长，姚高明远房表舅，五十九岁

　　　"鲨鱼"　"码头班"头目

　　　"泥鳅"　"码头班"小流氓

　　　童男、童女、居民甲乙丙丁、领导人物、联防队员、新闻记者、少先队员、舞蹈队各若干名、过路妇女、小姑娘等

序

[幕启。风和景宁，海上日出。一对童男童女对坐礁岩拍巴掌。

[唱童谣：

　　　　一两半，二两半，

　　　　三两五钱八两半。

　　　　　秤杆秤砣加秤盘，

　　　　　掂掂量量来计算。

　　　　　阿公说是一斤六，

　　　　　阿嬷说是十六两。

　　　　　打破砂锅摔破碗，

　　　　　争的就是斤和两，

　　　　　斤——和——两！

　　[灯暗。

第一场　贴告撕告

　　[湖西居民小区。一堵墙，几扇门。

　　[姚高明手拿一张公告上。

姚高明：（唱）新官上任三把火，

　　　　　　巧妇难为无米炊。

　　　　　　有心为民办好事，

　　　　　　要办好事缺经费。

　　我本是湖东小区联防队员，只因近日湖西小区鱼霸骚扰，居民反映强烈，领导见我勤劳肯干，特派我到此担任联防队长。我有心为民办事，可没钱寸步难行！经过上级批准，特向各户居民征收治安管理费，这也算是……

　　　　（唱）羊毛出在羊身上，

　　　　　　取之于民用于民。

　　我这就把公告贴在墙上（贴公告）。

　　[苏大嫂挑着内装秤杆的空鱼篓上。

苏大嫂：真是气死我了，一天买卖辛苦白费，还亏了个血本无归。

　　　　（唱）清晨码头卖鱼虾，

冤家路窄碰鱼霸。
敲诈勒索保护费，
张口就要一路发。
一路发。就是一百六十八，
鱼霸他狼心狗肺把财发，
大嫂我肩挑手提苦叫卖，
还整整亏了八十八。
满腹怨气没处发，
好似单门孔桥没拉闸，
没拉闸！

　　[姚高明贴好公告转身正要离开，苏大嫂见公告，上前看。
苏大嫂：征收治安管理费？每户每月二十元？（盛怒）这治安都成这样了，还征收什么管理费！见鬼去吧！（撕公告）
姚高明：你……凭什么撕公告？
苏大嫂：就凭我"苏麻辣"这双手和这满肚子的怨气！（揉公告成团掷于地上，转身便走）
姚高明：（拉住其鱼篓）大嫂，你撕了公告，可不能就这么走。
苏大嫂：你是什么人？你管得着吗你？
姚高明：我是这里的联防队长姚高明，这公告就是我贴的。
苏大嫂：（毫无畏惧地）那又怎么样？
姚高明：请你把公告贴好。
苏大嫂：我要不贴呢？
姚高明：你……你总不能不讲理吧？
苏大嫂：哼，你跟我讲理，我跟谁讲理去？放开我？！
姚高明：你不能走。
苏大嫂：你放不放？
　　[几扇门打开，众居民自内出，围观。

苏大嫂：（见来人，更加有恃无恐，担子一撂）大家来得正好，咱们可都
　　　　是摆摊设点做小买卖的啊，平常这费那费交得还少吗？
　　　　（唱）摆摊设点十八年，
　　　　　　　什么货色没看见？
　　　　　　　灰的是工商，
　　　　　　　蓝的是城监，
　　　　　　　绿的是公安，
　　　　　　　青的是税检，
　　　　　　　白的是卫生，
　　　　　　　黑的，黑的就是那地痞流氓坏下贱。
　　　　　　　说什么保这护那加强管理，
　　　　　　　亮什么红头黑字白纸文件，
　　　　　　　个个都是凶神恶煞来要钱。
　　　　这五颜六色的管理费啊，已经交得我们满肚子都是苦水了。如今
　　　　他"码头班"鱼霸不去抓，还在这帖公告，征收什么治安管理费，
　　　　大家说说，这公告我撕得对不对？
众居民：对对对，该撕，该撕！
居民甲：就是嘛，治安没搞好，收什么管理费。
居民乙：哎，你难道没听说吗？如今啊——
　　　　（念）管理就是收费。
居民甲：（接）工作就是开会。
居民乙：（接）协调就是喝醉。
居民丙：（接）谁大就是谁对。
居民丁：（接）谁漂亮就跟谁睡。
居民甲：（接）谁要是有钱哪——
众居民：（接）那可就是万岁喽……哈哈哈……
苏大嫂：哼！什么治安联防队，都是一路子的货色。"鲨鱼"没赶走，又

来了一条鳄鱼，张口就是钱，钱，钱！

姚高明：大嫂，话可不能这么说啊，正因为要打击鱼霸，才张贴公告的嘛。

苏大嫂：鱼霸没打，贴什么公告！

姚高明：不贴公告，哪来经费打击鱼霸啊？

苏大嫂：哟，亏你说得出口，今天，你们公安局打鱼霸没经费，就向我们老百姓要，那明天，你们枪毙死刑犯没枪子儿了，向谁要去啊？

姚高明：你……你真不讲理，这公告是你撕的，还是请你把它贴好了再走。

苏大嫂：哟，我说小兄弟啊，只懂得贴公告，可算不得什么能耐啊，你要有本事把鱼霸头目"鲨鱼"抓起来，大嫂我今天在这撕了公告，明天我就在这给你挂上一块金匾！

众居民：是啊，你要是能把"鲨鱼"抓起来，别说是二十块钱的管理费，就是两百块，我们也交得心服口服啊！

姚高明：（唱）高明我新担任联防队长，

有道是万般事开头最难。

打鱼霸居民们众心向往，

撕公告苏大嫂泼辣大胆。

我本是小心人事事忍让，

事多做话少讲只求平安。

怎奈这句句话铿锵作响，

不由我面耳红热血点燃。

我若不顺水推舟闯险滩，

怎显得七尺男儿血气刚？

我若是不把鱼霸抓入网，

今后的联防工作怎开展？

好，冲着大家说的这些话，我姚高明要是在一个月内，不把"鲨鱼"抓到这里给大家看看，我就不穿这身衣，不戴这顶帽！（怒下）

众居民：好，那我们就等着在这看"鲨鱼"怎样落网吧，哈哈哈……

居民丁：苏大嫂，到时候，你可别忘了在这挂上一块金牌匾啊！

苏大嫂：哼！大麦没吃屁先放，等着瞧吧。这俗话说得好啊，强龙难缚地头蛇，他一个小小的联防队长，能斗得过"码头班"的鱼霸吗？哼！

〔灯暗。

第二场　采访避访

〔距前场二十天后。场景同前场。

〔幕内唱：三月泥螺四月蟹，

　　　　　五月章鱼掘一篅[1]。

　　　　　潮起海上打鱼忙，

　　　　　潮落门前讨小海。

〔幕启，众居民欢天喜地上。奔走相告。

居民甲：看鱼霸，看鱼霸，"码头班"鱼霸头目"鲨鱼"被抓起来啦！

居民乙：那班家伙早就该抓了。

居民丙：没想到这联防队长姚高明还真有两下子呢！

居民丁：没有三斤死猪肉，谁敢开屠夫店啊？听说，这联防队长姚高明和县里的公安局局长是亲戚呢。

居民戊：我就说嘛，没有靠背哪叫椅子，衙门里没人，谁敢发那誓呀。

居民甲：管他什么椅子、凳子，反正"鲨鱼"落网，皆大欢喜。

居民丁：这下，"苏麻辣"可得挂金匾啦。咦——"苏麻辣"呢？该不会躲起来了吧？

〔苏大嫂悄悄上，闻言佯怒，拧居民丁的耳朵。

苏大嫂：你家大嫂我干吗要躲起来啊？啊，啊？你说我又没做亏心事，我干吗要躲起来啊？

---

[1] (lèi)，竹编的小背篓。

居民丁：那怎么不见你抬金牌匾来啊？

苏大嫂：金牌匾在这哪！（从怀里掏出一面锦旗，上写"打鱼霸，好；言有信，行！"以及题头落款等字样）

  （唱）听得鱼霸落法网，

    想起撕告好羞惭。

    多亏小姑巧指点，

    锦旗做匾金光闪。

  他姚队长言而有信，我苏大嫂岂能说话不算？待会儿，姚队长一把"鲨鱼"带到，我马上就将锦旗挂上。

众居民：（看锦旗）"打鱼霸，好；言有信，行！"这字题得好，这字题得好啊！

居民甲：苏大嫂，小琴姑娘今天会来采访吧？

苏大嫂：那还用说吗？

居民乙：小琴姑娘，她可真是我们县里有口皆碑的好记者啊！

居民丙：是啊，她可不像别的记者，写文章净瞎吹。

居民丁：苏大嫂，你这位记者小姑可真是不简单啊！

苏大嫂：那还用说吗？

  （唱）小琴今年二十三，

    能说会道又开朗。

    她是记者无冕王，

    写得一手好文章。

    她为人正派心地善，

    遇事常常心太软。

    她眼观六路耳听八方，

    知道东家长来西家短。

居民甲：那她一定又告你不少内部消息吧？

苏大嫂：那还用说吗？小琴知道的事可多啦。就拿姚队长来说吧，你们光知道他和公安局局长是亲戚关系，可你们知道他们是什么亲戚关

　　　　　系吗？

居民丁：什么亲戚？

苏大嫂：过路亲戚。小琴说，去年三月，那刘局长坐车路过车站，看见一大堆人围成一个大圈圈，把路都堵了。于是，刘局长就下车上前去看个究竟，没想到这一看就看出一个过路亲戚来了。原来是一个老大娘昏倒在地上，旁边跪着一个小伙子，哀哀哭求行人帮助救救他娘。那刘局长是个热心人，二话没说就让司机把老大娘送到县医院去抢救。后来，刘局长得知这母子俩原来是逃灾的，与他母亲的娘家同一个地方，就干脆认下这个过路的表亲戚，还介绍她儿子当了联防队员。当时这表扬刘局长好人好事的文章还是小琴写的呢。你们猜猜，那母子俩是谁？就是队长和他的母亲姚大娘啊！

居民甲：帮人帮到底，送佛送到家，这刘局长还真是个热心人哪。

居民丁：这有什么，三月学雷锋做好事嘛！

居民丙：苏大嫂，小琴还告诉你什么？

苏大嫂：她还说，姚队长的母亲今年六十三，一个人住在湖东太孤单，为此他正想在我们这里租间房呢。

居民乙：你家空房多，正好出租给队长。

居民丁：（学苏大嫂的腔调，调笑）那还用说吗？我说苏大嫂啊，待会儿，你是先送锦旗，还是先租房子啊？

苏大嫂：去你的，你家要有房子也租我两间啊！

居民丁：（嬉皮笑脸地）房子我家没有，床倒是有一张……嘻嘻……苏大哥长年在外经商，你一个人可真是寂寞难耐啊……

苏大嫂：想吃我的麻辣豆腐啊，看我撕烂你的狗嘴！（追打居民丁）

　　　　　[苏小琴上。

苏小琴：（唱）穿街过巷采访忙，
　　　　　　　　身居闹市心茫然。

都说记者无冕王,

舌如刀来笔似枪。

从来文章千古事,

贴金吹捧算哪般?

花离根土难隔夜,

文无风骨不成章。

采访五年来,

人际关系结成网,

豆腐文章堆成山。

哪一篇不是隔日黄花难登堂?

哪一篇不是为人枉做嫁衣裳?

唉!栽花容易种刺难。

今天这篇文章还算有些意思。联防队打鱼霸,我嫂子送奖状,刘局长千叮万嘱定要好好宣传,众居民也强烈要求登报表扬。其实,这样的文章啊,依然还是——

(唱)小菜一碟一般般,

清汤挂面一小碗。

苏大嫂:小琴,你来啦。

苏小琴:大嫂,众位叔伯婶姆、哥哥姐姐、弟弟妹妹们,大家好!

众居民:小琴,你可要为我们的姚队长好好宣传宣传啊!

[音乐欢响。

[姚高明内唱:春催桃李花绽放,

人逢喜事精神爽。(上)

众居民:姚队长来了!姚队长来了。

[姚高明和联防队员押"鲨鱼"上。

姚高明:(接唱)巧施计谋擒鱼霸,

湖西人人庆平安。

各位居民，大家好，二十天前，我在这里向大家保证一定要抓到鱼霸头目"鲨鱼"，在上级领导的大力支持下，今天总算如愿以偿了。

众居民：姚队长，你真不简单啊！

姚高明：没什么，没什么。今天我把"鲨鱼"带到这里，第一是让他向大家赔礼认罪；第二是他往日敲诈勒索大家的钱款，定要他如数退还；第三呢，请大家今后多多支持配合联防队的各项工作，共同把湖西小区的治安搞好。

众居民：（鼓掌）好，说得好！

苏大嫂：（走到"鲨鱼"面前，啐了一口）这真是老天有眼，恶有恶报啊！

鲨　鱼：（恶狠狠地）大丈夫可杀不可辱，你这臭婆娘，别高兴得太早了！

姚高明："鲨鱼"，你还敢这样霸气十足啊？带下去，交给派出所！

　　　　[联防队员带"鲨鱼"下。

苏大嫂：（不好意思地）姚队长，真是……真是太感谢你了，嘿……嘿嘿嘿，姚队长，为了表达感激之情，我……呃……是我们大家特地制作了这面锦旗，你看……挂……挂在这里合适吗？

众居民：（笑）合适，再合适不过了。

　　　　[苏大嫂佯装生气。

居民丁：姚队长，苏大嫂还收拾了两间房子，说是要租给你呢？

苏大嫂：（佯怒）谁说我要姚队长的房租啦？多嘴！

姚队长：苏大嫂，这锦旗太贵重了，我实在不敢当。房子我倒是想租两间，因为我母亲住在湖东，我来回跑很不方便。改天我去你家看看怎样？

苏大嫂：姚队长，你大人不记小人过。这锦旗你要不收，莫非是还怪我那天撕公告的事？

姚高明：不不不，不仅不怪，还要感谢你呢。要不是你那天一气之下撕了公告，我还真下不了这么大的决心，定要把"鲨鱼"抓来呢。

苏大嫂：那这面锦旗，你就收下吧。（把锦旗塞放姚高明手中）

众居民：是啊，苏大嫂也是代表我们大家的心意啊。

姚高明：（兴奋地）好好好，那我就谢谢大家了，呵呵呵……这锦旗做得好精致啊（抚摸、端详锦旗，苏小琴抢拍镜头。闪光灯中姚高明抬头惊愕，发现苏小琴，敏感地）你是……

苏大嫂：（抢答）她是我小姑，在当记者。

苏小琴：你好，姚队长，我叫苏小琴，在县报社工作，也是这里的居民。其实去年三月我们就见过面了，只不过那时，我采访的是刘局长，而今天采访的是你。

姚高明：你要采访我？

苏小琴：我今天既受刘局长委托，也应我嫂子和众邻里要求，专门到这里就打击鱼霸一事，对你做专题采访。

姚高明：（紧张地）不不不，千万不可，千万不可。苏记者你千万不要采访我，千万不要采访我。

苏小琴：姚队长，你可不要太谦虚啊。

众居民：是啊姚队长，你就不要谦虚啦。

姚高明：不不不，你不能采访我，真的不能采访我。

苏小琴：（唱）看惯了攀龙附凤求紫袍，

　　　　　　名利场上急功近利人不少，

　　　　　　从未见骨格清奇不争俏。

　　　　　　姚高明，

　　　　　　他打击鱼霸劳苦功高，

　　　　　　却为何再三回避不报道？

　　　　　　莫非他害怕枪打出头鸟？

　　　　　　且让我仔细询问再推敲。

　　　　（惊奇地）为什么？为什么不能采访你？

姚高明：你别问为什么，就算我求你了。

苏小琴：（笑）求我？那可得看你的理由充分不充分。

姚高明：苏记者——

    （唱）人怕出名猪怕壮，

苏小琴：（唱）这个理由太一般。

众居民：是啊，这个理由太一般。

姚高明：（唱）联防队长太平凡，

苏小琴：（唱）平凡多是真英男。

众居民：是啊，平凡多是真英男。

姚高明：（唱）打击鱼霸分内事。

苏小琴：这倒是，不过，他越不想宣传，我却越感兴趣。

    （唱）有勇有谋不寻常。

众居民：（唱）是啊，有勇有谋不寻常。

姚高明：（唱）又一般，又平凡，又寻常，

    何必文章来宣扬？

苏小琴：（唱）不一般，不平凡，不寻常，

    为何回避怕宣扬？

众居民：就是嘛，为何回避怕宣扬？

姚高明：（唱）哎呀呀，苏记者，

    说一千，道一万，

    请你不要做宣传。

苏小琴：（唱）哎呀呀，姚队长，

    左回避，右躲闪，

    谦虚也不是这个样。

苏小琴：（看他满脸痛苦，窃笑）好好好，你不愿意，我也不勉强。

姚高明：（如释重负）那就太谢谢你啦。对不起，苏记者，我有事先走一步。

    （欲走）

苏小琴：（笑）谢什么呀姚队长？我可没说不做这篇文章啊。

姚高明：（收步）苏记者，我……我真的不能接受你的采访。

苏小琴：呵呵呵……这可难不倒我。告诉你吧，我们记者对于不愿意接受采访的对象，这采访的方法呀，多着呢。

姚高明：（紧张地）什么方法？

苏小琴：（念）欲擒故纵，

声东击西。

拐弯抹角，

旁敲侧击。

明察暗访，

跟踪追击。

从外到里，

竹笋剥皮。

姚高明：苏记者，你……

众居民：哈哈哈……

[收光。

第三场　夜商出逃

[紧接前一场。

[华灯初上。湖东小区姚高明家。陈设简陋，案桌上供一尊小菩萨，摆一小香炉。姚大娘自内出。

姚大娘：（唱）人老如秋叶，

无霜也枯黄。

母子相依命，

牵挂暖和凉。（出门看天色）

天都快黑了，阿明这孩子怎么还没回来啊。我这颗心哪，又开始跳了。让我再给菩萨烧炷香吧。（进屋烧香跪拜）

（唱）一年三百六十五天，

烧香拜佛不间断。

　　　跪求菩萨好心肠，

　　　保佑我儿平平安。（再次起身看天色）

阿明怎么还没回来呢？这饭菜都热过三遍了。（进屋热饭菜）

[姚高明手拿锦旗上。

姚高明：（唱）为争气做好事打击鱼霸，

　　　不承想打鱼霸招来麻烦。

　　　居民们送锦旗把我夸奖，

　　　苏记者来拍照又要访谈。

　　　我心虚怕曝光左躲右闪，

　　　怎奈她刨根底苦苦纠缠。

　　　怕只怕一宣传惹起祸端，

　　　到那时风波起再无平安。

　　　一路走一路愁一路思想，

　　　无计策可施展苦不堪言。

（面对手中的锦旗叹息）锦旗啊锦旗，你让我光荣自豪，又让我暗自羞惭，你让我喜气洋洋，又让我忐忑不安。

（接唱）锦旗呀锦旗，

　　　你火样红金样亮一尘不染，

　　　似明镜亮堂堂把我来照亮。

　　　你明媚鲜艳光荣无比如朝阳，

　　　我自惭形秽怎敢把你来污染？

　　　锦旗啊锦旗，

　　　可怜你一朵鲜花插在牛粪上。

（走到家门口，伸手欲敲门，迟疑收回，低头）唉！我怎么对娘说才好呢？

[姚大娘第三次出门观看。

姚大娘：（看见姚高明背影，迟疑地）阿明……是你吗？

姚高明：娘……

姚大娘：阿明，你怎么在家门口转啊？

姚高明：（忙掩饰）娘……我……我不小心掉了钥匙，正在找呢。（佯找）

姚大娘：你一定饿坏了，快进屋吃饭，我来找。

姚高明：（再次掩饰）不用不用，娘，我找到了……

姚大娘：那我给你端水洗脸去。（进门，端水）

姚高明：（忙将手中的锦旗放在桌上，抢着接过脸盆）娘，您歇着，我自己来。

姚大娘：（转而去端饭菜）阿明，你今天怎么这么晚才下班啊，让我好担心。你看，我给你做了你最爱吃的红烧鲤鱼，都热了好几遍了。（发现桌上的锦旗，张开看，喜）阿明，这锦旗可是奖你的？

姚高明：是苏大嫂送的。

姚大娘：（喜念）打鱼霸，好；言有信，行！送给联防队长姚高明，湖西小区居民代表苏大嫂敬赠。呵呵呵……阿明，人家这是感谢你呢。呵呵……我这就把它挂上。（挂旗）

姚高明：娘……我来吧。

姚大娘：阿明，你慢点吃饭，娘给你煮几个冰糖鸡蛋先贺喜贺喜，呵呵呵，今天真高兴啊。

姚高明：娘……您不要忙了，我不想吃。

姚大娘：这是喜蛋，哪能不吃啊？你呀，从小就爱吃鸡蛋，有一次，娘为了让你天天有鸡蛋吃，还用两只大公鸡去跟人家换一只小母鸡呢。呵呵呵……阿明啊，你等着，我这就好，这就好。

姚高明：（唱）她难得心头欢畅，
　　　　　　我怎能让她悲伤？
　　　　　　话到嘴边开口难，
　　　　　　强展愁眉笑颜装。

姚大娘：（端鸡蛋）阿明，快吃！

姚高明：娘，您也吃一点吧。

姚大娘：娘不吃，你得了奖，娘比吃什么都高兴。（坐对面，笑眯眯看儿子吃蛋）阿明，多吃点。

姚高明：哎！

姚大娘：阿明，这一年多来，娘就数今天最高兴了。娘一心就盼你有出息。你得奖旗，娘这心里……别提……有多高兴了！（喜极而泣）

姚高明：娘……（欲言又止，内心矛盾，难以下咽，低头掩饰）

姚大娘：（惊疑地）阿明，你怎么了？

姚高明：没……没什么，我吃得太快了……

姚大娘：阿明，你神色不对，不要骗娘，是不是发生了什么事？

姚高明：娘……

姚大娘：阿明，到底发生了什么事？你快说呀。

姚高明：娘……

姚大娘：（惊恐而敏感地）怎么……是不是他们知道你的事啦？

姚高明：我的事，他们还不知道，只是因为我打击鱼霸做了好事，居民们都来感谢我，弄得记者也来采访我，我怕报纸一宣传，会传到老家那边去。

姚大娘：记者采访你？这本是多么好的事啊，要不是……唉，我可怜的孩子，以前你做了傻事，咱娘儿俩担惊受怕、东躲西藏，没想到如今你做了好事咱们还要担惊受怕……

姚高明：娘……都怪我让你有家难归，在外受苦……

姚大娘：阿明，那记者是什么人，我去求求他不要采访你，要不，请你表舅去跟人家说说。

姚高明：记者就是表舅请的。咱们越是求人不要宣传，人家就越想知道为什么。

姚大娘：阿明，实在没办法，咱们就离开这里。

姚高明：娘，咱们好不容易有了一个落脚点，我也好不容易有了一份事做，

　　　　　我不想让您再受苦……

姚大娘：我苦命的孩子……都是我这老不死的拖累了你啊！

姚高明：娘，是我一时糊涂做错了事，才害得您跟我受罪啊！

姚大娘：阿明，咱们还是离开这里吧！

姚高明：娘……我不忍心让您又奔波受苦啊！

姚大娘：阿明，娘知道你有孝心，要不是为了娘，你也不会落得这种地步啊！娘就你这么一个儿子，娘就是死，也不忍心让你去坐牢的啊！阿明，我们快收拾行李，离开这里。

[收光。

第四场　见义勇为

[紧接前场。

[夜，通往湖西码头的路上。

["泥鳅"鬼鬼祟祟上。

泥　鳅：（念）泥鳅泥鳅，

　　　　　浑身滑溜。

　　　　　烂泥里钻，

　　　　　浑水里游。

　　　　　搅天搅地是乐悠悠，

　　　　　乐悠悠！

我本是湖西码头小鱼霸，拿手好戏是敲诈，只因众人皆喊打，大哥"鲨鱼"才被抓，可恨那个"苏麻辣"，她羞辱大哥胆太大。大哥在"宫里"传口令，让我定要为他出了这口恶气。我为大哥上刀山，下火海，两肋插刀，万死不辞！那"苏麻辣"每天贩鱼早出晚归，必经此路，今晚我就在这废了她！（暗躲下）

[姚高明扶姚大娘艰难上。

姚高明：（唱）月暗星沉渺渺穹苍，
　　　　　　　更深人静夜风寒凉。
　　　　　　　为避罪责再走他乡，
　　　　　　　羞为人子愧对亲娘。
姚大娘：（唱）虎毒不食亲生子，
　　　　　　　母鸡护雏把翅展。
　　　　　　　为使爱子避牢狱，
　　　　　　　路死沟埋也心甘。
　　　　［母子绕场。姚大娘疲备至极，行走艰难。
姚高明：娘，您走累了，我背您。
姚大娘：阿明，娘歇歇就行了。
姚大娘：娘，还是让我背您吧！（背母走过场，下）
　　　　［苏大嫂挑鱼篓上。
　　　　（唱）起早贪黑随潮汐，
　　　　　　　鱼虾肥瘦靠海水。
　　　　　　　天天打鱼人叫苦，
　　　　　　　年年卖鱼我也累。
　　　唉，这三更半夜去码头进鱼，去早了没人做伴，去晚了又怕没货，好在鱼霸已经被抓起来了，要不然，这夜路我还真不敢一个人走呢。唉，这四周黑乎乎的，越走越怕。对了，唱支歌自己给自己壮壮胆吧。（哼唱）"洪湖水啊，浪呀么浪打浪啊，洪湖岸边……"（调太高上不去，改唱）"妹妹你大胆地往前走啊，往前走，莫回啊头……"（变成戏曲腔调）
　　　　［"泥鳅"猛地蹿出。
泥　鳅：（大喝）哪个妹妹，这么大胆？
苏大嫂：（惊吓）哎呀！天杀的，人吓人吓死人，你想吓死我苏麻辣啊？
泥　鳅：（旁白）果然是苏麻辣！刚才还唱得好好的，怎么转眼就骂起人

来了？怪不得我大哥夸你好一张利嘴呢。今晚我倒要看看，你是女高音还是女低音。（拔刀）

苏大嫂：（惊恐）你……你想干什么?!想杀人啊?!

泥　鳅：没那么严重，只不过想在你的嘴上留个记号，免得你以后随地吐痰。

苏大嫂：（惊落担子，转身奔跑，狂呼）杀人啦……救命啊………（绕场）

["泥鳅"紧追。

[姚高明背母亲上。

姚大娘：阿明，前面好像有人在喊救命，快把娘放下。

[姚高明放下母亲，正观望，苏大嫂奔过来。

苏大嫂：（惊叫）救命，救命，快救救我！

["泥鳅"追上，黑暗中迎面撞上姚高明，两人扭打。"泥鳅"用刀刺姚高明，姚高明紧紧地抱住"泥鳅"。苏大嫂、姚大娘大声喊来人。

[众居民赶上。"泥鳅"被制服。姚高明身负重伤，躺在地上呻吟。

姚大娘：阿明……阿明……

苏大嫂：（哭着奔过去）姚队长……是你吗？姚兄弟！姚兄弟！姚兄弟……

姚大娘：（扑上，哭喊）阿明……阿明……

[灯暗。

第五场　受奖扬名

[接前场，数日后，早晨。潮涌鸥鸣。

[幕内唱：

　　风儿轻，浪儿平，
　　大海波光盈。
　　日儿升，天儿明，
　　世界悄悄醒。

　　　　　见义勇为时代呼唤，
　　　　　当代英雄人人敬仰。
　　　　　舍己救人大力提倡，
　　　　　中华美德永远弘扬。
　　　　　树立典型正面宣传，
　　　　　鸣锣开道名扬四方。
　　　　　鲜花朵朵为君绽放，
　　　　　堪称楷模学习榜样。
　　　　　小小人物朴实平凡，
　　　　　百姓本色就是这样。
　　　　　鲜花朵朵为君绽放，
　　　　　堪称楷模学习榜样。
　　　[合唱声中，县委礼堂悬挂横标语：见义勇为先进分子姚高明英雄事迹表彰会。
　　　[音乐高奏，掌声如潮，鲜花舞蹈队上。
　　　[姚高明头缠绷带，手打石膏板从鲜花奖状丛中走出。
　　　[刘局长陪同领导人物上。
　　　[苏小琴等各报新闻记者上，俯仰拍照，镁光灯频闪。
　　　[少先队员上，献花敬礼。
　　　[苏大嫂等众居民敲锣打鼓上，送锦旗牌匾。
　　　[众人簇拥姚高明载歌载舞。
　　　[姚高明神情紧张，行动失态。
姚高明：（唱）掌声如潮，鲜花似锦，
　　　　　　宛如隔世在仙境。
　　　　　　热闹闹人如马灯走，
　　　　　　笑盈盈张张面目新。
　　　　　　手被手握着，

人被人拥紧。

晕乎乎雾里看花云中过，

昏沉沉是醉是梦还是醒？

一夜成英雄，

誉满城乡里。

记者成群结队，

报纸铺天盖地。

奖状锦旗红艳艳，

鲜花朵朵吐芳馨。

身不由己当先进，

漏船载酒浪中行。

我好比，乌鸦凤装迎风铜台立

狼披羊皮战兢兢应了猎户请。

我好比，手无缚鸡力偏把千斤提，

脚灌万斤铅，偏偏履薄冰。

到如今，回头是岸难回转，

船到江心更心惊。

只等那雷声隆隆风暴近，

是福是祸是罪是罚，听天由命。

[一声惊雷。舞台灯光骤然变幻，姚高明惊恐万状，幻觉产生。原来载歌载舞的人顿如鬼魅一般，纷纷伸手撕扯姚高明，怪笑声、讥骂声充斥于耳。姚高明痛苦挣扎。

[幻影一：苏大嫂等居民气势汹汹逼上。

苏大嫂：（揪住姚高明衣领，狠狠地啐了一口）骗子！流氓！把锦旗还给我！

众居民：哈哈哈……苏麻辣，你还说要给他送金牌匾呢。

苏大嫂：可惜他不配！（从姚高明手中抢过锦旗，撕成碎片，狠狠掷向姚高明，与众居民扬长而去）

姚高明：（俯身捡拾锦旗碎片，喃喃地）我不配……我不配……（双手蒙住脸，痛哭）我不配……

　　[幻影二：（内声）阿明……阿明……

　　[姚大娘乞丐装打扮，拄着拐棍艰难上。一个趔趄，摔倒在地。

　　[一妇女和红领巾小女孩上。小女孩见状忙跑过去，正要扶起姚大娘。

妇　女：（厉声喝道）妞妞，过来！

小女孩：妈妈，老奶奶她好可怜啊。

妇　女：她儿子做了坏事，有什么可怜的！快走。（拉小姑娘下）

姚大娘：（呼天抢地）阿明……阿明……（蹒跚向舞台深处走去）

姚高明：娘……（赶幻影，幻影径自下，姚高明嘶声大喊）娘……

　　[幻影三：刘局长带着众干警上。

刘局长：抓住他，抓住他！

　　[众干警手持铁索起舞，追捕姚高明。姚高明惊慌绕场，摔倒。

　　[幻影消失。

　　[灯亮。四面锦旗如血，满地鲜花如火，姚高明痛苦挣扎。

　　[幕内唱：

　　　　头戴金冠身披挂，

　　　　心如吊兰凌空悬。

　　　　锦衣做茧层层绕，

　　　　梦里毒蛇苦苦盘。

姚高明：（似梦似醒，喃喃而语）我该怎么办？我该怎么办？

　　[灯暗。

第六场　锦上添花

　　[接前场三天后。苏大嫂住宅内厅。两侧房门对称。

　　[苏大嫂两手端碗，自左侧门内喜吟吟上。

苏大嫂：（唱）手端桂圆煮鸡蛋，
　　　　　　心怀感激喜洋洋。
　　　　　　高明真是英雄汉，
　　　　　　如雷贯耳名声扬。
　　　　　　大娘天天把佛拜，
　　　　　　为人温和心善良。
　　　　　　我请他母子住我家，
　　　　　　胜似亲人挂暖凉。

苏大嫂：姚兄弟，大娘，快开开门。

　　　　[姚大娘自右侧门内出。

姚大娘：哎呀，苏大嫂，你怎么这么客气啊。

苏大嫂：哎，姚兄弟为了救我，身受重伤，这救命之恩哪，我可是几辈子都报不完啊。姚兄弟呢？

姚大娘：阿明他身体有些不舒服，在里面躺着呢。

苏大嫂：大娘，快让姚兄弟吃了这桂圆煮鸡蛋，好好补补身体。

姚大娘：大嫂，你太客气了。我们娘俩住你这，你连房租都不收，我们真是过意不去啊。

苏大嫂：哎，只怕以后我请你们都请不来呢。姚兄弟现在是英雄了，这以后啊，还怕没房子住吗？

姚大娘：唉！我只求阿明平平安安，别的什么都不求。

苏大嫂：是啊是啊，可怜天下父母心。

姚大娘：只是，我真担心这孩子啊！

苏大嫂：大娘，你是担心姚兄弟的身体吧？唉，都是为了我，不过，年轻人恢复得快，只要好好休养休养，很快就会好的。

姚大娘：菩萨保佑，但愿如此。

　　　　[刘局长提着一篮水果和两瓶酒上，苏大嫂见状，惊喜避内。

刘局长：（唱）号令出时霜雪冷，

威风到处鬼神惊。

四十年公安生涯路，

刚正彪炳身后名。

有道是当官一阵子，做人一辈子，雁过留声，人过留名，如今世界级的运动员，都是在事业达到最顶峰的时候，急流勇退，我当了四十年的公安，如今就要退休，也想给自己的公安生涯画上一个圆满的句号。没想到这个路上认来的表外甥姚高明帮助我圆了这个梦。哈哈哈，百善孝为先，我当初看见这孩子，为救母亲跪地求人，就觉得不错。（敲门）阿明，阿明。

姚大娘：（开门，神经质地微震，很快恢复常态）哎，是恩人啊，表弟，什么风把您吹到这里来啊？快请进，快请进！

刘局长：表姐，还好吧，阿明呢？

姚大娘：他身体有些不舒服，在里面躺着呢。我去叫他。阿明，你表舅来了。

[姚高明自内出。

姚高明：（神经质地）表舅，您找我……有事？

刘局长：哎，我说阿明啊，你每次见着表舅总是这么诚惶诚恐的，以后别这么拘束。表舅我今天有个重要消息，说出来，你定要大吃一惊的。

姚高明：（敏感地）表舅，是不是您听到什么风声啦？

刘局长：岂止是风声啊，（拉姚高明手）来，去拿两只酒杯来。

姚高明：（惊恐地缩回手）表舅，您这是？

刘局长：（拍姚高明肩膀）哎，你这小子，表舅我今天是给你报喜来的……呵呵……拿酒杯来！我要给你祝贺祝贺。

姚大娘：我去拿、我去拿。（递酒杯）

刘局长：阿明，给表舅倒酒！

姚高明：（倒酒，手颤抖，酒洒出）表舅，我还有什么可喜的事啊？

刘局长：喜，天大的喜啊！

（唱）一喜外甥打击鱼霸大告成功，

二喜外甥见义勇为成为英雄，
三喜外甥锦上添花前途畅通，
省里点名参加全国十佳评选，
这先进事迹材料啊，
表舅我已层层把它往上报送。
你猜猜，送到哪里了？

姚高明：（异常紧张地）送到哪里了？

刘局长：北京！送到北京去了！省里指名推荐你参加评选全国见义勇为十佳青年模范，哈哈哈……你这小子，没有辜负表舅我一手栽培你。

姚高明：啊?!北京，送到北京去了？！

刘局长：我说阿明啊，这可是百里挑一、百年不遇的好事啊，这不仅是你个人无上的光荣，也是公安队伍的光荣，还是我这个表舅无上的光荣啊。你知道表舅我就要退休了，在离任之前，我还能够一手发现、推荐、培养出你这么一个全国先进，我这局长就是退居二线，脸上也光彩啊。

姚高明：（惊恐万状地）表舅，这……恐怕不行啊！

刘局长：哎，阿明啊，这事表舅十拿九稳，你就放心在家好好休养身体，等着我给你摆庆功酒吧！今天上面来电话了，说你的事迹材料万事俱备，只差一张政审证明了。明天，我就给你老家派出所发张电报，去打一张。

姚高明：表舅……您千万不要……

刘局长：阿明，别担心，你只管好好养身体，说不定，到时候还要到全国各地去做巡回报告呢……呵呵呵，我们先干了这杯！（举杯饮酒）……我还有事，先回去了，你等着听好消息吧。

姚高明：（绝望地）表舅……（无力举杯，酒倾泻）

刘局长：表姐，我还有事，先走了，呵呵呵……（下）

姚大娘：表弟走好。

　　　　　　［苏大嫂自内出，眉开眼笑。
苏大嫂：哎呀，恭喜姚兄弟，贺喜姚兄弟。姚兄弟，你就要上北京啦！啧啧……
姚高明：（苦不堪言）苏大嫂，求求你不要说了。
　　　　　　［苏小琴上。
苏小琴：大嫂，什么事这么高兴啊？
苏大嫂：小琴啊，姚兄弟大喜啦！他就要上北京评选什么十佳青年模范了，说不准还要到全国各地做报告呢！
苏小琴：是吗，姚队长？那我可又要忙着给你写报道啦。
姚高明：（突然怒不可遏）报道，报道，都是你写得好报道啊！
苏小琴：（惊愕）怎么啦？（想了想，笑）哦还在生气啊？你也真是太谦虚了。姚队长，过分谦虚可就是骄傲啦！呵呵呵……
姚高明：（大受刺激，痛苦至极，怒吼）求求你们别笑了！
　　　　　　［众惊。
姚大娘：阿明，你可不能这样对小琴姑娘说话啊！
姚高明：娘……我心里难受啊！
苏小琴：（怔怔地）
　　　　　　（唱）没来由遭斥责，
　　　　　　　　　好端端又是哭来又是喊。
　　　　　　　　　分明是心有苦衷难言讲，
　　　　　　　　　莫非他另有真相被隐瞒。
　　　　　　大嫂，姚队长他身体不适，需要好好休息，我们过去吧。
姚大娘：小琴姑娘，你可千万别放在心上啊。这几天，阿明他……他确实不舒服……你可千万别见怪啊。
苏小琴：大娘，没关系。姚队长，你要有什么事，可千万不能老憋在心里啊，说出来，我也许能帮你一点忙……
姚高明：帮忙？哈哈哈……谢谢了，（大声怒吼）我谢谢你帮的大忙！
苏小琴：姚队长，你……

姚大娘：（急阻止）阿明！

姚高明：娘啊，您就让我说几句吧，我真的憋得慌啊！反正纸包不住火，早晚都要被人知道的，与其担惊受怕，苦不堪言，不如干脆对她说了，该怎么办就怎么办吧！

姚大娘：（严厉地）阿明！

姚高明：娘，我真的受不了，受不了啊，您就让我说吧！

姚大娘：（又急又惊，痛苦地举手打了姚高明一巴掌）阿明，你……你胡说什么！

姚高明：（怔怔地）娘……

姚大娘：（抱住姚高明痛哭）阿明，答应娘，咱们离开这里，走吧。

姚高明：走？往哪儿走？走到哪里都一样的……

姚大娘：阿明……听娘的话，不要胡思乱想……

姚高明：娘……

（唱）我好比，

头戴金光灿灿紧箍咒，

身穿烈焰熊熊火样衣，

脚登岌岌可危玄云梯，

面朝万丈深渊悬崖立。

她句句好话好比唐僧念咒箍更紧，

她朗朗笑声好似抱薪救火火更急。

她篇篇报道好比增高玄梯云中立。

她篇篇报道好似匕首将我刺，

逼得我四面埋伏、风声鹤唳、无处可逃避。

姚大娘：阿明，你别说了……

姚高明：（唱）娘啊娘，

人家欢歌笑语庆登场，

我是万箭穿心断肝肠。

人家掌声阵阵多褒扬，

我是雷声隆隆惊下场。

本以为逃离千里难寻觅，

本以为人海茫茫好躲藏，

本以为改头换面赎罪过，

本以为多做好事避灾殃。

又谁知亦步亦趋奖台上，

抛头露面掩盖难。

到如今，风吹山露骨，

浪卷海皮翻。

庐山面目现，

羞愧更难堪。

我恨不能一死百了断，

免得备受煎熬做人难。

姚大娘：阿明，你可千万要想开啊！

苏大嫂：姚兄弟，你到底为什么事，这样想不开啊？有什么苦衷说出来，大家也好有个帮衬啊！

苏小琴：是啊，姚队长，有什么事，千万不要闷在心里啊。

姚大娘：求求你们……别再逼他了。

苏小琴：大嫂，我们回房去吧！

姚高明：苏记者！（欲言又止）

苏小琴：大嫂，你先过去吧！

[苏大嫂迟疑，出门，复又暗上，在门外偷听。

苏小琴：姚队长，要是你信得过我，就告诉我吧，只要我能做得到，一定帮你。

姚高明：娘……

姚大娘：阿明……

姚高明：娘，你不要再拦我了，否则，我真的会发疯的。

姚大娘：阿明，你要是有个三长两短，娘还怎么活啊？！

姚高明：娘……原谅我吧！

苏小琴：大娘，您就让他说吧！天大的事，说出来，我也好帮助你们啊！

姚高明：苏记者，事到如今，你还说什么帮忙……要不是你，要不是你，我怎么会落到这种地步啊？

苏小琴：姚队长，这话从何说起？

姚高明：苏记者，你不是要新闻吗？我现在就给你一条特大新闻吧！你知道我是谁？呵呵呵，你知道我是谁？我……我是一个逃犯啊！

苏小琴：逃犯？！你是逃犯！？

［苏大嫂闻言惊愕，慌忙下。

苏小琴：大娘，这是真的吗？

姚大娘：……（哭泣着点头）

姚高明：（苦笑）呵呵呵……苏记者，你现在总该明白我为什么千求百求你不要宣传报道我了吧？

苏小琴：（唱）惊风云多变化，

　　　　　　叹世事太无常，

　　　　　　朝霞暮雨夜风寒，

　　　　　　台上英雄竟然是逃犯。

　　　　　　波峰浪谷沉浮跌宕，

　　　　　　这荣辱，这凉暖，

　　　　　　阴错阳差纠结成一团。

　　　　　　姚队长啊姚队长，

　　　　　　到如今，我才明白你为何回避怕宣传。

姚高明：怎么样？苏记者，这条消息可以登头版头条吧？

苏小琴：（刺痛地）姚队长，难道在你眼里，我就只是一个争抢头版头条的新闻记者吗？

姚高明：嘀，你不是记者，为什么写文章报道？你不争抢头版头条，又为

　　　　　什么苦苦纠缠不休？
　　　（唱）说什么妙笔生花锦绣文章，
　　　　　　说什么新闻报道摇旗呐喊，
　　　　　　恰只是大惊小怪小题大做搬弄是非吹拉弹唱，
　　　　　　杀人不见血，
　　　　　　锋利胜刀枪，
　　　　　　直搅得人心不平静，
　　　　　　天地沸扬扬。
　　　　苏记者啊苏记者，我怕出名，你偏要宣扬，我想改邪归正多做好事，
　　　　平平安安地侍候我娘，你偏惹是生非，跟踪追击，弄得我无处躲藏。
　　　　现在，你该称心意了吧？
姚大娘：阿明，这怪不得小琴姑娘的，她也是一片好心啊。
苏小琴：（唱）叫一声姚队长，
　　　　　　禁不住泪纷扬。
　　　　　　真心实意写文章，
　　　　　　怎知英雄原来是逃犯。
　　　　　　我情真意切把你赞，
　　　　　　谁料笔墨文章将你伤。
　　　　　　问一声姚队长，
　　　　　　为何英雄成逃犯？
　　　　　　你仔仔细细道端详。
姚大娘：阿明，苏记者见多识广，或许真能帮帮咱们的忙。
姚高明：苏记者……你真的想帮我？
苏小琴：请你相信我！
姚高明：（唱）叫一声苏记者，
　　　　　　你仔细听我把话讲。
　　　　　　我家在千里之外姚家庄，

三代只有我单传。
自幼丧父母抚养,
相依为命度时光。
只因去年春天我娘把病患,
家贫如洗雪上加霜。
我走投无路去矿山,
偷挖金矿为救娘,
谁知却把国法犯,
被捕入狱坐牢房。
娘想我泪眼欲穿,
我想娘叹短吁长。
千不该万不该,
错上加错越牢房。
为避罪责消灾难,
孤儿寡母走他乡。
一路担惊和受怕,
风餐露宿苦不堪。
到后来,母子流落在街头,
人地生疏求生难。
好在天无绝人路,
千里他乡远亲帮。
多亏好人刘局长,
救我母子于道上。
他一帮再帮帮到底,
送物送钱情义长。
联防队员我当上,
从此生活有指望。

　　　　　山回路转多欢畅，
　　　　　怎奈我是在逃犯。
　　　　　这恰似狼披羊皮在虎口，
　　　　　如履薄冰行走难。
　　　　　为糊口我当联防，
　　　　　为报恩我积极肯干，
　　　　　为赎罪我多做好事，
　　　　　只求平安度日孝亲娘。
　　　　　谁知打鱼霸惹出麻烦，
　　　　　一步一步奖台上，
　　　　　到如今，只落得进退无路两头难。

姚大娘：（哭）阿明，我可怜的孩子。

苏小琴：姚队长……

　　　　（唱）听君一席话，
　　　　　不觉泪潸然。
　　　　　贫家出孝子，
　　　　　真情殊可叹。
　　　　　叫一声姚队长，
　　　　　你且把心放宽。
　　　　　投案去自首，
　　　　　一定从轻判。

姚高明：投案自首？

姚大娘：投案自首？

苏小琴：对，投案自首！

姚高明：不，我不能抛下娘不管。

姚大娘：不，我不能让阿明去坐牢！

苏小琴：这可是最好的办法啊！

　　　　　　（唱）叫一声大娘和队长，
　　　　　　　　　请你们仔细听我把话讲完。
　　　　　　　　　阿明救母把法犯，
　　　　　　　　　情有可原不一般。
　　　　　　　　　后果轻微量刑小，
　　　　　　　　　投案自首从宽判。
姚大娘：（唱）偷挖金矿法不容，
　　　　　　　　　罪加一等越牢房。
苏小琴：（唱）见义勇为把血溅，
　　　　　　　　　将功赎罪可从宽。
姚高明：（唱）白纸沾墨留污迹，
　　　　　　　　　覆水何必收回还。
苏小琴：（唱）白纸沾墨能为画，
　　　　　　　　　覆水难收悔不晚。
姚大娘：（唱）树活张皮人活脸，
　　　　　　　　　英雄逃犯多难堪。
姚高明：（唱）纵然能够从轻判，
　　　　　　　　　人言可畏是汪洋。
苏小琴：（唱）回头是岸人称赞，
　　　　　　　　　周处从良美名扬。
姚高明：（唱）身入牢狱成囚犯，
　　　　　　　　　失去自由苦不堪。
苏小琴：（唱）一时苦痛纵艰难，
　　　　　　　　　重获新生多欢畅。
姚大娘：（唱）母子怎能生离别，
　　　　　　　　　一堵高墙相见难。
苏小琴：（唱）爱子还得从长想，

姚高明：（唱）我去坐牢纵无妨，
母子相聚来日长。
可怜老母谁照看。

苏小琴：这……

姚大娘：（唱）孤苦伶仃延残喘，
日薄西山备凄凉。

苏小琴：大娘若不嫌弃，
（唱）小琴我愿如儿女，
伴在左右照看娘。

姚大娘：这……这怎么行。

姚高明：是啊，苏记者，这可不是一天两天的事情啊！

苏小琴：大娘，我自小没有母亲，是大嫂把我抚养长大，虽说长兄为父、长嫂为母，可我多么希望有一个母亲，让我能够叫她一声娘啊！

姚大娘：小琴姑娘……你可真是一个难得的好姑娘啊！

苏小琴：大娘……（相拥）

［灯暗。

第七场　自首劝回

［紧接前场，明月夜，路途上。
［幕内唱：春风扶柳融融夜，
寂寞池塘风淡淡。
莫道行人无雅兴，
人间正道是沧桑。
［姚高明和苏小琴上。

姚高明：（唱）放下包袱，抛开羞荣，
投案自首，一身轻松。

　　　　　　　朗朗明月，一路照送，

　　　　　　　从此夜行，不必匆匆。

苏小琴：（唱）月明星稀悬宇宙，

　　　　　　　小路弯弯无尽头。

　　　　　　　静夜春风轻拂柳，

　　　　　　　浮云伴月悄悄后。

姚高明：苏记者，我把我娘托付给你，大恩大德，来日一定舍命相报。

苏小琴：姚队长，你搭救我大嫂，我照顾你母亲，说什么舍命相报。况且，我相信你很快就会回来接你母亲的。

姚高明：苏记者……（欲言又止）

苏小琴：姚队长……（欲说还休）

　　　　[幕内唱：风轻拂，柳梢头。

　　　　　　　　水涟漪，春池皱。

姚高明：苏记者……

苏小琴：姚队长，来日方长，有什么话，以后再说吧！你快去投案自首要紧。

姚高明：是……

　　　　[切光，转景。

　　　　[刘局长办公室。一桌一椅一书，办公桌上有笔筒、书。

　　　　[刘局长自内出，焦灼地踱步。

刘局长：荒唐，荒唐，太荒唐！

　　　　（唱）我千不该万不该，

　　　　　　　不该不问青红和皂白，

　　　　　　　把逃犯引进公安来。

　　　　　　　粗心大意铸大错，

　　　　　　　鱼目混珠太不该。

　　　　　　　公安本是抓逃犯，

　　　　　　　却把逃犯英雄待。

> 这恰似，强盗吃斋当如来，
> 乌鸦上了凤凰台。
> 倘若消息传扬开，
> 我这局长头怎抬？
> 头怎抬？

  幸亏苏记者及时相告，否则，一捅出去，我这局长的脸往哪儿搁啊！唉，还是想一个万全之策要紧。

苏小琴：（敲门）刘局长。
刘局长：（开门）苏记者，请进。（转向姚高明，不悦）你也进来吧！
姚高明：表舅，我对不起您……
刘局长：发生这种事，你这时候说一万句对不起，也没有用的。阿明啊阿明，你这不是跟我开国际玩笑吗？
姚高明：表舅，我愿意投案自首，争取从宽处理。
刘局长：你到现在才来投案自首，太迟了！
苏小琴：刘局长，悬崖勒马，回头是岸，怎么会太迟呢？
刘局长：苏记者，他可是个英雄啊！这种事如果传出去，影响多不好啊！
苏小琴：可事已至此，难道不让他自首不成？
刘局长：（思忖）不让他自首，不让他自首……（豁然开朗）对呀，这可是个万全之策啊。
苏小琴：（疑惑不解地）万全之策？
刘局长：苏记者，高明的事，还有别人知道吗？
苏小琴：除了姚大娘，就只有我们几个人知道了。
刘局长：这我就放心了。
苏小琴：刘局长，您这是……
刘局长：苏记者，阿明的事，到现在为止，还只有我们四个人知道，可一旦传扬出去，那就天下皆知了。
姚高明：（惊异）表舅，我不明白……

苏小琴：刘局长，您的意思是……

刘局长：苏记者，你想想，这种事如果传出去，干警们会怎么看？老百姓会怎么想？那些亲自慰问高明，给他颁发奖状、证书的上级领导又会怎么想？人们会怎么看待公安干警，又会怎样看待新闻记者？更可怕的是，公安干警对犯罪分子的威慑力何在？新闻记者作为党和人民的代言人，他的权威性又何在？

苏小琴：这……我还没有认真想过。

姚高明：表舅，我不管这些，我只想清清楚楚、明明白白地给自己做个了断，从此轻松自在地做人。

刘局长：清清楚楚？明明白白？轻松自在？可事到如今，你我都身不由己啦，阿明！

阿明啊阿明，

你这逃犯上了领奖台，

如今怎能说下来就下来？

你想想，你受伤住院，多少领导和干部群众慰问你？你上台领奖，又有多少领导给你颁发奖状、证书？局里把你当先进，县里把你当典型，省里把你当模范，还特意点名推荐你参加全国见义勇为十佳青年模范评选，如今这材料都已经层层报送上去了。县委号召全县人民向你学习的文件也已经下达了！你想想，假如一开始，人们就知道你是一个在逃犯，就是你见义勇为，舍身救人，人们会这样对待你吗？组织又会给你这么高的荣誉吗？如今，你奖状领了，先进当了，这个时候，才来投案自首，你让我这个一手推荐、培养、提拔你的公安局局长怎么收台？你让一手宣传、树立你这个英雄人物的苏记者怎么收台？你又让那些在台上台下为你颁奖、发言、指示、号召干部群众向你学习的领导，怎么收台？

姚高明：可是……这些都是你们硬要给我的，我压根儿就没想要这些……

刘局长：这时候，已经不是你要不要的问题了！

姚高明：表舅，这一年来，我担惊受怕，苦不堪言，你还是让我去投案自首吧！

刘局长：阿明，现在不是你一个人投案自首的问题，而是事关大局！你个人的荣辱要服从大局需要！

姚高明：表舅，难道我想自首坐牢都不成？

苏小琴：刘局长……

刘局长：苏记者，事到如今，只能顾全大局，瞒天过海。

苏小琴：怎么顾全大局？怎么瞒天过海？

刘局长：如今参加评选全国十佳的材料已经送上去了，上面催着要政审证明呢，好在电报还没有发出去，否则后果就不堪设想了。现在，只要给高明补一套户口资料，证明他是我们这里的居民，他的政审证明由我这里开就名正言顺了。当然，关于这事，苏记者你可千万要配合啊！

苏小琴：配合？假造户口可是犯法的呀！

姚高明：表舅，一人做事一人担，我不想连累你们，也不想一错再错，您还是让我投案自首吧！

苏小琴：是啊，刘局长，你可不能知法犯法、错上加错啊！

刘局长：一人做事一人担？你担得起吗，阿明？知法犯法？错上加错？嘀，苏记者，你以为你犯的错还小吗？

（唱）苏记者妙笔生花写文章，
　　　篇篇都是英雄赞。
　　　如今英雄是逃犯，
　　　我问你这个记者怎么办？
　　　难道你不怕讥讽不怕嗤笑，
　　　不怕世人说你撒了弥天的谎言？
　　　不怕从此你的文章没人看？
　　　不怕斯文扫地没脸做人难？

苏记者啊苏记者，（从办公桌上拿起一沓报纸）你看看这些文章，你再看看这些照片。

苏小琴：（唱）手捧报纸一张张，

　　　　　　无地自容羞难当。

　　　　　　当初下笔千言英雄赞，

　　　　　　如今哑口无言没话讲。

　　　　　　倘若让人戳我的脊梁，

　　　　　　我这记者，还有何颜写文章？

刘局长：（唱）事到如今，

　　　　　　你我同他一条船，

　　　　　　荣辱相关分开难。

苏小琴：可是……

　　　　（唱）哪有自首无门的逃犯把家还？

　　　　　　哪有知法犯法的公安局局长？

　　　　　　哪有指鹿为马的新闻记者，

　　　　　　把职业道德良心丧？

　　　　　　刘局长啊刘局长，

　　　　　　这样的事情我不能干。

刘局长：苏记者啊苏记者，这种事我也不想干，可是，你想想，除了这么做，还有什么更好的办法呢？你年轻有为，来日方长，前途不可限量，我也是出于爱护你，才迫不得已这样做的啊！

苏小琴：刘局长，不是我不尊重您。我也知道这样做对大家都有好处，可我们总不能因为做好事而欺上瞒下，知法犯法啊！

刘局长：苏记者，这事关系重大，你可要三思而行啊！

苏小琴：正因为关系重大，我才不能不三思而行！

刘局长：难道你就忍心让组织蒙羞，让领导丢脸，让阿明母子相离？让我这个干了四十多年的老公安，在临退休时，弄得身败名裂？难道你就忍心，让自己留下一个天大的笑话，任人嗤笑不成？

苏小琴：这不是什么丢脸的事，而是坚持实事求是，还是弄虚作假的问题。
刘局长：可是做事总得考虑后果啊！
苏小琴：让世人知道英雄是逃犯的后果，总比弄虚作假掩盖事实真相好啊！
刘局长：可你难道就不怕身败名裂？
苏小琴：身败名裂？我苏小琴五年记者生涯，问心无愧！
　　　（唱）跑遍了街头巷尾边边角角，
　　　　　　听惯了台下鼓掌台上报告，
　　　　　　见过了形形色色男女老少，
　　　　　　写过了喜怒笑骂文章多少？
　　　　　　人道我无冕之王多荣耀，
　　　　　　我却道王冠之上明珠翡翠有多少？
　　　　　　人道我年轻有为妙笔生花多俊俏，
　　　　　　我却道年年落花流水春去了。
　　　　　　人道我笔头尖尖锋利胜枪刀，
　　　　　　我却道社会责任记者良知最重要。
　　　　　　人道是图文并茂信手拈来文章好，
　　　　　　我却道指鹿为马说谎造谣浮夸乱报，
　　　　　　这白纸黑字万人传阅，
　　　　　　出了差错擦也擦不掉。
　　　　　　这条条新闻桩桩报道，
　　　　　　要经得起时光消磨百姓推敲，
　　　　　　要经得起历史长河大浪滔滔！
　　　　　　刘局长啊刘局长，
　　　　　　纵然我身败名裂，
　　　　　　也绝不会明知故犯去造谣。
　　　刘局长，您想过没有，万一队长的事最后还是暴露了，那后果又会怎样？

刘局长：不会暴露的。第一，阿明犯的不是什么大罪；第二，天下同名的人多得很；第三，他的相貌和初来时也有很大的改变，最近的宣传铺天盖地，可并没有人认出阿明来；第四，只要制作一套完整的户籍资料，以后就是追查起来，也不会露出什么破绽。退一万步讲，就是最后还是暴露了，我相信组织也会体谅我从大局出发，这么做的。（拉开办公桌抽屉，拿出一张纸）苏记者，这事就这么定了。阿明，你把这张户籍卡认真填好！

姚高明：（惊恐）不不不，我不能填。

刘局长：阿明，我问你，表舅我与你有仇吗？

姚高明：表舅雪中送炭，救我母亲，对我恩重如山！

刘局长：我再问你，苏记者与你有恨吗？

姚高明：苏记者申明大义，代我侍奉母亲，对我仁至义尽！

刘局长：既然如此，难道你想恩将仇报，让我和苏记者身败名裂不成?!（怒掷户籍卡于地上）

姚高明：表舅……

刘局长：……（背转身不理）

姚高明：苏记者……

刘局长：苏记者，我相信你不会赞同阿明，做出损己不利人、有百害而无一利的傻事。

苏小琴：这……（左右为难）

姚高明：（唱）一个对我恩如山，
　　　　　　一个对我情深似海。

[幕内唱：
　　　　锦上添花天下有，
　　　　雪中送炭世难寻。
　　　　滴水尚且涌泉报，
　　　　恩将仇报不是人！

　　　　　可是……我怎能……
　　　　　（唱）一错二错再三错，
　　　　　　　　重新披枷又戴锁。
　　　　[幕内唱：
　　　　　　　　一错二错莫三错，
　　　　　　　　御下枷锁怎重锁？
姚高明：（唱）抛开荣辱来投案，
　　　　　　　监狱却把门来关。
　　　　　　　昏天黑地昏沉沉，
　　　　　　　寒心透骨做人难。
　　　　[幕内唱：昏沉沉，锥心痛楚彻骨寒，
　　　　　　　　阴惨惨，冷风吹得血泪干。
姚高明：（颤抖地捡起户籍卡，悲痛欲绝）
　　　　（唱）薄薄一张卡，
　　　　　　　重似千斤担。
　　　　　　　枝枝连蔓蔓，
　　　　　　　交错结成网。
　　　　　　　重重都是锁，
　　　　　　　想飞翅难展。
　　　　　　　世人都说做人难，
　　　　　　　我要做人难上难。

　　　　　　　说什么回头是岸，
　　　　　　　说什么坦白从宽，
　　　　　　　说什么改过自新，
　　　　　　　说什么从良改善，
　　　　　　　说什么天高地阔任飞翔，

　　　　　说什么自己命运自己掌，
　　　　　恰只是身不由己，
　　　　　任人捏造泥一团。
　　　　　我也是堂堂七尺男儿汉，
　　　　　为什么命贱不如纸一张。
　　　　　有道是一人做事一人担，
　　　　　功过是非有明断。
　　　　　我怎能白纸黑字胡乱画，
　　　　　终身心灵不得安。
　　　　表舅，这户籍卡我不想填！
刘局长：（震怒）阿明！你莫非疯了吗？
姚高明：（嘶喊）是的，我是疯了！（掷卡跑下）
苏小琴：姚队长……（下）
　　　　[灯暗。

第八场　撕奖疯狂

　　　　[紧接前场。苏大嫂住宅内厅。
　　　　[姚大娘在房内念经拜佛。
姚大娘：求菩萨保护我儿平安无事早些归来，求菩萨保佑……
　　　　（唱）阿明我儿去投案，
　　　　　夜深人静不见还。
　　　　　莫非是罪责难逃入牢房？
　　　　　我越想越害怕，
　　　　　辗转不安如坐针毡，
　　　　　不如出门去看看。
　　　　　若是阿明真的坐牢房，

　　　　　我就撞死在牢门的铁窗上。（下）

　　[苏大嫂自内上。

苏大嫂：听说英雄是逃犯，顿时吓破我的胆。逃犯住在我家里，窝藏逃犯罪难当。我本想去报案，又念他救我一命，恩将仇报不应当。想来想去没主张，只得借口夫要还，请他别处去租房。（敲门）大娘，大娘，姚兄弟，姚兄弟……（推门入内）咦——人呢？哎呀，莫非逃走了？要不就是被公安局抓走了。小琴呢？肯定是去加班赶稿了。（看墙上挂着的锦旗）如今他是逃犯，我送他的这锦旗，要是被人看见，多不好。（伸手摘锦旗）

　　[姚大娘内唱：

　　出门遇子归，

　　心头巨石落。

　　[苏小琴和姚高明上。姚大娘随后上。

姚大娘：（接唱）从此无忧虑，

　　　　　高枕无忧愁。

苏小琴：（见苏大嫂在摘锦旗，犹疑地）大嫂，你……

苏大嫂：（见状惊慌，锦旗险些掉落）呃……呃……你们……你们怎么回来了？

姚大娘：苏大嫂，你这是……

苏大嫂：（忙掩饰，尴尬笑）哦……是这样的，我睡不着就起来了，看见您这儿门没关，灯也没灭，就过来看看，没想到你们都不在家，连小琴也没回来，我有些纳闷儿，便一个人在这坐着，坐着坐着，就端详起这面锦旗来，端详着端详着，就觉得这上面好像粘了好多的苍蝇屎，于是就把它摘了下来，刚刚才擦好，正要挂，你们就回来了。

苏小琴：大嫂啊，崭崭新刚刚挂的锦旗，哪来的苍蝇屎啊？再说，这夜里灯下的，你哪能看得那么清楚啊。（接过锦旗，挂上）

苏大嫂：是是是，我摘下来细细看了，才知道可能是自己眼睛看花了。大娘，你们刚才去了哪儿啊，这么晚才回来呀。

姚大娘：哦……阿明和苏姑娘有事去他表舅那儿坐了坐，我看他们这么晚了还没回来，有些不放心，就出门去看看，还没走两步，正好遇着他们回来了。

苏大嫂：小琴，你和姚兄弟去公安局刘局长那里干什么呀？

苏小琴：（满腹心事地）大嫂，别问那么多了。姚队长没事了，你早些休息吧。

姚大娘：（感激地）苏姑娘，真是太谢谢你了。

姚高明：苏记者……

苏小琴：……（与姚高明四目相对，默默无语，转而对苏大嫂）大嫂，我们过去吧。

苏大嫂：哎……（疑虑未尽地）大娘，您早些休息，我们走了。（内下）

姚大娘：大嫂走好。（关门）阿明，快告诉娘，你表舅怎么说？

姚高明：（郁闷不乐）娘，我没事了。

姚大娘：没事就好，没事就好。可是……娘怎么觉得你好像不高兴呢？

姚高明：娘，我很累。

姚大娘：阿明，那你快些去睡吧！

姚高明：（怔怔地望着锦旗）娘，把那锦旗摘了吧！

姚大娘：阿明，好好的，干吗摘锦旗啊？

姚高明：（抬头看锦旗，自言自语）那上面粘了好多的苍蝇屎，苍蝇屎……

姚大娘：阿明，你说什么。

姚高明：（神情恍惚地走到锦旗前，神经质地摘下锦旗，反复查看）娘，这上面真的有苍蝇屎……有苍蝇屎……（忽然，痛苦地用力撕锦旗）

姚大娘：阿明，你这是怎么啦?!（夺过锦旗）

姚高明：娘，我不想看见锦旗，我不想看见锦旗……

姚大娘：好好好，我这就把它收起来。

姚高明：我累了，很累，很累……（入内）

姚大娘：阿明！这孩子到底怎么啦？他表舅到底是怎么说的啊？

[刘局长内白：他疯了！真是疯了！

[刘局长上。

刘局长：（唱）英雄不当当逃犯，

　　　　　　　奖台不上坐牢房。

　　　　　　　三更半夜找表姐，

　　　　　　　以防万一把事商。

　　　　（叩门）表姐，表姐！

姚大娘：（敏感而惊惧地）谁？

刘局长：表姐，我是刘公明啊！

姚大娘：刘局长?!（旁白）这么晚了，该不会是……

刘局长：表姐……我有要紧事，快开门。

姚大娘：（急开门）表弟，这么晚找我，莫非有什么要事。

刘局长：（入内）阿明回来了吗？

姚大娘：回来了。

刘局长：苏记者也回来了吗？

姚大娘：她和阿明一起回来的。

刘局长：（舒了一口气）这我就放心了。

姚大娘：表弟，我的大恩人啊，表姐我对不住你啊！

刘局长：表姐，事到如今，就不要说这些了，还是劝劝阿明吧！

姚大娘：……他不是已经投案自首，坦白宽大回家了吗？

刘局长：表姐啊……

　　　　（唱）阿明英雄是逃犯，

　　　　　　　投案自首关系大。

　　　　　　　此事若是传扬开，

　　　　　　　上上下下难收台。

　　　　　　　我为阿明费苦心，

　　　　　　保他平安又消灾。
　　　　　　无奈阿明不听从，
　　　　　　偏要钻进铁牢来。

姚大娘：此话怎讲？

刘局长：表姐，这是一张户籍卡，我已把阿明的户籍手续办好了，只要阿明照我说的去做，他不仅可以免去坐牢，还可以继续当先进受表彰。

姚大娘：（惊喜）表弟，我的大恩人，你说，阿明要怎么做才可以不用坐牢？

刘局长：只要我给阿明办一套户籍手续，大家守口如瓶就行了。

姚大娘：真的？阿明真的可以不用坐牢了?!

刘局长：不仅可以不用坐牢，而且还可以继续当先进受表彰，连表姐你都可以成为全国十佳青年的英雄母亲呢！可是我没想到，如此阳光大道阿明不走，却偏偏要去进监狱坐牢房。

姚大娘：这不可能！

刘局长：表姐，实话告诉你，阿明的事牵涉太大了，不仅牵到许多上级领导，而且也牵涉我和苏记者。如果这事张扬出去，不仅上级领导脸上无光，就连我和苏记者也要身败名裂啊！正因为这样，我才想把这事情包住，就当阿明以前什么事都没干过。

姚大娘：表弟，我的大恩人，表姐我谢谢你了！（感激涕零，跪下）

刘局长：表姐，别这样。只是阿明还不理解我的一片苦心啊！

姚大娘：不会的，不会的，我这就去跟他说。

　　　　[姚高明不知何时已来到跟前。

姚高明：娘，你什么都不用说了，我是只想坐牢！

姚大娘：阿明，你说什么？

姚高明：（一字一顿地）我只想坐牢！

姚大娘：阿明，你这是为什么啊？

姚高明：为什么？为什么？你不会明白的，娘……

刘局长：阿明，你就是不顾表舅我身败名裂，你也得为你娘着想啊！

姚大娘：阿明，听娘的话，按你表舅说的去做！

姚高明：您不要逼我。

　　　　[苏小琴和苏大嫂默默上。

刘局长：阿明，户籍卡表舅我已经替你做好了，你什么都不要想，什么都不要担心，表舅我只要你点个头就行了。

苏大嫂：你就点个头吧，姚兄弟，这对大家都有好处啊！

苏小琴：大嫂，你别说了……大娘，让姚队长自己选择吧！

姚大娘：阿明！听娘的话，快点个头！

姚高明：（拼命痛苦地摇头）……娘，求求你不要逼我，不要逼我……

姚大娘：（哀怒不堪）阿明……你要是不点头，我就死在你面前！（一头向墙撞去）

众居民：（惊呼急拦）大娘……

姚大娘：（悲绝地）阿明……树活皮，人活脸，娘知道你心里苦，可是，咱做人不能忘恩负义啊！更何况，大家都是为你好啊！

姚高明：为我好……呵呵呵……为我好……（热泪盈眶，抬头缓缓巡视每一张脸孔）

众　人：阿明，你就点个头吧！

姚大娘：阿明，快对你表舅点个头！

　　　　[幻觉，众口纷纷：快点个头，快点个头，快点个头。

　　　　[幻觉，再众口纷纷：树活皮……人活脸……树活皮……人活脸……

　　　　[姚高明目光渐渐呆滞，表情渐呈疯状。

姚高明：（忽然劈手夺过撕锦旗，用力撕，喃喃地）我就撕了你的皮……我就撕了你的皮……

　　　　（唱）世人都说荣誉好，

　　　　　　　无瑕荣誉是珍宝，

　　　　　　　有朝一日弄脏了，

　　　　　　　任你洗刷擦不掉。

世人都说荣誉好,
荣誉如花不如草,
春秋岁月匆匆过,
风吹雨打褪色了。

世人都说荣誉好,
荣誉是个孤独佬,
为尽义务成摆设,
众人欣赏没完了。

世人都说荣誉好,
荣誉胜过枷锁牢,
戴在头上闪金光,
戴在心上苦难熬。

[追光。姚高明在音乐声中一片一片地抛扬锦旗碎片。
[灯光变幻,天渐亮。掌声、鼓乐声、鞭炮声,由远及近,由轻及重。
[舞台上空哗地降下一条巨幅标语,上书"热烈欢送全国见义勇为十佳青年模范姚高明进京领奖"。鲜花、锦旗、奖状舞蹈队,疯狂舞蹈上。
[姚高明形神枯槁,行动呆滞从花海中走出。
[各报新闻记者、领导人物、少先队员、居民群众蜂拥而上,过场下。
[静场。
[追光。
舞台上只剩下姚高明一人,摇摇欲倒地缓缓行走在鲜花、奖状丛中。
他慢慢看着奖状,慢慢旋转:我是逃犯,我是英雄……我是逃犯……
[苏小琴扶着姚大娘。

苏小琴：姚队长……

姚高明：（自语，置若罔闻，径自走去）我是英雄……我是逃犯……我是英雄……我是逃犯……

（缓向舞台深处走去）

苏大娘：（撕心裂肺喊）阿明……

[灯暗。

尾声

[风和景宁，海上日出。一对童男童女对坐礁岩拍巴掌。

[幕内童谣：一两半，二两半，

三两五钱八两半。

秤杆秤砣加秤盘，

掂掂量量来计算。

阿公说是一斤六，

阿嬷说是十六两。

打破砂锅摔破碗，

争的就是斤和两，

斤——和——两！

[幕落。

（附注：该作 1998 年参加"向建国五十周年献礼"暨福建省第 21 届戏剧会演剧本征文，获剧本奖。同年由古田县闽剧团付排参加省会演，1999 年发表于《福建艺术》增刊。）

桃 花 吟

时间：世纪之交

地点：桃花坞

人物：桃花、李虎、胡椒叔、姜婶、虎母、花父、花母、郑大嫂、花颠、
　　　王媒婆、何西尼、村夫、农妇、打工姐妹、公安干警各若干名。

第一场　花嫁

[沉沉灰调大彩幕，殷殷如血双喜图。

[大幕启。

[暮春三月，时近傍晚。桃花坞山路蜿蜒，梯田层叠，桃花绽放。

[归鸟投林聒噪，樵牧唱晚悠扬。

桃　花：（内唱）爹爹病危急电催……（身背小包，头卡一红色发卡，风尘仆仆，神色仓皇，疾步而上，身段亮相）

（接唱）桃花我心如火燎把家归。

抄近路，羊肠小道泥石岭，

打钉步，山溪湍急水旋回。

若不是山村偏僻路不便，

又怎能打工在外少还回？

　　　　　　急切切来到家门外……

　　　[一扇贴着红双喜的农家院门随着桃花急切的脚步推移出。

桃　花：（蓦见双喜，一怔）咦？！

　　　　（接唱）爹爹病危，门贴双喜是何为？

　　　[内心一沉，似有预感……

　　　[花母挽袖围兜，手拎一只已拔了大半毛的公鸡，急上。

花　母：（一见大喜）花儿！

桃　花：娘！

花　母：花儿，你可回来了！真把娘给急死了！

桃　花：娘，爹怎样？

花　母：你爹他……

桃　花：爹到底怎样了？！

花　母：他……

　　　[花父笑呵呵拎着两瓶酒上。

花　父：呵呵呵……回来就好，回来就好。

桃　花：爹！您不是病重吗……

花　父：嘀，你一回来，爹的病就好了。

花　母：花儿，是……是娘想你，所以才让你爹打电报催你回来的。

桃　花：娘，您这是干什么呀？！

花　父：干什么？你和虎子的婚事不能再拖了。

桃　花：爹，我跟您说过多少遍了，我不想这么早结婚！

花　父：日子都定了，由不得你。

桃　花：日子都定了？什么时候？！

花　父：就在今天！

桃　花：爹，这是我的终身大事，应该由我自己来决定。

花　父：由你自己来决定？那你还要我这个爹干什么？！（重磕酒瓶，酒瓶"砰"的一声，爆碎了）

桃　花：（悲哭）爹……

　　　　[光渐收。

　　　　[一声唢呐呜咽响起。

第二场　花残

　　　　[唢呐声由呜咽渐次向欢快过渡。

　　　　[幕后（唱）：

　　　　　　　一个篱笆三个桩，

　　　　　　　一家喜事九家忙。

　　　　　　　一顶花桥轮流坐，

　　　　　　　一套风俗代代传。

　　　　[灯亮。

　　　　[李虎家。洞房花烛。

　　　　[王媒婆兴冲冲上。

王媒婆：（拍拍胸口，长舒一口气，向内喊）虎子娘——

　　　　[虎母内声：哎——

　　　　[虎母喜同郑大嫂、姜婶、胡椒叔上。

王媒婆：虎子娘，媳妇娶进门，媒人扔过墙，这桩婚事总算大功告成啦！

郑大嫂：没骂你算好了，要不是桃花外出打工，虎子娘早就抱孙子了。

虎　母：是啊，我就盼着这一天呢！

姜　婶：打工也好嘛，又见世面又挣钱，多好！

胡椒叔：好个鸟，没见那小娘们出去逛一圈，回来就土马放洋屁，满嘴胡说八道。

郑大嫂：就是，我看哪，顶多也就像小鸡出了一回笼，有什么好"吱咯吱咯"的。

王媒婆：唉，又要风筝放得高，又怕风筝断线飘，如今的父母可真不好当哪。

胡椒叔：哼！飞得再高也是纸糊的，被男人一戳，看她还成什么鸟。

姜　婶：十声九个屁，没一句人话。

胡椒叔：（扬手一巴掌）你个老鸡婆，敢在老子面前屙白屎。

郑大嫂：（忙拦）哎哎哎，你这瓶胡椒啊，怎么一开塞就呛人哪，我可告诉你，生姜老来辣，当心姜婶以后制你！

胡椒叔：汁汁都拧干的老姜母，辣个渣！

　　　　［姜婶捂脸哭跑下。

虎　母：唉，大喜日子，吵什么呀？

　　　　［唢呐声起，幕内欢呼：闹——房——喽——！

王媒婆：（忙推胡）哎呀，闹房了，咱们快走吧，免得犯冲！

　　　　［与众纷下。

　　　　［花颠与一群小伙子簇拥着李虎载歌载舞上。李虎西装革履，但领结却笨拙而歪斜，显出几分憨气。

众　人：（唱）拜天地，拜天地，

　　　　　　　春风桃李结连理。

　　　　　　　今夜洞房蜂酿蜜，

　　　　　　　明年嗯哎嗯哎龙凤双胞就落地。

花　颠：（以肘撞李虎）你小子，好福气呀——

　　　　（唱）一朵桃花娇滴滴，

　　　　　　　今夜就要被你变成妻。

　　　　　　　花颠我年过三十金鸡独立，

　　　　　　　你说着急不着急？

众　人：哈哈哈……

花　颠：虎子，你三年没见桃花啦，快上前会会去。

　　　　［众推李虎，李虎憨喜回避，众人越戏弄他。

众　人：（唱）看一眼，脚软软，心慌慌，

　　　　　　　贼心比那贼胆强。

　　　　　　　看两眼，胆子壮，眼发光，

　　　　　　　一江春水起波浪。
　　　　　　　看三眼，口水流，蜜水淌，
　　　　　　　赛过花香惹得马蜂狂。
花　颠：（接）哎呀呀……
　　　　　　　自己的婆娘自己看，
　　　　　　　再三再四又何妨。
小伙甲：（接）想香你就尽管香，
小伙乙：（接）要尝你就大胆尝。
众　人：（合）叫声虎哥心肝肉，
　　　　　　　赶快上马莫要慌。
　　　［众人一把将李虎推进洞房。李虎跌坐在地，佯怒爬起，追众，下。
　　　［追光。桃花缓缓转过身来，她依然戴着那个红色的发卡。
桃　花：（唱）昏沉沉，如幻梦，
　　　　　　　心事如麻乱纷纷。
　　　　　　　他那里欢声笑语一阵阵，
　　　　　　　我这里进退无门泪暗吞。
　　　　　　　三年来长吁短叹伤心事，
　　　　　　　刹那间风云突变成了真。
　　　　　　　爹娘啊，为还良心道义债，
　　　　　　　女儿我强扭苦瓜误一生。
　　　　　　　这伤心洞房沉沉夜，
　　　　　　　我怎么面对那陌生的人？
　　　［李虎搔头，憨笑，踟蹰。
李　虎：（唱）送走亲朋把洞房进，
　　　　　　　禁不住心头怦怦跳不停。
　　　　　　　我好比陈年老酒封得紧，
　　　　　　　盖儿还没撬，闻香已醉心。

桃　花：（唱）我好比鸟儿被困落陷阱，
　　　　　　　展翅难飞起，唯有哀哀鸣。
李　虎：（唱）三年来朝也思来暮也想，
　　　　　　　就怕夜长梦多马脱缰。
　　　　　　　今夜里好事成双把婚配，
　　　　　　　怎不让我心花怒放喜洋洋。
　　　　　　　抬头悄悄把她来打量，
　　　　　　　不由我暗自羞惭又紧张。
　　　　　　　到底是进过省城不一样，
　　　　　　　好比那山沟水果新包装。
　　　　　　　低头再把自己相，
　　　　　　　土不土来洋不洋。
　　　　　　　新鞋卡得脚跟痛，
　　　　　　　领带勒得气难喘。
　　　　　　　最是这套新西装，
　　　　　　　往后耕田种地啥用场？
　　　　　　　还是恢复老模样，
　　　　　　　衣也敞来鞋也宽。

　　　[李虎大大咧咧脱装换鞋，这意想不到的一幕，使桃花惊避不及，
　　　羞愧万状。

桃　花：（唱）猛见他脱衣赤膊光着膀，
　　　　　　　不由我面红耳赤羞难当。
　　　　　　　他怎能这般无礼少顾忌，
　　　　　　　全然不顾我是花儿未开一姑娘。
李　虎：（搔首憨笑）早些歇息吧！
桃　花：（唱）他二话没说就要把床上，
　　　　　　　我如遭霜打透心凉。

　　　　　　订婚三年手都没牵过，

　　　　　　又怎能不顾羞耻共一床？

李　　虎：天色不早了，早点睡吧。

　　　　　[桃花不吭声。

　　　　　[李虎近前，桃花闪避。李虎不解地望着桃花。桃花站在一侧，欲言又止。

李　　虎：（唱）我满心欢喜做新郎，

　　　　　　她躲躲藏藏为哪端？

　　　　　　莫非她打工在外人心变，

　　　　　　嫌弃我乌鸦配不上金凤凰。

　　　　　（白）哎——她要是嫌弃我，又怎会跟我成亲呢？

　　　　　　想必是姑娘人家都这样，

　　　　　　羞羞答答少大方。

　　　　　　我还是主动出击把床上，

　　　　　　与她亲亲爱爱热一场。

　　　　　（靠近桃花，桃花悚然回避）

李　　虎：（愕然）你……你是不是……不喜欢我？

桃　　花：……我……

　　　　　（唱）说不出的苦，

　　　　　　道不明的慌，

　　　　　　我和他隔着一道又厚又冷的墙。

李　　虎：……你既然不喜欢我，那为什么要嫁给我？

桃　　花：（接唱）不忍心把他伤，

　　　　　　又不愿共一床。

　　　　　　花烛夜总不能站到天亮，

　　　　　　我还是坦诚相告亮开窗。

　　　　　虎子，我……我只是觉得，咱们还需要一些时间……

李　虎：可我们都已经成亲了呀。

桃　花：成亲并不等于我们有感情，有感情也不等于有爱情。

李　虎：那你干吗跟我成亲？

桃　花：……

李　虎：我知道，你见过大世面，嫌弃我。

桃　花：……虎子，我心里很乱，你先睡吧。

李　虎：那你呢？这可是洞房花烛夜啊。

桃　花：可现在我的心真的很乱，我只请了三天假，明天还得赶回工厂呢。

李　虎：什么？你还要回工厂？

桃　花：是的，我接到电报匆匆赶回来，没想到……

李　虎：（不等桃花说完，打断）你去打工，那我怎么办？

桃　花：你……你以后也可以出去找点事做。

李　虎：不，我在桃花坞随便扒拉几锄，都可以养家糊口，出去我往哪里扒？再说，我娘怎么办？

桃　花：虎子，你听我说……

李　虎：以后再说吧，快睡啦，明天一早还要送客人呢。

桃　花：（喃喃）明天？不……虎子，我们得商量商量。

李　虎：哎呀，快睡吧，明天的事明天说。

桃　花：……

李　虎：你……你到底怎么啦？

桃　花：……

李　虎：你躲什么呀？我是你老公！（掉头走开）

　　　　[桃花开始啜泣。

李　虎：大喜日子，你哭什么呀？！

　　　　[李虎垂头丧气，闷坐一旁。

　　　　[桃花拭泪，抱被铺地。

李　虎：你……你告诉我，是不是外面有相好的？

桃　　花：不，我没有……

李　　虎：你没有？那你就证明给我看。

桃　　花：你不要乱来！

李　　虎：我们已经成亲了！

桃　　花：就算成亲，你也得尊重我！

李　　虎：洞房花烛，天经地义！我都等你三年了。

桃　　花：这和你等几年没有关系。

李　　虎：那我花钱娶你干什么？！

桃　　花：虎子！你要是这样，那咱们以后的日子就全毁了！（猛力推开李虎，掩面痛哭）

李　　虎：（不由得怔住，万分颓然）这算什么洞房？我又做什么新郎哪！

（唱）既然已经成婚配，

为什么不愿同床共枕和眠睡？

分明是她心里藏着鬼，

这才哭哭啼啼百般推。

她若是远走高飞进城去，

我岂不是人财两空吃大亏。

不！

只有生米强炊做熟饭，

今后才能免是非。（逼向桃花）

桃　　花：（惊恐万状）虎子，你不要乱来……不要……

［李虎不容分说扑上，一把将桃花强摁地上。

［刹那间巫山云卷，洞房风狂。

［片片粉襟碎袖和着缤纷落英在风中飘零。

［一声悲鸣划破寂静的夜空……

［灯灭了，风停了，树静了。一弯新月，蓝莹莹地照着那对红双喜。

［李虎犹如一个挂彩的士兵，刚经历了一场厮杀，虽然皮肉伤得很

轻，但赢得很不光彩。他抱衣捂手冲着桃花啐了一口，这才气哼哼下。

[一束冷光静静地照着地面，风雨摧残后的桃花，摇摇晃晃，挣扎站起，悲悲切切，掩面跌撞跑下。

[收光。

第三场　花怨

[紧接前场，深夜。

[桃家院外，桃花衣冠不整，跌跌撞撞上。

[幕后伴唱：

　　　风雨摧花花残损，

　　　桃花羞愤泪纷纷。

　　　三更半夜寒又冷，

　　　一身泥水到家门。

[桃花哭捶家门。屋内灯亮，花母开门自内出。

花　母：花儿！

桃　花：娘……

花　母：她爹！……

花　父：（披衣趿鞋急出）什么事大呼小叫的？！

花　母：（哭）她爹……花儿她……她跑回来啦！

花　父：新婚之夜，你怎么能跑回来啊？！

花　母：花儿，这到底是为什么啊？

桃　花：娘……他……他不是人哪……

花　父：你说虎子？

花　母：怎么会呢？虎子这孩子，咱还不清楚？

桃　花：娘，我没法跟他过了……

花　父：你想气死我，是不是？！白天什么话都跟你说尽了，现在又不无
　　　　事生非，你给我听着！
　　　　（唱）嫁出的女儿泼出的水，
　　　　　　　哪有新婚之夜就跑回？
　　　　　　　李家的门槛你已进，
　　　　　　　烧成草木你也是李家的灰！

桃　花：（唱）爹爹说话心太狠，
　　　　　　　句句痛心肝胆摧。
　　　　　　　白天强逼成婚配，
　　　　　　　我天大的委屈为了谁？
　　　　　　　想不到，前脚刚刚出门槛，
　　　　　　　转眼就成泼出的水。
　　　　　　　爹爹啊，若不是你强行逼迫成婚配，
　　　　　　　女儿我清白之身怎被毁？
　　　　　　　早知回家遭受这样的罪，
　　　　　　　路死沟埋我也不回！

花　父：（愣了一下，突然明白过来，顿时放心）呵呵呵……你三更半夜跑
　　　　回来，就因为虎子他……唉！真是胡闹！她娘，你快陪她说说话，
　　　　我去换件衣服，待会儿一起送她过去。（转身入内换衣）

花　母：（顿时轻松）花儿，原来是为这啊，真是傻丫头……

桃　花：（定定地看着娘，感到从未有过的陌生）娘……

花　母：（笑拭桃花泪）好了好了，都怪娘没跟你说，娘以为这种事你早就
　　　　知道了……

桃　花：（蓦地甩开娘手，用异样的眼光看着她）……

花　母：花儿，你怎么啦？！

桃　花：（泪流满面）娘……
　　　　（唱）想不到我身被毁，

　　　　　　你们竟然无所谓。
　　　　　　娘啊娘，他形同禽兽胡乱为，
　　　　　　为什么你竟不辨是与非。
花　母：（唱）自古夫妻成双配，
　　　　　　同床共枕是分内。
　　　　　　你和虎子米成炊，
　　　　　　就该鸡犬来相随。
桃　花：（唱）娘的话句句如针锥，
　　　　　　针针扎在我心内。
　　　　　　可怜世上无药治后悔，
　　　　　　如今再也无路可后退。
　　　　　　娘……我好悔啊！
花　母：花儿，娘知道你心里委屈，可是，这世上哪一对夫妻不是这样过来啊？再说虎子这孩子，娘是一百个放心。
桃　花：娘，他不是人……
花　母：哪能呢？你出去这三年，家里的粗活、重活都是他帮着干，娘还不了解他？
桃　花：可是他……他怎么能强暴我呢……
花　母：傻孩子，快别这么说，这种事传出去要让人家笑话的。
桃　花：我跟他一点感情都没有，我这辈子再也不想见到他了……
花　母：花儿，这世上没有烧不热的锅，没有煮不熟的菜，等你和虎子相处久了自然就有感情了。
桃　花：不，我恨他……
花　母：花儿，男人都这样，别放在心上啊？
　　　　　[花父整装出。
花　父：她娘，走吧！
花　母：花儿……听你爹的话，过去吧。

桃　花：我不去。

花　父：从古到今，有隔夜饭菜没有隔夜新娘。

桃　花：这新娘，我本来就不愿意做！

花　父：那你想做什么？想过河拆桥、忘恩负义、伤天害理吗？

花　母：花儿，你爹也是为你好啊！

桃　花：为我好，为我好就不会骗我、逼我嫁给他了。

花　父：就算骗你、逼你，又怎样？养你这么大，难道这点主我都做不得？！再说，当初订婚，你也没有反对嘛。

桃　花：爹爹定下的事，当初我敢反对吗？

花　父：那现在敢了，是不是？你以为你见过世面，翅膀硬了，是不是？告诉你，缸再大，也是从窑里烧出来的！你说远近三百里，哪个姑娘订婚三年多，还不该成亲啊？又有哪个姑娘新婚之夜就跑回来啊？

桃　花：……

花　母：花儿，不是爹娘逼你。咱做事得凭良心啊，当时虎子娘借钱给我们，治好了你爹的病，后来人家请王媒婆来提亲，也是一番好意。再说，这门亲事，别人家打着灯笼还找不着呢。

花　父：别说了，送她过去。

桃　花：我不去。

花　母：花儿，走吧。

花　父：还不快些走，等李家人找上门来，让全村人笑话你啊？

桃　花：（唱）本以为回家能够得安慰，

　　　　　　不承想爹娘连夜把我催。

　　　　　　与其再到李家去受罪，

　　　　　　不如回工厂打工挣钱过一辈。

　　　　[伤心赌气，欲跑出门。

花　母：（扯住）花儿……不能啊！

花　父：你想气死我啊？！

花　母：她爹，你就让她消消气再走吧。

花　父：等她消完气，天都亮了！

　　　　[切光。

第四场　花愤

　　　　[灯亮，接前场，次日傍晚，李虎家。

　　　　[李虎垂头丧气上。

李　虎：（唱）人人都说新婚好，

　　　　　　　　我新婚之夜乱糟糟。

　　　　　　　　悔不该一厢情愿太粗暴，

　　　　　　　　一时性起逞强豪。

　　　　　　　　眼看那日头慢慢斜西了，

　　　　　　　　还不见出笼的鸟儿飞还巢。

　　　　　　　　怕只怕她见过世面心气傲，

　　　　　　　　到头来我水往低流她人往高。

　　　　[虎母愁眉苦脸出。

虎　母：虎子，听娘的话，上桃家去一趟吧。

李　虎：娘，村里人都在笑我了，我再低声下气去求她，今后还怎么做人啊？

虎　母：人家要笑，你能不让他咧嘴啊？快去，哦？

李　虎：又不是我的错，我干吗要去求她呀？

虎　母：虎子……你怎么就不明白呢？

　　　　（唱）桃花好比飞出的鸟，

　　　　　　　见多识广眼界高。

　　　　　　　她能和你成婚配，

　　　　　　　我谢天谢地把香烧。

　　　　　　　虎子啊，夫妻和睦也要讲门道，

　　　　　筑巢引凤还得懂吹箫。
　　　　　听娘一句话，
　　　　　快快把气消。
　　　　　夫妻没有隔夜恨，
　　　　　床头吵来床尾好。

李　虎：娘……这多不好嘛。

　　　　[胡椒叔拎着一壶老酒上。

胡椒叔：就是嘛，咱干吗拿热脸去贴人家的冷屁股呢，要知道，马善被人骑，人善被人欺啊！

虎　母：他二叔……夫妻没有隔夜仇，亲戚还要长长走嘛。

胡椒叔：她新婚之夜跑回去，那亲家还能不把她给送过来吗？他可是人老树干就剩皮一张啊！

虎　母：正因为亲家爱脸面，所以咱得给他梯子下啊，要不然得僵到什么时候啊！

胡椒叔：这你就放心啦，我敢保证，不出三天，她怎么回去，还得怎么回来。虎子，陪二叔喝两杯。（入座、斟酒）

虎　母：唉……（入内）

胡椒叔：虎子啊，你要是连这点气都沉不住，那你往后还怎么管她啊？这女人啊，就像皮球，你越把她当一回事，她就越鼓越大，可你要是压根儿不把她当回事，她就死瘪瘪的，任你揉捏，一点脾气都没有，呵呵呵……

李　虎：所以，我……我才不低三下四去求她呢。二叔，喝！

胡椒叔：不过，你这个媳妇可是只飞过山的鸟啊！往后你可得小心看管，把她牢牢拴住。

李　虎：就怕她在外头待了三年，心变野了，我想拴也拴不住啊！

胡椒叔：你把她的翅膀给折断，看她还往哪里飞！

李　虎：二叔……我真的有些担心……

胡椒叔：唉，怕什么！你告诉二叔，昨晚你把她破了没有？

李　　虎：（不好意思）二叔……

胡椒叔：呵呵呵……这有什么不好意思的，只要你把她给破了，那你就只管垫起枕头睡大觉。这女人啊，一层皮捅破，就鼓不起来啦……（笑推李虎，正巧触及李虎被咬的痛处）

李　　虎：哎哟！

胡椒叔：你看看，难怪人家笑你毛手毛脚吃鲜桃，落得个手被咬人气跑。唉，这刚过门的小媳妇，怎么能让她给跑了呢？这女人啊，一哭二闹三上吊，可你千万不能让她跑，要不然毛驴跳过了渠，还以为自己是天马呢。

李　　虎：可是脚长在她身上，我有什么办法？

胡椒叔：办法简单得很，一个字，打！

李　　虎：打？！二叔，我可不想学你整天打二婶，闹得鸡飞狗跳的。

胡椒叔：这你就不懂啦，铜锣不打上乌青，老婆不打变妖精，这女人啊，多是贱骨头，你好话说千万，不如当头一棍棒。你二婶当年闹得多凶啊，现在还不服服帖帖的。只是这打媳妇不用巧，头一顿一定要打得好。

　　　　［虎母一副出门装扮，出。

虎　　母：虎子，别喝太多，我去去就回来。

胡椒叔：大嫂啊，你可真是尼姑不急和尚急啊！

李　　虎：娘，您？……

虎　　母：你不去，我还能不去？

　　　　［花母面带羞愧上。

花　　母：花儿，花儿……

　　　　［桃花气怨交加，极不情愿，踟蹰随上。细心的观众可以发现，那只红色的发卡已经不在她头上了。

桃　　花：（唱）一步一串泪，

不迎而自归,
满面羞耻心欲碎,
强咽悲苦把李家回。
爹爹以死相逼催,
为人子女奈何为?
奈何为?活受罪,
恨不能展翅远走高飞。

虎　母：亲家母!哎呀,我正要去接桃花呢。快请进,快请进。(笑执花手)花儿,都怪虎子不好,让你受委屈了,呵呵呵……虎子,还不快给亲家母倒茶。

[李虎缓缓站起,被胡椒叔一把扯住。

虎　母：唉,这孩子……

花　母：(羞惭地)亲家母,实在是对不住啊!

虎　母：哎哟,这是哪里话,小孩子嘛……

花　母：花儿,你可不能再任性啦。

虎　母：亲家母哪里话,都怪虎子不好,这孩子……

花　母：亲家母,往后花儿要有什么不是,您就多包含着点,我……我这就回。

虎　母：亲家母,再坐坐吧。(低声)虎子,快送送亲家母。

李　虎：哦……(欲起身相送,再次被胡椒叔拉住)

[花母满脸羞容下。

虎　母：亲家母,慢走……(至边幕复回,瞪了胡椒叔一眼)他二叔,你这是干啥呀!

胡椒叔：大嫂,都是一家人,用得着接来送去的吗?

虎　母：他二叔……(转而笑向桃花)花儿,你饿了吧?

桃　花：我不饿……(拭泪欲入内)

虎　母：唉……(拉桃花的手)

(唱)叫声花儿,我的好媳妇呀,

　　　　　请你听我一句话。
　　　　　过去的事情别记挂，
　　　　　就当小孩闹玩耍。
　　　　　从今往后和睦过，
　　　　　开花结籽在李家。
桃　　花：……（低头掩泪进屋）
胡椒叔：（笑）虎子，我说了不是，不出三天……
虎　　母：他二叔……
胡椒叔：呵呵呵，这人回来了，我也该走啦。（下）
虎　　母：虎子，桃花刚回来，你可要好好向她赔个礼道个歉，千万不能再闹了。
李　　虎：闹不闹，那得看她。
虎　　母：还说气话。（佯嗔戳点虎头）
李　　虎：（憨笑）娘，我听您的话就是了。
虎　　母：虎子，桃花肯定还没吃饭，我去煮几个鸡蛋，放在锅里热着，待会儿你端给她吃，啊？
李　　虎：娘……明明是她不对，干吗还要我赔着笑脸侍候她呢？
虎　　母：又来了是不？
李　　虎：好好好，我端就是了……
　　[灯渐暗，声渐低。虎母暗下。场景由厅堂转入洞房内。
　　[幕内伴唱：
　　　　　日落西山夜降临，
　　　　　家家户户灯光明。
　　　　　千家灯火百家姓，
　　　　　家家都有难念的经。
　　[桃花步履沉重，满腹悲戚，她痛苦地打量着洞房。当她看到地上那只红色发卡时，不由得一阵心悸，昨夜风雨历历在目，她俯身颤抖地拾起发卡，泪如泉涌……

桃　花：（唱）手拿发卡心发颤，
　　　　　　不堪回首泪潸然。
　　　　　　发卡啊，你勾起我多少美好的梦幻，
　　　　　　你激起我多少幸福的梦幻。
　　　　　　记得初次打工把钱赚，
　　　　　　你我相识在地摊。
　　　　　　你好比我桃花出身贫穷身卑贱，
　　　　　　可你灿若寒冬火一团。
　　　　　　你是我少女情怀花一朵，
　　　　　　你让我未来的希望也斑斓。
　　　　（白）想不到，如今你却成了我蒙羞受辱的见证……
　　　　　　不忍想，不敢看，
　　　　　　心中好似刀在剜。
　　　　　　往事幕幕眼前现，
　　　　　　从今后，这日日夜夜怎熬煎？（忍痛丢掉发卡）
　　　　［李虎端着鸡蛋由外入内，发卡恰巧掉在他跟前。他俯身拾起，将它放在桌上。他看看桃花，欲言又止。
李　虎：（愧而不悦）饿了吧？
　　　　［桃花拭泪。
李　虎：鸡蛋给你端进来了，趁热吃吧。
　　　　［桃花不吭气。双方沉默。
李　虎：（耐着性子）再不吃，就凉了。
　　　　［桃花复又啜泣。
李　虎：（怜惜地望着桃花，继而起身端着鸡蛋送到桃花跟前）别哭了，吃吧。
　　　　［桃花背转过身。
　　　　［李虎受到冷遇，有些懊恼，但他努力克制着。
　　　　［屋内再次出现沉默，沉闷的气氛使李虎渐渐感到烦躁，为了再次

　　　　表示他的诚意和耐性，他又端起鸡蛋，送到桃花跟前。

　　［桃花再一次背转身子，不过这时，她已有所缓和，并停止了哭泣。

李　虎：（手端蛋碗，胸膛起伏，做最后一次努力）你到底要我怎样？

桃　花：……

李　虎：……不吃，就倒了！

桃　花：（低声回应）倒就倒，谁稀罕……

　　［李虎忍无可忍，"啪"的一声，狠狠将蛋碗摔在地上。

李　虎：他妈的，给脸不要脸，有本事就不要回来！

桃　花：你以为我爱进你这个家门啊？

李　虎：那你干吗又回来啊？没人去接你呀。

桃　花：你……（转身欲离）

李　虎：（扯住）你存心不想跟我过日子是不是？

桃　花：你这样子，叫我怎么跟你过日子……

李　虎：你又是什么样子？你知不知道村里人是怎么笑话我的？

桃　花：我不想知道……

李　虎：那你是我明媒正娶的媳妇，这你总知道吧？

桃　花：就算是你媳妇，你也不能乱来，更何况咱们还没有登记呢。

李　虎：登记？登什么记？我酒也办了，炮也放了，四邻八里谁不知道你是我媳妇？！

桃　花：可我不愿意，你为什么要强迫我？

李　虎：你要是好好的，我能那样对你吗？

桃　花：可你知道我的感受吗？我就像被你……（泣不成声）

李　虎：可……可人家不都是这样过来的吗？

桃　花：可我不愿意！

李　虎：你不愿意？那你干吗要嫁给我？

桃　花：嫁给你，你也不能随意糟蹋我啊！呜呜呜……

李　虎：那我……我他妈的还算你男人吗？！（懊恼地蹲到一边）

［一阵沉默后，桃花渐渐止住哭声。

李　虎：（再次妥协）就算我对不起你，这样，总行了吧？
桃　花：……现在说这些，有什么用？（泣）
　　　　［李虎一阵沉默之后，长叹一口气，拿起发卡，起身走到桃花跟前想给她别上……
桃　花：（神经质地一颤）你别碰我！（手一挡，发卡掉地）
李　虎：（顿怒）你到底想怎样？
桃　花：你不要碰我！
李　虎：我求求你，不要再闹了！
桃　花：我也求求你，不要再碰我！（悲哭）
李　虎：我他妈的倒什么霉啊！（抱头蹲地）
　　　　［日沉月升，夜晚又已到来。
　　　　［桃花拭泪抱被打地铺。李虎静静地看她打地铺，看着看着，不禁一时性起，趋步上前去掀被子。
李　虎：你到底想怎样？！
桃　花：（扯住不放）你管不着！
李　虎：你核桃脾气硬，欠敲打是不？给我上床去！
桃　花：（甩开）你不要碰我！
李　虎：我是你男人！
　　　　［二人争扭。桃花手脚并用，胡乱撕踢，一声惨叫，李虎手捂脸面，疼痛难忍，发现脸被抓破，顿时怒火万丈。
李　虎：妈的，老虎不发威，还以为是病猫！（愤然打桃花，桃花尖叫）
　　　　［虎母闻声急上。
虎　母：虎子！虎子！你给我住手！
李　虎：娘，你不要管我，今晚我要治不了她，我就不算男人！
李　虎：（擂门）虎子，你给我开门！
　　　　［众邻里闻声悄悄上。

郑大嫂：哎呀，怎么刚回来又打起来啦？

胡椒叔：（酒意尚未退尽，添油煽火地）打！打得好，打得妙，打得鬼子哇哇叫！

虎　母：他二叔，你这是吹哪门子号啊！还不帮我劝劝他们……

胡椒叔：小两口吵架，床头吵，床尾好，越劝越糟糕。（再次意味深长地）虎子，外面好多人在看热闹啊，别打啦，别打啦！

虎　母：他二叔……快劝劝吧！

［胡椒叔走上前去，"咔嚓"一声将门从外锁上。

姜　婶：（欲言又止）你……

胡椒叔：（两眼一瞪）你个老母鸡，又想跟老子嘎什么臭屁眼？！（狠狠一推，姜婶一个趔趄，摔倒在地）

虎　母：他二叔，你……你这是干什么呀？

胡椒叔：我说大嫂啊，你呀，就等着抱孙子吧。（转向众人）哎，小两口吵架，有什么好看的？走走走，都给我回家睡觉去。（笑拉虎母与众下）

［姜婶敢怒不敢言，狠狠地冲着胡的背影啐了一口。

［李虎拳打脚踢桃花。桃花奋力反抗。

桃　花：开门，开门啊……

［姜婶一步跨上前去，却又钉子般站住。

李　虎：我让你跑……我让你跑……

［"嘶"的一声，李虎撕破桃花衣，将桃花绑起来。桃花不断挣扎哭叫。

［姜婶惊惧、矛盾、紧张，想上前开门，又犹豫后退。几经反复，终于下定决心跑上前去，恰在这时，胡椒叔去而复返。

胡椒叔：（见状，大喝）你欠揍是不？！（粗暴拉姜婶下）

桃　花：（哭求）虎子，我求求你，不要……不要啊……

［桃花一声惨叫。静场。

［幕内唱：

　　　夜漫漫，花摧残。

心儿碎，泪儿干。

桃花双手被捆绑，

尊严丧尽辱何堪？

尊严丧尽辱何堪！

[一声爆裂，贴着喜字的门窗掉落地上。

[李虎暗隐。

[一束灯光静静地照着桃花，她撞破头颅，满脸是血，一动不动。

[伴随着低吟的音乐，桃花像死后还魂一样，缓缓站起。只见她披头散发，衣如破絮。她至悲而无泪，至怨而无声，一双失神的眼睛，充满了屈辱和悲愤。

[虎母号啕扑上。

虎　　母：（呼天抢地）造孽啊！真是造孽啊……

[切光落幕。

第五场　花债

[接前场，次日晨。

[幕内（唱）三月桃花水，

　　　　　　狂风乍起吹。

　　　　　　一石惊巨浪，

　　　　　　平地起风雷。

[灯亮，二道幕外。

[王媒婆、郑大嫂、花颠及村姑民妇议论纷纷上。

郑大嫂：哎呀，不得了，桃花要和虎子散伙呢。

王媒婆：唉！这可怎么办哪？

郑大嫂：怎么办，都怪你这个老媒婆乱牵线！

王媒婆：婚后媒人秋后扇，这……这怎么能怪我呢？（嘟囔忧惧下）

郑大嫂：你们没看见哪，虎子那张脸，像猫抓的一样。
花　颠：哎，女人找得好，胜过吃补药；女人找不好，不如光棍赤条条。
农妇甲：不过，虎子也太过分了，刚过门的媳妇，怎么能把人家绑起来"那个"呢？
郑大嫂：谁叫她不顺着虎子啊？
农妇乙：可人家毕竟进过省城，到底跟咱们有些不一样啊。
郑大嫂：有什么不一样的？打起摆子来还不是一样的抖法。再说，这种事，哪个男人不是灯一灭，被一蒙，就……
花　颠：（嬉皮笑脸）就什么呀？
众　人：哈哈哈……
郑大嫂：臭花颠，想吃老娘豆腐，当心我到派出所告你！
花　颠：告？咯咯咯，都抱窝的老母鸡了，还能咯（告）出个蛋来？
郑大嫂：那老娘我就咯给你看。（追打花颠）
农妇甲：哎，别闹了，我们还是上桃家看看去吧。
众　人：对对对，看看去，反正闲着也是闲着。（众下）
　　　　〔二道幕启。桃家，往日桃树花满枝，如今落英满地，零落成泥。
　　　　〔桃花哀怨凄绝。花父无地自容，狠抽自脸。
花　父：天哪，我这张老脸往哪儿搁啊！
花　母：（指戳桃花）你这不争气的东西啊！
　　　　（唱）我枉费粮米把你养，
　　　　　　　我枉费肚子把你装。
　　　　　　　你一错再错把祸闯，
　　　　　　　这天大的乱子怎收场？！
　　　　生米都煮成熟饭了，你居然说要退婚……
花　父：天哪，我这张老脸往哪搁啊！
桃　花：爹……娘……
　　　　（唱）喊一声爹和娘，

泪如雨下湿衣裳。

你可知我心头伤口滴滴血，

你可知我浑身上下累累伤。

你可知我手脚怎样被捆绑，

你可知他强行施暴丧天良。

爹娘啊！我是有血有肉人一个，

不是任人糟蹋木头桩。

你们睁开眼睛看一看，

看看我被糟蹋成啥样！

[桃花一把撕开自己的衣服，亮出累累伤痕的双臂。

花　母：（见状，哭抱女儿）我的花儿啊……

桃　花：娘……

花　父：花儿……

（唱）见女儿浑身上下伤累累，

　　　不由我铁石心肠也掉泪。

　　　早知今日遭受这样的罪，

　　　悔不该强逼女儿把婚配。

（老泪纵横）造孽啊！我这是造什么孽啊……

花　母：她爹……花儿再怎么错，虎子他也不能这样狠心啊！

花　父：可是这种事，你让我怎么替她做主啊？

花　母：花儿，你为什么不顺着他啊？

花　父：你做了人家的媳妇，哪能不顺着他呢？

桃　花：（喃喃地）我总有自己的感觉吧？

花　母：可现在生米已经煮成熟饭了，你怎么能说退婚呢？

花　父：退了婚，你还有什么脸做人啊？

桃　花：我就是一个人过，也不愿再受他的欺辱。你们不让我退婚，我就走！

花　父：走？你走了，我怎么向李家的人交代？

花　母：花，你不能走啊！

桃　花：娘，你们就当没生我这个女儿吧……

花　父：现在你是李家的人，许不许你出去，得看虎子愿不愿意。

　　　　［桃花收拾行李，不吭声。

花　父：你给我站住！

桃　花：爹，你拦不住我的。

花　父：我拦不住你，好……好……她娘……给我拿绳子来！

花　母：她爹……不要啊！

花　父：去拿！

花　母：（含泪）她爹……（边拿绳子边哭）

桃　花：爹……你要是忍心，就捆吧！你们捆得住我的身子，也捆不住我的心。

　　　　［幕内嚷嚷声。

花　母：（惊惧）他爹……

花　父：花儿，你闯了天大的祸，你知道吗？你要是走了，咱们一家人谁也别想过安生的日子！花儿，爹对不起你，可爹没有办法啊，你可别怨爹啊……

　　　　［含泪将桃花捆在桃树头上，桃花冷若冰霜，既不反抗也无惧怕。

　　　　［胡椒叔率众抡着锄头木棍气汹汹上，虎母、姜婶惊慌随上。

花　母：她爹……

花　父：把门打开。

花　母：（犹豫）他爹……

花　父：（怒喝）把门给我打开！

　　　　［桃母开门。

　　　　［众人一拥而入，发现被捆的桃花，顿时愣住。众人面面相觑。

　　　　［静场。

胡椒叔：哼，桃大哥，果然教女有方啊！

花　母：亲家母……我们一定会好好劝桃花，她会回心转意的！
虎　母：只怕没有用啊！……（拭泪）他二叔，这事，还是让虎子自己拿主意吧！
众　人：（环顾四周）虎子呢？
　　　　[李虎步履蹒跚上。
李　虎：（唱）还是这熟悉的路，
　　　　　　　还是那熟悉的屋。
　　　　　　　往日走亲拜岳父，
　　　　　　　今天反目泪如珠。

　　　　　　　成亲的喜酒才下肚，
　　　　　　　转眼就变穿肠的毒。
　　　　　　　难道是冥冥之中把命注，
　　　　　　　这才有乐极生悲苦难诉。

众　人：虎子！
虎　母：（哭泣）我苦命的儿啊……
李　虎：（苦笑）娘——
　　　　（接唱）孩儿我不是没有气和骨，
　　　　　　　怎甘心被人讥笑名声污。
　　　　　　　与其日久天长受痛楚，
　　　　　　　不如一刀两断不含糊！
花　母：（哭求）虎子，桃花她一时糊涂，你就原谅她吧。
桃　花：娘，我就是死也要退婚！
花　父：（捶胸）你这不知死活的东西啊！你知不知道一言能惹塌天祸啊？
　　　　我让你再乱说，我让你再乱说……（随手取过一块抹布堵住桃花嘴）
李　虎：二叔……我什么也不想说，您替我做主吧！
花　母：亲家叔公……

胡椒叔：没什么可说的，一切按照咱们村的老规矩办，第一退亲；第二还钱；第三赔礼。

花　母：（哭求）虎子……亲家母……

虎　母：……桃花她不是三岁小孩，她明白自己在做什么。

花　父：（跌坐）家门不幸，我……无话可说。

胡椒叔：（掏出一张纸）这是彩礼清单，连本带利一共一万二千三百四十五块。

花　母：连本带利？你们还要算利息？

胡椒叔：还有，这是三年来，虎子帮你家出的劳力、帮的忙，按现时工价，一共是三千六百五十块。

花　母：你们……你们连这也要算啊？

胡椒叔：既然退亲，自然情断义绝。

花　父：屋矮檐低，理短头低……只要你们算得出，我都认了……接着说吧……

胡椒叔：咱这一带的风俗你也知道，虎子怎么迎桃花，你也怎么送虎子，所以今天，你得给我们虎子披红挂彩走红道。

桃　花：（含混不清哭喊）爹……爹……

花　父：（面无表情地）养不教，父之过，今天我当着大家的面，全都认了。亲，现在就退；礼，现在就赔；钱……容我慢慢凑齐还清。

[桃花哀哀而泣，欲言不能……

胡椒叔：那可不行，我们虎子还等着这笔钱再去定亲呢，哪能等你慢慢凑齐。

花　父：那你说吧，宽限几天？

胡椒叔：没法宽限！

花　母：你……你这不是堵着鸡窝要蛋吗？！虎子……亲家母……

花　父：杀人不过头点地，家里有多少钱，一分一厘都给我拿出来！

花　母：他爹……（哭着入内，拿出桃花回家时随身带的那个小包，走到李母跟前）李家大嫂，我们只有这些钱了……你们先拿回去，剩

虎　　母：这钱……我怎么收得下啊！（推开，拭泪）

花　　母：（转交给李虎）虎子……

李　　虎：（颤抖地接过钱，泪流满面，唱）

　　　　　双手捧着钱，

　　　　　如拿断肠剪。

　　　　　一刀两相断，

　　　　　心痛不堪言。

　　　　　一根红丝线，

　　　　　白白等三年。

　　　　　十桌迎亲酒，

　　　　　换得泪涟涟。

　　　　　这钱，我不要！我不要……（掷钱在地，抱头痛哭）

胡椒叔：（捡起钱，抖了抖）这么一点钱，就想打发我们走？！

花　　父：千斤的牯牛也有低头喝水日。如果不能宽限，那这屋里，只要你们能搬能扛的，你们都搬走扛走吧……

虎　　母：他二叔，算了吧，常言道，死鸡杀无血，桃家情况我们清楚，再逼，他就是印票也来不及啊。

众　　人：是啊，宽容些日子吧。

胡椒叔：好，给你三天，不过，你怎么保证到时候不赖账呢！

花　　父：这笔债……只要我桃家的人还活着，一定分毫不欠！

胡椒叔：空口无凭，还是立个字据吧！

花　　父：鸡屎落地也有三寸气啊！哈哈哈……

　　　　　[静静环顾四周，拿起一把菜刀，在众人的惊呼声中，砍下一截手指……

花　　母：（惊呼）他爹……

桃　花：（挣断绳索，扑上）爹……
　　　　〔幕后唱：
　　　　　　唾面自干一个忍，
　　　　　　挥刀断指连心疼。
　　　　　　人字只有撇和捺，
　　　　　　站立全凭骨支身。
桃　花：（一步一步逼向李虎，一字一顿地）我欠你的债，你连本带利一分一厘都算得清清楚楚，那么，你欠我的债呢？又该怎么还？！
李　虎：我……我欠你什么债？！
桃　花：你……
　　　　（唱）你把我身心害，
　　　　　　你毁我清和白！
　　　　　　你赔我女儿身，
　　　　　　你还我清白来！
李　虎：你……
胡椒叔：哈哈哈……亏你想得出来！不就是跟虎子亲密了两次吗？虎子，大方点。（转向桃花）说吧，要多少，开价呀！
桃　花：你……我跟你拼了！（被众拉住，架下）
　　　　〔姜婶始终默默而痛苦地看着这一切，在满台的人物中，她显得那么悲天悯人，又那么地无依无靠。
花　父：（强忍悲羞，发出一声震天动地的呼喊）鸣炮送行……
　　　　〔伴着一声悲壮激昂的乐声，鞭炮锣鼓齐鸣。
　　　　〔一条长长的红布，铺成一条殷殷如血的红道。
　　　　〔幕后歌起：
　　　　（唱）红红道，长长道，
　　　　　　红红长长路迢迢。
　　　　　　君莫笑，君莫笑，

千古姻缘路一条。

嗯……嗯……

嗯……嗯……

[光渐收，幕缓落。

第六场　花诉

[接前场，三天后，大清早，幕内唱：

桃家筹款不得力，

三天时间过了期。

一场风波又再起，

乡里来了个何西尼。

[幕启，灯亮，村口，晨鸟呼朋引伴。

[何西尼戴着眼镜，拎着小皮包，摇头晃脑上。

（念）早晨空气好，

乡村路上跑。

一路鸟做伴，

叽叽喳喳叫。

我说鸟啊鸟，

你们听了可别笑。

这公的要母的，

母的不让他要。

为此他们就争吵，

吵到最后不得了。

（唱）今天我来做个和事佬，

揉揉搓搓搓搓揉揉保准他们就和好。

[郑大嫂、花颠及村人三三两两边说边笑上。

郑大嫂：哎哟，是老何呀！什么风大清早就把你这个包村的乡干部，吹到桃花坞来啦？

何西尼：（故弄玄虚地以手扇风）嗯，有风吗？没有嘛！

郑大嫂：我说老何呀，这次该不是又来抓计划生育吧？

何西尼：（故作幽默地）No，No，No，这一次，我是专为桃花和李虎的事情来的。

众　人：（一下子精神起来）怎么，是为这事啊？

花　颠：老何啊，这事你也管？

何西尼：唉，实话告诉你们吧，为了彩礼的事，他们两家都向我这个包村干部反映情况，你说，我们这些人民公仆，能不关心群众疾苦吗？

花　颠：那你准备怎么办？

何西尼：想知道？那就帮个忙，去把桃、李两家人都叫到这，就说乡政府协理员老何，今天深入一线，现场办公，请双方当事人和家长，务必到位，不得有误。

花　颠：好好好，我这就去。（下）

郑大嫂：老何啊，他们都跟你怎么说呀？

何西尼：（故作严肃）个人隐私，不得泄露……不过，这夫妻间的那些事嘛，不说也知道啦……我倒想听听你们对这件事的看法。

郑大嫂：这不是明摆的吗？退婚是桃花先提出来的，那自然得把彩礼还给虎子了。

村夫甲：只是这彩礼吃进去容易，吐出来就难啦。

何西尼：哎，干吗要吐出来呢？

众　人：老何，您的意思是……

何西尼：我呢，主张停止内战，实现和平。不过，毛主席他老人家也说过，和平实现与和平巩固是两码事，历史暂时地走回头路是可能的，和平发生波折也是可能的，所以，这夫妻间嘛……

[花颠上。

花　颠：老何，他们都来啦！

何西尼：哦，好好好……

　　　　[桃花、李虎、花父母、虎母及胡椒叔上。姜婶郁郁随上。

　　　　[幕内唱：

　　　　　　白布沾染色难褪，

　　　　　　豆腐粘灰够你吹。

　　　　　　辛酸苦楚和着泪，

　　　　　　人前低低把头垂。

　　　　[众人看热闹，指指点点，掩嘴窃笑。

　　　　[幕内唱：

　　　　　　两只眼睛一张嘴，

　　　　　　看看说说谁不会？

　　　　　　一台好戏全免费，

　　　　　　评头论足笑是非。

何西尼：嗯哼！都到齐了哦。坐坐坐，都坐下，坐下。桃花和李虎之间的事啊，我都调查清楚了。事情的经过呢，其实很简单，总而言之统而言之，就是新婚之夜，虎子想"那个"，而桃花不想"那个"，可虎子偏要"那个"，最后桃花就被虎子"那个"了。于是呢，桃花就跑回去又被劝了回来。当天晚上，虎子又想"那个"，桃花还是不愿意"那个"，两个人吵来吵去，吵到最后虎子火起来，就把桃花捆起来给"那个"了。其实这种事有什么好"那个"的呢？你们说这天底下哪对夫妻不"那个"啊？不过，虎子也太"那个"了，怎么能把桃花捆起来"那个"呢？依我看哪，夫妻俩想"那个"就"那个"，不想"那个"就别"那个"。不过，你们既然已经"那个"了，就不要再"那个"来"那个"去了，我看还是和为贵嘛！

众　人：哈哈哈……

　　　　[桃、李双方，以各自的方式，或羞、或气、或哂、或坐立不安、

或无地自容、或忍无可忍地听完了这场"调和"。

李　虎：（怒吼）你说完了没有？！

何西尼：（惊异）我……我说错了吗？

胡椒叔：呵，依我看哪，老何说的可一点都没错。虎子啊，她不想还钱，就说明还想破镜重圆嘛，我看，你还是认了她吧。

桃　花：你……

李　虎：（背唱）可恨又可气，

　　　　　　　　可怜又可悲。

　　　　　　　　调解和为贵，

　　　　　　　　彩礼没法追。

　　　　　　　　她若回心转意能认罪，

　　　　　　　　也胜过人财两空吃大亏。

　　　　　　　　可我要是轻易把她来原谅，

　　　　　　　　岂不是男儿骨气全都没？

　　　　哼，贵人不做作贱坯，香花不闻闻屎堆。要我认她，除非她跪着求我！

桃　花：你……

胡椒叔：我说桃花啊，跪就跪嘛，要不，你将来嫁给谁呀？

桃　花：你……

胡椒叔：虎子，你不要这样绝情绝义嘛，虽说三脚蛤蟆没处找，两脚女人多得是！可要找这样的女人，还真不容易呀。再说了，一日夫妻百日恩嘛……

李　虎：哼！少一粒芝麻不缺油；少一滴水，江河照样流！

桃　花：你……你羞辱够了没有？

　　　　（唱）一场调解和稀泥，

　　　　　　　　冷嘲热讽把我欺。

　　　　　　李虎，我告诉你，

　　　　　　　　就算天下男人都死绝，

　　　　　　　　我也誓死不为你的妻！

李　虎：你……你以为天下就你一个臭女人啊？我也告诉你，就算你爬着求我，我也不会再要你这只破鞋。

桃　花：你……你说什么？！

李　虎：我说你破鞋！不要脸！

花　父：（痛心疾首）你们……你们一个个都不要脸……

胡椒叔：嘀，这就叫朝天吐唾沫，落在自家脸！桃家大哥，这彩礼钱你要是不还，我们就只有公堂上见了！

虎　母：虎子，举头三尺有神明，种什么因，收什么果，咱们回去吧，别在这丢人现眼。（拭泪下，李虎、胡椒叔随下）

花　父：（无地自容）我……我还有什么脸做人啊？！

桃　花：爹……

花　父：（狠狠打了桃花一耳光）别叫我爹！我没你这个女儿……（蹒跚泪下）

花　母：他爹……（哭泣随下）

众　人：唉……（摇头下）

何西尼：哎，你们……你们……（灰头土脸下）

　　　　[桃花匍匐在地，哀哀而泣。

　　　　[姜婶悄然拭泪，无限同情地望着桃花，她踟蹰徘徊，欲言又止。

　　　　[幕内音乐如泣如诉。

桃　花：（唱）算不清的债，

　　　　　　诉不完的哀。

　　　　　　解不开的结啊，

　　　　　　下不了的台。

　　　　　　悔恨屈辱绞一块，

　　　　　泪落连珠头难抬。
　　　　　原以为一纸婚约字可改,
　　　　　想不到恰似判官铁笔押泉台。
　　　　　原以为一摊浑水污可排,
　　　　　想不到惊涛恶浪劈头盖面滚滚来。
　　　　　原以为三尺门槛轻轻迈,
　　　　　想不到它是万仞高墙搬不开。
　　　　　桃花我不怨一万五千彩礼债,
　　　　　只怨这世上的道理太偏歪。
　　　　　男人天经地义胡作非为,
　　　　　女人自尊自爱招祸灾。
　　　　　早知今日这般样,
　　　　　悔不当初听天由命去安排。
　　　（泣白）天啊天,为什么,为什么要这样对待我?（伏地哀泣）
　　　[姜婶含泪,移步向前。

姜　婶:桃花……

桃　花:……你……你是谁?

姜　婶:我……

　　　（唱）别问姜婶我是谁,
　　　　　你我都是姐和妹。
　　　　　同病相怜同遭遇,
　　　　　同样苦命受残摧。
　　　　　你流血,我流泪,
　　　　　你断肠,我心碎。
　　　　　我可怜的桃花妹,
　　　　　为何我走过的路你还要来跟随?

桃　花:你……你走过的路?

姜　婶：桃花妹妹，二十年前，我也和你一样年轻、漂亮、任性、好强……谈婚论嫁的时候，我爹明知我有心上人，却偏偏把我许配给他赌友的孩子……成亲的那天晚上，我和心上人说好一起远走高飞，可是，我才跑出村口，就被他们追上了……

桃　花：那他们……把你怎样了？

姜　婶：他们……他们把我捆在一条凳子上……抬进了洞房。我求生不得求死不能……我在凳子上躺了五天五夜，等我活过来的时候，我的心已经死了……

桃　花：那他呢？他为什么不来救你？

姜　婶：螳臂不能当车，蝼蚁岂能撼树？

桃　花：姜婶……

姜　婶：桃花妹妹，听我一句话，回去吧，虎子他不是坏人，只要你回心转意，你们还是可以过下去的……

桃　花：回心转意？嘀……

姜　婶：桃花妹妹，我是不忍心看着你受罪啊……

桃　花：姜婶……我没法跟虎子过日子，不是因为他是好人还是坏人，而是因为他根本不把我当人看待啊，姜婶……他对我所做的一切，我一辈子都忘不了……（泣不成声）

姜　婶：桃花妹妹……

桃　花：姜婶，你不要再说了，我不是你，我也不愿成为你……

[切光，落幕。

第七场　花问

[接前场数日后。

[幕内唱：

　　桃李风波难平息，

　　　　　　一波更比一波急。
　　　　　　李虎公文法院递，
　　　　　　状告桃花犯诈欺。

[幕内花母撕心裂肺哭喊声：我的花儿啊……

[音乐如泣如诉起。

[灯亮幕启。

[沉沉雨夜。拘留所。桃花蜷曲角落。冰冷的铁窗外一株桃树独立雨中。

桃　花：（唱）阴沉沉，清冷冷，
　　　　　　狂风过后雨阵阵。
　　　　　　花开花落春逝去，
　　　　　　血干泪尽伤痕深。
　　　　　　牢中惨雾愁云罩，
　　　　　　比那大山还要沉。
　　　　　　骗婚谋财如雷震，
　　　　　　无妄之罪加在身。
　　　　　　仰天泣血把天问，
　　　　　　桃花我难道真的罪孽深？

　　　　呵呵呵……好一个收取彩礼！论价归还；好一个强制执行，拘留监押！天啊天，我只不过不愿意做一件违心的事，为什么，为什么会落到这种地步啊？……

　　　　（唱）天啊天，
　　　　　　难道我真的应该嫁鸡随鸡把命认？
　　　　　　难道我真的是自种苦果自来吞？
　　　　　　难道我真的良心丧尽遭天谴？
　　　　　　才落得个害爹害娘害自身……

　　　　（白）天啊天，你告诉我什么叫公正？为什么？为什么做人就这么难啊？我人格被污辱，尊严被践踏，手脚被捆绑，清白被玷污，还要披红道、退彩礼、坐监牢！为什么？这究竟是为什么啊？！呵呵呵……骗婚谋财……我爹断指认债，他居然还告我骗婚谋财！那他打我捆我，强行施暴，又算什么？！

[一声雷震，桃花惊跌。

[静场。

（泣）我告他，不，不，我不能告他，我不能告他，我不能告他……

[幕后伴唱：

　　一声霹雳惊噩梦，

　　梦醒更比梦时恶。

　　"强奸"二字千斤重，

　　不堪回首不堪说。

　　（唱）我若告他声名败，

　　我若告他怎么活？

　　我若告他众人唾，

　　我若告他苦果嚼。

　　我若不告天理又何在？

　　我若不告又苦苦争什么？

　　告也难过，不告也难过，

　　天高地阔，为什么容不得我？

[幕后唱：

　　沉沉黑夜，三魂剩一魄，

　　凄凄风雨，冰冷透心窝。

桃　花：（唱）一波未平一波起，

　　　　波波险恶奈如何。

　　　　躲不过的灾和祸，

　　　　咽不下的黄连果。

做不出的生死择,

　　　挣不断的绳和索。

（白）天啊天,我有什么错?为什么不能堂堂正正地活啊?

（唱）我不甘清白声名被人唾,

　　　我不甘自由自尊被剥夺。

　　　我不愿吞苦果,

　　　我不要这样活。

　　　幸福的甜头我还没尝过,

　　　我还想堂堂正正地生活。

　　　我的心头还有火,

　　　我的血里还有热。

　　　我还有天下女儿梦一个,

　　　就像这风雨桃花树一棵。

[一束红光,升起一个梦幻;一个梦幻,编织成一个春天。

[沉沉的黑夜,变成了暖暖的晴天,阴霾的雨,变成了缤纷灿烂的春花。

[舞台上出现桃花憧憬的生活画面。这其实是一组十分常见的生活画面:三三两两的青年男女或上班、或恋爱、或求知、或仅仅只是款款走过,但桃花却无比羡慕,她在这些同龄人当中穿梭着,她渴望着这种自由、平等和幸福……

[幕内唱:

　　　天下女儿梦一个,

　　　风雨桃花树一棵。

　　　暖暖人间好春色,

　　　多姿多彩春之歌。

[音乐过渡。

[闪回。看守干警上。

干　警：桃花，有人看你来了。（开门，下）

　　　　[一声叫唤，桃花回到现实。

　　　　[姜婶冒雨怯怯上。

姜　婶：桃花妹妹……

　　　　[桃花犹如做梦一般。

姜　婶：桃花妹妹！我是姜婶啊。

桃　花：姜婶……

姜　婶：桃花妹妹……这点钱是我多年来偷偷积攒起来的，你拿去凑着用吧。我……走了，你可千万要珍重啊！（惶惶下）

桃　花：（双手捧钱，泪如涌泉，望着姜婶的背影双膝跪下）姜婶……谢谢……

桃　花：（泣唱）春花娇弱狂风恶，

　　　　　　　一夜风雨落泥泊。

　　　　　　　人间自有真情在，

　　　　　　　雪中送炭暖心窝。

　　　　　　　说什么羞和耻，

　　　　　　　道什么厚与薄。

　　　　　　　管什么声名败，

　　　　　　　怕什么人后说。

　　　　　　　争个对和错，

　　　　　　　辩个清与浊。

　　　　　　　讨个真公道，

　　　　　　　活个真的我！

　　　　[幕后唱：

　　　　　　　一朵桃花风吹落，

　　　　　　　一根稻草搓不成索。

　　　　　　　一条藤儿编不成箩，

　　　　　　一粒黄豆难把浆来磨。
桃　花：（唱）去找打工的姐妹一个个，
　　　　　　求她们帮助把话说。
　　　　　　一封书信血泪和，
　　　　　　浸透桃花心一颗。
　　　　　　恨不能插上翅膀天飞过，
　　　　　　挺直腰身公堂去对簿。
　［灯暗落幕。

第八场　花吟

　［接前场一个月后。
　［音乐过渡。
　［幕内唱：
　　　　　　桃花状告李虎案，
　　　　　　报界披露惊四方。
　　　　　　李虎涉嫌强奸罪，
　　　　　　开庭审理破天荒。
　［二道幕外虎母悲痛欲绝：虎子……我的儿啊……
　［郑大嫂等村妇同情拭泪，搀扶虎母过场下。
　［胡椒叔色厉内荏：跟自己的老婆亲密，犯什么王法？老子不服！
（过场下）
　［花颠等行色惶惶随下。
　［姜婶形神复杂，满腹愁苦，过场随下。
　［音乐过渡。
　［二道幕启，法庭。一颗国徽高悬，两个席位空空。
　［一束灯光静静地照着心力憔悴的桃花。

[幕内唱：

  春已过，花已落，

  一场风雨今非昨。

  身心碎，情义绝，

  今日法庭怎对簿，

  怎对簿……

桃　花：（缓缓站起）

  （唱）台上设着原告席一个，

  近在咫尺步难挪。

  多少屈和辱，

  今天当着大庭广众说。

  含羞忍悲法庭上，

  未曾开口泪如梭。

  为了尊严和人格，

  忍把带血的伤口从头剥。

[幕后唱：

  从头剥，痛如何？

  个中多少屈和辱？

  字字血泪和，

  血泪和，血泪和……

桃　花：（唱）人人当我是洪水猛兽，

  又谁知我离经叛道恨悠悠。

  人人笑我不知羞耻，

  有谁知我羞耻伴着血泪流。

  法官啊，

  不是桃花不知羞，

  只恨桃花是女流。

　　　　自古红颜多柔弱，
　　　　几多女人能自由？
　　　　男儿老大撑门户，
　　　　女儿大了不中留。
　　　　一朝出嫁如泼水，
　　　　纵是苦海难回头。
　　　　男儿只知直中取，
　　　　哪知女儿曲中求。

（白）桃花我就是不愿逆来顺受，才有这难挣难脱一场沉浮，恨只恨，

（唱）自由我没有，
　　　自卫力不够，
　　　身心遭强暴，
　　　人格被奸蹂。

订婚，父母做主，我没有选择爱与不爱的权力；结婚，父母包办，我没有选择愿与不愿的权力；洞房，强行要求，我没有拒绝的权力；回家，父母逼迫，我没有去留的权力；我抗争，手脚被绑；我哭诉，遭人讥笑；我退亲，难挣难脱；我状告，众叛亲离……

（唱）法官啊，
　　　天平就在你们手，
　　　秉公执法名千秋。

[幕内声：呵呵呵……

[李虎迈着沉重的步履上，他形容憔悴，神情痛苦，如痴如狂。

李　虎：好一番感天动地的哭诉，好一个蛇蝎之心的女人！

（唱）说什么强行施暴，
　　　说什么捆你手脚，
　　　说什么天良丧尽，

说什么算清厘毫。

伶牙俐齿把状告，

血口喷人乱造谣。

我丁是丁来卯是卯，

究竟犯了哪一条？

我聘你定亲彩礼分文不少，

我等你三年桃家半子辛劳。

我盼你情投意合百年修好，

我娶你洞房花烛喜上眉梢。

我忍你隔夜饭菜被人讥笑，

我敬你端汤送蛋问寒问饱。

想不到你不通人情性乖张，

无情无义恩将仇报。

（白）你说我新婚之夜，强行施暴，那我问你自古以来，什么叫洞房良宵？你说我行同禽兽，捆你手脚，你看看我脸上，这是什么，伤痕条条；你说我催讨彩礼，算清厘毫，可我有理有据，有凭有条！你说，开天辟地，哪一对夫妻新婚之夜不同房？从古到今，又有哪一个女人状告丈夫强奸自己？！你说啊！是你……

（唱）是你违常理，反妇道；

犯众口，逆天条！

你自搬石头砸自脚，

你天良丧尽遭恶报！

桃　花：（泣不成声）我违常理，反妇道，触众口，犯天条……我自搬石头砸自脚，我天良丧尽遭恶报……

（唱）什么是常理？

什么是妇道？

什么是众口？

什么是天条？

（泣白）难道说，男人糟蹋女人，这就是常理？女人逆来顺受，这就是妇道？

（唱）指指点点看热闹，
　　　众口铄金骨也销。
　　　天条刻在良心上，
　　　轻重高低各自标。
　　　虎子啊……
　　　夫妻本是同林鸟，
　　　可我是燕来你是雕。
　　　我不通人情性乖张，
　　　你又何曾知我性情半分毫？
　　　你盼和我修得百年好，
　　　我又何尝盼你坐监牢？

我承认，和你成亲不是我的意愿，因为我和你没感情、有差异、有距离，可我既然屈从爹娘嫁给你，我又何曾不希望能够和你沟通理解、日久生情啊。

（唱）可你何太急，
　　　可你何相逼？
　　　就算我是核桃硬脾气，
　　　你又怎堪对我施暴力？
　　　你以为洞房花烛天经地义，
　　　可是形同陌路难亲昵。
　　　你生吞活剥图了一时快意，
　　　怎知我奇耻大辱哀哀哭泣？

（泣白）你一碗鸡蛋，几声问候，虽有暖意，可你又怎能一下子驱走我心中——

　　　　　（接唱）三九冰天的透骨寒气？
　　　　　　　　　虎子啊，
　　　　　　　　　鸡屎落地还有三寸气，
　　　　　　　　　没有尊严怎么做夫妻？
　　　　　　　　　拳打脚踢怎生出柔情蜜意？
　　　　　　　　　强行施暴怎拉近心灵的距离？
　　　　　（白）我含悲忍辱状告你，不为别的，我只为了让你明白一个道理！
李　　虎：你这不知羞耻的女人，还跟我说什么道理。
桃　　花：我只想告诉你，就算男人天经地义，可女人也有维护尊严的权力。
李　　虎：你有维护尊严的权力，那我呢？我就没有尊严，没有权力吗？
　　　　［质问声中，两名干警上。
　　　　［幕后（唱）：
　　　　　　　理可辩，法无情，
　　　　　　　触犯律条三年刑。
　　　　　　　李虎强奸罪已定，
　　　　　　　一双手铐冷冰冰。
　　　　［歌声中，干警给李虎扣上手铐。刹那间，灯光骤变，干警隐下。李虎面对冰冷的手铐，一时难以置信，可残酷的现实又不能不让他相信这一切都是真的。当他意识到这一点后，顿觉五脏俱裂，痛苦莫名。
李　　虎：（仰天长哭）苍天哪……
　　　　［幕内一声嘶喊："虎子……"
虎　　母：（匍匐哭上，抱住虎子，肝肠寸断）我的儿啊……家里的稻子，还等着你回去割啊……
李　　虎：（泪如泉涌）娘……我对不起你啊……
　　　　［光区缩小，虎母隐下。
　　　　［两束光静静地照着桃花和李虎。

［两人缓缓转身，他们四目相对，百感莫名，百味俱生。

李　　虎：（唱）一根红线盼牵手，

　　　　　　　一对花烛求白头。

　　　　　　　一夜洞房惊梦噩，

　　　　　　　一颗苦果终身嚼。

［幕后伴唱：

　　　这究竟是谁的错？

　　　这究竟是为什么？

　　　这究竟是谁的错？

　　　这究竟是为什么？

　　　唯有低低苦吟泪默默，

　　　泪默默，泪默默……

［李虎惨淡地看了桃花一眼，转身迈着沉重的步履缓缓下。

［桃花望着李虎远去的背影，泪流满面，欲说还休。

［沉沉天幕，轰然打开。众打工妹蜂拥而上，她们无言地扶起桃花，暖着桃花，护着桃花。

［桃花心衰力竭，血干泪尽。她步履蹒跚，一步步缓缓地向我们走来……走来……

［音乐由低低吟唱，渐渐变为高亢激昂。舞台上呈现出一片青青的桃林，青青的桃林上结满了青青的果。

［幕后伴唱：

　　　花红红，如云朵；

　　　叶绿绿，繁又多，

　　　一番风雨经过后，

　　　满树青青果。

　　　青青果，挂枝头；

　　　未成熟，苦涩多，

但愿风调雨顺后，

果香满山坡。

[幕落。

2000 年 6 月 30 日第一稿
2001 年 9 月 2 日修改

（附注：该作获 2001 年福建省"向建党八十周年献礼"优秀现代戏剧本征文比赛二等奖；第二届中国戏剧文学奖银奖；《剧本》2001 年 11 月发表；2002 年 9 月由龙岩市汉剧团付排参加福建省 22 届戏剧会演；2003 年入围首届老舍青年戏剧文学奖评选；同名 8 集戏曲电视连续剧由北京金尊影视文化传播中心签约收购。）

生日快乐

时间：当代

地点：城乡

人物：龙　哥　四十岁，青龙帮老大

　　　嘎　妹　二十五岁，丁六福之妻

　　　阿　彪　二十六岁，青龙帮徒伙

　　　丁六福　三十岁，菜农

　　　凤　姐　三十五岁，龙哥之妻

　　　福　娃　十一个月哺乳期婴孩，丁六福之子

　　　黑帮徒伙、迪吧青年男女、医护人员、路人、天使、母婴、警察、乡邻若干

序

［幕启。

［夜，迪吧舞厅。

［灯光流闪，音乐疯狂，众青年男女狂热劲舞。

［幕内唱：迪吧酒吧夜总会，

　　　　　　疯狂蹦迪激情飞。

　　　　　　　今夜不管谁喝醉，
　　　　　　　青龙过江白变黑。
　　　　　[灯光骤暗，音乐骤停，众人哗然。
青年甲：（跳出，大吼）喂，老板，搞什么鬼啊？
　　　　　[幕内三击掌：啪！啪！啪！
　　　　　[烛光亮起。舞台正中出现一个巨大的多层生日蛋糕。
　　　　　[阿彪率领十数名身刺青龙图案的黑帮徒伙，犹如一道盘龙踞虎的黑墙出现在舞台上。
　　　　　[青年甲见状，与众人悚然退下。
　　　　　[阿彪引领众徒伙热烈劲舞。
阿　彪：（唱）纵横江湖名铸就，
　　　　　　　拳打脚踢逗风流。
　　　　　　　为庆龙哥四十寿，
　　　　　　　齐声祝贺如狮吼。
众徒伙：祝龙哥生日快乐！祝龙嫂身体健康，母子安康！
　　　　　[龙哥内笑声：哈哈哈——（携凤姐上。凤姐挺着大肚子，神情有些勉强）
龙　哥：（唱）十数年闯江湖几多感慨，
　　　　　　　弟兄们庆寿诞别出心裁。
　　　　　　　龙哥我年四十方得一子，
　　　　　　　今日里喜临门笑逐颜开。
　　　　　弟兄们，大家好！
众徒伙：龙哥、龙嫂好！
龙　哥：哈哈哈，阿彪，干得不错，长进不少啊！
阿　彪：多谢龙哥栽培！今天是龙哥四十大寿，龙嫂不日又将生下龙子，这可是咱青龙帮的天大喜事！小弟我先干为敬！（取过一瓶啤酒，用牙咬开瓶盖，仰脖灌下，不经意露出右手两个断指）

　　　　[凤姐一看，不由得一震。

凤　　姐：阿彪，你的手指怎么啦？
阿　　彪：（一愣，掩饰）呵呵，没什么，没什么。
龙　　哥：（手搭其肩）阿彪，断指之事，大哥用心良苦，你该不会记恨大哥吧？
阿　　彪：嗨，龙哥，瞧您说的。大丈夫纵横江湖，区区二指，算什么呀。龙哥，今天是您四十大寿，我那破事就别提了。弟兄们，来来来，大家快唱生日歌，祝龙哥生日快乐，寿比南山！
众徒伙：（唱）祝你生日快乐，祝你生日快乐……
阿　　彪：龙哥，现在您得闭上眼睛，许个心愿，然后再吹蜡烛，切蛋糕。
龙　　哥：嗨，龙某我从来不信鬼神，只信拳头，这双手合十的活，我可从来没干过。老婆，你来！
凤　　姐：今天你是寿星，应该你来。
龙　　哥：我是寿星，可你是我的救星啊！要不是你，龙某我年过四十还后继无人呢。呵呵呵，再过半个月，咱们的龙儿就要出生啦。来来来，这心愿，你来许。
凤　　姐：那好吧……
　　　　（唱）双手合十许心愿，
　　　　　　　百感交织在心间。
　　　　　　　龙哥啊，为妻心愿有千万，
　　　　　　　桩桩都为求平安。
龙　　哥：平安好啊，"平安"二字值千金嘛。哈哈，你许，你许。
凤　　姐：（唱）第一桩，我求苍天多见谅，
　　　　　　　高抬贵手多免宽。
龙　　哥：咦，这是为何啊？
凤　　姐：（唱）怕只怕你待人处世多蛮撞，
　　　　　　　伤天害理惹祸端。
龙　　哥：嗨，你这是爱我，还是咒我啊？

凤　　姐：（唱）第二桩，我求苍天把福降，
　　　　　　　　保佑龙儿平平安。
龙　　哥：这就对了嘛。
凤　　姐：（唱）第三桩，我不求天来不求地，
　　　　　　　　但求龙哥在眼前。
龙　　哥：求我？哈哈，好说好说。
凤　　姐：（唱）求你退出江湖莫闯荡，
　　　　　　　　一家人其乐融融比蜜甜。
龙　　哥：呵呵呵，你啊，说来说去，还是这些话。弟兄们，咱们还是喝酒，干！
众徒伙：干！

　　［凤姐满眼忧郁，执杯在手，而不能饮。

　　［光渐收，最后停留在凤姐身上。

　　［切光。

第一场

　　［接前场。

　　［路上。

　　［凤姐幕内唱：龙哥他迪吧舞厅庆寿诞，
　　　　　　　　凤姐我郁郁寡欢早回还。（上）

　　［阿彪驾车，载着凤姐上。

凤　　姐：（接唱）阿彪驱车来护送，
　　　　　　　　我疑虑重重把心担。
　　　　　阿彪，大嫂有句话，不知当说不当说。
阿　　彪：大嫂，有什么话，您尽管说吧。
凤　　姐：阿彪啊——
　　　　　你和龙哥江湖闯，

　　　　　我日日夜夜心不安。

　　　　　龙哥处事多蛮撞，

　　　　　请你一定要包涵。

阿　彪：呵呵，大嫂，是不是我这两根断指，又让您提心吊胆啦。

凤　姐：是啊，这太残忍了，我看着都心疼啊……

阿　彪：呵呵，大嫂，没事的……

　　　　（背唱）提起断指心生恨，

　　　　　　　无奈悲愤只能忍。

　　　　　　　踩动油门加速度，

　　　　　　　一路驱车在狂奔。

凤　姐：阿彪，你开慢点。

阿　彪：（唱）她要慢来我偏快，

　　　　　　　借这把气撒几分。

　　　　[丁六福挑着菜篮子上。

丁六福：夜深路上行人少，送完青菜空担挑。只听肚子咕咕叫，快步回家吃夜宵。

阿　彪：（唱）蓦见红灯在路口，

　　　　　　　不由顿时慌了神。

凤　姐：阿彪！

　　　　[一阵尖锐的刹车声——

凤　姐：（尖叫）啊——！（往前一栽，撞倒）

　　　　[丁六福一闪，菜篮被辗，人摔到一边。

　　　　[静场。

阿　彪：（大惊失色。见丁六福趴在地上，一动不动，不由得一震，用脚轻轻踢了一下）喂！装死啊你？

　　　　[丁六福动动身子，缓缓爬起。

阿　彪：（见他没事，立即猖狂，用力推搡）浑蛋，找死啊你！

丁六福：（趔趄）兄弟，我都差点被你撞死了……

阿　彪：撞死才好！算你狗运！（转身欲离）

凤　姐：（双手抚腹，挣扎，痛苦呻吟）阿彪……

阿　彪：凤姐，你怎么啦？

凤　姐：（趔趄几步）快……快送我上医院……（瘫倒昏迷）

阿　彪：凤姐！凤姐……

　　　　（唱）不提防，出车祸，

　　　　　　 刹那间，掉魂魄。

　　　　　　 凤姐她一身二命情急迫，

　　　　　　 若有三长两短我的罪责难逃脱。

　　　　　　 哎呀呀，要是龙哥问起我，

　　　　　　 我该怎么和他说？

　　　　　　 怕只怕龙哥对我起疑惑，

　　　　　　 到头来前功尽弃把命搏。

　　　　（团团转，看着丁六福，两眼一转）

　　　　　　 看他一副窝囊相，

　　　　　　 急中生智好嫁祸。

　　　　　　 若是龙哥问起我，

　　　　　　 就说全是他的错。

　　　　你这浑蛋，跟我走！（不容分说，揪住丁六福）

丁六福：干吗，你干吗……（被阿彪拖着，同下）

　　　　[暗转。

　　　　[夜。妇产医院。抢救室外。

　　　　[丁六福抱头打滚，上。

　　　　[阿彪拳打脚踢，随上。

丁六福：兄弟饶命，兄弟饶命……

阿　彪：饶命？你知道她是谁吗？告诉你，要是龙嫂母子有个三长两短，就算老子想饶你，龙哥他也会灭了你全家！

丁六福：兄弟，人在做，天在看，您讲话可要公道啊。我走路，你开车，只有车撞人，哪有人撞车啊？

阿　彪：你横穿马路，还敢嘴硬。（一阵暴打）

丁六福：可我走的是人行道啊。

阿　彪：再敢抵赖，老子灭了你全家！（再次暴打）

[丁六福挣扎爬起，捂胸、抹泪。

丁六福：（唱）早出晚归身疲惫，

　　　　　　一场车祸魂魄飞。

　　　　　　正幸大难人不死，

　　　　　　谁料车内孕妇危！

　　　　　　他凶神恶煞、蛮横无理，绝非善辈，

　　　　　　他说的龙哥又是谁？

　　　　　　哎呀呀，莫非我撞上了黑社会，

　　　　　　那龙哥，定是老大黑中黑！

　　　　　　冷汗已透背，

　　　　　　眼前一片黑。

　　　　　　越想分辩越遭打，

　　　　　　天大的黑锅要我背。

　　　　　　六福受屈无所谓，

　　　　　　就怕妻儿吃大亏。

　　　唉——

　　　　　　那女人应该平安无大碍，

　　　　　　我且忍气吞声认倒霉！

　　　　　　只是这笔医药费，

　　　　　　看来得由我来赔。

　　　唉……（抱头蹲地叹息）

[龙哥幕内唱：心如焚，步如箭，
　　　　　　飞来横祸刹那间。（急上）
[数名黑帮徒伙跟上。

龙　　哥：（接唱）一时酒意全消散，
　　　　　　　　但愿妻儿人平安。
[阿彪一见，慌忙迎上。

阿　　彪：龙哥……

龙　　哥：（当胸一拳）混账东西，你是怎么开车的？！

阿　　彪：（连跌几步，捂胸忍痛，想要发作，却又忍下）龙哥，不是我的错，都是那个浑蛋，他横穿马路，我一个急刹车，谁知凤姐她……

龙　　哥：那该死的浑蛋在哪？
[丁六福怯怯地望着龙哥。每一次和龙哥目光交接，都使他如临大敌，悚然抖缩。

丁六福：（唱）只见他满脸腾腾是杀气，
　　　　　　不由我心惊胆战把头低。
　　　　　　任他拳打和脚踢，
　　　　　　家庭信息不能提。

龙　　哥：（唱）只见他缩头缩脑如獭狸，
　　　　　　不由我心头怒火腾腾起。
　　　　　　龙某我钢刀不怕生铁硬，
　　　　　　最恨这种软脚泥。
　　　　　　若是妻儿有长短，
　　　　　　我非剁他成肉泥！
　　　　　　苍天哪，莫非我命中注定无子嗣，
　　　　　　才有这飞来横祸临儿妻。（颓然坐下，伸手摸索掏烟）

阿　　彪：（递烟，点火）龙哥，那浑蛋怎么修理？

龙　　哥：先查户口。

阿　彪：已经查过了，这家伙怕我们灭了他全家，任我怎么揍他，就是什么
　　　　也不说。他身上，除了一百多块钱，什么也没有。
龙　哥：带过来。
阿　彪：（阿彪以脚踢六福）起来！
　　　　〔丁六福缓缓起身。
　　　　〔阿彪一把将他推到龙哥面前。
　　　　〔龙哥怒目注视丁六福。
　　　　〔丁六福浑身颤抖如筛糠。
龙　哥：（寒气逼人）坐！
　　　　〔丁六福胆怯。
龙　哥：（鄙夷）来一支？
　　　　〔丁六福更加胆怯。
龙　哥：（笑里藏刀）知道我是谁吗？
　　　　〔丁六福迟缓摇头。
龙　哥：（一把捋起衣袖，露出刺青的盘龙）青龙帮，听说过吗？
丁六福：（扑通跪下，痛哭）大哥，饶命啊……
龙　哥：既然你不想报户口，那我就自报家门。在下龙某，江湖上的弟兄
　　　　都叫我龙哥。今天是我四十岁生日，我这一生，玩过不少女人，
　　　　可是只有这个女人怀了我的龙种，她就是我老婆。现在，因为你
　　　　横穿马路，使她剖宫早产。你说，我该怎么处置你？！
丁六福：大哥，我冤枉啊，求求你，饶了我吧，虽然不是我的错，可我愿
　　　　意倾家荡产，当牛做马，赔偿医药费……
龙　哥：（猛地站起，揪住丁六福）医药费？老子现在要的不是钱，而是命！
　　　　（用力一推）阿彪，给我带走。
　　　　〔嘎妹内唱：惊闻六福被车撞，
　　　　　　　　　　心急火燎医院赶——（怀抱福娃上）
嘎　妹：（一见六福，喜出望外）六福！没事吧？

丁六福：没事……

嘎　妹：天哪，看你鼻青脸肿的。听说你被车子撞了，吓得我魂都没了。

丁六福：（叫苦）唉！你来这干什么呀，快回去吧。

嘎　妹：怎么啦？（发现气氛不对，环视四周，顿感不妙）

丁六福：别问了，快走吧。

龙　哥：走？没那么容易！（手一挥）

　　　　[阿彪等几个徒伙立即挡上。

嘎　妹：你们……你们想干什么？六福，怎么回事？

丁六福：（怯怯地看看阿彪，又看看龙哥）唉……我……我不该撞上人家的车子……

嘎　妹：你疯啦？只有车撞人，哪有人撞车啊？

丁六福：可人家说都是我……横穿马路……

嘎　妹：横穿马路？横穿马路怎么啦？

丁六福：人家车里还有个孕妇……

嘎　妹：孕妇？

丁六福：那孕妇动了胎气，要剖宫早产……

嘎　妹：你都说些什么啊？！你走路，他开车，怎么撞都是你吃亏啊！喂，你们还讲不讲理啊？

　　　　[几个护士，经过。见状，连忙躲开。下。

龙　哥：臭女人，嗓门大是不是？想讲理，那好啊！我老婆正在抢救，她可是一身二命！你给我听好了：如果我老婆死了，我就拿你老公抵命；如果我儿子死了，我就拿你儿子抵命！

　　　　[嘎妹见势不妙，忙掏手机。

　　　　[龙哥一挥手，嘎妹手机落地。

龙　哥：（一脚踩碎手机）臭女人，你给我听好了，要是你敢报警，老子立马弄死你儿子。弟兄们，把他父子俩，给我带走！

丁家夫妻：（跳起，尖叫）救……（阿彪捂其嘴）

[几个路人，经过。见状，慌忙躲开。下。

丁六福：（跪地）大哥，我求求你，饶了我的妻儿吧，我跟你走，我跟你走……

嘎　妹：（挣脱）不……你不能走……

[阿彪和几个徒伙上，与丁家夫妻抢夺福娃。

[几个回合，阿彪等黑帮徒伙很快制服嘎妹，抢走福娃，押着丁六福，扬长而去，下。

嘎　妹：（痛哭，急追）六福……福娃……（跑场，下）

[切光。

第二场

[接前场。

[二道幕外。

[嘎妹跑场，哭上。

嘎　妹：（唱）没来由，横祸降，

不提防，夫被押，儿被抢。

纵有怒火千万丈，

怎奈无力抗黑帮。

一路追随腿脚软，

沿街哭喊无人帮。

苍天哪，世道不平虎狼盛，

恶人当道欺善良。

六福生性太软弱，

何堪忍受那黑帮。

（白）不行，我得赶紧去报案（摸手机，发现没了）……不，我不能报案……

（接唱）我若公安去报案，

>　　　　只怕狗急要跳墙。
>　　　　若是不把案来报，
>　　　　又恐夫儿要遭殃。

[幕内唱：
>　　　　哎呀呀，怎么办？
>　　　　心头好似乱麻装。
>　　　　莫悲哭，莫慌乱，
>　　　　危难关头冷静想。

嘎　妹：（接唱）黑帮与我无仇恨，
>　　　　全是车祸起灾端。
>　　　　只因他，妻剖宫，儿早产，
>　　　　这才押我的夫儿做抵偿。
>　　　　若是他的妻儿安无恙，
>　　　　我的夫儿岂不遇难也呈祥。
>　　　　想到这里心一亮，
>　　　　转回医院找黑帮！（跑场，下）

[二道幕启。

[抢救室外。

[龙哥痛苦徘徊。

龙　哥：（唱）平生首次到妇产，
>　　　　站不宁来坐不安。
>　　　　原以为女人生产寻常事，
>　　　　不料想也有生死要闯关。
>　　　　原以为中年得子心欢畅，
>　　　　又谁知一场车祸，妻剖宫来儿早产。
>　　　　悔不该，迪吧舞厅庆寿诞，
>　　　　悔不该，未陪凤姐早回还。

到如今，一颗心，分两半，

两头牵肠挂肚受熬煎。

若是妻儿有长短，

龙哥我年过四十、闯荡江湖、只怕身也孤苦心也寒。（黯然抹泪，坐在一旁，双手抱头，苦苦等候）

[嘎妹内唱：人为刀俎我鱼肉，

火上浇油要遭殃。（郁郁上）

嘎　妹：（接唱）咽泪吞声悲切忍，

告诫自己莫惊惶。

走进医院举目望，

夜静人寂在走廊。

只见他，双手抱头一旁坐，

分明是，心头苦痛又悲伤。

方才他，夺我夫儿如狼虎，

转眼间，孤苦伶仃也凄凉。

设身处地想一想，

竟有几分能体谅。

虽说黑帮人凶恶，

可天下父母心一样。

他妻儿命悬在一线，

叫他怎能不疯狂？

现如今，我和他，黑白两家同船渡，

但求苍天保佑他的妻儿逢凶化吉、转危为安、遇难又呈祥……

[默默跪在一旁，双手合十，恳切祈祷。少顷，忍不住悄声哀泣。

[龙哥闻声，抬头观望，见嘎妹，不由一愣。

龙　哥：（唱）手术室外苦等候，

　　　　　忽听哭声在耳旁。

　　　　　抬头举目四处望，

　　　　　竟是这个臭婆娘。

　　　　　只见她，双手合十虔诚相，

　　　　　分明是，祈求上天保安康。

　　　　　方才她，鬼哭狼嚎拼命状，

　　　　　这会儿，哀哀无助跪一旁。

　　　　　将心比心想一想，

　　　　　竟有几分能体谅。

　　　　　虽说她夫有过错，

　　　　　可天下父母心一样。

　　　　　她夫被押，儿被抢，

　　　　　叫她怎能不疯狂？

　　　　　现如今，我和她，黑白两家同船渡，

　　　　　但求苍天保佑我的妻儿逢凶化吉、转危为安、遇难又呈祥……

　　　[二人沉默。

龙　　哥：（有点不自在，想打破僵局）嗯哼！

嘎　　妹：大哥……

龙　　哥：坐吧。

嘎　　妹：……

龙　　哥：你家住在哪里啊？

嘎　　妹：郊区小安村。

龙　　哥：家里都有什么人？

嘎　　妹：公婆早逝，只有丈夫和儿子。

龙　　哥：那你老公是干什么的？

嘎　　妹：平时种地，偶尔也给几家快餐店送送蔬菜。

龙　哥：你儿子多大了？
嘎　妹：再过一个月满周岁……大哥，我儿他还没断奶呢……（哭）
龙　哥：……
嘎　妹：大哥，我求求你，放了我老公和孩子吧！
龙　哥：……现在不行！
嘎　妹：大哥啊——
　　　　（唱）横祸飞来临头上，
　　　　　　谁人能够不震惊？
　　　　　　大嫂剖宫又早产，
　　　　　　我能理解你心情。
　　　　　　虽然我夫有过错，
　　　　　　可他绝对无恶心。
　　　　　　求你高抬贵手行好事，
　　　　　　将我夫儿来放行。
龙　哥：我说了，现在不行！
嘎　妹：大哥啊……
　　　　（唱）我夫是家顶梁柱，
　　　　　　要是没他怎么行？
　　　　　　我儿年幼在哺乳，
　　　　　　怎能离开我娘亲。
　　　　大哥，我求求您了……
龙　哥：喂，你有完没完啊？！
　　　　（唱）你哭哭啼啼道不停，
　　　　　　叫我心神不得宁。
　　　　　　扣押人质非我愿，
　　　　　　但求妻儿得安平。
　　　　　　你要为我想一想，

凤姐手术在进行。
若是妻儿安无恙，
自会把人来放行。

嘎　妹：可万一……

龙　哥：没有万一！

嘎/龙：（背唱）不怕一万怕万一，
就怕万一灾祸临。
苍天哪，求你一定要保佑，
母子双双得安平！

龙　哥：（自语）没有万一，没有万一，一定会平安的，一定会平安的……

嘎　妹：是啊，一定平安，一定平安……

[幕内音响效果：心脏怦然跳动声……

[龙哥和嘎妹以不同神态观望、祈祷、等候着。

[幕内唱：万籁俱寂深夜静，
剖宫抢救在进行。
黑夜无声渐离退，
一线天光照黎明。

[幕内传来一声婴儿的啼哭。

嘎/龙：（不约而同，喜出望外、忘情握手）生了！生了！

[两人意识到各自身份，不由得有些尴尬。嘎妹笑笑，退到一边。

[抢救室门打开。

[医生神情肃穆，步出。

嘎/龙：（不约而同，急切跨步上前）医生，怎么样？

医　生：男婴平安，可是，产妇她……

嘎/龙：（不约而同）她怎样？！

医　生：我们已经尽了最大的努力……

龙　哥：（扑哭）凤姐……

嘎　妹：（跪地痛哭）天哪……

[切光。

第三场

[接前场。

[灵堂。

[阿彪和黑帮众徒伙披麻戴孝，虎视眈眈。

阿　彪：（唱）凤姐撒手把命丧，

　　　　　　　龙儿出生丧亲娘。

　　　　　　　明哲保身藏真相，

　　　　　　　只能六福把命偿。

　　　　弟兄们，龙嫂不幸身亡，今天，我们要替她报仇雪恨，只要龙哥一声令下，咱们就灭了那浑蛋，血祭龙嫂！

众徒伙：报仇雪恨，血祭龙嫂！

　　　　[幕内：婴儿啼哭声。

　　　　[龙哥内唱：手抱娇儿灵堂上，

　　　　　　　　　　一夜悲愁白发苍。（怀抱新生儿，上）

龙　哥：（接唱）叹人生，太无常，

　　　　　　　回首往事备凄凉。

　　　　　　　昨夜寿诞，夫妻双双携同往，

　　　　　　　今朝哭灵，儿在怀中妻已亡。

　　　　　　　凤姐啊，你寿诞之上许心愿，

　　　　　　　音容笑貌在耳旁。

　　　　　　　你求苍天多见谅，

　　　　　　　只为怕我惹祸端。

　　　　　　　你求苍天把福降，

　　　　　　只为龙儿得吉祥。
　　　　　　你说心有愿望千千万，
　　　　　　桩桩只为保安康。
　　　　　　为何你不为自己求苍天，
　　　　　　免遭今日这祸殃。
　　　凤姐，我对不起你啊……
　　　　　　我不该，一意孤行江湖闯，
　　　　　　我不该，对你不忠把你伤。
　　　　　　我不该，迪吧庆生讲排场，
　　　　　　我不该，把你呼求弃一旁。
　　　　　　苍天哪，你有眼无珠把祸降，
　　　　　　胡乱惩罚太荒唐。
　　　　　　有错也是我的错，
　　　　　　为何报在她身上？
　　　　　　到如今，千呼万唤悔已晚，
　　　　　　只落得满腔悲愤泪眼汪汪。

阿　彪：龙哥，请您节哀。
龙　哥：（怒视）节什么哀啊，老子恨不得把天捅个窟窿呢！
阿　彪：（悚然，唱）龙哥他怒目相视口气恶，
　　　　　　　　不由我做贼心虚汗涔涔。
　　　　　　　　看来他已经对我不信任，
　　　　　　　　我还是未雨绸缪防几分。
龙　哥：乳娘找到了吗？
阿　彪：已经派了好几个弟兄去找了……
龙　哥：不管多少钱，一定要找个乳娘来。要是龙儿再有个三长两短，老
　　　　子……老子会杀人的！
阿　彪：（一悚）龙哥，把那浑蛋给剁了，弟兄们都等着为凤姐报仇雪恨，

　　　　　血祭龙嫂呢！
龙　　哥：把他给我押上来，老子要好好审审他！
阿　　彪：龙哥，这……这还用审吗？
龙　　哥：当然要审，老子想弄清楚，他是故意的，还是无意的！
阿　　彪：（复悚，唱）龙哥心意已明白，
　　　　　　　　　　他把钢刀对我开。
　　　　　　　　　　与其束手就擒坐等待，
　　　　　　　　　　不如趁势暗中早安排。
　　　　　　　　（表情复杂，朝边幕，一挥手）
　　　　[两个徒伙押着丁六福，上。丁六福怀抱福娃。
丁六福：（一见灵堂，不由得魂飞，扑通跪下）大哥，饶命啊……
龙　　哥：饶命？你这浑蛋就知道喊饶命……
丁六福：大哥，我冤枉啊……（哭）
　　　　[福娃哭。
　　　　[龙儿也哭。
　　　　[两对父子各自哄着孩子。
龙　　哥：（唱）只见他手抱幼儿把泪淌，
　　　　　　　　不由我一阵心酸泪黯然。
　　　　　　　　同为人父同抱子，
　　　　　　　　同病相怜痛何堪？
　　　　　　　　龙哥我出生入死江湖闯，
　　　　　　　　处事循规不乱攀。
　　　　　　　　原以为只要妻儿安无恙，
　　　　　　　　就把他父子二人放出关。
　　　　　　　　谁料想凤姐撒手黄泉去，
　　　　　　　　如今我骑在虎背进退难。
　　　　　　　　阿彪有意脱罪责，

岂能将我来欺瞒？
莫非他包藏祸心隐真相，
另有图谋在心间？
哎呀呀，怎奈我一言既出如山重，
码头泼水回收难。
到如今，将错就错来审案，
再把阿彪颜色观！

来人哪——

[嘎妹内声：不——（奔上）

嘎　妹：六福……

丁六福：嘎妹……

嘎　妹：儿呀……（扑上，抱过福娃）

（唱）一夜不见夫儿面，
　　　　痛断我的肝和肠。
　　　　如今相见灵堂上，
　　　　凶多吉少心惶惶。
　　　　嘎妹我，泪如泉涌禁不住，
　　　　放悲声，半为自家半哭丧。
　　　　凤姐啊，你撒手归西黄泉去，
　　　　可怜那，出生的婴儿没了娘。
　　　　大哥啊，你不能无法无天胡乱断，
　　　　欺弱小，草菅人命逞豪强。
　　　　六福他，横穿马路纵有错，
　　　　依法断，也不至于把命偿。
　　　　苍天哪，求你伸手来阻挡，
　　　　莫让这，人间悲剧再重酿。

六福……（哭）

丁六福：（唱）劝嘎妹，莫悲伤，
　　　　　　带上福娃回家乡。
　　　　　　若是他，一定要我来偿命，
　　　　　　你就当，我被车撞已身亡。
嘎　妹：不……你不该死……（夫妻抱头哭）
　　　［福娃哭。
　　　［龙子哭。
　　　［龙哥也哭。
　　　［嘎妹、龙哥、丁六福心为孩子哭声所揪，走场。
　　　［幕后唱：娘唤儿，儿唤娘，
　　　　　　　　声声呼唤摧断肠。
　　　　　　　　父哭子，子哭父，
　　　　　　　　父子深情似海洋。
　　　　　　　　莫道钢刀能断水，
　　　　　　　　抽刀断水水复淌。
　　　　　　　　莫道人心硬如铁，
　　　　　　　　铁水怀柔绕指环。
嘎　妹：我的儿啊，你可饿坏啦……（不顾一切，哺乳福娃）
　　　［福娃哭声渐止。龙子依然啼哭不止。
　　　［龙哥焦虑不安地哄着儿子。
　　　［徒伙甲、乙、丙，依次上。
龙　哥：找到乳娘没有？
徒伙甲：龙哥，我们找遍了所有的保姆市场，都找不到乳娘。
徒伙乙：好不容易找到一个，可是任凭我们出多少钱，人家就是不肯来。
徒伙丙：龙哥，我们买了奶瓶，鲜奶，酸奶，奶粉……
龙　哥：（手一挥）浑蛋，这些能吃吗？
　　　［龙儿啼哭。

　　　　　　［龙哥拼命哄着，但怎么也哄不住。
徒伙甲：龙哥，还是先泡点奶粉吧。
龙　哥：那快去啊。
　　　　　　［徒伙甲手忙脚乱，匆匆下。复又匆匆上。
龙　哥：（接过奶瓶，烫，扔开，暴怒）浑蛋，你想烫死他啊……
　　　　　　［龙儿哭得更厉害。
龙　哥：（唱）龙儿声声啼不止，
　　　　　　　　哭得我都快窒息。
　　　　　　　　走投无路心悲切，
　　　　　　　　手忙脚乱干着急。（望着嘎妹）
　　　　　　　　看她哺儿在怀里，
　　　　　　　　顿时心里有主意。（抱子上前，却又犹豫）
　　　　　　　　有心请她把儿哺，
　　　　　　　　奈何我是她仇敌。
嘎　妹：（唱）听得他儿声声啼，
　　　　　　　　不由我心起悲凄。
　　　　　　　　有心将他来哺乳，
　　　　　　　　奈何他是我仇敌。
龙　哥：（唱）既然我是她仇敌，
　　　　　　　　请她哺乳岂肯依？
嘎　妹：（唱）虽然他是我仇敌，
　　　　　　　　可怜孩子太悲戚！
嘎／龙：（唱）叹只叹，（他儿）龙儿呱呱刚坠地，
　　　　　　　　母子天人已分离。
　　　　　　　　若是再有长和短，
　　　　　　　　只怕福娃祸又及。（活着还有啥意思？）
　　　　　　　［幕内唱：哎呀呀，自家儿子正挨饿，

　　　　　怎把他儿来顾及。

嘎/龙：（唱）罢罢罢，

　　　　　（虽说福娃腹正饥）为了龙儿能活命，

　　　　　（怎奈他儿情更急）我且开口向她乞。

　　　　　（强拨乳头出儿口）若是她敢不同意，

　　　　　（且把他儿放第一）就别怪我不客气。

　　　　（把福娃往丁六福怀里一塞，走到龙哥跟前）大哥……

龙　哥：大妹子……

嘎　妹：请把孩子给我吧……

龙　哥：（百感交集）……

　　　［嘎妹抱过龙子，敞开胸怀，乳哺。

　　　［幕后无字韵音乐起：嗯……

龙　哥：（望着嘎妹哺育自己的孩子，百感交集，扑在凤姐灵前，失声痛哭）凤姐……

　　　［光渐收，最后集中在阿彪身上。阿彪望着龙哥，渐露凶相。

　　　［切光。

第四场

　　　［数日后。

　　　［龙哥家。

　　　［龙哥蹲在婴儿床旁，手摇拨浪鼓，逗着婴儿。他一改往日大大咧咧江湖粗暴作风，显得温柔慈爱。

龙　哥：哎，看这，看这……呵呵呵……瞧你这个小脑袋瓜，还没老爸的拳头大呢，呵呵呵……瞧你这双小脚丫，还没我的拇指大呢……呵呵呵……（笨拙地抱起婴儿，边哄边走，哄着哄着，又情不自禁伤感起来）

（唱）凤姐她撒手归西黄泉去，
　　　龙哥我好比老牛来舔犊。
　　　连日来嘎妹日夜在哺乳，
　　　不由我百感交集细忖度。
　　　有心放了她夫子，
　　　怎奈还有些后顾。
　　　怕只怕龙儿一旦缺母乳，
　　　白天黑夜要啼哭。
　　　为此我只得交代弟兄们，
　　　不可把丁家父子来欺负。
　　　这也算仁至义尽放生路，
　　　我谅她也该感恩戴德知满足。

[嘎妹端着洗衣盆，郁郁上。

嘎　妹：（唱）自从那灵堂之上把乳哺，
　　　　　嘎妹我被迫就在龙家住。
　　　　　他说是只要找到乳娘和保姆，
　　　　　到那时就放我的儿和夫。
　　　　　六福他父子被押青龙部，
　　　　　福娃儿被迫断奶吃米糊。
　　　　　怕只怕夜长梦多有变故，
　　　　　今日里我定要他放了我的儿与夫！
　　　　大哥，我想和你谈谈。

龙　哥：有什么话，你说吧。

嘎　妹：大哥，我不说，你也明白的。只要你放了我的丈夫和孩子，我心甘情愿给你儿子当奶妈，我甚至可以把他当作自己的儿子来哺养，可我不明白，你为什么还不放了我的丈夫和孩子。

龙　哥：我不是说了吗？等我找到奶妈和保姆，就让你们一家团圆。

嘎　妹：如果你真的想让我们一家团圆，就请你先放了我的丈夫和孩子吧。

龙　哥：你是不是信不过我啊？实话告诉你，要不是看在你给龙儿喂奶的分上，老子早把你们给灭了！

嘎　妹：你……大哥，我求求你，放了我的丈夫和孩子吧！只要你放了他们，你要我给你儿子当奶妈、做保姆，我都心甘情愿。

龙　哥：这么说，你现在是心不甘，情不愿，对吗？

嘎　妹：大哥啊——

　　　　（唱）嘎妹我并非不通情和理，
　　　　　　　都只为母子连心难分离。
　　　　　　　我这里心疼你儿把乳喂，
　　　　　　　你可知我想夫儿心悲戚。
　　　　　　　心悲戚，泪迷离，
　　　　　　　就怕乳水越来越不济。
　　　　　　　求求你好人好事做到底，
　　　　　　　大恩大德我们一定牢牢记！

龙　哥：你说什么？这女人的情绪和奶水济不济还有关系吗？

嘎　妹：不信，你问问医生。

龙　哥：好了好了，不管你说的是不是真的，我都明白你的意思。这样吧，明天我就叫人放了他们，让你们一家团圆。不过，你得保证，在我找到奶妈和保姆之前，必须哺乳我儿子。

嘎　妹：（顿喜）一定的，一定的。只要你放了我的丈夫和儿子，我情愿一辈子给你儿子当奶妈！

　　　　［喜极，抱起龙儿。

龙　哥：呵呵，这些天，我还是第一次看到你这么高兴啊。

嘎　妹：是啊，大哥，我真心谢谢您！

龙　哥：呵呵，我也难得心头一宽啊，唉！要是凤姐没走，该多好啊。

嘎　妹：是啊……

[幕内门铃响：叮咚——

龙　　哥：谁啊？

　　　　　[幕内声：送信的。

　　　　　[走到边幕，取过一封信。

龙　　哥：（拆开看）交通违章处罚单……电子摄像头拍到我的车子超速……闯红灯……（困惑不解，皱眉思想，顿悟，一拳击在桌上）果然不出所料！

嘎　　妹：大哥，你怎么啦？

龙　　哥：没什么……

嘎　　妹：（疑惑，拿起信件看）交通违章处罚单……处罚原因：超速行驶……闯红灯……（不由得一震）这么说，这起交通事故的原因，根本就不是六福横穿马路，而是你手下的人超速开车，还闯红灯……大哥，你说，是不是这样啊？！

龙　　哥：嘎妹，对不起，是我冤枉了你丈夫。你等着，我马上过去，让人放了你的丈夫和儿子……（转身欲走，突又回头）你放心，我龙某说到做到……（急下）

嘎　　妹：（放声悲哭）六福，你好冤枉啊……

　　　　　[切光。

第五场

　　　　　[青龙帮总部。

　　　　　[龙哥与阿彪对峙。

龙　　哥：阿彪，这车祸明明是你闯的，为什么要骗我？

阿　　彪：龙哥，你年到四十，好不容易才让老婆怀上，要是凤姐母子有个三长两短，你能饶过我吗？

龙　　哥：这是我们之间的事，和丁家父子无关，你快把他们给我放了！

阿　彪：放了他们？龙哥，这恐怕不太好吧。

龙　哥：你……你想干什么？

阿　彪：（伸出断指，端详着，脸上渐露狰狞）你说呢？

龙　哥：（一把揪住阿彪）臭小子，你想洗牌？！

　　　　［阿彪狠狠一挣，甩开。

阿　彪：算你说对了。老子不仅要洗牌，而且还要坐庄！

龙　哥：你敢！

阿　彪：那你就睁大眼睛看看吧！（抢起一酒瓶，往地上一砸）

　　　　［数名黑帮徒伙应声而上。

阿　彪：给我拿下！

龙　哥：你们……你们这些兔崽仔！（随手抄起一根木棍）

　　　　［龙哥与几个徒伙厮打，但很快就被他们制服。

阿　彪：（得意）我说龙哥啊，你以为，我们这些弟兄还是当年那些被
　　　　吆来喝去、任你驱使、任你宰杀的小毛孩吗？告诉你，老子受够了！

龙　哥：好啊，你这忘恩负义的东西，老子辛辛苦苦栽培你，现在你翅膀硬
　　　　了，竟然想骑在老子头上。臭小子，你妄想！

阿　彪：哼，我说龙哥啊——

　　　　（唱）可笑你，太狂妄，

　　　　　　　死到临头还发狂。

　　　　　　　可恨你，独专断，

　　　　　　　肆意妄为太嚣张。

　　　　你辛辛苦苦栽培？有你这样辛苦栽培的吗？！这些年，我和弟兄
　　　　们在外拼死拼活，为你敛财卖命，可你呢？

　　　　（接唱）你坐享其成发号令，

　　　　　　　　喜怒无常赛阎王。

　　　　　　　　动辄帮规来处置，

　　　　　　　　兄弟情义全忘光。

想当初，我忠心耿耿投靠你，
谁料想，你心狠手辣黑肚肠。
只因我娘来看我，
你断我二指没商量。

龙　哥：臭小子，蛇有蛇道，帮有帮规，断指之事，亏你还有脸说。
（唱）青龙帮规如雷响，
挡者死，退者亡。
你入黑帮心不定，
想跟你娘回家乡。
一场好戏码头演，
闹得四处沸扬扬。
青龙发生这种事，
岂可等闲视寻常。
要是人人都这样，
拼杀场上谁勇往？
若非我铁面无私断你二指助成长，
又何来今日你在青龙逞豪强！
我用心良苦你不体谅，
恩将仇报祸心藏。
早知今日这个样，
一刀让你见阎王！

阿　彪：哈哈哈，好个铁面无私，好个断指助长。我娘千里迢迢来找我，
哭得死去活来，我送她到火车站，这算犯哪门子帮规啊？
（唱）你可知，我娘知我二指断，
撕心裂肺泪难干。
从此一病不再起，
临终仍把儿呼唤。

　　　　你可知我年仅三岁就丧父，

　　　　娘养我，历尽多少苦和难？

　　　　你可知以血断奶血飞溅，

　　　　骨肉情深永相连。

　　　　我指虽断，

　　　　恨难填。

　　　　娘苦死，

　　　　奈何天。

　　　　此仇不报枉为子，

　　　　夜夜辗转难入眠。

　　　　龙哥你罪有应得咎自取，

　　　　休怪我心狠手辣、不顾情面！

龙　哥：哈哈哈，臭小子！你要报当年断指之恨，冲我来好了，为什么要用丁家父子来胁迫我？莫非这起车祸是你有意造成？！

阿　彪：哈哈哈，我就知道你迟早都会怀疑我。如果我说不是，你会相信吗？

龙　哥：臭小子，算你狠！

阿　彪：我狠，也是你逼出来的。龙哥，你还记得当初创建青龙帮的时候，你还亲自挖了个地下室吗？呵呵，你一定想不到，那里就是你的葬身之地吧？哈哈哈，你不是要我放了丁家父子吗？好啊，什么时候你在里面把自己了结了，我们就把丁家父子给放了。这样的话，说不定，我还可以从警局获得一个成功解救人质的嘉奖呢。

龙　哥：你……

阿　彪：不过，在送你进入地下室之前，咱们之间的恩怨还得先做个了结！

　　　　（一招手）

　　　　[两名徒伙上。

阿　彪：把他的两个手指头，也给老子砍下来！

龙　哥：臭小子，老子跟你拼了……

[数名徒伙围上，扭住龙哥，拖下。
[幕内龙哥惨叫声：啊——

阿　彪：（阴险狞笑）哼哼哼……

[切光。

第六场

[夜。
[青龙帮地下室。
[龙哥昏然在地，挣扎爬起。

龙　哥：（唱）昏沉沉，钻心痛，
　　　　　　恍惚惚，似梦中。
　　　　　　一线天光夹缝进，
　　　　　　举目四面朦胧胧。
　　　　　　回想半生拼杀路，
　　　　　　血雨腥风气如虹。
　　　　　　叹如今，蛟龙被锁落陷阱，
　　　　　　竟成阶下可怜虫。
　　　　　　恨只恨，有眼无珠太轻信，
　　　　　　误将毒蛇养怀中。
　　　　　　悔只悔，不听贤妻生前话，
　　　　　　自种苦果自己吞。
　　　　　　苍天哪，龙某生死无所谓，
　　　　　　唯有娇儿挂心中。
　　　　　　到如今，方知骨肉亲情如山重，
　　　　　　血浓于水难离分。
　　　　　　凤姐啊，你若在天真有灵，

　　　　　请你携儿入梦中……（昏然睡去）

　　［梦中幻景。

　　［生命乐园。鲜花美景，宛若天堂。

　　［一群天使步履轻盈，上。

众天使：（唱）离却了尘世喧嚣和熙攘，

　　　　　荡净了人心邪恶与肮脏。

　　　　　我们是护守天使有翅膀，

　　　　　这里是幸福快乐的天堂。

　　［龙哥寻梦，惊奇，欣喜，幸福，神往……

龙　哥：（唱）听耳畔天籁之声在歌唱，

　　　　　看眼前护守天使在飞翔。

　　　　　到处是原野凤仙在开放，

　　　　　还有那谷中百合吐芳香。

　　　　　龙哥我从未见过这景象，

　　　　　莫非这就是梦想的天堂？

　　［众天使过场，下。

　　［一群不同年龄段的父母，领着不同年龄段的儿女，上。

　　［他们幸福、自由地饱享天伦之乐。

龙　哥：（接唱）看他们团圆幸福又欢畅，

　　　　　不由我想起凤姐娘儿俩。

　　　　　凤姐……龙儿……（在人群中穿梭、寻找）凤姐……龙儿……

　　［凤姐出现在远处。

　　［其他母子，过场，下。

龙　哥：（欣喜）凤姐……（想向前走，却被一扇类似玻璃的门挡住去路，龙哥拼命寻找出路，拼命击打，徒劳无功）凤姐……

凤　姐：龙哥……

龙　哥：凤姐，你快开门，让我进去。

凤　姐：龙哥，你我之间隔着一道生命之门，这道门，只有你能打开。

龙　哥：可我没有钥匙啊。

凤　姐：龙哥，那钥匙就在你自己手里啊。

龙　哥：（看手，见自己两手沾满鲜血，不由得大惊失色）凤姐，我的手……我的手……

凤　姐：龙哥啊——

（唱）你一生拼杀江湖闯，

　　　手上无辜鲜血粘。

　　　莫道强横能欺世，

　　　举头三尺神明观。

　　　龙哥啊，只为你把罪端犯，

　　　才有今日相见难。

龙　哥：那我该怎么做，才能见到你？

凤　姐：（唱）洗心革面回头看，

　　　　　除旧更新相见欢。（说罢，转身欲离）

龙　哥：凤姐！你别走……（痛哭）

（唱）叫声凤姐你别走，

　　　泪水顿作倾盆流。

　　　闯荡江湖非所愿，

　　　龙哥何意结冤仇？

　　　想当年，我老实巴交本分守，

　　　在码头，日夜搬运血汗流。

　　　只因为，常遭地痞欺凌辱，

　　　我这才，不信良心信拳头。

　　　凤姐啊，自从我为黑帮首，

　　　你是日夜担惊受怕心忧愁。

　　　并非我心如死铁烂透锈，

　　　　　　怎奈是人在江湖不自由。

　　　　　　你这一走何时见,

　　　　　　莫将我抛在世上独自留。

凤　姐:除非你能洗净手上的血,否则——

　　　　(唱)天门关闭难开启,

　　　　　　夫妻永隔无尽头。

龙　哥:可这血怎么洗啊?

凤　姐:你想想,这些血都是从哪来的,又是怎么粘上的。龙哥啊,你要将心比心、替那些受害的人想一想啊!

龙　哥:将心比心?替那些受害的人想一想?

　　　[幕内哀哭声:是啊,你要替我们想一想啊!

龙　哥:(唱)听凤姐,一番话,

　　　　　　不由我无地自容备羞惭。

　　　　　　举手不敢把手看,

　　　　　　剖胸掏出黑心肝。

　　　　　　耳畔哀怨哭声喊,

　　　　　　往事桩桩现眼前。

　　　[舞台后表演区:相继出现黑帮团伙拼杀和敲诈勒索、欺凌弱小等施暴场面。

　　　　　　刀枪棍棒拼杀闯,

　　　　　　拳打脚踢梦一般。

　　　　　　欺凌弱小寻常事,

　　　　　　敲诈勒索是三餐。

　　　　　　自个单干嫌势小,

　　　　　　臭气相投成伙团。

　　　　　　自逞胸怀包天胆,

　　　　　　纵横江湖天地宽。

　　　　　　饮恶如水把罪犯,

　　　　　　是非黑白全倒颠。

　　　　　　苍天哪,我无脸求你来宽免,

　　　　　　但求把我心更换。

　　　　　　凤姐啊,我无脸面再见你,

　　　　　　但求你忘了我这没心没肺的臭儿男。

　　　　（痛心疾首,痛哭流涕,以手抹泪,双手顿时红光退去,洁净如新。

　　　　再看双手,欣然喜悦）凤姐,我的手,我的手……

凤　　姐:龙哥,悔恨的泪水可以洗净罪恶的双手,你快用手开门啊。

　　　　[龙哥以手按门,一阵天籁之音响起,门豁然洞开,圣洁之光照耀,

　　　　景如仙境。

龙　　哥:（欣喜）凤姐……

凤　　姐:龙哥……

　　　　[夫妻相拥,无限幸福。

　　　　[幕内（唱）原野凤仙在开放,

　　　　　　　　谷中百合吐芳香。

　　　　　　　　骨肉亲人得欢聚,

　　　　　　　　就是人间美天堂。

凤　　姐:龙哥,龙儿呢?

龙　　哥:（醒悟,焦急,寻找）龙儿……龙儿……

　　　　[幻景消失。

　　　　[闪回原景。

龙　　哥:（呢喃低语）龙儿……（梦醒）龙儿……（寻而不见,怅然,焦急）

　　　　（唱）一场梦幻天堂进,

　　　　　　　醒来不见妻儿影。

　　　　　　　伸手面对断残指,

　　　　　　　血水未干痛连心。

　　　　龙儿……龙儿……
　　　　　　龙儿他在嘎妹手，
　　　　　　难防她会无二心。
　　　　　　阿彪要取我性命，
　　　　　　怕他斩草来除根。
　　　　　　哎呀呀，可怜身困在陷阱，
　　　　　　恨不能穿墙而过身飞行。
　　　　　　拼死要救儿性命，
　　　　　　不能束手来就擒！（转转团，寻找出口）
　　　　　　蓦然想起地下室，
　　　　　　有条暗道可通行。
　　　　　　搬开石头打开路，
　　　　　　一阵狂喜涌上心。
　　　　　　速离暗室回家去，
　　　　　　带龙儿退出江湖隐姓名！
　　　[打开暗道，爬出。
龙　哥：（欢欣无比）哈哈哈……
　　　　[切光。

第七场

　　　　[接前场，夜。
　　　　[龙哥家。
　　　　[嘎妹抱着龙儿，焦急不安地走着。
嘎　妹：（唱）大哥一去不复返，
　　　　　　教我意乱又心慌。
　　　　　　莫非他心存歹意将我诓，
　　　　　　背地里把我夫儿性命伤？

如果真是这个样,
那我就拿他儿把命偿!(想到这里,赌气把龙儿往婴儿床上一放。龙儿啼哭。她连忙上前,抱起,哄着)唉,我怎么会这么想呢?不,不会的……
若是他存心害我夫儿命,
六福他早已丧命在灵堂。
莫非他扔下龙儿不想管,
想叫我包揽到底当乳娘?(想到这里,禁不住又把龙儿放在床上)哼,我才不管他呢。不,这也不可能……
他丧妻得子如珍宝,
连日来寸步不离守在旁。

那他为什么,到现在还没有回来呢?
莫非他把我夫儿放出后,
直接护送回家乡?

那他应该让我知道啊,他不是说要让我们一家团圆吗?
左思右想没答案,
一念闪过心恐慌!

哎呀!不好!
定是他得知我夫受冤枉,
去找阿彪来算账。
那阿彪既然存心要嫁祸,
岂肯认罪来担当。
呀哎哎,城门失火殃池鱼,
两虎相斗必一伤。
若是龙哥有长短,
只怕夫儿要遭殃。
恨只恨,他将我夫来冤枉,
夺我儿子如虎狼。

　　　　　不管他，怎么样，
　　　　　　抱走他儿，让他也把这骨肉分离的滋味尝！（抱龙儿，出门，下）

　　　　［幕内龙哥唱：夜行如奔回家转。（上）
龙　哥：（接唱）不知龙儿可平安。（推门，进入）
　　　　龙儿……龙儿……（紧张，寻找，疯狂打开所有的门，悲呼）龙儿——
　　　　（接唱）心掏空，肠寸断，
　　　　　　天地无光泪血干。
　　　　［嘎妹内唱：将心比心想一想，
　　　　　　　　　　于心不忍转回还。（抱龙儿，上）
嘎　妹：（接唱）远远看见人影转，
　　　　　　莫非夫儿已回还！
　　　　［喜极，奔前，撞上龙哥。
嘎　妹：大哥……
龙　哥：（欣喜）龙儿……（急抱）
嘎　妹：（胆怯退缩）大哥……
龙　哥：（反应过来，挥手一巴掌）臭婊子，你想偷走我儿子！
嘎　妹：我要是想偷走你儿子，又怎么会送回来呢？
龙　哥：呃……
嘎　妹：（盯着龙哥，惊疑，惶恐，最后迸发）六福和福娃呢？我的丈夫和儿子呢？
龙　哥：大妹子……我……我对不住你。你快走吧，我和龙儿也必须马上离开这里。（急急收拾行李）
嘎　妹：（意识不妙，情绪顿激，挡住龙哥，歇斯底里）我问你，我丈夫和儿子呢？
龙　哥：他们……他们在阿彪手上，那小子想翻盘。不过，你放心，他不敢对他们怎样的。
嘎　妹：你说什么？（尖叫，扑上，举拳乱打）你这个浑蛋！都是你冤枉我老公，你把他们扣下当人质，现在又想撒手不管，一走了之。你是个懦夫！孬种！人渣！你把我丈夫和儿子还给我！

龙　哥：（怒喝）我必须救我儿子！

　　　　［龙儿受惊，啼哭。

嘎　妹：那我的儿子和老公呢？！难道他们就不是人吗？！（恸哭）

　　　　［龙儿越发啼哭。

　　　　［龙哥哄子，怎奈龙儿依然啼哭不止。

　　　　［嘎妹想走却又三回头。最后，于心不忍，抱过龙儿，哭声立止。她一边给龙儿哺奶，一边为夫儿流泪。

龙　哥：（望着嘎妹，深受感动）

　　　　（唱）见嘎妹，怀抱龙儿哀哀哭，

　　　　　　　顿教我，醍醐灌顶猛醒悟。

　　　　　　　想当初，扣押人质错已铸，

　　　　　　　叹如今，背信弃义行更污。

　　　　　　　将心比心想一想，

　　　　　　　方知她的苦痛如切肤。

　　　　　　　嘎妹啊——

　　　　　　　龙哥我，风雨江湖十数载，

　　　　　　　并非贪生怕死徒。

　　　　　　　只为一时情迷住，

　　　　　　　这才昏头昏脑犯糊涂。（从嘎妹手中，抱过龙儿）

　　　　　　　想龙儿，呱呱坠地即丧母，

　　　　　　　这世上，他的亲人唯生父。

　　　　　　　可叹我，一失足成千古恨，

　　　　　　　才有这，含悲忍泪托遗孤。

　　　　　　　倘若是，我有三长和两短，

　　　　　　　就请你，待他如同自己出。

　　　　　　　龙哥我，纵是拼却一性命，

誓死要，救出你的儿和夫！（深情拥子，深情凝视，爱抚亲吻，最后，将龙儿放在嘎妹怀里，转身离去。）

嘎　妹：大哥……（含泪目送，稍倾，蓦然想起，毅然转身）

[切光。

第八场

[青龙帮本部。众徒伙肃然侍立。阿彪气急败坏。

阿　彪：混账东西，怎么就没人知道那地下室有个通道呢？

一徒伙：彪哥，现在咱们该怎么办？

阿　彪：那浑蛋的老婆，不是给龙哥的宝贝儿子当奶妈吗？只要龙子落在我们手里，还怕龙哥不露面吗？把他给我押上来！

[两名徒伙押着丁六福上。丁六福手抱福娃。

丁六福：干什么？干什么……

阿　彪：呵呵，兄弟啊，真是难为你啦。本来我可以放了你，可现在，我还需要你帮个忙。

丁六福：帮忙？

阿　彪：你把孩子放在这里，回去给你老婆传个话，叫她交出龙哥的孩子，否则，别怪我不客气。

丁六福：不，这不可能！（紧护儿子）

[龙哥上。

龙　哥：放开他！

阿　彪：嗬，算你有种！

[龙哥跨步上前，用身子挡护着丁六福父子，边护边退。

龙　哥：快走。

阿　彪：一个也不许走！弟兄们，给我上！

[众徒伙围上。

[众厮打。

[阿彪举刀欲砍丁六福父子。

龙　　哥：六福——（箭步冲上，以身挡护，中刀，倒在血泊中）

丁六福：大哥……

[幕内警察声：不许动！

[一群警察包抄而上。

[阿彪一怔，负隅顽抗。

[一番激战。阿彪等徒伙一一被警察制伏，扭送，下。

丁六福：（手扶龙哥，哭）大哥……你流了这么多血……

龙　　哥：不要紧，这血，流得好，值……（昏倒）

[幕内救护车声响……

[切光。

尾声

[幕内福娃牙语声：阿咿……爸爸……咿呀……妈妈……

[嘎妹、丁六福幕内欢笑声：哈哈哈……

[灯亮。

[一个月后。

[小安村。嘎妹家门庭若市，喜气盈门。

[众乡邻提着鸡蛋线面，喜上。

众　　人：（唱）六福一家真有福，

　　　　　双喜临门帖发出。

　　　　　大儿周岁过生日，

　　　　　小儿满月胖嘟嘟。

[嘎妹怀抱龙儿、丁六福怀抱福娃，喜上。

嘎　　妹：（唱）多谢乡邻来庆祝，

　　　　　莫嫌酒淡饭菜粗。

　　　　　恭请大家快入座，

为我二子多祈福。

呵呵呵，大家快入座。

[两个乡邻抬着一个双层礼盒上。

众　　人：哇，你们两个送这么大的礼啊？

乡邻甲：不是我们送的，而是速递员送来的。

嘎　　妹：速递员送来的？他有没有说是什么人托他送的？

乡邻甲：没有，他只说，你打开盒子看看，就知道了。

[嘎妹打开上面的礼盒，发现里面竟是一部手机。

众　　人：哇，什么人这么大方啊，居然送来一部手机！

嘎　　妹：是啊，我的手机在医院里摔坏了，正想买一部呢……

众　　人：是吗，谁想得这么周到啊，真是太难得了。

嘎　　妹：（抽出一张字条，读）我是龙哥的朋友，受他委托，代他向您赔不是。大恩大德，来日定将舍命相报……龙哥有这份心确实太难得了，只是，龙儿他还要等十五年啊……

众　　人：什么十五年啊？哦——你是说青龙帮头目龙哥……

嘎　　妹：是啊，十五年后，龙儿就可以回到他父亲身边啦……（打开下面的礼盒，那是一个精美的音乐生日蛋糕）

众　　人：哇！这蛋糕好漂亮啊！

嘎　　妹：是啊，再没有比这更漂亮的生日蛋糕啦……（打开按钮）

[一声轻盈的生日快乐乐曲响起：祝你生日快乐……

众　　人：祝你生日快乐，祝你生日快乐……

[歌声中，幕徐落。

2010年9月18日（三稿）

（附注：本剧系观看某黑帮电影之后、尝试以戏曲形式探索人性之微妙。）

状 元 琴

时间：2000—2010 年

地点：某山区

人物：陆一鸣　原草根戏剧团副团长、武生，后停薪留职，下海经商，草根戏存亡之际，重返剧团，担任团长，四十多岁

何清莲　草根戏剧团副团长，当家武旦，四十多岁

胡玉儿　陆一鸣之妻，原草根戏剧团乐队琴师，缪叔之徒，后辞职在家自办二胡教学班，四十多岁

缪　叔　草根戏剧团前任团长，乐队琴师，年近花甲，胡玉儿的师父

康师傅　退休老艺人，老生，七十多岁

小　凤　陆一鸣之女，十岁

彩云姐、弥勒师、阿鼠哥、其他老艺人、学员班的孩子们

序

[幕内唱：三尺舞台高出地，

　　　　　一道帷幕眼迷离。

　　　　　古今多少悲欢事，

　　　　　台前幕后有谁知？

　　　　　一把胡琴弦粗细，

　　　　　举目风吹芳草凄。

　　　　　闲来漫弹高山曲，

　　　　　曲尽花落水从西。

　　[一道光束打在台上。演出在即，老团长缪叔和几个老艺人组成的队乐严阵以待。

　　[幕内演出铃声响过三巡。

　　[二道幕启。

　　[彩云姐神情慌张，匆匆上。

彩云姐：团长，清莲她还没到。

缪　叔：什么？电话打了没有？

彩　云：都打好几遍了，没人接听。天哪！这会儿，她该不会还在歌舞厅里吧？

缪　叔：不，不会的，清莲她一定是在路上！

　　[幕内，观众鼓噪声。

缪　叔：彩云姐，通知大家，准备加演《反五关》。

彩　云：来不及换装啊，再说事先也没准备服装道具，我看还是再等等吧。

　　[幕内，观众鼓噪声更大了。

　　[鼓头鼓板，一通、两通、三通。

　　[依然不见何清莲。

　　[缪叔操胡琴，拉了一曲。还是不见何清莲。

　　[幕内观众嘘声四起。

　　[康师傅等老艺人神色慌忙，窜来窜去，过场，下。

缪　叔：（当机立断）鼓头，准备！

　　[大幕徐徐拉开。狼烟四起，战鼓催征。

　　[以康师傅为首的众老艺人，披甲挂铠，扮演众将士，上。

众艺人：（唱）阔别舞台二十载，

今朝踯躅来登台。

花甲古稀来挂帅，

悲喜交织在心怀。

行头虽把白发盖，

奈何步履却偏歪。

只盼台柱清莲到，

继往开来显风采。

[众老艺人在康师傅的带领下，圆场，圆场，又圆场，最后在观众嘘声中，无可奈何地败下阵去。

[幕内，一阵鼓噪声后，渐渐沉寂。

缪　叔：苍天哪……

（唱）举债二十万，

复排戏一场。

子规泣血东风唤，

声嘶力竭断肝肠。

悔不该，不听劝阻孤意断，

到如今，一腔热血付汪洋。

回天已无力，

唯有泪双行。

剧团如盆覆，

剧种要消亡。

（白）草根戏啊草根戏！

（接唱）我为你披肝沥胆血耗尽，

想不到竟落得山穷水尽、呼天不应、叫地不灵、一把利剑透心穿。（一阵眩晕，口喷鲜血）

[陆一鸣内呼：缪叔——（从观众席奔上）

陆一鸣：（唱）离团十载今重返，

　　　　　只盼倾力挽狂澜。
　　　　　孰料眼前惊雷炸，
　　　　　措手不及乱一团。
　　　缪叔，我送你上医院！
　　　[康师傅等老艺人蜂拥而上。

缪　叔：不……医生救不了我。一鸣啊，我对不起你，这些年，你捐了那么多钱，可我……

陆一鸣：缪叔，别说了……

缪　叔：（拿过身边的胡琴）一鸣啊，这把胡琴是草根戏剧团代代相传的，至今已有三百多年了，请你把它交给清莲，就说，草根戏剧团的抢救和传承今后要靠她了……

陆一鸣：缪叔啊，今天这样的演出她都没来，这草根戏剧团的抢救传承，还能指望她吗？

缪　叔：一鸣，清莲她一定是有什么事才误场的。请你转告她，抢救传承草根戏，抢的是人，救的是戏，传的是精气神……后继乏人，情志难传，一切努力都将付诸东流啊……心在，人在；人在，剧团在；剧团在，剧种就在……（语毕气绝）

陆一鸣：缪叔……

众　人：阿缪……

　　　　[切光。

第一场

　　　[幕内唱：一场演出成绝唱，
　　　　　　　　戏台顿时成灵台。
　　　　　　　　只为胸中多悲事，
　　　　　　　　才有这哭声震天动地、排山倒海滚滚来。

[启光。舞台成灵堂。

[众艺人哀哀而泣。

陆一鸣：（唱）祸从天降如雷震，
　　　　　　　恸哭缪叔泪纷纷。
　　　　　　　回首梨园风雨路，
　　　　　　　九曲回肠欲断魂。

　　　　（白）缪叔，咱们可是有约在先哪！
　　　　（接唱）想当初，剧团处境陷困顿，
　　　　　　　各奔前程为谋生。
　　　　　　　我下海经商隐情忍，
　　　　　　　你坚守团部不离分。
　　　　　　　为使草根剧团能重振，
　　　　　　　你殚精竭虑苦挣扎。
　　　　　　　原以为，排戏能把濒危振，
　　　　　　　又谁知，戏方开场你丧身！

[何清莲手持一瓶酒，垂头丧气，踉踉跄跄，上。

何清莲：常年不得志，身心俱患疾。本来心灰冷，何堪遭重击。呵呵，（哼《一枝春》唱段）呵呵，演出……就是因为这演出，我才落得如此下场啊！

陆一鸣：（见何，顿怒）何清莲！

何清莲：（见陆，微微一怔，继而表情一收，冷漠地）嘀，是陆经理啊，今天回来是想看我演戏吗？

陆一鸣：亏你还有脸问！就因为你误场，缪叔他才心脏病突发，气绝身亡。

何清莲：（一怔，酒醒）你说什么？！缪叔他……他……他死啦？！

众艺人：是啊，都是因为你！

何清莲：因为我？呵，呵，呵……（笑而转哭）缪叔啊，我早就说过了，这草根戏是躺在棺材里的肺痨子，没得救了，让它早点死了才好！

它早点死，我们这些人也早日得解脱！可你不听劝阻，一意孤行！一个苟延残喘、七零八落，穷得一个月连两百块生活费都发不出来的破剧团，你却硬要骨髓里挤血，到处求爷爷告奶奶，复排什么《齐王哭将》……呵呵呵，这下好啦，草根戏剧团最后一块棺材板总算可以盖上啦，哈哈哈……《齐王哭将》，哭，哭啊……

陆一鸣：你……（甩手一巴掌，转向灵牌）缪叔，你都听见了吧？你看错人了！

何清莲：（捂脸，怒视，转身，悲泣，唱）

    一巴掌打得我两眼发黑，
    伤心事一桩桩日积月累。
    三十年守剧团心血枉费，
    油已干灯已灭意冷心灰。
    为治病当歌手含悲忍泪，
    闻师叔把命丧魂惊魄飞。
    举目望谁知我身心疲惫？
    天地广谁体味我心痛如锥？
    苍天哪，清莲我咋活得这样累！
    恨不能一头撞死把师叔来追随。

  （白）陆一鸣，你凭什么打我？！

陆一鸣：就凭你这副德行！你说，你是不是又到歌舞厅去了？

何清莲：是又怎样？不是又怎样？

陆一鸣：堂堂剧团名角竟然堕落成舞厅歌女，我真替你害臊啊！

何清莲：呵呵，剧团名角？谢谢啦。我堕落，你以为你很高尚吗？你以为你停薪留职，在外面发了横财，捐点破钱给剧团，你就可以在这里发号施令，让我们对你感恩戴德吗？

康师傅：清莲啊，我知道这些年，为了草根戏，你和阿缪几个人守着剧团，吃了很多苦，受了很多累，可是，一鸣他也不容易啊，虽说是停薪留职，可他对剧团倾囊相助，你想想……

何清莲：（激动地打断）我什么都不想，我只想让这该死的剧团早点散伙，省得它再害人……

陆一鸣：所以你不顾大家费尽心血，举债排戏，故意误场，害得缪叔气绝身亡。何清莲，我告诉你，你要对缪叔的死负责！

何清莲：我负责？呵呵呵……（一阵昏厥，摇摇欲倒）

众艺人：清莲……（急趋，扶住）

康师傅：（悲愤交织，厉声怒喝）够了！你们……你们还嫌不够乱、不够惨吗？（老泪纵横）是啊，一个六十多人的剧团，当年名布江南，红极一时，如今竟然只剩下三个前台、两个后台，是该让它自生自灭了。可是，一个流传了三百多年的珍稀剧种，天下唯一的剧团，难道就这样眼睁睁看着它死去吗？

何清莲：（甩开众人，强撑着）什么珍稀剧种，什么天下一团，我看狗屁不如！除了咱们这些被人称为"戏子"的人还当它是宝贝，如今谁还在乎它是死是活啊？

彩云姐：是啊，连政府都对剧团采取消亡政策了，咱们这些人还折腾什么啊？

弥勒师：彩云姐，话可不能这么说啊，政府不是每年都有拨款吗？

阿鼠哥：那点钱，还不够我们这些退休人员发工资呢，编制只减不增，二十多年了，大戏没有排，学员没培养，老艺人一个个死去，你说，这不是消亡政策是什么？

彩云姐：是啊，吃不饱又断不了奶，这还有救吗？

[众艺人愤愤不平，议论纷纷。

何清莲：（背唱）剧团积重已难返，

　　　　　　空费心机血耗干。

　　　　　　师叔撒手把命丧，

　　　　　　债台高筑怎么还？

　　　　　　清莲我，泥人过河难自保，

　　　　　　哪有余力重担担？
　　　　（白）是啊，这剧团还有救吗？所以，今天当着大家的面，我可
　　　　　把话说清楚了——
　　　　（接唱）从今后，不管剧团死和活，
　　　　　　　都与我清莲无干！

康师傅：清莲，再怎样你还是副团长啊，现在阿缪走了，这草根戏的抢救
　　　　传承还要靠你呢！一鸣……（示意一鸣把缪叔留下的状元琴转交
　　　　给何清莲）

陆一鸣：（满脸不悦，递琴）这是缪叔临终前，交代我转交给你的……

何清莲：状元琴！传给我？

陆一鸣：他说，这草根戏的抢救和传承，今后就全靠你了。

何清莲：靠我？笑话！我不会要这破琴的，我已经说了，今后不管草根戏
　　　　是死是活，都与我何清莲无干！（把琴往陆怀里一推）

陆一鸣：你……

何清莲：你不是说我堕落吗？我堕落，我走人；你高尚，你干吗不回来啊！
　　　　哈哈哈……（疯狂笑下）

陆一鸣：你……

　　　　（唱）怀抱胡琴泪雨下，
　　　　　　　眼前浮现缪叔他。
　　　　　　　一把胡琴千斤担，
　　　　　　　落在谁身谁压垮。
　　　　　　　清莲她挖苦我话中有话，
　　　　　　　一句句如针尖直把心扎。
　　　　　　　叹人生如梦幻世事多变，
　　　　　　　念旧情抚新痛思乱如麻。
　　　　　　　想当初我和她花前月下，
　　　　　　　叹如今师兄妹竟成冤家。

    悔不该怒气升将她来打,
    思前后终究是我辜负她。
    仔细三思她的话,
    胸中主意暗自拿。
    抢救剧团如山重,
    她弱女一个怎靠她?!
    重返剧团重开鼓,
    刀山火海也要跨!
   康师傅,我决定回剧团!

康师傅:一鸣,我就等着你说这句话啊!回来就好,回来就好!

众 人:是啊,心在,人在;人在,剧团在;剧团在,剧种就在!

第二场

  [接前场。

  [陆一鸣家。

  [胡玉儿正在辅导几个学生拉草根戏的琴串《一枝春》。

胡玉儿:(不耐烦地)哎,这《一枝春》可是我师父教的名曲啊,你们今天怎么啦?拉出的声音比拉大锯还难听。算啦算啦,今天就上到这里,回家好好练吧。

孩子们:老师,再见。(下)

胡玉儿:路上注意安全。

  [小凤从屋里开门,满脸不悦。

小 凤:(吞吞吐吐)妈,他们都走了,现在你能不能带我去剧场看戏啊?

胡玉儿:看什么看,跟你说过多少遍了,连我都不看,你还有什么好看的?回屋做作业去。

小 凤:呜呜呜……(捂眼,哭,入内)

胡玉儿：唉！真是烦死了！

  （唱）心焦焦，气躁躁，

    见谁都想虎咆哮。

    他那里登台演出锣鼓响，

    我这里心事如麻乱糟糟。

    想当初，剧团下坡如树倒，

    玉儿我夫妻双双顺水漂。

    一鸣他下海经商有门道，

    我辞职在家招生收入高。

    叹只叹美中不足多烦恼，

    十年来心头郁结难化消。

    师父他情系草根啥都好，

    只因我离开剧团断师交。

    一鸣他身在曹来心在汉，

    隔三岔五剧团跑。

    都只为清莲是他老相好，

    他这才藕断丝连心旌摇。

    他挣钱慷慨解囊剧团倒，

    这次排戏又把服装道具包。

    昨夜里夫妻二人通宵闹，

    害得我脸肿面青两眼凹。

  （白）陆一鸣啊陆一鸣，

  （接唱）今夜里就算你磕头求饶连连告，

    玉儿我也决不把你来轻饶！

[陆一鸣提着状元琴，神情忧伤，上。

胡玉儿：（白了一眼）哼，今晚的戏一定很精彩吧？怎么一回到家就满脸哭丧啊。

陆一鸣：（横扫一眼，无语）……

胡玉儿：哟，怎么啦？一套演出服一千多块，人家也没领情啊？

陆一鸣：（怒吼）你有完没完啊！

胡玉儿：我就没完，怎么啦？

陆一鸣：（强忍悲情，转身去拿胡玉儿的琴盒）

胡玉儿：你干什么，这是我的琴盒！喂，你从哪里捡来一把破琴啊？

陆一鸣：我说胡玉儿啊，这些年你是不是钱孔钻得太深了，竟然连自己师傅的状元琴都认不得了！

胡玉儿：（一怔）状元琴？它怎么在你这？

陆一鸣：……

胡玉儿：是师父让你转交给我的？呵，我就知道，师父他早晚会原谅我的……

陆一鸣：（沉痛）玉儿，这琴不是给你，也不是给我，是缪叔托付我转交给何清莲的。

胡玉儿：给她？为什么？她又不是琴师！

陆一鸣：（悲泣）玉儿，缪叔他……他已经走了……

胡玉儿：（一震）你说什么？！师父他……他已经走了？不，这不可能！一鸣，你说，到底发生什么事啦？

陆一鸣：二十多年了，缪叔他费尽心机，好不容易举债复排《齐王哭将》，可结果呢？主演何清莲没来，你这个徒弟也没来……你说，他能不被你们这些人气死吗？

胡玉儿：什么？何清莲也没去？为什么？

陆一鸣：还能为什么？她盼着草根戏早点死掉，所以故意误场，以致师父气绝身亡。

胡玉儿：那师父为什么还要把琴传给她啊？为什么？这究竟是为什么啊？

（唱）喊一声师父泪泉涌，

　　　望一眼琴儿意纷纷。

想当初，随师学艺多勤奋，
又谁知离开剧团不由身。
师父啊，传琴不传徒儿我，
传给清莲为何因？
莫非是，徒儿让你心伤透，
莫非是，清莲对你情更真？
回首梨园风雨路，
泪落连珠不欲生。
师父啊，你为草根把命丧，
徒儿难步你后尘。
今天为你拉一曲，
传到九泉慰师魂。
但求师父饶恕我，
来生再许报师恩。（张弓拉《一枝春》，曲末声哽）

师父……

陆一鸣：玉儿，缪叔走了，何清莲又撒手不管，所以我必须回剧团。

胡玉儿：你说什么？你想回剧团？

陆一鸣：是的，我已经决定了。

胡玉儿：不！我不会答应的！我们费了九牛二虎之力，好不容易才逃出火坑，现在你居然还想再往那火坑里跳，不，我死也不会答应的！

陆一鸣：那是我们祖孙三代人都待过的剧团，不是火坑！

胡玉儿：一鸣，你没听人说"县长好当，剧团难带"吗？就算我求你了！我知道你对剧团感情深厚，所以这些年来，你往剧团扔了多少钱，我都不拦你；你三天两头往剧团跑，我也习惯了；这一次，剧团复排《齐王哭将》，你又扔了好几万元，可结果呢？我和你说过多少遍了，没有用的，你怎么还不死心啊你？

陆一鸣：玉儿，你知道，当年我停薪留职的时候，就和缪叔有约，有朝一日剧团需要,我陆一鸣一定回来。可后来,因为公司事务缠身,所以一次次失约。现在缪叔走了,我这个副团长,义不容辞,必须回去。

胡玉儿:你要想回剧团,就别回这个家!

陆一鸣:玉儿啊——

（唱）一鸣我从小失怙乡间长,
　　　缪叔他收养我恩重情长。
　　　数不尽多少次和着锣鼓把歌唱,
　　　道不完多少回枕着曲儿入梦乡。
　　　记不清多少个清晨早起来吊嗓,
　　　说不完多少回苦练功夫舞刀枪。
　　　我只知年方十岁即登场,
　　　从此后爱上舞台这一方。
　　　玉儿啊,一鸣我演的是草根戏,
　　　唱的是草根腔。
　　　吃的是草根饭,
　　　喝的草根水也香。
　　　我娶的是草根妻,
　　　生个女儿也有草根血脉淌。
　　　若非剧团遭困顿,
　　　岂能下海去经商。
　　　经商也为草根想,
　　　只盼早日发财能把剧团帮。
　　　如今缪叔把命丧,
　　　眼看草根要消亡。
　　　我是草根副团长,
　　　岂能袖手旁观站一旁?!

胡玉儿：哼！

（唱）怕只怕，醉翁之意不在酒，

明里修栈道，

背地度陈仓！

陆一鸣：玉儿！

胡玉儿：哼！当年，你要离开剧团，下海经商，她就和你分道扬镳，现在，你重返剧团，你们正好破镜重圆啊！这样也好，省得我夹在中间，坏了你们好事。

陆一鸣：（怒）你有完没完。我跟你说过多少遍了，我和清莲那都是过去的事了，你到底要我怎么说才能相信我？

胡玉儿：我要看你怎么做！你明知道她为你守身不嫁，还三天两头往剧团跑。陆一鸣，你走吧，我受够了！

[陆一鸣长长叹了一口气，默默拎起状元琴，转身下。

胡玉儿：（跺脚）你把琴盒还给我！（哭）

[小凤自内怯怯出。

小　凤：妈妈，你怎么啦……

胡玉儿：（拥女痛泣）凤儿……

[切光。

第三场

[三天后。

[团部资料室。

[陆一鸣埋头整理草根戏的图文资料。

陆一鸣：（唱）十年离团今重返，

心事如潮波浪翻。

三天三夜寝食忘，

图文斑驳尘封粘。
一张张剧照把记忆唤,
一部部戏文无声在呼喊。
唤一声草根戏啊,
这难舍难弃的剧团。
曾经辉煌人渐忘,
百年沧桑如灯残。
草根艺术风吹雨,
花开花谢在深山。
重振草根千斤担,
任重道远多艰难。
抖擞精神开道路,
自有办法转危安。
先办草根图片展,
再开招生培训班。
为使剧团面貌换,
迎难而上干一番!

［顺手拿起一把排刀,挥舞起来。

［何清莲提着一袋药品,步履沉重上。

何清莲:（唱）医生催我医院住,
只怕能进不能出。
拿些草药回家吃,
聊将剩日慢消除。

［路过资料室外,见状,退到一边,偷偷观看。

何清莲:（唱）只见他英姿飒爽刀枪舞,
我身不由己难移步。
想当初同台演出能文武,

又谁知时过境迁如陌路。

回首灵堂那一幕，

不由泪眼又模糊。（转身欲离，却又收步）

他抛下公司全不顾，

不知画的是什么符？（继续窥探）

[玉儿内唱：死鬼一鸣心狠毒——（上）

胡玉儿：（接唱）三天未归我暗自哭。

暗访四处无踪影，

前往剧团为探夫。

（来到室外，正要上前，不料看见何清莲正在偷窥，顿时敏感，心生疑，意发醋。正要发作，转念一想，勉强控制，悄然隐身一侧，偷偷窥探，不小心碰倒身旁一杂物，弄出声响）

[何清莲闻声四顾，看到玉儿背影，心有所悟，冷冷一笑。

何清莲：（唱）原本只想来观顾，

不意撞上一尾狐。

可笑她疑神疑鬼在暗处，

（打起精神，走到一旁，拿起一支花枪，边耍边朝陆一鸣靠近）我索性假戏真做演一出。

陆一鸣：（见是何清莲，微微一怔，连忙收住手中排刀）清莲，是你啊，坐，我正想找你好好谈谈呢。

何清莲：少废话，接招！（舞枪）

陆一鸣：（笑）嗬，咱俩总不能一见面，不是唇枪舌战，就是刀光剑影吧。

何清莲：那你想怎样？

陆一鸣：你知道，我离开剧团十多年了，虽说偶尔回到团里看看，可毕竟是不在其位，不谋其政啊，所以这次回来，我想和你好好谈谈。

何清莲：我们之间没什么好谈的。

陆一鸣：清莲，我们之间的事可以不谈，但剧团的事不能不谈。

何清莲：你不是回来了吗？那你看着办好啦。不过，陆一鸣，我还是奉劝你一句话：没戏的，不要再折腾了。

陆一鸣：（指着整理出来的一堆图文资料）不管有戏没戏，我都要让人们好好看看咱们草根戏剧团曾经辉煌的历史。

何清莲：（一怔）你想干什么？

陆一鸣：我想举办一个草根戏剧团图片展。

何清莲：图片展？

陆一鸣：是啊，你看这些图片，我都已经整理得差不多了。

何清莲：（举目一望，不由得暗暗吃惊）

（背唱）听他一席话，

　　　　眼前亮光闪。

　　　　举目环顾看，

　　　　心中起波澜。

［胡玉儿踮着脚跟，紧张张望。

胡玉儿：（嘀咕）他们在说什么啊，我怎么一句都听不见哪。

陆一鸣：清莲，我还有一个打算，我要向县委县政府全面汇报草根戏的情况，争取尽快招生办班，反正，我已经豁出去了。

何清莲：招生办班？

陆一鸣：是啊，缪叔说得对，后继无人，情志难传，一切努力都将付诸东流，所以，抢救草根戏，重在培养人才啊！

何清莲：（背唱）果然有魄力，

　　　　出招亦不凡。

　　　　低眉三思想，

　　　　不禁又黯然。

　　　　早知有今日，

　　　　当初又何堪？

　　　　他说他打算，

我且做静观。

嗬，我知道你很能干，可你跟我说这些干吗呀？我已经说过了，今后草根戏剧团不管是死是活，都与我何清莲无干。

陆一鸣：清莲，我知道你心里对我有气，可我真的需要你帮忙啊。

何清莲：帮忙？嗬，当初你铁心离开剧团，八年的感情都舍得割断，现在回来了，我这个堕落分子还能帮你什么忙啊？

陆一鸣：清莲，我知道自己对不起你，可我也有苦衷啊。

何清莲：苦衷？难道你娶胡玉儿，也是出于苦衷吗？

陆一鸣：唉，因为我决意离开剧团，你对我伤心绝望；玉儿她因为离开剧团，又被缪叔逐出师门，你知道，在那种情况下，我们……

何清莲：别说了……

陆一鸣：是啊，过去的事就让它过去吧。清莲，你是台柱，剧团不能没有你！

何清莲：哼，那你得先问问我手中的这把枪愿不愿意！（不容分说，出招）

陆一鸣：那好！（操起排刀）

[二人对打。

胡玉儿：果然是明修栈道，暗度陈仓啊。哼，陆一鸣啊陆一鸣，今天我要好好看看，你们这对狗男女，究竟演的是哪一出！

陆一鸣：（边打边唱）多年未练武，

　　　　　　　　技法已生疏。

　　　　　　　　口说既无用，

　　　　　　　　只好刀枪出。

何清莲：（边打边唱）螳螂把蝉戏，

　　　　　　　　黄雀眼迷糊。

　　　　　　　　借用手中枪，

　　　　　　　　来把恶气出。

胡玉儿：（边看边唱）耍枪又弄武，

　　　　　　　　还在嘀嘀咕。

　　　　　　　　要是没问题，
　　　　　　　　我就不姓胡！

陆一鸣：（抖擞应战）她枪法如雨点，
　　　　　　　　果然好功夫。

何清莲：（应付自如）他十年未登台，
　　　　　　　　居然艺如初。

陆一鸣：（技法不支）使用浑身数，
　　　　　　　　绝对不能输。

何清莲：（加紧进攻）痛打负情汉，
　　　　　　　　怨气随枪出。

胡玉儿：（越看越急）一鸣节节败，
　　　　　　　　眼看就要输。

陆一鸣：（节节败退）大汗已透背！

何清莲：（连连进攻）胸中块垒除！

胡玉儿：（焦急糊涂）这是哪出戏？
　　　　　　　　越看越糊涂。

陆一鸣：（气喘吁吁）何清莲，我说你真的很可恶！

何清莲：（勉强支撑）陆一鸣，我问你到底服不服？

陆一鸣：我知道你借枪出气，你只管出吧，我不还手。

何清莲：少废话，接招！

陆一鸣：我认输了。

何清莲：看招！

陆一鸣：清莲，你……你这使的都是什么招啊？

何清莲：（顺手掳过何的排刀，一挥）这叫"横刀夺爱"！

　　　[陆一鸣挨了"一刀"。

　　　[玉儿如已挨刀，跳将起来。

陆一鸣：这一刀，算是我替玉儿挡了吧。我和玉儿的事，不能怪她，要怪，你就全怪我吧。

何清莲：（强力支撑，再次挥刀）这叫"抽刀断水"！

　　　　[陆一鸣一把抓住排刀。一拉，何清莲一个趔趄，斜倚陆怀。

　　　　[胡玉儿见状，怒不可遏。

陆一鸣：清莲，听我一句话，不要再折磨自己了。

何清莲：你管不着！（推开）

陆一鸣：你怎么啦？脸色这么难看？

何清莲：少废话！接招！

陆一鸣：（笑）你还有什么招，尽管使出来吧。

何清莲：哼！我想"借刀杀人"。（艰难用力，三挥刀）

　　　　[玉儿再也按捺不住，跳将出来，挡住排刀。

胡玉儿：何清莲，你想要他的命啊？

何清莲：哈哈哈，看在你对他这么心疼的分上，我就不陪你们玩了，"收刀入鞘"！你们小两口接着练吧！（把花枪往胡玉儿怀里一扔，转身，欲下）

陆一鸣：（拿起状元琴）清莲，这状元琴还是请你收下吧。

何清莲：（静静地看了一眼）我说过，我不会要它的，再说，我又不是琴师。（提起药袋）呵呵，这才是我需要的东西。（步履疲惫，下）

陆一鸣：清莲……

胡玉儿：（醋意大发）你的魂是不是被她勾走啦？把琴盒还给我！（盛怒之下，连琴带走）

　　　　[切光。

第四场

　　　　[幕内唱：百年剧种成遗响，
　　　　　　　　剧团招生来办班。

千禧之年谁学戏？

东西南北人如川。

［光启。

［半个月后。

［舞台正中，高悬何清莲剧照，四周布满各种图片：有不同时期的演出剧照、有观众场面、有领导接见、有演员获奖……一条横幅高悬"草根戏百年图片展暨千禧年招生报名选拔活动"。

［纱幕后区，众人观展，人头攒动。

［何清莲，喜上。

何清莲：（唱）一鸣回团气象好，

百年图展人如潮。

但愿草根能重振，

清莲我纵下九泉也逍遥。

展厅满眼是剧照，

正中一张看得我是悲喜交织泪暗抛。

叹只叹，青春易逝人易老，

怕只怕，春花未放魂已消。

唉……

伤心事儿藏身后，

人前笑声且放高。

［康师傅等老艺人兴高采烈上。

康师傅：清莲——

何清莲：康师傅，你们都来啦，快来看哪——

（接唱）这一张，黑白照，

康师傅，您英姿飒爽胆气豪。

康师傅：哈哈哈……

　　　　　（唱）那时我扮杨六郎，
　　　　　　　　年方十七还不到。
阿鼠哥：（唱）如今一晃牙已掉，
　　　　　　　　脑门几根白稀毛。
众艺人：哈哈哈……
何清莲：（唱）这一张，快来瞧，
　　　　　　　　贼眉鼠眼演技高。
阿鼠哥：在哪儿，在哪儿？
弥勒师：（唱）《十五贯》里娄阿鼠，
　　　　　　　　今天依然还怕猫。
众艺人：哈哈哈……
阿鼠哥：（唱）弥勒兄，你能耐，
　　　　　　　　横吹笛子竖吹箫。
　　　　　　　　哪天我要得空闲，
　　　　　　　　一粒鼠屎让你七孔不通窍。
众艺人：哈哈哈……
何清莲：咦，这张剧照是谁啊？
阿鼠哥：嘻嘻，这可是咱草根戏剧团的创始人刘文凯宗师啊！
何清莲：是吗？
阿鼠哥：嘿嘿，不是我夸口，这里每一张剧照里的人物啊——
　　　　（唱）穿什么衣，戴什么帽，
　　　　　　　　耍什么枪来挥什么刀，
　　　　　　　　为什么哭来为什么笑，
　　　　　　　　出什么把式架什么招，
　　　　　　　　姓甚名谁、家有几口、住在哪里、是老是少……
　　　　　　　　阿鼠哥我是个个都知晓。
众艺人：哈哈哈……

　　　　　　（唱）那你就给我们当向导！

彩云姐：（唱）我的剧照在哪里？

　　　　　　　　为何半天找不着！

弥勒师：呵呵呵，彩云姐——

　　　　　　（唱）这有你的《烫火碗》，

　　　　　　　　还有《仙女下凡》飘啊飘。

阿鼠哥：（唱）这里还有大领导，

　　　　　　　　颁奖接见快来瞧。

彩云姐：哦，我看看，我看看……

　　　　[彩云姐和众艺人争看剧照。过场，下。

何清莲：哎呀，真是笑一笑，十年少啊，好长时间都没这么开心啦。

康师傅：呵呵，是啊。清莲，这个图片展览办得好啊，是该向人展示展示咱们草根戏的辉煌历史啊！否则，人们怎么知道我们这个剧种的珍稀宝贵呢。

何清莲：是啊，可惜我们以前都没想到这一招。

康师傅：清莲，你现在可要把心收回来啊，好好协助一鸣，齐心合力，把剧团搞上去。

何清莲：（黯然）师傅，我知道，可是……

康师傅：歌舞厅，就别去了啦。

何清莲：（苦笑）早就没去了。（咳嗽）

康师傅：这就好。清莲，你感冒了吗？

何清莲：（笑笑）是啊，感冒了。

康师傅：身体要紧，后面还有很多事要你做呢。

何清莲：（苦笑）只怕我力不从心啊。

康师傅：哎，什么话，你还年轻，这后面的路还长着呢。最近县委县政府全面了解剧团的工作后，非常重视草根戏的抢救工作，宣传部部长还亲自带头抓，听说还要申报国家级"非遗"呢。呵呵，师傅我总算盼到这一天啦！

何清莲：是啊，我也没想到这么快就可以招生办班了！

康师傅：阿缪说得对啊，抢救传承草根戏，抢的是戏，救的是人，传的是精气神，这后继乏人，情志难传，一切努力都将付诸东流啊。

何清莲：是啊，所以招生办班是当务之急啊。

康师傅：哎，一鸣呢？

何清莲：哦，他在那边负责招生报名呢。

康师傅：我们过去看看。

何清莲：好。（扶康师傅，圆场）

[转景。展厅另一侧。招生报名处。

[陆一鸣神情凝重，独自徘徊。

陆一鸣：（唱）看展人流熙熙攘，

　　　　　　招生报名空荡荡。

　　　　　　百年剧种成遗响，

　　　　　　后继乏人怎承传？

[何清莲携同康师傅，上。

康师傅：一鸣，怎样？报名的孩子多吗？

陆一鸣：唉，别提了，从早到晚，一个都没有。

何清莲：一个都没有？！

陆一鸣：是啊，这种结局，我们应该早就料到的。你想想，现在很多家庭都是独生子女，多少父母望子成龙，盼女成凤，可谁家父母愿意让儿女进剧团唱戏啊？

康师傅：一鸣，会不会是广告力度不够啊？

陆一鸣：师傅啊——

　　　　（唱）电视连播有广告，

　　　　　　报纸刊登在头条。

　　　　　　剧团百年图片展，

横幅一条悬得高。
不是人们不知道,
只为艺人贱如草。
自古九流和三教,
优人位屈娼和嫖。
师傅啊,想当初,
我们都是吃不饱,
这才随团四处漂。
如今欣逢在盛世,
谁还把咱正眼瞧?

康师傅:一鸣,你也不要这么悲观,如今从上到下,喜欢戏曲的人还是很多的。国粹京剧不说,单看我们福建闽剧,在福清长乐一带,每天都有几十个剧团在演出。

陆一鸣:喜欢看戏是一回事,愿意唱戏又是一回事。

康师傅:可我不信,十几亿人口的中国,就找不到几个愿意传承草根戏的人。

陆一鸣:可是,就算孩子愿意,人家父母也未必肯啊。早上,有几个孩子过来问,可孩子的父母一看,就把孩子拉走了。唉……

[小凤兴冲冲上。

小　凤:爸爸,康爷爷,原来你们都在这里啊。

康师傅:呵呵呵,小凤,你也来啦。

小　凤:是啊,我们学校组织大家来观展,妈妈也来了。爸爸,草根戏剧团要招生,我想报名,好不好啊?

陆一鸣:什么?你想报名?

小　凤:是啊,你知道的,我从小就爱草根戏的。

康/何:好啊好啊,求之不得!

陆一鸣:这……

（唱）面对女儿这一问,

　　　　　　思绪顿时乱纷纷。

小　　凤：爸爸，我想报名，你说好不好啊？

陆一鸣：（唱）她满面纯真声声促，

　　　　　　我巨石压身步步沉。

　　　　　　小凤啊，咱家三代在草根，

　　　　　　你就不要步后尘。

小　　凤：正因为爷爷奶奶、爸爸妈妈，还有外公外婆都在剧团待过，所以我才想进剧团啊。

陆一鸣：（唱）剧团生活很辛苦，

　　　　　　练功压腿要伤身。

小　　凤：（唱）别人能吃十分苦，

　　　　　　小凤不会少一分。

何清莲：（唱）你要读书考大学，

　　　　　　将来要当研究生。

小　　凤：（抓起一份广告）这上面的广告说了——

　　　　　　（唱）学员功课有文武，

　　　　　　毕业文凭专本升。

何清莲：（唱）戏曲演员收入少，

　　　　　　要比歌星逊十分。

陆一鸣：（唱）唱戏生涯没出路！

小　　凤：（唱）那你干吗还招生？

康师傅：呵呵呵，问得好！是啊，既然唱戏这不好那不好，那咱们干吗还招生啊？

陆一鸣：这……

小　　凤：爸爸，你骗人！我们老师都说了，草根戏是稀有剧种，到现在已经有三百多岁了，比我们爷爷的爷爷的爷爷还要老，可是由于种种原因，现在草根戏剧种就像大熊猫一样，濒临灭绝，整个世界，整个中国，现在只有我们县有一个草根戏剧团，所以抢救草根戏，人人有责！

陆/康/何：小凤……

陆一鸣：（唱）听罢女儿一番话，

　　　　　　羞煞我这当爸爸。

　　　　　　若是草根人热爱草根戏曲是假话，

　　　　　　又怎能枯木争春发新芽？

陆一鸣：我的好女儿，爸爸这就给你登记！

[胡玉儿内声：你敢！——

胡玉儿：陆一鸣啊陆一鸣，你抛下公司重返剧团，我拦不住你，也就算了，可你竟然还想把女儿也往火坑里推！

康师傅：玉儿，你怎么能把剧团说成火坑啊？

胡玉儿：对我来说，它就是！康师傅啊——

　　　　（唱）草根剧团是火坑，

　　　　　　葬送玉儿我一生。

　　　　　　父亲下乡演出车祸死，

　　　　　　母亲三十六岁黄泉奔。

　　　　　　玉儿我孤苦无依难为计，

　　　　　　随团漂流如草根。

　　　　　　幸与一鸣结鸾凤，

　　　　　　一路走来泪纷纷。

　　　　　　年过三十怀小凤，

　　　　　　总算枯木逢三春。

　　　　　　再让小凤进剧团，

　　　　　　就是推她入火坑！

何清莲：那照你这么说，我们这些人都是生不如死、死无葬身之地啦！

胡玉儿：你哪会生不如死啊？我想你这会儿正开始枯木逢春吧？

何清莲：你……

胡玉儿：小凤，咱们走！（强拉小凤）

小　凤：妈妈，我要报名，我喜欢草根戏……（被胡拉着，同下）

陆/康/何：小凤……

　　　[切光。

第五场

　　　[接前场。夜。

　　　[空空荡荡的展厅，陆一鸣与何清莲默默收拾着图片。

陆一鸣：（唱）满腔热情办展览，

　　　　　　　喧嚣过后倍凄凉。

　　　　　　　难道山前真无路？

　　　　　　　回首一片雾茫茫。

何清莲：（唱）难得他重返剧团眼前亮，

　　　　　　　又谁知招生办班空白忙。

　　　　　　　眼见他如遭霜打愁模样，

　　　　　　　不由我心潮起伏如海洋。

　　　[二人默默注视，相对无语。

　　　[幕后唱：同病方识甘与苦，

　　　　　　　　同心才知暖和凉。

何清莲：（唱）若非我撂下重担不想管，

　　　　　　　又岂能害他进退两彷徨。

陆一鸣：（唱）若非我重返剧团迎难上，

　　　　　　　又岂能体谅她回天无力心悲凉。

何清莲：（唱）眼看他孤军奋战力挽狂澜，

　　　　　　我岂能隔岸观火站一旁?

陆一鸣:（唱）回想她苦守剧团十数载,

　　　　　　我岂能再让她旧愁之上添新伤。

　　　　[幕后唱:莫道人心如隔墙,

　　　　　　　　只为关了一扇窗。

　　　　　　　　但得心门开敞起,

　　　　　　　　自有春光化冰霜。

陆一鸣:清莲,你回去吧,我想一个人在这里坐坐。

何清莲:不,我想和你谈谈。

陆一鸣:玉儿的话,你不要在意。

何清莲:玉儿的心情,我能理解。但我现要想说的不是她,而是剧团的招生问题。

陆一鸣:莫非你有好办法?

何清莲:康师傅说得对,我就不信,中国十几亿人口,竟找不到几个愿意传承草根戏的人。一鸣,目前你的招生广告都做在城里头,而农村的人并不一定知道。

陆一鸣:对,你接着说……

　　　　[二人侃侃而谈,越谈越投机,光渐收。

　　　　[暗转。

　　　　[幕内唱:县城招生无人问,

　　　　　　　　翻山越岭到农村。

　　　　　　　　艺人本是草根命,

　　　　　　　　草籽落地扎根深。

　　　　[光启。

　　　　[灯光把舞台分成两个不同的表演区。随着光速的离合交织,陆、何二人时聚时合。

　　　　[陆一鸣与何清莲分别从不同方向上,圆场。

何清莲：（唱）抱病下乡走村镇，
　　　　　　　体力不支汗涔涔。

陆一鸣：（唱）玉儿和我闹矛盾，
　　　　　　　家庭事业难分身。

何清莲：（唱）为了草根能重振，
　　　　　　　只能拼力分秒争。

陆一鸣：（唱）为了招生能顺利，
　　　　　　　心头疼痛暂且忍。

何/陆：（唱）走江浙，过泰顺，
　　　　　　　入平阳，到庆元。
　　　　　　　访闽东，各乡镇，
　　　　　　　九县市，跑一圈。
　　　　　　　一路奔访做广告，
　　　　　　　只为草根招学员。

陆一鸣：（唱）政府给编制啊，
　　　　　　　学制三五年。

何清莲：（唱）每月有补贴呀，
　　　　　　　金额三百元。

陆一鸣：（唱）学成发文凭哪，

何清莲：（唱）工作是演员。

　　　[幕内男甲应声：演员？电影演员还是电视演员？

何清莲：是戏曲演员，在剧团工作。

　　　[幕内男甲应声：哦，你说唱戏不就得了？不去不去。

　　　[幕内女甲应声：唱戏？我就一个儿子，送去唱戏？不如不生。

　　　[幕内女乙应声：哎，你家三个孩子，又不爱读书，送一个去吧……

　　　[幕内女甲应声：不爱读书就去唱戏，那你干吗不去啊？

　　　[幕内众人：哈哈哈……

陆/何：（唱）走过一乡又一镇，
　　　　　　　路过一庄又一村。
　　　　　　　听了多少伤心话，
　　　　　　　吃了几多闭门羹。
　　　[陆、何二人疲惫不堪，圆场。
　　　[幕内（低吟）百年剧种成遗响，
　　　　　　　　剧团招生来办班。
　　　　　　　　千禧之年谁学戏？
　　　　　　　　东西南北人如川。

何清莲：（疲惫拭汗）一鸣，你看这次咱们能招到学员吗？

陆一鸣：会的，一定会的。

何清莲：万一还是招不到呢？

陆一鸣：那我回家先把小凤押上。

何清莲：呵呵，你就不怕玉儿和你拼命啊？

陆一鸣：她呀，啄木鸟转世，生来嘴硬。

何清莲：一鸣，玉儿的心情我能理解。草根剧团留给她太多沉重的记忆了。唉，我们这些人哪，对草根戏啊，都是又爱又恨，难舍难分。

陆一鸣：是啊，可她现在没有爱，只有恨。清莲，我看你最近气色一直不好，是不是哪里不舒服啊？还有，上次你买那么多药，是给谁买的啊？

何清莲：（苦笑）我独身一人，还能给谁买啊？

陆一鸣：那你……

何清莲：（打断）唉，没什么，只是经常伤风感冒，感觉有些疲累罢了。

陆一鸣：那你休息一下吧，我到前面看看。

何清莲：（感激地）好的，有消息，就告诉我。

陆一鸣：好。（下）

何清莲：（唱）目送一鸣远离去，
　　　　　　　别有滋味在心头。

连日来，他马不停蹄四处走，

背地里，声声叹息暗发愁。

提起玉儿他眉头皱，

面对我他是三分羞愧七分忧。

清莲我在世时日不多有，

唯有梨园梦想难能舍丢。

我多想重施粉黛把眉绣，

我多想重登舞台放歌喉。

我多想再听台下掌声起，

我多想把那舞台永停留。

回想缪叔临终语，

千回百转在心头。

缪叔啊，你传琴于我难接受，

并非清莲梦已丢。

怕只怕拼尽余力难成就，

身后空留万古愁。

一鸣啊，我情系草根难圆梦，

但愿你一路向西不回头。

待到草根花开日，

我愿化作那枝头杜鹃声声啾。

［何清莲靠在路边一棵树下，昏昏睡去，入梦。

［梦境。飘来《一枝春》的琴串声，何清莲循声望去，只见缪叔端坐舞台深处，正操着琴。

何清莲：缪叔，你怎么在这？

缪　叔：呵呵，清莲啊，我可一直都在这里啊。

何清莲：缪叔，这里可是前台啊。

缪　叔：我知道。

何清莲：那你……

缪　叔：清莲啊——

（唱）三尺舞台高出地，

一道帷幕眼迷离。

古今多少悲欢事，

台前幕后又谁知？

一把胡琴怀抱手，

举目风吹芳草凄。

闲来漫弹高山曲，

曲尽花落水从西。

何清莲：缪叔，你明知我不会操琴，为什么还把状元琴传给我？

缪　叔：清莲啊——

（唱）伯牙摔琴不复鼓，

只为高山流水谢知音。

缪叔把琴传给你，

只为给你来医病。

何清莲：这话怎讲？

缪　叔：清莲啊，这些年，你我苦守剧团，难舍难弃，难分难离。其实，我们都知道，这么做，可能救不了草根戏，但我们却又不能不去做。你知道，这是为什么吗？

何清莲：是啊，我也常常问自己，整个剧团几十号人都走了，我为什么要和你一起苦守不离呢？再想想，这世界上，那么多的人没有草根戏，不也照样活得轻松自在吗？

缪　叔：是啊，其实，草根戏算什么呀？它顶多只是我们中国数百个地方剧种之一。想当年，演咱草根戏有二十几个戏班，如今，它们一个个不都散了吗？

何清莲：是啊……

缪　叔：清莲，我再问你，你见过的草根戏演员，谁的演技最好？

何清莲：这还用问吗，前台红俤师，后台阿凯师。

缪　叔：是啊，红俤师，出身贫苦，十四岁被卖到剧团，十六岁登台演出，一举成名。阿凯师，就是我们草根戏剧团的创始人，他少时从艺，不到三年，就在后台坐上"头把位"，草根戏所有的吹打曲，胡琴、唢呐、笛子，他无一不精，可如今他们的技艺又在哪里呢？

何清莲：是啊，他们的技艺都和他们一样，随风而去了。

缪　叔：其实，这世界，随风而去的东西太多啦。所以，清莲啊，缪叔想送你一句话：喜乐是治病良药，忧伤如化骨冰刀。一定要顺其自然，自得其乐！

何清莲：顺其自然，自得其乐？

缪　叔：是啊，你常说，草根戏就像一个躺在棺材里苟延残喘的肺痨子，我们能做的，就是让他早点死了，这样，我们也早日得以解脱。其实，我何尝不明白你的心意啊？可是，就算草根戏注定要死，我们也不能咬牙切齿，恨不能掐死它吧？就算我们注定要成为最后一代草根戏艺人，我们也用不着哭天抢地，撕心裂肺啊，毕竟我们从小就进剧团，演了一辈子，唱了一辈子的草根戏啊，这里头可是有苦也有乐啊……

何清莲：是啊！

缪　叔：清莲啊，我再问你，你知道这把琴为什么叫状元琴吗？

何清莲：我只知道在唐代，咱们西溪出了一位梨园界的武状元，因此他的故居人称状元坊，村前老树，人称状元树，难道这把状元琴和这也有关系吗？

缪　叔：是啊，你忘啦，我老家就在西溪啊，因为家乡出了这么一位名人，以我便自封状元后裔，事事想争第一，当年阿凯师把这胡琴传给我的时候，我就给他取名叫作状元琴。

何清莲：原来是这样啊。可您明知我不会操琴，为什么却把它传给我呢？

缪　叔：呵呵，传琴，传情，传的就是一个"情"字啊！

何清莲：缪叔，我明白了。

　　　　（唱）缪叔一番真情话，

　　　　　　　醍醐灌顶豁开朗。

　　　　　　　胸中块垒如烟散，

　　　　　　　气定神舒沐春光。

　　　　　　　缪叔啊，清莲已有草根伴，

　　　　　　　请你带上琴一张。

　　　　　　　黄泉寂寞无歌唱，

　　　　　　　高山流水慰衷肠。

缪　叔：哈哈哈，这把状元琴，还是留给你吧。（挥袖，转身，翩然离去）

何清莲：缪叔……缪叔……

　　　　[梦景消失，闪回。

　　　　[陆一鸣上。

陆一鸣：清莲，你怎么了？

　　　　[何清莲梦醒。

何清莲：哦，没什么，没什么……

陆一鸣：清莲，你是不是太累了？

何清莲：没事。一鸣，有消息吗？

　　　　[陆一鸣摇摇头。

何清莲：一鸣，你还记得几年前，你赞助过的那座孤儿院吗？

陆一鸣：孤儿院？

何清莲：对，就是孤儿院！

陆一鸣：你的意思是？

何清莲：（微笑点头）对！

陆一鸣：好，我们走……

　　　　[何清莲一阵眩晕，晕倒。

陆一鸣：（急扶）清莲，你怎么啦？

　　　　[切光。

第六场

　　[幕内陆一鸣悲呼声：不！——这不可能……
　　[光启。
　　[医院，病房内。
　　[何清莲卧病在床，处于半昏迷状态。
　　[陆一鸣手持医生报告，步履沉重蹒跚，上。

陆一鸣：（悲泣）胃癌晚期……不，这不可能……这不可能……
　　　　（唱）一声霹雳当头炸，
　　　　　　　恰似山崩地陷塌。
　　　　　　　回首往事历历在，
　　　　　　　恍然大悟悔恨加。
　　　　　　　清莲啊，你藏疾隐痛不愿告，
　　　　　　　我粗言恶语胡乱刮。
　　　　　　　悔不该，缪叔灵前将你打，
　　　　　　　悔不该，让你奔波太疲乏。
　　　　　　　都只为，我移情别恋辜负你，
　　　　　　　你这才，郁闷成疾把病发。
　　　　　　　原以为，重返剧团振旗鼓，
　　　　　　　你艺臻化境正方华。
　　　　　　　我俩携手迎难上，
　　　　　　　重振草根发春花。
　　　　　　　又谁知，大幕才开就落下，
　　　　　　　只落得余恨绵绵无绝涯……

　　　　　（伏床痛哭）清莲，我对不起你，你为什么不早说啊……
何清莲：（从昏迷中醒来）
　　　　　（唱）听耳畔，哭声隐隐如天外，
　　　　　　　　看眼前，人影模糊云未开。
　　　　　　　　清莲我，孑然一身形单吊，
　　　　　　　　这会儿，是谁送暖入心怀？
　　　　　　　　摇摇晃晃挣扎起，
　　　　　　　　昏昏沉沉起将来。
陆一鸣：清莲，你醒啦？
何清莲：（接唱）一声清莲把我唤，
　　　　　　　　满室生春如花开。
　　　　　一鸣，谢谢你……
陆一鸣：都是我的错，我不该让你翻山越岭，四处奔波。清莲，你都病成这样了，为什么不早说啊？
何清莲：（苦笑）反正是不治之症，早说晚说，不都一样吗？人生一世，草木一秋，我早就想开了……
陆一鸣：清莲，我对不起你，那天你误场，一定是受了沉重打击，而我竟然不问青红皂白，不仅打你，骂你，还叫你有本事，接着撞……我……我真不是人啊。
何清莲：一鸣，我不怪你，要不是我误场，缪叔他也不会……（泣）
陆一鸣：唉，也许一切都是命中注定的吧！清莲，你不要难过，好好养病，团里的事，你放心。
何清莲：孤儿院那边，情况怎样？
陆一鸣：嗬，你没问，我都差点忘了呢。孤儿院院长得知咱们剧团要招生，非常高兴，学员班的事，进展十分顺利，你就不用操心了。
何清莲：那太好啦。不过，一鸣啊，面试的时候，你一定要问孩子们，是否喜欢草根戏，如果不喜欢，千万不能招。

陆一鸣：为什么？

何清莲：缪叔说得好啊，顺其自然，自得其乐。如果孩子们不能从学戏和唱戏中获得快乐，那么，他们的戏路是走不远的。

陆一鸣：清莲，我明白了，你放心。

何清莲：一鸣，还有一件事，要麻烦你。

陆一鸣：什么事？你说。

何清莲：我想看看缪叔的状元琴……

陆一鸣：（喜形于色）好的，我这就给你去拿。（转身，下）

[何清莲目送陆一鸣离去。

[收光。何清莲与病房隐去。

[幕内传出草根戏琴串《一枝春》的胡琴声，琴声哀伤幽怨。

[另一个光区，灯亮。陆一鸣家。

[胡玉儿独自倚窗，拉着胡琴。

胡玉儿：（唱）夜静人寂风又起，

满腹愁思无处寄。

可叹人心如迷雾，

不如琴声知高低。

[陆一鸣，上。听到琴声，不由得驻步，心有所动。

陆一鸣：（唱）离家半月无消息，

半为忙碌半生气。

今夜回家把琴取，

琴声入耳心涟漪。

胡玉儿：（叹息）草根戏啊草根戏，为何你总是如影缠身，使我难逃难离啊！

（唱）丈夫为你把家弃，

女儿为你把情迷；

恩师临终把琴寄，

竟然托付清莲伊！

陆一鸣：（唱）琴声如诉又如泣，
　　　　　　不由我心生怜惜。
　　　　　　设身处地想一想，
　　　　　　确实难为我的妻。

胡玉儿：师傅啊——
　　　　（唱）清莲不是操琴手，
　　　　　　怎把琴儿来珍惜？
　　　　　　倘若玉儿无真意，
　　　　　　又怎能，睹物思情夜夜啼？（咽咽哭泣起来）

陆一鸣：（唱）十年夫妻不容易，
　　　　　　几多风雨共相依。
　　　　　　辜负清莲悔已晚，
　　　　　　何堪再伤我的妻？
　　　　（举手，稍稍犹豫之后，轻轻敲门）玉儿……
　　　　[胡玉儿闻声，一怔，连忙拭泪掩情，开门。

陆一鸣：玉儿……

胡玉儿：（看了陆一鸣一眼，含怨地）你还知道回来啊？

陆一鸣：玉儿，我……这些日子，实在太忙了，真对不起啊？小凤呢？

胡玉儿：早睡了。（说着，把琴轻轻放进琴盒，抱琴转身）

陆一鸣：玉儿，这琴……

胡玉儿：陆一鸣，你怎么啦？离家半月，说话都变声啦，吞吞吐吐的。

陆一鸣：玉儿，是这样的，清莲她病得很重，在医院，她想看看缪叔的状元琴。

胡玉儿：（一怔）清莲病重？

陆一鸣：是啊，胃癌晚期，一直瞒着大家，要不是这次下乡招生，
　　　　昏倒住院，我也不知道呢。

胡玉儿：清莲……你这是何苦啊？
　　　　（唱）心戚戚，泪眼迷。

　　　　叹人世，风雨袭。
　　　　原以为，玉儿心比黄连苦，
　　　　又谁知，莲心更苦人不识。
　　　　今日她想把琴看，
　　　　分明生死在朝夕。
　　　　转身含泪抱琴起，
　　　　是非恩怨不提及。
　　一鸣，我和你一起去医院看看清莲吧。

陆一鸣：玉儿……
胡玉儿：走吧……
　　　　[暗转。
　　　　[病房光区，启。
　　　　[何清莲挣扎下床，跟跟跄跄。
何清莲：（唱）风吹残灯摇欲坠，
　　　　梦里花落又花飞。
　　　　衣带渐宽终不悔，
　　　　方知憔悴为了谁？
　　　　回想缪叔把琴赠，
　　　　今日才知意深邃。
　　　　缪叔啊，你知我与舞台如鱼水，
　　　　鱼搁浅滩命自危。
　　　　叹只叹，好容易盼到潮涌生春水，
　　　　可怜我这鱼儿再也无力大海归！
　　　　苍天哪，你若有情甘霖降，
　　　　送我清莲重登舞台再生辉！（强打精神，拿起身边的一只扫帚，轻轻舞动起来）
　　　　[陆一鸣、胡玉儿，上。见状，不由得热泪盈眶。

[何清莲体力不支，一个踉跄。

胡玉儿：（抢先一步，急扶）清莲……

何清莲：玉儿……

胡玉儿：清莲姐，你这是何苦啊……（抱头痛哭）

何清莲：玉儿，你怎么啦？

胡玉儿：清莲姐，我对不起你啊……

何清莲：呵呵，玉儿，你怎么尽说傻话啊。

陆一鸣：是啊，玉儿，别哭哭啼啼的，快把缪叔的状元琴，给清莲看看吧……

胡玉儿：（连忙拭泪）哦，好……好……

何清莲：（接过，深情端详，轻轻抚摸）玉儿，这琴盒是你的吧……

胡玉儿：是，是我的……

何清莲：玉儿，你一定很奇怪，为什么缪叔不把琴传给你，而把它传给我吧。

胡玉儿：……

何清莲：嗬，别说你不理解，我也纳闷啊。后来，我做了一个梦，在梦里，缪叔告诉我，我才明白，他传琴给我，原来是为了给我治病。

陆/胡：给你治病？

何清莲：是啊。玉儿啊，我们都患了病，而且一个个都病得不轻啊！

（唱）缪叔传琴意玄妙，

　　　医我心病苦痛消。

　　　他说喜乐是良药，

　　　忧伤蚀骨胜冰刀。

　　　自古梨园如芳草，

　　　苦中有乐自逍遥。

　　　若是清莲早悟道，

　　　何来今日病膏肓？

　　　玉儿啊，

　　　你日日操琴弄曲调，

　　　　　可知琴弦调低高。
　　　　　两根清弦有粗细，
　　　　　松紧和谐内外好。
　　　　　一鸣啊，
　　　　　你情寄草根把春报，
　　　　　奈何进退两难抛。
　　　　　今日我弹高山曲，
　　　　　是非恩怨全勾销。
　　　　玉儿，这把状元琴，请你收下吧。
胡玉儿：这……
何清莲：玉儿，缪叔传琴，他传的不是艺，而是"情"啊！你看，这琴盒是你的，这状元琴嘛，自然也该是你的啊！
胡玉儿：清莲姐……
何清莲：一鸣，你们快回去吧。孤儿院的孩子们，就交给你啦，记着，一定要让孩子们快乐。
陆一鸣：清莲，你放心……
　　　　[切光。

第七场

　　　　[清早。犀溪岸边，状元树下。
　　　　[幕内陆一鸣吊嗓：咿咿咿——啊啊啊——
　　　　[学员们跟着吊嗓：咿咿咿——啊啊啊——
　　　　[陆一鸣，上。
陆一鸣：（唱）清莲病重医院住，
　　　　　我带班辅导圃中苗。
　　　　　举目面对青青草，

　　　　　千斤重担一肩挑。
　　　　孩子们，跟我来！
　　　　[众孤儿如晨鸟欢飞，上。
众孤儿：（唱）你说我是离离草，
　　　　　　　我说你是好苗苗。
　　　　　　　悬崖抱石牙紧咬，
　　　　　　　风雨浇花花更娇。
　　　　[陆一鸣示范教导，众学员一招一式，跟随学习。
　　　　[幕台灯光变幻，喻示日出日落，时光更迭。
　　　　[幕后唱：
　　　　　　手眼身法步，
　　　　　　生旦净末丑。
　　　　　　唱念作和打，
　　　　　　枪刀棍棒钩。
　　　　　　清晨五时起，
　　　　　　夜静方才休。
　　　　　　吃得苦中苦，
　　　　　　技艺高一筹。
　　　　[康师傅领着彩云姐、弥勒师、阿鼠哥等众老艺人，彩云姐等人提着一些果点，上。
康师傅：清莲患病住医院，一鸣昼夜带学员。只为剧团师资少，老朽带队来增援。
众艺人：一鸣——
陆一鸣：康师傅，你们都来啦？
众艺人：孩子们，快来吃点心吧！
　　　　[众学员望着陆一鸣。
陆一鸣：（一笑）快吃吧！

众学员：（欢呼）Yeah——（拥上）

　　　　[众艺人乐呵呵给众学员分食。

康师傅：一鸣，你要保重身体，不要过于劳累啊！

陆一鸣：哎，康师傅啊，不瞒您说，我现在是两眼一睁，草根戏；两眼一闭，还是草根戏！

康师傅：呵呵，再忙也要休息啊。你看清莲，就是累垮的……唉！

陆一鸣：正因为这样，我才要争分夺秒啊！更何况再过半个月，还有草根戏专场汇报演出呢。

康师傅：可不是吗？我们这些糟老头子，一个个也都在忙着准备"后事"啊。

陆一鸣：你说什么？准备后事？

康师傅：呵呵呵，是各尽所能！最近啊，我们几个老头子聚在一起，能写就写，能画就画，能说则说，能唱就唱，能演的演，能拍的拍，能录的录，反正想方设法把自己知道的草根戏传统，都记录保留下来，免得有一天，我们两脚一蹬，把草根戏也带走了。呵呵，你说我们这不是忙着准备后事吗？

众　　人：哈哈哈……

　　　　[收光，暗转。

　　　　[半个月后。

　　　　[一束光静静地打在台舌上。胡玉儿轻轻打开琴盖，拿出状元琴。

胡玉儿：（自言自语）自古梨园如芳草，苦中有乐自逍遥。清莲啊……

　　　　（唱）多谢你一番慧语开迷窍，

　　　　　　　玉儿我从此不再泪暗抛。

　　　　　　　但得清弦重调好，

　　　　　　　曲声欢畅入云霄。

　　　　[胡玉儿开弓演奏，伴随着她越来越投入的激情演奏，舞台光启。

　　　　[一条巨幅横悬，上书：草根戏专场汇报演出。

　　　　[小凤走出，报幕。

小　凤：尊敬的各位领导,各位爷爷奶奶、叔叔阿姨,大哥大姐们,大家好!
草根戏专场汇报演出,现在开始!(下)

　　　　[康师傅内唱:昔日齐王哭求将——(领着两个小学员同台表演草根戏传统经典剧目《齐王哭将》中的"奔访",上)

康师傅:(接唱)连夜奔访钟离娘。

　　　　今朝古稀与年少,

　　　　同台演出戏开场。(表演,定位,造型)

　　　　[阿鼠哥贼眉鼠眼,招手呼叫:徒儿们,上!

　　　　[两个学员扮成两个娄阿鼠,探头探脑,上。

　　　　[师徒三人扮演《十五贯》中的娄阿鼠,使出浑身解数。

鼠三人:(念)娄阿鼠,十五贯,

　　　　市井无赖混赌场。

　　　　一部剧目救昆曲,

　　　　十颗火种拯危亡。(造型,定位)

　　　　[弥勒师领二徒,身穿破衣,头戴破帽,手摇破蒲扇,扮演《济公传》里的济公,摇头晃脑上。

弥勒师:(念)弥勒师,大肚膛,

　　　　演济公,像不像?

　　　　一对活佛有法相,

　　　　观尽世态淡与凉。

　　　　[彩云姐等众艺人上。

众　人:(合唱)演不尽才子佳人、帝王将相,

　　　　扮不完贩夫走卒、市井伦常。

　　　　我借衣冠说千古,

　　　　你听锣鼓叹兴亡。

　　　　我借衣冠说千古,

　　　　你听锣鼓叹兴亡。

[众人造型，定位。

[何清莲内声：半真半假千古事——

[一束光静静地照着何清莲，只见她身着洁白的水衣、坐在一张椅上，对着镜子，梳妆打扮、更换服装。

何清莲：（白）一颦一笑百年人。今夕登台昙花现，明朝花落何处寻？

（唱）包头贴片柳眉俏，

脂红粉白容貌超。

女红"大靠"七星额，

翎尾长飘冲云霄。

兰花手指空中翘，

长矛一甩胆气豪。

自古英雄出年少，

巾帼不让须眉半分毫。

佘太君年过八旬能挂帅，

清莲我重病在身舞枪刀。

谢苍天，还我魂魄重抖擞，

唱一曲《杨门女将》声如潮！

（白）众将士，出征哪——！

[陆一鸣率众学员扮演众将士，朝气蓬勃上。

陆一鸣：（唱）三五人可作千军万马奔腾走，

六七步如行五湖四海同九州。

演一出《状元琴》续梨园梦，

唱一曲子规啼血泪雨流！

[众学员舞枪挥刀对阵中，渐渐退下。

[光束把舞台分成不同的表演区。陆一鸣含泪手执排刀，何清莲面带微笑，手执花枪。

[伴随着胡玉儿的琴声，二人开始对打。

[何清莲体力不支，摇摇欲倒。

陆一鸣：（悲呼）清莲……

[何清莲踉踉跄跄，摇摇欲坠中，出现幻觉。

[幻觉中，缪叔手操状元琴，出现在舞台深处。

[胡玉儿的琴声与缪叔的琴声融为一体。陆一鸣目送何清莲在幻觉中，循着琴声，缓缓朝着缪叔走去。

[幕内唱：三尺舞台高出地，

一道帷幕眼迷离。

古今多少悲欢事，

台前幕后有谁知？

一把胡琴弦粗细，

满目风吹芳草凄。

闲来漫弹高山曲，

曲尽花落水从西。

[曲终，幕落。

2011 年 3 月 13 日初稿

2011 年 7 月 23 日改

（附注：该剧尝试为寿宁县北路戏剧团量身定制，获福建省第二十五届戏剧会演剧本征文剧本奖。）

歌舞剧

GE WU

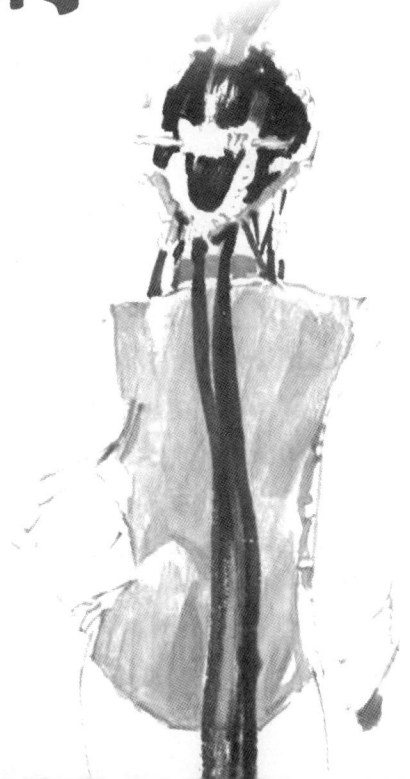

畲族歌王钟学吉

场景：白露坑、半月里、畲族村寨、山民会馆

时间：清同治年间至民国初年

地点：福宁府（今宁德市霞浦县）

人物：钟学吉　（1855—1924），学名春黄，福宁府白露坑畲村畲民，出场时十来岁。年少时被村人推举为"盘瓠忠勇王第十代正式传人"，后为福宁府"山民会馆"首任董事。自小受汉族神话传说、章回小说、平讲戏等民间传统文化熏陶，喜唱歌言。终身致力于畲族小说歌[1]的收集、编创、传播，并以"纵是含泪仍要歌唱"的精神，被后世尊为畲族"歌王"

　　　　雷秀丽　出场时，十八岁，钟学吉妻子，恬静、腼腆，能书会唱善舞，但不轻易开口

　　　　讲书伯　私塾先生，民间说书艺人，钟学吉恩师

　　　　雷小凤　出场时，二十岁，雷秀丽女伴，开朗、泼辣，善歌言

　　　　小　六　出场时，十多岁，钟学吉童年伙伴，生性滑稽乐观，后为茶商，因税重而破产

　　　　阿　兴　出场时，十多岁，钟学吉童年伙伴

---

[1] 发源于福建省宁德市霞浦县白露坑村，是畲族民间歌手根据流传的英雄人物或神话传说，以歌言编写而成。

花　儿　雷小凤孙女，十多岁

群众演员与舞歌队：差役、男女畲民、畲家学童若干

1. 作品主旋律：《歌是山哈传家宝》

水连云来云连天，

山哈歌言几千年；

皇帝退换几多位，

哪个朝代禁歌言？

上古祖公无毛分[1]，

乃分歌言传子孙；

歌是山哈传家宝，

千古万年世上轮。

2. 爱情主旋律：《花是树上开来香》

花是树上开来香，

水是高山出来凉，

妹是百合花一朵，

不言不语自芬芳。

序曲

[凝重、雄浑的鼓声和音乐，裹挟着历史洪涛由远及近奔涌而来。

[幕外音：畲族原生态歌言《歌是山哈传家宝》

水连云来云连天，

山哈歌言几千年；

皇帝退换几多位，

哪个朝代禁歌言？

---

[1] 无毛分：当地方言，意思是没有东西可继承。

　　　　上古祖公无毛分，
　　　　留下歌言分子孙；
　　　　歌是山哈传家宝，
　　　　千古万年世上轮。

[歌声中，幕徐启。

[日升月落，斗转星移。

[群舞：《日月舞》

[伴着灯光变幻和《歌是山哈传家宝》演唱形式由男声独唱演变为男女声二重唱，最后形成大合唱，《日月舞》表现畲族歌言作为一个民族重要的精神特质，从数千年的历史源头，跌宕起伏，延绵不绝，传唱至今，步入新的时代。她始而苍茫古朴，继而磅礴雄壮，最后如大河入海，扬波浩荡，水天相接。

[歌舞声中，老年钟学吉从时光隧道中，朝众人缓缓走来，又在众人的目光中，缓缓步入时空隧道。

[切光。

第一幕　忠勇传人
第一场

[光启。

[清同治五年（1865）。

[畲村白露坑，青瓦白墙，层林掩映。

[金色的晨曦透过树梢，雾笼轻纱，如诗如梦。

[翠鸟啁啾，呼朋引伴。

[幕外音：畲族原生态歌言《劝子读书》（福宁调）
　　　　少年认真去读书，
　　　　也知庄稼也知书；

　　　　　能文能武会致富，

　　　　　人前人后不受辱。

　　　　　谁人养子不读书，

　　　　　律理不通似牛猪；

　　　　　粗言错语便动武，

　　　　　叔伯兄弟不称呼。

　　[少年钟学吉和小六、阿兴等畲家学童，欢快活泼，喜上学堂。

众学童：（唱）《上学堂》

　　　　　上学堂，上学堂，

　　　　　我是山哈读书郎，

　　　　　林中鸟仔起得早，

　　　　　一路叽喳把歌唱。

钟学吉：小六，你看，前面晒衣竿！

　　　（唱）一鸟落竹一点横，

　　　　　二鸟坐望六字成，

　　　　　你的学名叫小六，

　　　　　鸟儿把你名写成。

小　六：呵呵，上边又飞落两只！

钟学吉：（唱）三鸟落竹一点横，

　　　　　二鸟坐望兴字成，

　　　　　五只鸟仔把字写，

　　　　　阿兴阿兴叫声声。

阿　兴：我看你才像鸟仔，整日歌言唱个不停。（捡起小石，朝前扔去）

众学童：哈哈哈，飞走喽，只剩下一条竹竿喽……（欢笑着奔向学堂，下）

钟学吉：（独立晨曦，若有所思）

　　　（唱）一条竹竿细又长，

　　　　　　横在天地正中央，

　　　　　天高地阔无限远，
　　　　　　独立一个小春黄。（神游天地，陶然起舞）
　　　[学堂钟声当当响起。
　　　[钟学吉从陶醉中醒悟，忙整书包，朝学堂跑去。
　　　[收光。

第二场

　　　[光启。
　　　[学堂内。
　　　[钟学吉与众学童在歌言声中研墨、执笔、展卷、书写。
众学童：（唱）《十字唱古人》（福宁调）
　　　　　　一字写来一条龙，
　　　　　　魏征梦斩金鳌龙，
　　　　　　因犯天条该斩罪，
　　　　　　唐王助他三扇风。

　　　　　　二字写来有长短，
　　　　　　包公开封断奇案，
　　　　　　铁面无私铡驸马，
　　　　　　世上难寻这清官。

　　　　　　三字写来三国名，
　　　　　　孔明用计排空城，
　　　　　　司马仔爹无胆进，
　　　　　　不知城内兵几名。
　　　[讲书伯头戴瓜皮帽，鼻架老水晶圆片眼镜，手执教鞭，巡视其中。

讲书伯：（接唱）四字写来四角方，

　　　　　　　精忠报国杨家将，

　　　　　　　杨家个个都忠勇，

　　　　　　　保家卫国美名传。（教鞭指向钟学吉）

钟学吉：（迅速站起，接唱）

　　　　　　　五字写来半转身，

　　　　　　　水漫金山白素贞，

　　　　　　　乃因法海和尚害，

　　　　　　　雷峰塔下去安身。

　　　　［讲书伯含笑点头，教鞭指向阿兴。

阿　兴：（慌忙，紧张接唱）

　　　　　　　六字写来……中横长，

　　　　　　　孟姜女……孟姜女寻夫哭城墙，

　　　　　　　她哭……哭……哭……

众学童：哈哈哈……

钟学吉：（急忙接唱）哭倒长城八百里，

　　　　　　　后转天宫会相逢。

　　　　［讲书伯教鞭指小六，小六吓得钻到桌子底下。讲书伯将他从桌下
　　　　拉起，让他站在一旁，然后教鞭再次指向钟学吉，示意他继续接唱。

钟学吉：（接唱）七字写来脚下叉，

　　　　　　　海中洗澡是哪吒，

　　　　　　　打死龙王三太子，

　　　　　　　抽筋剥皮转回家。

　　　　　　　八字写来两边开，

　　　　　　　山伯遇着祝英台，

　　　　　　　两人双双同生死，

　　　　　　变做蝴蝶墓中来。

　　　　　[小六一边听着钟学吉念唱，一边滑稽地比画着歌言中的人物动作、扮鬼脸。

众书童：哈哈哈……

　　　　　[讲书伯发现小六捣蛋，教鞭一甩，众学童立即正襟危坐。

众书童：（接唱）九字写来拐个弯，

　　　　　　　　奶娘学法过闾山，

　　　　　　　　收复三十六宫殿，

　　　　　　　　斩倒南蛇飞半天。

　　　　　　　　十字写来大团圆，

　　　　　　　　刘锡上京遇三娘，

　　　　　　　　三娘又落黑云洞，

　　　　　　　　七岁破洞小沉香。

讲书伯：孩子们啊，包公十六断奇案，沉香七岁救亲娘，少小不把书来读，长大怎能成栋梁？今天，族长找我商议，要从你们当中推举出白露坑畲族村"盘瓠忠勇王传人"，大家说，我们应当推举谁啊？

众学童：钟——春——黄——！

　　　　　[众学童呼拥上前，祝贺钟学吉。

钟学吉：不不不！

　　　　（唱）**《忠勇王》**

　　　　　　　忠勇王，忠勇王，

　　　　　　　上古英雄永流传；

　　　　　　　定国安邦把功建，

　　　　　　　三男一女尽封王。

　　　　　　　盘蓝雷钟分四姓，

　　　　　　　溯祖追宗源流长；

　　　　　　　春黄只会把歌唱，

　　　　　　如此荣誉不敢当。

讲书伯：（唱）前人造歌后人唱，
　　　　　　忠勇传人当自强；
　　　　　　歌是山哈传家宝，
　　　　　　千年万古世上传。
　　　　　　山哈歌言要传唱，
　　　　　　歌心二字不能忘；
　　　　　　忠勇传人要忠勇，
　　　　　　守护歌心万万上。

钟学吉：请问先生，什么是歌心？为什么要守护歌心万万上？

讲书伯：呵呵，这个你要到将来才会明白。忠勇传人选定，老夫就要外出游历了，接替的先生很快就来。

钟学吉：先生要走？

讲书伯：老夫喜欢游历村野，采集民风，讲书授教，四海为家。

　　〔一畲民挑着担子上。

钟学吉：先生您不能走，《孔子过番》您还没讲完呢。

讲书伯：春黄，世上的书是讲不完的，只要你好好学习，将来不仅天下好书任你读，而且说不定别人还能读你写的书呢，呵呵呵……（起身欲走）

钟学吉：（拉住讲书伯衣襟）先生，您不能走，您若要走，也得把《孔子过番》手抄本给我。

讲书伯：哎，这可是老夫的贴身家当，谁也不能给。不过，你既这么喜欢听老夫说书，又能出口成歌，那你何不把老夫平日说的故事编成歌言呢？呵呵呵……

众学童：是啊，你不是很会编唱歌言吗？

　　〔钟学吉陷入沉思。

　　〔讲书伯与挑担畲民下，众学童目送。

［幕外音：畲族原生态歌言《劝子读书》（福宁调）

少年认真去读书，

读的书多胜太丘；

日里不怕人来借，

夜间不怕贼来偷。

钟学吉：（蓦然回首，发现先生已走，连忙追赶）先生，先生……

［切光。

第二幕　半月情缘
第一场

［光启。

［清光绪元年（1875）。

［畲村半月里。

［梯田叠绿，茶园吐翠，满眼是春。

［幕外音：畲族原生态歌言《四月时来小满天》

四月时来小满天，

手捉秧把播[1]山田，

左手分秧右手播，

秧仔插落水底天。

水在高岩石下唱，

郎在云内播禾秧，

郎那播退娘播进，

播落田中青茫茫。

［畲家男女以舞蹈表现插秧、采茶情景。

---

[1] 播：畲族方言，插的意思。

众　人：（唱）《这边山，那边山》

　　　　　　　这边山，那边山，

　　　　　　　清明时节百花香，

　　　　　　　郎在心田播秧种，

　　　　　　　娘在山岗摘茶忙。

　　　　[众畬男望着采茶女，跃跃欲试想对歌。一番推让，小六被推出来。

小　六：（唱）这边山，那边山，

　　　　　　　唱条歌言扔过山，

　　　　　　　扔分阿妹衫旗内，

　　　　　　　紧紧催娘唱条还。

众　男：（和）扔分阿妹衫旗内，

　　　　　　　紧紧催娘唱条还！

雷小凤：嘀，他们想盘歌呢。秀丽，你是歌灵通，上！

　　　　[雷秀丽腼腆一笑，退至一旁。

雷小凤：嗨，亏你满腹文才，总不开口。我来！

　　　　（唱）这边山，那边山，

　　　　　　　你讲歌言我来还，

　　　　　　　阿哥唱的有缘歌，

　　　　　　　心头恰似篾解宽。

众　女：（和）阿哥唱的有缘歌，

　　　　　　　心头恰似篾解宽！

小　六：（唱）这边山，那边山，

　　　　　　　隔片树林隔片山，

　　　　　　　隔山隔水仰不着，

　　　　　　　变作黄鸟飞过山。

众　男：（和）隔山隔水仰不着，

　　　　　　　变作黄鸟飞过山！

雷小凤：（唱）郎变黄鸟飞过山，
　　　　　　娘掼竹笼路边拦，
　　　　　　拦到笼中相对唱，
　　　　　　唱到明年三月三。
众　女：（和）唱就唱，
　　　　　　唱到明年三月三，
　　　　　　唱到明年三四月，
　　　　　　芋头生笋心正凉。
众男女：（合）歌言顶天天就开，
　　　　　　歌言顶雨雨就来；
　　　　　　歌言顶竹竹成篾，
　　　　　　顶你少郎／娘无歌回。
　　　　　　顶你少郎／娘无歌回。
　　　　[两队男女渐唱渐近，开始相互打闹嬉戏。
　　　　[雷秀丽静如百合，始终含笑，静处一旁。
　　　　[钟学吉背着箩筐，兴冲冲上。
钟学吉：（唱）这边山，那边山，
　　　　　　人随春色到茶山，
　　　　　　田间地头人欢畅，
　　　　　　不知歌仙哪下凡？
小　六：春黄！
钟学吉：哎，小六，你怎么也在这？
小　六：（偷偷指着雷小凤）嘿嘿，郎想娘，去插秧。你又来采歌？
钟学吉：今天书堂放假，我听说半月里有个歌仙名叫雷秀丽，她家里有《梁山泊和祝英台》的平讲戏手抄本，所以特来找她。
雷小凤：你找歌仙啊？喏（手指雷秀丽），她刚下凡，金口还没开呢。
钟学吉：呵呵，那我找她去！（跑下）
　　　　[雷小凤抿嘴一笑，示意众人悄悄躲开。

第二场

[紧接上场。

[雷秀丽置身茶园，静若百合。她双手撷采茶叶，采着采着，不禁陶醉其中，翩然起舞。葱翠的茶丛遮挡着她的腰肢，只见她双手柔若浮云，又如彩蝶上下翻飞。

[幕外音：畲族原生态歌言《花是树上开来香》

  花是树上开来香，

  水是高山出来凉；

  妹是百合花一朵，

  不言不语自芬芳。

[钟学吉气喘吁吁跑上。

[雷秀丽听到他的脚步声，宛若惊鸿，倏然止舞，低头采茶。

钟学吉：阿妹，请问你是歌仙——雷秀丽吗？

  [雷秀丽嫣然一笑，羞涩地点点头，又严肃地摇摇头。

钟学吉：呵呵，你到底是，还是不是啊？

雷秀丽：（垂首低语）我是秀丽，不是歌仙。

钟学吉：（上句没听清，下句听清了，有些失望）哦，你不是她呀？不过，我觉得你比仙女还漂亮呢！

  [雷秀丽瞟他一眼，不予理睬。

  [钟学吉哈哈大笑，来了兴头。

钟学吉：（唱）花是树上开来香，

    水是高山出来凉；

    妹是百合花一朵，

    不言不语自芬芳。

  [雷秀丽羞怯，径自低头采茶。

　　　　　　[钟学吉乐了。
钟学吉：（唱）不是仙女不下凡，
　　　　　　　不唱歌言不上山；
　　　　　　　郎讲歌言问阿妹，
　　　　　　　阿妹为何不回还？
　　　　　　[雷秀丽依然不吭声。
钟学吉：（唱）歌那不唱肚腹忧，
　　　　　　　隔年榛籽榨没油；
　　　　　　　书那不读不会写，
　　　　　　　春不耕来冬无收。
　　　　　　[雷秀丽瞪他一眼，转身继续采茶。钟学吉更乐了。
钟学吉：（唱）阿妹羞花闭月相，
　　　　　　　生气好比花怒放，
　　　　　　　花哪怒放蝶飞舞，
　　　　　　　蜂飞蝶舞花更香。
雷秀丽：（唱）花是树上开来香，
　　　　　　　水是高山出来凉；
　　　　　　　妹是百合花一朵，
　　　　　　　岂能容你轻薄相！
　　　　　（生气，端起茶篓往钟学吉头上一扣，茶叶撒落一地）
　　　　　　[雷秀丽歌声宛若黄鹂，钟学吉一下子震住了，乃至头被茶篓扣住，也浑然不动。
　　　　　　[雷小凤、小六等人从旁跑出，哈哈大笑。
　　　　　　[雷秀丽扭身跑下。
雷小凤：怎么样，这位歌仙不好惹吧？
钟学吉：（摘下茶篓，捡茶入篓，笑）我没轻薄她呀，我只是觉得她很害羞，很可爱，才想逗她。

小　　六：你不是要《梁山泊和祝英台》的手抄本吗？

钟学吉：是啊，可她说，她不是歌仙啊。

雷小凤：谁让你叫她歌仙啦？她虽一肚子文才，又能唱又能跳，还写得一手好字，但她呀，就像含羞草，被人轻轻一碰，就"曲琉球"[1]了。

钟学吉：这样啊？

雷小凤：呵呵，我听小六说了，才知道您就是编《白蛇传》"大段"的钟先生！

钟学吉：是啊，我喜欢编"大段"，所以四处收集手抄本。

雷小凤：手抄本啊，讲书伯那里最多啦。

钟学吉：可他四处讲书，行踪不定，很难找到他。

雷小凤：前些日子，我听秀丽说，讲书伯说书惹恼官府了呢。

钟学吉：是的，我也听说了，他关心百姓疾苦，抨击官府腐败，这才惹恼他们。听你这么说，那位生气的歌仙，她也认识讲书伯？

雷小凤：当然啦，要不她哪来《梁山泊和祝英台》的手抄本呢？

钟学吉：真是太好啦！可我现在惹恼了她，该怎么办呢？

雷小凤：喏，跟我来！（耳语）

钟学吉：（喜形于色）谢谢！（急欲离开）

小　　六：带上茶篓——

　　　　［钟学吉接过茶篓，一种甘甜涌上心头。

　　　　［切光。

第三场

　　　　［启光。

　　　　［月夜。雷秀丽独坐窗前，执笔书写。她回味着白天在茶山发生的

---

[1] 曲琉球：蜷成一团的意思。

事：有沮丧、有懊恼、有羞怯、有向往，也有情窦初开的少女悄然滋生的温香和甜美。

雷秀丽：（唱）花在枝头静静放，

水在谷中清清淌；

路人只识花开好，

谁解花心一寸香？

妹是百合花一朵，

于无声处情偏多；

高山流水何处觅，

歌言一曲泛心波。

[歌声中，雷秀丽心潮起伏，辍笔停书，翩然起舞。她以优美的舞蹈语汇，诉说着内心的情愫。

[钟学吉背着茶篓，踏着月色前来。

[雷秀丽灵动的舞姿如凤凰亮翅，使钟学吉如梦如幻，如痴似醉，他情不自禁地放声歌唱。

钟学吉：（唱）月在夜空发光亮，

风吹云动来遮挡；

人人只当云遮月，

哪知云儿做何想。

郎是云上那太阳，

遣来彩云织衣裳；

织成穿在妹身上，

夜深风起莫着凉。

[雷秀丽心有灵犀，闻歌喜悦，翩翩起舞。

[钟学吉心领神会，摘下茶篓，奉送上前。

男女声二重唱：郎是云上那太阳 / 妹是百合花一朵，

　　　　　　遣来彩云织衣裳 / 于无声处情偏多；

　　　　　　织成穿在妹身上 / 高山流水何处觅；

　　　　　　妹啊 / 哥啊，

　　　　　　夜深风起莫着凉 / 歌言一曲泛心波。

[歌伴着舞，舞踏着歌，一对有情人就这样深情地走到了一起。

[钟学吉双手捧着茶篓，含情脉脉。

[雷秀丽娇羞地接住，却又轻轻一推，然后转身跑下。

[钟学吉端着茶篓，无限幸福，追下。

[切光。

第四场

[光启。

[接前场，数月后。

[畲族婚礼场景：厅堂正中贴"双喜"，上书"凤凰到此"，左右是祖公联"燕尔当思高辛宠，鹏程应念祖公功"。中设斗灯、香案、祖图等。

[幕外音：畲族原生态歌言《有缘对有意》

　　　有缘对有意，

　　　糯米来做糯米糍，

　　　糯米来做糯米糍，

　　　你那粘我我粘你。

　　　有缘对有意，

　　　　　胜过山里粘芝奇[1]，

　　　　　胜过山里粘芝草，

　　　　　你那粘我我粘你。

　　[歌声中，"舂糍粑"舞：小六等畲族小伙舂糍粑，雷小凤挽卷衣袖，灵巧翻糍。一舂一翻，巧妙配合，掀起阵阵喝彩。

　　[舂糍一番热闹过后，阿兴作为"亲家伯"率领迎亲队伍吹吹打打而来。

　　[一群畲女嬉笑跑上，唱《戏弄轿子扛轿歌》

众女问：扛轿郎，

　　　　两行轿杠一样长，

　　　　你帮别人扛阿嫂，

　　　　自己阿嫂还未扛。

轿夫答：唱歌娘，

　　　　两行轿杠一样长，

　　　　今年帮人扛阿嫂，

　　　　自己阿嫂明年扛。

众女回：扛轿郎仔没烦恼，

　　　　一顶红轿四人挑，

　　　　先头一个步步叫，

　　　　手后又应慢慢摇。

轿夫答：一顶红轿四人扛，

　　　　四个又行路中央，

　　　　上岺下岺是爱叫，

　　　　快请新妇梳红妆。

众女答：新妇梳妆时还早，

---

[1] 奇：当地方言，即粘粘草

喝碗茶水歇会脚,

宝塔茶水层层叠,

喝过茶水节节高。

［雷小凤端出"宝塔茶"难为"亲家伯"。（"宝塔茶"：底部一碗,中层三碗,呈梅花状,顶上放一碗。"亲家伯"先用口衔住上层一碗,再用双手捧着中层三碗和底层一碗,送给四个轿夫,大家一饮而尽,方显功夫）

［迎亲嬉闹过后。

［幕外音：畲族原生态歌言《哭阿母》

女声独唱：阿母喽！

一年三百六十天,阿母喽！

天天都在母身边,阿母喽！

如今你被别人骗,阿母喽！

阿母喽！

人来娶亲你不言,阿母喽！

并无半句留女言,阿母喽！

半句不言留下我,阿母喽！

阿母喽……

［歌声中,雷秀丽按畲族婚嫁习俗,梳头,穿嫁衣,拜别父母,踏米筛出门,上花轿,到男方家。

［众畲男簇拥着新郎官钟学吉喜上。

［幕外音：畲族原生态歌言《拜堂令》（吟诵调）

男　　声：新郎新娘进厅中,一双喜烛亮彤彤,

照到东南西北上,照到东南西北中。

好男求三个,好女求一双,

大子朝廷为宰相,二子六部尚书郎,

三子年少没管事,提拔四州管田庄。

　　　　　　大女富贵嫁皇上，二女朝中做娘娘，
　　　　　　桌上燕窝鸡鸭肉，三年老酒朗来香。
　　　　　　糖胶蜜，蜜胶糖，胶来胶去久久长，
　　　　　　年头食酒敬双盅，年尾添个状元郎。
　　　　　　暗林竹头生好笋，八仙庆贺都齐全，
　　　　　　新郎新娘送房转，百子千孙会团圆。
　　　　　[新郎新娘入洞房，众人欢笑离去。
　　　　　[静谧中。雷秀丽含情脉脉，钟学吉情不自禁歌唱。
　钟学吉：（唱）《花是树上开来香》
　　　　　　　花是树上开来香，水是高山出来凉；
　　　　　　　妹是百合花一朵，不言不语自芬芳。
　　　　　　　今夜花开在洞房，好似梧桐落凤凰，
　　　　　　　凤凰栖落梧桐上，妹啊，天上人间羡鸳鸯。
　雷秀丽：（唱）花在枝头静静放，水在谷中清清淌；
　　　　　　　哥是高山长流水，浇花育树久长长。
　　　　　　　今夜花开在洞房，好似牡丹在洛阳，
　　　　　　　牡丹花开洛阳上，哥啊，有缘就要久久长。
　　　　　[二人幸福依偎。
　　　　　[静谧中，传来一阵叫嚣声。
　　　　　[钟学吉连忙起身开门探看。
　雷秀丽：发生什么事了？
　钟学吉：几个官差提着灯笼跑过，好像在追捕什么人。
　雷秀丽：啊，该不会……
　钟学吉：你说讲书伯？
　男女声二重唱：《先生，先生》
　　　　　　　　先生，先生，
　　　　　　　　花烛夜，喧嚣声，

　　　　　心不安，怕祸生。
　　[讲书伯抱着一个箱子，行色匆匆上。
讲书伯：（唱）逃生，逃生，
　　　　　星夜逃，白露坑，
　　　　　一箱书，托后生。
钟学吉：先生！（急开门，把讲书伯接入，掩门）
雷秀丽：先生快请里边坐。
讲书伯：不，我马上要走。
　　　　（唱）不忍，不忍，
　　　　　喜庆夜，别死生，
　　　　　千斤托，善珍存！（把一箱书交给钟学吉）
钟氏夫妻：先生……
讲书伯：（唱）雪寒在上天风冷，霜冻在下伤草根，
　　　　　畲乡山高皇帝远，也有风过竹林声。
　　　　　临别寄语情深切，望你牢牢记在心；
　　　　　歌是山哈传家宝，千古万年世上存。
　　　　　山哈歌言要传唱，歌心二字不能忘；
　　　　　忠勇传人要忠勇，守护歌心万万上。
钟氏夫妻：（唱）雪寒在上天风冷，霜冻在下伤草根，
　　　　　畲乡山高皇帝远，也有风过竹林声。
　　　　　先生话语牢牢记，学生矢志不敢忘；
　　　　　歌是山哈传家宝，千古万年世上传。
　　　　　山哈歌言要传唱，歌心二字永不忘；
　　　　　忠勇传人要忠勇，守护歌心万万上。
男女声三重唱：忠勇传人要忠勇，守护歌心万万上。
　　[讲书伯转身离去，他的身影消失在夜幕中。
　　[幕外音：一阵叫嚣声，渐远渐弱。

钟氏夫妻：先生……

　　　　[切光。

第三幕　风雨民生
第一场

　　[光启。

　　[距前场二十年后。清光绪二十一年（1895）。

　　[畲乡，前为晒谷场，后为竹林。

　　[幕外音：畲族原生态歌言《上山砍竹响当当》

　　　　上山砍竹响当当，落山砍竹溜落潭，

　　　　郎姐砍竹斗本领，女人不输男人强。

　　　　女人不输男人强，男人会做女会传，

　　　　男人一天砍三百，女人三百一天扛。

　　[歌声中，雷小凤等畲民用不同的竹材制作各种各样的竹制品。边制作边唱《颂竹歌》。（舞蹈场面参考《竹响畲山》）

　　[《颂竹歌》。（霞浦排歌调）

畲民甲：（边剖竹，边唱）第一麻竹人中意，

　　　　麻竹破篾尽成丝，

　　　　麻竹农家大有用，

　　　　做尽几多人家伙。

雷小凤：（和几个戴斗笠的畲女，边晒谷子，边唱）

　　　　第二竹名好篷弥，

　　　　砍来一支做斗笠，

　　　　落雨分娘去遮水，

　　　　天晴分娘好遮日。

畲妇甲：（在竹竿下面边晒衣边唱）

    第三苫笼生端正，

    雷公乃霆笋就生，

    苫笼生笋真好食，

    竹竿晒衣把衫撑。

年长畲民：（边吸旱烟边唱）

    第四金竹好名声，

    金竹生笋中人心，

    细支砍来做烟筒，

    大支砍来做伞柄。

  [众畲女见老者也唱，便凑上前去取笑他。

众畲男：（唱）第五黄竹节来长，黄竹破篾直成行，

    黄竹破篾人有用，黄竹缚箍直成壮。

众畲女：（唱）第六柴竹在山坝，柴竹生笋叶盖盖，

    老来变乌有人买，担落州城有人爱。

  [老者乐呵呵佯装要用烟筒敲她们，畲女们笑着躲避。

  [中年钟学吉步履匆匆上。

众　　人：钟先生好。

  [钟学吉向大家微笑招呼。

钟学吉：（唱）第七石竹高界立，也有大来也有细，

    劝娘千万莫嫌老，老竹破篾好缚力。

  [众畲女羞愧，捂嘴含笑。

钟学吉：（唱）第八芦竹生端正，却无人看它生笋，

    芦竹生笋无人食，都在坑头坑涧生。

畲民甲：听见了吧，钟先生说了，做人不能学芦笋，中看不中吃！

众畲女：（唱）第九绿竹叶又细，绿竹年年要新泥，

    绿竹生笋做菜食，竹壳捡来做鞋底。

众畲男：（唱）第十赤竹满山是，赤竹人人都有意，
　　　　　　　大支砍来去做篮，细支砍来结笆篱。
雷小凤：（唱）青山柴竹叶青青，树上洋鸟喔好听，
　　　　　　　大峒人表名声好，要数先生第一名。
　　　　钟先生，您编的"大段"，可是远近闻名啊！
钟学吉：（唱）落弯竹枝丫敞敞，当冈松柏好歇凉，
　　　　　　　暗岚毛竹生好笋，暗岚树仔抽心长。
　　　　　　　我编大段虽然好，不及父老一根毛，
　　　　　　　山哈歌言如山海，学吉只算舀一瓢。
雷小凤：钟先生，您别谦虚啦，我们这些"嘴头歌"哪能和您的"正歌"
　　　　比啊，您最近又编什么"大段"了？快给我们唱唱吧。
钟学吉：呵呵，你每次见到我，总是催我唱"大段"。小六呢？
雷小凤：他去福宁卖茶了，这年头税太重，生意难做。
钟学吉：是啊，我今天来就是想告诉大家，今后我们的日子恐怕越来越难了。
众　人：为什么？
钟学吉：（唱）今天不讲大段戏，单讲福宁传消息；
　　　　　　　去年中日甲午战，历时一年才平息。
　　　　　　　《马关条约》一签订，丧权辱国不安宁；
　　　　　　　割地赔款几亿两，金山银山也见底。
众　人：赔款白银几亿两？！
钟学吉：（唱）外债沉沉如山重，黎民百姓水火中；
　　　　　　　城门失火灾祸重，殃及池鱼忧忡忡。
　　　　[众人情绪一下子跌入忧愁苦闷中。
　　　　[讲书伯的身影出现在光柱中。
讲书伯：（唱）雪寒在上天风冷，霜冻在下伤草根，
　　　　　　　畲乡山高皇帝远，也有风过竹林声。
众　唱：（唱）雪寒在上天风冷，霜冻在下伤草根，

　　　　　畲乡山高皇帝远，也有风过竹林声。

　　[歌声中，讲书伯身影淡去。

雷小凤：钟先生，那我们该怎么办呢？

钟学吉：民以食为天，我们从现在起，就要做好过荒年的准备……

众　人：过荒年？

　　[光渐收，音乐低沉忧闷过渡。

第二场

　　[音乐及灯光布景色彩变化中，时光飞逝。

　　[幕外音：畲族原生态歌言《荒年记》。

　　　　　一笔落纸字灵清，小说歌言无同音；

　　　　　歌言本是前人造，从头一二讲分明。

　　　　　宣统登基庚寅年，大风大浪做半年；

　　　　　风台打天又打地，天灾人祸苦难言。

　　[光启。

　　[清宣统年间。

　　[冬日，白露坑，钟学吉家前。

　　[结合《荒年记》歌言内容，以舞蹈表现百姓缺衣少食、流离失所、妻离子散的悲苦景象。

　　[钟学吉和雷秀丽提着粥桶，赈济灾民。

钟学吉：（唱）戊申过了己酉年，天灾人祸紧相连；

　　　　　一斗谷米钱八百，几多无食哀哀怜。

　　　　　人多粥少难尽意，心有余来力不济；

　　　　　眼前悲苦无处解，唯有歌言慰肠饥。

众灾民：（唱）多谢先生来周济，雪中送炭真情谊；

　　　　　清水煮粥情深重，歌言暖心把气提。

［小六身着破衣，抱着火笼，抖抖索索上。

小　六：（唱）多年卖茶奔波忙，税重破产空荡荡，
　　　　　　　布娘病来无钱治，儿女无食饥难当。
　　　　　　　黄连树下搭草房，百补衣衫难遮霜；
　　　　　　　火笼揽来当棉袄，寒风吹来冷难当。
　　　　　　　拖男带女逃过山，一山还比一山难；
　　　　　　　想来有脚行无路，眼泪淋淋流成潭。

钟学吉：小六，小凤伤寒好些了吗？

小　六：唉……

雷秀丽：（拿过一个小袋子）这点米，你熬点粥给小凤和孩子们吃吧。

小　六：唉，这年头，你们自己也吃不饱啊。

钟学吉：我们还好，我编"大段"，秀丽传抄，外村有人愿意拿番薯丝换歌本呢，只是苦了秀丽……

雷秀丽：（笑笑）不苦。

小　六：（感动）春黄，我知道，你一部"大段"也只能换两三斤番薯丝啊！

钟学吉：虽然不多，但只要有人唱歌言，就算白送，我们也心满意足啊！

小　六：（抹泪，摇头）唉，这年头，哪里还有心情唱歌言哦……

钟学吉：小六。

　　　　（唱）《苦猛苦，歌要唱》
　　　　　　　苦猛苦，歌要唱，石榴做籽叶中央；
　　　　　　　日头落山难转午，歌言唱来解愁肠。
　　　　　　　苦猛苦，歌要唱，人无三世再还阳，
　　　　　　　日头落山难转午，夜尽天明又上岗。

［雷小凤由孙女花儿搀扶着，缓缓上。

雷小凤：（唱）苦猛苦，歌要唱，歌言好比生姜汤；
　　　　　　　驱散浑身伤寒气，通筋活血身轻朗。

小　六：唉，你病成这样，还唱！

钟学吉：小凤，外面冷，快进去歇息。

雷小凤：我这病不要紧，（指点小六）他的病才厉害。一向乐呵呵的人，如今除了唉声叹气，动不动就骂人。连我教花儿哼几句歌言，他也恼火。

钟学吉：呵呵，小六，是这样吗？

小　六：唉，这荒年，愁都来不及，你说我哪有心情听她唱"大段"啊？

钟学吉：小凤，你唱哪个大段啊？

雷小凤：就是您当年编的《白蛇传》啊。钟先生，你知道的，当年我听您编的《白蛇传》，那可是茶不思饭不想啊。

钟学吉：呵呵，那是你一门心思只想许仙——小六郎！

雷小凤：是啊，我要不想小六郎，我们怎能配成双呢？可他现在……

钟学吉：小六，你还不快过来，谢谢我这个大媒人吗？

小　六：（不好意思）呵呵，春黄，我俩能成夫妻，还真要谢谢你的《白蛇传》呢。

[众灾民闻言，感兴趣，渐渐凑近。

雷小凤：（唱）《多谢先生编大段》

　　　　　多谢先生编大段，峨眉白蛇来下凡，

　　　　　许仙共伞在钱塘，我俩共伞三月三。

小　六：（不知不觉开口）

　　　　　一场歌会雨盖盖，黄泥路仔滑苔苔，

　　　　　男人脚长行滑路，女人滑倒在郎怀。

[众笑。

众　人：（唱）分明蛇精是小六，阴谋诡计使坏来，

　　　　　赚得娇娘在怀抱，还说路仔滑苔苔。

小　六：呵，我真的没使坏，真的是路仔滑……

雷小凤：（望着笑逐颜开的小六，十分动情）

　　　　（唱）当年路仔滑苔苔，彼此搀扶情恩爱；

　　　　　如今年荒无食用，我唱歌言他气衰。

小　六：（唱）你唱歌，我气衰，霜打茄子头难抬；
　　　　　　　心有千般愁共苦，想要唱歌口难开。
钟学吉：（唱）苦猛苦，歌要唱，吼它一吼声就开；
　　　　　　　纵有千般愁共苦，大河东流归向海。
雷小凤：是啊，小六，你就听钟先生的话，大声地吼一吼吧！
小　六：（欲吼又止）唉……
钟学吉：别唉，吼！
阿　兴：吼啊！
众　人：吼啊！
　　　　[小六再次努力，却又再次蹲下，他依然提不起气。
钟学吉：（一把拉起小六，引吭高歌）
　　　　（唱）苦猛苦，歌要唱，歌言当酒也当粮；
　　　　　　　酒哪喝足胆气壮啊，粮哪丰收满山黄。
小　六：（拼力一吼，声泪俱下）
　　　　（唱）苦猛苦，歌要唱，歌言当酒也当粮；
　　　　　　　酒哪喝足胆气壮啊，粮哪丰收满山黄。
钟学吉：（唱）苦猛苦，歌要唱，歌言当酒也当粮；
　　　　　　　歌是山哈传家宝，纵是含泪也要唱。
众　人：（合唱）苦猛苦，歌要唱，歌言当酒也当粮；
　　　　　　　　酒哪喝足胆气壮啊，粮哪丰收满山黄。
　　　　　　　　苦猛苦，歌要唱，歌言当酒也当粮；
　　　　　　　　歌是山哈传家宝，纵是含泪也要唱。

　　　　[歌声中，收光。

第三场

[幕外音：畲族原生态歌言《一阵狂风叶又黄》（福鼎调）

　　穷字穷人没相干，有厝没娘脚手酸，

　　没钱定亲看伊老，没曲做酒必定酸。

　　人字在世没久长，跟娘唱歌解心肠，

　　合似门前杨柳树，一阵狂风叶又黄。

[光启。

[一弯新月。

[钟学吉家。微弱的灯光透出一对人影：钟学吉在踱步吟唱，雷秀丽在秉笔书写。

钟学吉：（唱）歌是山哈写文章，忧时常把先贤想，

　　　　畲家自古多英杰，忠勇传人志气强。

　　　　钟良弼考场官司赢，雷万兴护乡抗官兵，

　　　　蓝奉高保卫汀州府，雷阿晌智把倭寇惩。

　　　　畲家小说人才茂，钟景期相爱情义高，

　　　　雷海清受封戏状元，雷万春打虎逞英豪。

　　　　我编"大段"人传唱，畲家英豪美名扬，

　　　　歌是山哈传家宝，留分世上作书传。

雷秀丽：夫君，《钟良弼》"大段"抄好了，我给他们送去吧，他们都等好几天了。

钟学吉：不，我去，你快歇会儿。

雷秀丽：那你……快去快回。

[钟学吉接过歌本，下。

[雷秀丽目送丈夫离去。她走到户外，望着天上的月亮，思绪飘回年轻时代。

[幕外响起钟学吉的歌声《月在夜空发亮光》

月在夜空发亮光，风吹云动来遮挡；

人人只当云遮月，哪知云儿做何想。

郎是云上那太阳，遣来彩云织衣裳；

织成穿在妹身上，妹啊，夜深风起莫着凉。

[一阵激烈敲门声。

[雷秀丽从回忆中惊起。

[几名差役点着火把，破门而入，四处抄查。

雷秀丽：你们……你们……

差役甲：钟学吉在哪里？

雷秀丽：他……他不在家。

差役甲：那些手抄本在哪？蛊惑民心，煽动抗税！搜！

[差役翻箱倒柜搜查。

[雷秀丽拼命拦阻，无济于事。

[差役搜出歌本，付之一炬。

[雷秀丽欲阻，被粗暴推倒。

[雷小凤、小六、阿兴等畲民拥上，抢护歌本，救护雷秀丽。

[差役虎视眈眈，众人怒目以对。

雷小凤：（唱）水连云来云连天，山哈歌言几千年；

皇帝退换几多位，哪个朝代禁歌言？

众畲民：（唱）皇帝退换几多位，哪个朝代禁歌言？

雷小凤：（唱）歌言山哈当文章，谁人有胆讲莫唱，

众畲民：（和）谁人有胆讲莫唱？

雷小凤：（唱）歌是山哈传家宝，留分世上作书传。

众畲民：（和）歌是山哈传家宝，留分世上作书传！

差　役：你们……你们想造反不成！（怯懦，退下）

[众畲民灭火，怎奈歌本尽毁。

[雷秀丽望着灰烬，痛心疾首，一阵昏厥。

众畲民：秀丽……

　　　　［钟学吉跑上。

　　　　［雷秀丽捂胸，吐出一口血，昏倒。

钟学吉：秀丽……

　　　　［切光。

第四场

　　　　［音乐低沉过渡。

　　　　［光启。

　　　　［一轮明月，满地青辉。

　　　　［雷秀丽卧病在床，钟学吉端药在侧，他想给雷秀丽喂药，却被她轻轻推开。

　　　　［雷秀丽挣扎起身，钟学吉搀扶着，坐在院内的凳子上。

　　　　［夫妻俩静静地望着天上的明月。

　　　　［幕外传来畲族原生态歌言《花是树上开来香》的旋律。

　　　　［雷秀丽和钟学吉沉浸在思绪中，一起回忆着两人的相识相爱和相知。

　　　　［月色朦胧中，雷秀丽缓缓站起来，她像一个精灵，摆脱了痛苦和疾病，以生命起舞。很快，她就感到体力不支，终至缓缓倒在钟学吉的怀中。

钟学吉：（含悲忍泪）秀丽……

雷秀丽：（静静含笑，气若游丝）（唱）《花是树上开来香》

　　　　　　花是树上开来香，水是高山出来凉；

　　　　　　妹是百合花一朵……（一曲未终，含笑而逝）

　　　　［钟学吉静静拥抱着她，仿佛拥着睡着的妻子……

　　　　［幕外女声深情而悲切。

　　　　（唱）妹是百合花一朵，

　　　　　　于无声处情偏多；

　　　　　　今夜花落随风去，

　　　　　　哥啊，清歌一曲泪成河。

　　　[低沉的音乐声中，钟学吉开始哽咽，最后，他像一头失伴的雄狮，发出撕心裂肺的哀号。

钟学吉：（唱）月在夜空发光亮，

　　　　　　风吹云动来遮挡；

　　　　　　人人只当云遮月，

　　　　　　哪知云儿做何想。

　　　　　　郎是云上那太阳，

　　　　　　遣来彩云织衣裳；

　　　　　　织成穿在妹身上，

　　　　　　妹啊，夜深风起莫着凉……

　　　[切光。

第五场

　　　[幕外音：畲族原生态歌言《鸟名歌》

　　　　　　高山路远慢慢行，行过深坑共丛林，

　　　　　　细路行过大路转，开声来唱百鸟名。

　　　　　　春来夜莺啼落阳，夏来白鹤鸣天上；

　　　　　　秋来鹧鹉捉虫食，鸽鸟送信降寒霜。

　　　　　　莺声那啼温又软，凤凰那叫天地串；

　　　　　　大雁飞来排成字，单雁无双又是冤。

　　　[光启。

　　　[秋风萧瑟，孤雁哀鸣。

　　　[钟学吉一夜白发。他手握竹制的酒筒，失魂落魄，以酒消愁。

　　　　[雷小凤、小六等众畲民群舞：他们满怀深情，同情、关怀钟学吉。

雷小凤：（唱）《先生，先生》

　　　　　　先生，先生，

　　　　　　劫后生，已断魂，

　　　　　　一夜愁，白发生。

众畲女：（唱）一夜愁，白发生。

小　六：（唱）不忍，不忍，

　　　　　　他消沉，我不忍；

　　　　　　要帮他，振精神。

众畲男：（唱）要帮他，振精神。

钟学吉：（唱）断魂，断魂，

　　　　　　妻已去，书已焚，

　　　　　　何以慰，梦死生。（举起酒筒，猛喝）

小　六：（夺下）春黄，你不能再喝了，你一定要振作起来啊！

雷小凤：是啊，先生，我们大家还等着您编"大段"呢！

众畲民：（唱）《苦猛苦》

　　　　　　苦猛苦，歌要唱，

　　　　　　歌言当酒也当粮；

　　　　　　恳请先生多保重，

　　　　　　莫要烂醉把身伤。

钟学吉：（唱）歌是酒，也是粮，

　　　　　　造歌好比把酒酿，

　　　　　　有曲酿酒喷喷香；

　　　　　　没曲酿酒酸断肠。

众畲民：（唱）酸猛酸，仍要唱，

　　　　　　歌言是药疗百伤；

　　　　　　恳请先生多保重，

　　　　　　　大雪青松苍茫茫。
钟学吉：（唱）多谢父老情温暖，
　　　　　　　怎奈学吉心苦酸，
　　　　　　　歌是山哈传家宝，
　　　　　　　心苦造歌难承传。
　　　［幕后音：
　　　　　山哈歌言要传唱，
　　　　　歌心二字不能忘；
　　　　　忠勇传人要忠勇，
　　　　　守护歌心万万上。
　　　［钟学吉茫然失措，他痛苦万分，举起酒筒，醉卧在地。
众畲民：先生……
　　　［收光。
　　　［众隐去。
　　　［一束寒光静静照着醉卧的钟学吉。
　　　［幕外音：花儿唱着原生态畲族歌言《颂花名》。
花　儿：（唱）《颂花名》（霞浦阿鲁调）
　　　　　　　蜡梅花向雪中开，
　　　　　　　梅花树下等郎来，
　　　　　　　一树梅花都开尽，
　　　　　　　中央一朵等郎来。
　　　［伴着宛若天籁的歌声，花儿出现在一束金色光亮里。她的歌声如冬日阳光，驱散笼罩在钟学吉心头的寒气。
　　　［钟学吉从沉醉中渐渐苏醒，如梦似幻。
钟学吉：你这么小，怎么也懂得唱情歌？
花　儿：是我家阿婆教我唱的，阿婆说，我现在不懂，将来会懂。
钟学吉：（若有所思，喃喃自语）是啊，将来会懂。

花　儿：我还会唱很多花名，我唱给您听。

　　　　（唱）牡丹原是花中王，

　　　　　　　感谢园丁水来养，

　　　　　　　痛恨皇后武则天，

　　　　　　　没事把我押洛阳。

[幕外女声：（唱）牡丹花开洛阳上，

　　　　　　　　哥啊，有缘就要久久长。

花　儿：（唱）菊花不入百花丛，

　　　　　　　独开疏离世无穷；

　　　　　　　宁可枝上包香死，

　　　　　　　不甘北风残花丛。

　　　　[幕外音：宁可枝上包香死，

　　　　　　　　　不甘北风残花丛。

花　儿：老爷爷，为什么菊花宁可死在枝头上呢？

钟学吉：因为花是树上开来香……离开了枝头，花就谢了，香气也没了……

花　儿：可是阿婆说，花芯好，花才香。

钟学吉：是啊，花芯好，花才香，可惜离了枝头，花枯了，心也死了……

花　儿：不，我家阿婆说，花的心永远都不会死，因为世上所有的花，都有一颗共同的心，那就是太阳。

钟学吉：花的心是太阳？太阳是花的心？

　　　　[幕外音：啊太阳……云上太阳……

花　儿：老爷爷，您知道我最喜欢什么花吗？

钟学吉：是百合花吗？

花　儿：不，是葵花！阿婆说葵花向太阳。

　　　　（唱）葵花开时一色黄，

　　　　　　　朵朵花盆向太阳，

　　　　　　　为人要学葵花样，

　　　　　　　心田洒满太阳光。

[幕外音：（唱）啊太阳……云上太阳……

[歌声如穿云透雾的阳光，驱散钟学吉心头的阴霾。

钟学吉：（唱）只为天上有太阳，

　　　　　　世上才有花百样；

　　　　　　从来以为花会死，

　　　　　　不知花心是太阳。

　　　　啊太阳……云上太阳……

　　　　　　歌言好比花绽放，

　　　　　　歌心就是那太阳；

　　　　　　歌是山哈传家宝，

　　　　　　千古万年世上传。

[歌声中，阳光普照，百花盛开。

[众畲民从四面八方拥来。

[山民会馆徐徐升起。

[钟学吉以穿过死荫幽谷而焕然一新的面貌，从山民会馆大门步入。他在会馆西厢的一个室内的案桌前，执笔创作。

[幕外音：男声唱《末朝纲》（节选）

　　　　不是造歌来记数，

　　　　细齐大小来听过，

　　　　清朝皇帝又该末，

　　　　末朝百姓做灾孤。

　　　　也有卖仔嫁布娘，

　　　　也有卖仔卖田园，

　　　　八十上岁都未见，

　　　　该要末朝个样生。

　　　　清朝尽了末朝纲，

　　　　宣统煞尾二年半，

　　　　真命天子出哪位，

　　　　　幼年细齐会看见。
　　　　　造歌人在白露坑，
　　　　　启分陈家讨有名，
　　　　　上字分作二字讲，
　　　　　士字加口是郎名。
众畲民：（唱）造歌人在白露坑，
　　　　　启分陈家讨有名，
　　　　　上字分作二字讲，
　　　　　士字加口是郎名。
　　［歌声中，光渐收。

尾声

　　［幕外音：原生态畲族歌言《盘古造天到如今》
　　（唱）盘古造天到如今，
　　　　　一重山背一重人，
　　　　　一潮海水一潮鱼，
　　　　　一朝天子一朝臣。

　　　　　歌言盘古传到今，
　　　　　讲尽世情诫人心，
　　　　　就是杀头着干柱，
　　　　　还会还魂唱三声。
　　［光启。
　　［今天的白露坑。
　　［三月三歌会。
　　［身着不同服饰的男女畲民，以畲族双音、福宁调、罗连调、霞浦阿鲁调等不同曲调，唱《歌是山哈传家宝》

水连云来云连天,
山哈歌言几千年;
皇帝退换几多位,
哪个朝代禁歌言?
歌是山哈写文章,
劝你细婆学乃唱,
谁人断开祖公礼,
孔子书堂断文章。
歌言山哈当文章,
谁人有胆讲莫唱,
歌是山哈传家宝,
留分世上作书传。
上古祖公无毛分,
留下歌言分子孙;
歌是山哈传家宝,
千古万年世上轮。

[歌声中,钟学吉缓缓走来,又缓缓离去。他的身后,一代又一代歌手在成长。

2015年4月16日初稿

（附注：该作于2015年改编为大型畲族原创舞剧《山哈魂》,由宁德市畲族歌舞团付排演出,参加福建省第六届艺术节和第三届音乐舞蹈杂技曲艺优秀剧（节）目展演,获剧目金奖,实现宁德市舞剧零的突破,也是国内首部大型原创畲族舞剧;2016年,参加第五届全国少数民族文艺会演,获剧目银奖;2017年9月获福建省文艺百花一等奖。）

山哈魂

场景：白露坑、半月里、畲族村寨、山民会馆
时间：清同治年间至民国初年
地点：福宁府（今宁德市霞浦县）
人物：钟学吉　畲族歌王
　　　雷秀丽　钟学吉妻子
　　　讲书伯　私塾先生，民间说书艺人，钟学吉恩师
　　　衙役头目、族长、男女畲民、众差役

畲族歌言简介：
　　畲族自称山哈，意为山中客人。"歌是山哈传家宝，千古万年世上轮。"畲族同胞以歌代言，故称"歌言"。它传承民族根脉，吟唱生活，谱写历史和人生。畲族小说歌是畲族歌言的王牌，发源于福建省霞浦县白露坑村，2006年入选国家级"非物质文化遗产"名录。钟学吉则被誉为"畲族小说歌第一人""畲族歌王"。

钟学吉简介：
　　（1855—1924）出生于福建宁德霞浦白露坑，十五岁被村人推举为"忠勇王传人"，四十二岁倡建畲族团体"山民会馆"，毕生致力于畲族歌言

的采集、编创和传播，将汉族文学和畲族歌言巧妙结合，开创了"畲族小说歌"的先河。代表作有《高辛氏》《钟良弼》《末朝纲》等，部分作品被《中国大百科全书》《中国文学》等收录，被后世尊为"畲族歌王"。畲族歌言自他起，由口传进入文字兼传时代，民间称道："有山哈的地方，就有钟学吉的歌。"

剧目简介：畲族，自称山哈，意为山中客人。清末民初，福宁府白露坑村畲族少年钟学吉被族长推举为"忠勇王传人"汉族民间艺人"讲书伯"把毕生学艺倾囊相授。随师采风途中，钟学吉偶遇畲家少女雷秀丽。二人一见倾心，结为夫妻。乱世苛虎，民不聊生。"讲书伯"与钟学吉以歌为檄，抨击时政，遭到衙役搜捕。为了保护歌本，钟学吉痛失恩师与爱妻，历经磨难的他，在乡亲们的深切关怀和激励下，重新站立，继续抒写歌唱。后人为纪念他为民族文化的传承做出的贡献，尊他为"畲族歌王"。

序

日升月落，斗转星移。畲族少年钟学吉被村人推举为"忠勇王传人"。汉族民间艺人"讲书伯"倾囊相授毕生学艺。超越民族的文化共融，促使这对师徒情同父子，共赴使命。

第一幕　半月情缘

畲乡三月，满眼是春，青年钟学吉随师采风，偶遇半月里畲家少女雷秀丽，两人一见倾心。

第二幕　花开百合

钟学吉与雷秀丽喜结良缘。新婚宴尔,为了抒写歌唱,钟学吉忍痛别妻,随师出行。

第三幕　白露霜冷

光阴荏苒,乱世苛虎,恶吏横行,民不聊生。"讲书伯"与钟学吉愤起抨击时政,遭衙役搜捕。为护歌本,师徒同仇敌忾,"讲书伯"含恨气绝,雷秀丽花谢正红。

第四幕　畲山凤鸣

恩师殒命,爱妻离世,钟学吉如断翅哀鸿,醉卧酒乡。同胞送暖,歌言励志。钟学吉如凤凰涅槃,浴火重生。由他倡建的"山民会馆"成为全国畲族同胞联谊中心,他的小说歌也借此广传。

尾声

钟学吉倾尽一生,致力于畲族小说歌的采集编创和传播,渐渐老去的他,循着深情的歌声,走进歌言深处。

（附注：本文为第五届全国少数民族文艺会演剧目《山哈魂》节目单内容。）

鸾峰桥

（音乐剧）

时间：20 世纪 70 年代末至 90 年代初

地点：寿宁县下党村

人物：巧　莲　女，三宝恋人，后为下党村支书，出场时十八岁

　　　三　宝　男，下党村民，后为工程兵，出场时二十岁

　　　杨光华　下党村老支书，三宝父亲，出场时五十岁

　　　冯师傅　廊桥工匠，巧莲父亲，出场时四十五岁

　　　三宝娘　三宝母亲，出场时四十六岁

　　　阿　朵　大盛女儿，后考入农学院，出场时八岁

　　　沈志鹏　男，下党村民，后任村民主任，出场时二十八岁

　　　赖　瓜　男，下党村民，单亲之父，出场时三十九岁

　　　李技术　女，农科所挂点技术员，出场时二十八岁

　　　七姑婆　女，孤寡老人，出场时六十八岁

　　　大　盛　下党村民，阿朵父亲，出场时二十八岁

　　　村民、木匠、工程兵若干

序

　　[幕后民谣：《**车岭车上天**》

　　（唱）车岭车上天，

　　　　　九岭爬九年。

　　　　　地平无三尺，

　　　　　十里不同天。

　　　　　山高岭长坡又陡，

　　　　　谁能领我过天堑？

　[纱幕启。

　[四面青山矗立，一溪如带穿流，鸾峰桥气势如虹，横跨两岸。

　[天幕背景如老照片，由斑驳的古黄渐变为黑白、棕色、彩色。

　[从古到今，不同年代、不同行装的男女老少在鸾峰桥上往来，每个人都有自己的情、事、方向和目的地。

众：（深情舒缓地，唱）《**桥的心意**》

　　　　一方天罩着一方地，

　　　　一座桥上走着我和你，

　　　　溪水哗哗门前过，

　　　　生我养我的家园哪，

　　　　就在这里。

　　　　多少人事变迁，

　　　　多少春秋更替，

　　　　古老的桥和大山一起，

　　　　默默见证着一座乡村的记忆。

甲：（唱）今天我们尝试讲个故事献给你，

乙：（接）忆苦思甜？抚今追昔？

丙：（接）人物真实？情节虚拟？

丁：（接）所有的努力只有一个目的，

那就是表达桥的心意。

众：（合）让分离的相聚——桥的心意，

把断裂的连起——桥的心意，

把崎岖铲平——桥的心意，

把弯曲修直——桥的心意，

把一切障碍统统挪移——桥的心意！

甲：（唱）从此岸到达彼岸——不再徘徊，

乙：（接）从这里到达那里——变得容易，

丙：（接）时空交织——世界一体，

丁：（接）生命演绎——深情厚谊。

众：（合）让天堑变成通途——桥的心意，

让希望从谷底升起——桥的心意，

让梦想变成现实——桥的心意，

让大地不再贫瘠——桥的心意，

让所有的心灵都有爱的能力——桥的心意，

让古老的桥不断延伸，变成我和你——桥的心意！

[天幕色彩倒转，从彩色、棕色、黑色，渐变为泛黄的斑驳。

[人物从今到古倒出。

众：（唱）一方天罩着一方地，

一座桥上走过我和你，

溪水哗哗门前过，

生我养我的故乡哪，

就在这里。

多少人事沧桑，

多少春秋更替,

古老的桥和大山一起,

默默见证着一座乡村的记忆。

第一场

[20 世纪 70 年代末,夏。

[杨光华带领着一群村民在山地干活,他们身穿旧粗布裳,头戴旧草帽,脖挂褪色的汗巾,挥动锄头,汗流浃背。

众:(唱)《干活!干活!》

   干活!干活!

   只有拼命地干活,

   才能养家糊口讨生活。

杨光华:(唱)靠山吃山,靠海吃海,

     老祖宗说的话没有错。

沈志鹏:(唱)一家老少七八口,

     就靠一把锄头刨收获。

大 盛:(唱)为了没娘的小阿朵,

     我要拼命地干活。

村民甲:(唱)但愿再干两三年,

     娶个老婆暖被窝。

众:(唱)干活!干活!

   只有拼命地干活,

   才能扬眉吐气地生活。

村民乙:(唱)这山地,石头多,

     沙浮土浅难耕作。

村民丙:(唱)这瓜苗,插进土,

不知能活不能活。

众：（唱）这太阳，像烈火，

烤得我七窍生烟想跳河。

赖　瓜：（唱）干干干，干"喏喏"（有什么好干的意思），

吃不饱，穿不暖，

孩子没书念，

老婆没着落，

就算讨到厝，

三天就逃了。

如今变成单身汉，

光溜溜，更快活。（放下锄头，东张西望，突然捂肚）

哎哟！（想跑开）

杨光华：赖瓜，上哪？

赖　瓜：我闹肚子！

杨光华：（一把抓住他胳膊）别耍花招。

赖　瓜：（梗着）怎么啦，屎都不许拉吗？

杨光华：你……

沈志鹏：（见状忙劝阻）算啦算啦，别为一泡屎伤了和气。（一边朝赖瓜使眼色，让他快走）

[赖瓜悻悻下。

杨光华：喊，懒虫理由多！三宝，三宝！三宝呢？

村民甲：他一早就下岭找姑娘去了。

杨光华：（生气，唱）不安分的小畜生，

脐带没脱落，

就想找快活，

成天害相思，

干活像鬼拖。

　　　　　让我找着他，

　　　　　定把他的皮来剥！

众：（唱）干活！干活！

　　　　　只有拼命地干活，

　　　　　才能扬眉吐气地生活。（渐收）

[转景鸾峰桥。

[七姑婆和几个老人衣着破旧，晃着开裂的蒲扇在桥屋里纳凉喝茶，三宝娘正在给他们续茶，她满面笑容，热情洋溢。

《草药茶》

三宝娘：（唱）下党的草药茶，

　　　　　山里人人爱喝它。

　　　　　鲜鲜的香，涩涩的苦，微微的辣。

　　　　　当茶能解百种渴，

　　　　　做药防暑不发痧。

　　　　　乡亲们，快收工，

　　　　　我在桥头送上草药茶。

众老人：（唱）山苍籽，草药茶，

　　　　　琼浆玉液也比不上它！

[巧莲从桥的另一头走过来，她脸蛋红扑扑，额上挂着汗珠，手上拿几朵莲蓬，显得有点小兴奋。

[老人们顿觉眼前一亮，端着茶杯，忘了喝茶，从头到脚将巧莲打量一番。

[赖瓜撞上，眼前一亮，正想搭讪。

巧　莲：三宝，这就是鸾峰桥吧？

赖　瓜：（转向三宝）这小子，命真好！（退一边，坐观）

三　宝：是啊！明代建的，好几百年了，单孔横跨两岸，气势非凡，据说造桥的时候，石破天惊。

巧　莲：老祖宗真了不起！

三　宝：（注意到巧莲手上的莲蓬）巧莲，你也喜欢莲蓬？

巧　莲：对啊，很多人都知道莲花出淤泥而不染，濯清涟而不妖，却不知道莲子的生命力，它沉睡千年还能生长。

三　宝：没想到你知道得这么多！能给我一枝吗？

巧　莲：全部都给也没问题。（笑着递上，三宝从中抽出一枝）

《没想到》

巧　莲：（唱）没想到，

你说的鸾峰桥这么有气势！

没想到，

你家乡的风景这么好！

三　宝：（唱）没想到，

你走得比我还要快，

没想到，

你一点也不怕路迢迢。

巧　莲：（唱）我爹常年造廊桥，

我经常跟他往山里跑。

三宝娘：（唱）三宝，这位姑娘是？……

三　宝：（唱）娘，她的名字你知道。

三宝娘：（大喜，唱）哟，你就是巧莲姑娘啊，

没想到，这么巧！

快来喝碗草药茶，

坐下好好歇歇脚。（舀茶，巧莲接过，喝下）

莲/宝/娘：（唱）山苍籽，草药茶，

山里人人爱喝它。

鲜鲜的香，涩涩的苦，微微的辣。

    当茶能解百种渴，

    做药防暑不发痧。

    平时喝它没多想，

    今天喝它……望着三宝的妈妈，／

       望着巧莲和我妈，／

       望着巧莲姑娘她，

   道一声：阿姨，您好！／

   问一声：娘，她可好？／

     哎，好好好！

   不由我脸红心跳。／

   不由我心乐陶陶。／

   不由我喜上眉梢。

众：（唱）这姑娘，貌如花，

    三宝，你怎么认识她？

三　宝：（唱）我曾在平溪上初中，

     她是我的同班同学，

     担任一组小组长，

     还是学校优秀共青团员。

巧　莲：（唱）三宝是我们的班长，

     功课门门顶呱呱。

三宝娘：（唱）可惜他初中一毕业，

     我们就再也没有力量培养他。

巧　莲：（唱）我也一样初中毕业辍学啦。

老人甲：（窃窃私语，唱）这姑娘，真不错，

     莫非三宝要娶她？

老人乙：（唱）山下的螃蟹哪会往山上爬？

赖　瓜：（唱）没有梧桐树，只怕不到三天，凤凰就要飞走啦！

众：（唱）呀呸！乌鸦嘴，赖瓜！

　　　［不知不觉天色渐暗。

七姑婆：哎哟，光顾说话没觉察，太阳怎么一下子就阴啦。

老人甲：山中天气孩儿脸，八成又要大变天。

　　　［一阵山风吹过，树叶飘落，接着雨点开始落下，众老人慌下。

三宝娘：三宝，叫你爹带大家赶紧收工。

三　宝：他知道的。

三宝娘：知道也得去，你爹老寒腿，雨天路滑，你得护着他。

三　宝：哦。（跑下）

巧　莲：三宝，我跟你一起去。（追下）

赖　瓜：我……我也去！（跑下）

三宝娘：（喊）小心点——！（慌乱地收起茶桶，不知所措地迟疑着转了两圈，毅然放下担子，快步朝家跑去）

　　　［雨越来越急，风雨夹着，越下越大。

　　　［转景山中小道上。

　　　［杨光华扛着锄头，领着众村民在风雨中艰难行进。

　　　［羊肠小道，山路泥泞，不断有人险些滑倒。

　　　［《干活！干活！》旋律急迫而悲壮地回响着。

《一山四季孩子脸》

杨光华：（唱）一山四季孩儿脸，

　　　　　　说变就变不同天。

　　　　　　一年台风三四次，

　　　　　　防洪抗灾又抢险。

　　　　　　乡亲们，

　　　　　　风大雨急有雷电，

　　　　　　安全要领记在先！

　　　　　　大家宁可走慢一点,

　　　　　　　千万要注意安全哪!

　　　　〔电闪,雷鸣,风雨交加。

　　　　〔大盛滑倒,一骨碌滚到一棵树下,受伤的他艰难地爬起来,趔趔
　　　　　趄着靠在树干上。

杨光华:(大惊失色,大声疾呼)大盛,快走!不要在树下!

　　　　〔风狂雨急,大盛听不见。

众:(异口同声呼喊)大盛,快离开!不要在树下!

　　　　〔风雨交加,淹没呼声。

　　　　《干活!干活!》的旋律更加急迫而悲壮地回响。

　　　　〔三宝、巧莲和赖瓜相继跑上。

　　　　〔杨光华扔掉锄头,奋不顾身朝大盛跑去。

　　　　〔巧莲和三宝望着风雨中的父亲,被深深地震撼了。

　　　　〔一道闪电划过,一声霹雳如旱地惊雷击断那棵树。

　　　　〔树倒下,砸中大盛,大盛滚落河中,被水冲走。

众:(撕心裂肺)大盛——

　　　　《干活!干活!》的旋律如泣如诉。

众:(哽咽,唱)干活!干活!

　　　　　　　为了没爹没娘的小阿朵,

　　　　　　　我要拼命地干活……

　　　　〔风雨越来越大,以摧枯拉朽般的巨响淹没了一切……

第二场

　　　　〔风雨过后,旭日东升。

　　　　〔晨鸟啼鸣。

　　　　〔鸾峰桥桥屋坍塌,一片狼藉。

[众人默默清理着废墟。

[巧莲手牵着阿朵,无比心疼。

《当太阳升起的时候》

阿　朵：（清纯地,唱）

　　　　　当太阳升起的时候,

　　　　　大地无比安静,

　　　　　我在聆听大山心脏跳动的声音。

　　　　　风从我的耳边吹过,

　　　　　它是那么温柔,

　　　　　就像你微笑的眼睛。

　　　　　亲爱的阿爸,请你放心,

　　　　　我会永远铭记您的叮咛。

巧　莲：（唱）当小鸟歌唱的时候,

　　　　　我们一起聆听,

　　　　　这是天空和大地侃侃而谈的声音。

　　　　　昨夜风雨已经过去,

　　　　　不要哭泣伤心,

　　　　　我们与你携手同行。

　　　　　亲爱的孩子,请你相信,

　　　　　心中有爱天空就会放晴。

众：（唱）昨夜风雨已经过去,

　　　　不要哭泣伤心,

　　　　我们和你携手同行。

　　　　亲爱的孩子,请你相信,

　　　　心中有爱天空就会放晴。

[杨光华沮丧地坐在一侧,抽着旱烟。三宝体贴地走到父亲身边。

三　宝：爹,桥屋塌了,得找大木师傅修一修。

杨光华：唉！上哪找钱啊。

三　宝：您不是说靠山吃山、靠海吃海吗？这木材自留地有，小工按生产队的劳力出，至于修桥师傅嘛……

巧　莲：我爹就是大木主墨，我已经同三宝商量好了，您以村支书的身份出面请我爹找几个木匠帮忙，我爹一定会很乐意的。

杨光华：那伙食、工钱怎么解决？

三　宝：您向乡里要一点，我到邻村募一点，咱下党各家各户出一点……

巧　莲：对，有钱出钱，有力出力。

三　宝：没钱就出地瓜米。

杨光华：（笑了）那要没有地瓜米呢？

莲/宝：萝卜青菜也可以。

杨光华：（喜）哈哈哈！

　　　　　　年轻人，脑子活，

　　　　　　这主意，真不错！

　　　　　　行，就照你们说的做！

[转景：山路上。

[杨光华、三宝、沈志鹏及众村民抬着木头，他们父子并肩、兄弟同心，一步一个脚印朝着鸾峰桥走来。

《号子歌》

众：（哼唱）嗨哟，嗨哟，嗨嗨哟，

　　　　　　嗨哟，嗨哟，嗨嗨哟，

杨光华：（唱）倒下一棵树，

　　　　　　撑起一座屋。

　　　　　　翻过一座山哪，

　　　　　　你就闯出一条路。

众：（哼唱）嗨哟，嗨哟，嗨嗨哟，

　　　　　　　嗨哟，嗨哟，嗨嗨哟。
杨光华：（唱）流过几多汗，
　　　　　　　吃着几多苦，
　　　　　　　翻过几座山哪，
　　　　　　　你就放眼看日出。
众：（哼唱）嗨哟，嗨哟，嗨嗨哟，
　　　　　　　嗨哟，嗨哟，嗨嗨哟。
　　　　　　　倒下一棵树，
　　　　　　　撑起一座屋。
　　　　　　　翻过一座山哪，
　　　　　　　你就闯出一条路。
　　　　　　　嗨哟，嗨哟，嗨嗨哟，
　　　　　　　嗨哟，嗨哟，嗨嗨哟。
　　　　　　　流过几多汗，
　　　　　　　吃着几多苦，
　　　　　　　翻过几座山哪，
　　　　　　　你就放眼看日出。
　　　　　　　嗨哟，嗨哟，嗨嗨哟，
　　　　　　　嗨哟，嗨哟，嗨嗨哟。

　　[转景鸾峰桥头。
　　[冯师傅带领一群木匠，庄重地捧着红绸托盘，上面放着鲁班尺、墨斗和定锤，毕恭毕敬祭拜之后，开始加工木料。
冯师傅：（念唱）尺锯墨斗绳，正直与方平。
　　　　　　　　高低宽窄度，样样记在心。
　　　　　　　　厚薄与长边，圆曲方浅深。
　　　　　　　　倚斜尖秃扁，疏密点该明。

众：（唱）嗨哟，嗨哟，嗨嗨哟，
　　　　　嗨哟，嗨哟，嗨嗨哟。

木匠甲：（唱）三年斧头八年锛，
　　　　　十年长刨推不抻。

木匠乙：（唱）画墨讲究尺和寸，
　　　　　打眼不差毫厘分。

木匠丙：（唱）修桥铺路积功德，
　　　　　造福百子和千孙。

众：（唱）嗨哟，嗨哟，嗨嗨哟，
　　　　　嗨哟，嗨哟，嗨嗨哟。

杨光华：冯师傅大义，在下感激不尽！

冯师傅：老哥，您客气了，我这辈子就做一件事，为十方人做桥，让人踏我而渡。呵呵，老哥呀，这次应邀前来修桥，还有一件事，想同您商量呢。

杨光华：什么事，您尽管说。

冯师傅：你家三宝和我家巧莲是初中同学，这两个孩子相互看上啦。我看三宝这孩子挺不错，善良、勤快、又机灵，您看，咱们是不是定个时间把这两个孩子的事给定下来？

杨光华：（喜出望外）什么？你同意让巧莲嫁到我们下党？

冯师傅：不不不，不是巧莲到下党，而是三宝到我们平溪发展。

杨光华：（一愣）你的意思是……让三宝倒插门？！

冯师傅：怎么？三宝没跟您说？

[静场。

杨光华：（怒吼）三宝！

三　宝：（乐滋滋跑上）爹，您叫我有事？

杨光华：（怒视，然后沉沉地）唉！（掉头转到一边）

巧　莲：爹，怎么啦？

《你是我的掌中宝》

冯师傅：（唱）你是我的掌中宝，
　　　　　　　怎能随便把你抛？
　　　　　　　别人嫁女看人看厝看彩礼，
　　　　　　　我嫁女儿看山看水看路桥。

巧　莲：（唱）下党有山有水也有桥，
　　　　　　　山清水秀风光好。

冯师傅：（唱）四面青山没有路，
　　　　　　　想到平溪路迢迢。

巧　莲：（唱）平溪的路，也不见得好。

冯师傅：（唱）至少有条机耕道！

杨光华：（唱）你要三宝倒插门，
　　　　　　　这有辱杨家的事，
　　　　　　　我绝对做不到！

冯师傅：（唱）那就只好路归路，桥归桥！

巧　莲：（唱）爹，我要嫁的是人不是路！

冯师傅：（唱）你忘了你娘是怎么死的吗？！

巧　莲：（唱）怎能忘？我五岁那年她难产……

冯师傅：（唱）要是当年有车路，
　　　　　　　又怎会一尸两命上了奈何桥！
　　　　　　　巧莲，巧莲，我的女儿啊，
　　　　　　　你是我的掌中宝，
　　　　　　　怎能随便把你抛？
　　　　　　　爹爹我为十方的人把桥造，
　　　　　　　只盼你的脚下有康庄大道路一条！

杨光华：（转向三宝唱）你也是杨家的宝，
　　　　　　　大宝二宝夭折了，

　　　　　　　杨家就剩你一棵苗。

三　宝：（唱）别人娶媳要彩礼，

　　　　　　　冯家的彩礼路一条。

冯师傅：（唱）下党四面青山高，

　　　　　　　通天也只有走官道。

杨光华：（唱）若要公路做彩礼，

　　　　　　　三皇五帝也办不到！

巧　莲：（哭，唱）爹，

　　　　　　　你为十方的人把桥造，

　　　　　　　为何不能渡我上鹊桥？！

冯师傅：（唱）我不能拿你的性命开玩笑！

三　宝：（唱）你们不要争执了……

　　　　　　　下党没公路，

　　　　　　　男人不该把老婆找。

　　　　　　　下党没公路，

　　　　　　　男人全都得低着头、弯着腰、打光棍、赤条条！（静场）

　　　　　　　山高石头硬，

　　　　　　　人穷志更高，

　　　　　　　三宝我若不闯出一条通天道，

　　　　　　　这众目睽睽之下……

　　　　　　　丢脸穿心的罪岂不都白遭！

　　　　（怒，离去）

巧　莲：三宝……（哭下）

众：（唱）你是我的掌中宝，

　　　　　　　怎能随便把你抛？

　　　　　　　别人嫁女看人看厝看彩礼，

　　　　　　　我/他嫁女儿看山看水看路桥。

　　　　　我/他一生愿为十方的人把桥造，
　　　　　只盼孩子脚下有那康庄大道路一条！
　　　　　我/他一生愿为十方的人把桥造，
　　　　　只盼孩子脚下有那康庄大道路一条！

　　　[转景：夜，鸾峰桥上。
　　　[三宝和巧莲，相对无语。
　　《我曾登上对面山》
三　宝：（唱）我曾登上对面山，
　　　　　　　远远望着咱下党，
　　　　　　　我的心中有无限的遐想。
巧　莲：（唱）我也曾走过古官道，
　　　　　　　把寿宁的民谣来歌唱：
　　　[幕后民谣：
　　　　　　车岭车上天，
　　　　　　九岭爬九年，
　　　　　　地平无三尺，
　　　　　　十里不同天，
　　　　　　山高岭长坡又陡，
　　　　　　谁能领我过天堑？
三　宝：（唱）听说过了庆元县，
　　　　　　　就是人间天堂好苏杭。
巧　莲：（唱）我多么想和你一起，
　　　　　　　插上翅膀飞向远方。
三　宝：（唱）我曾站在廊桥上，
　　　　　　　面对竹溪大声喊：
　　　　　　　下党山连山，

　　　　　　为什么祖先选择这地方？

巧　莲：（唱）这一次来下党，

　　　　　　我也一路暗自想，

　　　　　　下党山连山，

　　　　　　为什么处处显得不平凡。

　　　　　　鸾峰桥气势恢宏跨两岸，

　　　　　　文昌阁文风昌盛在一方。

　　　　　　百口同居的大祠堂，

　　　　　　又有多少故事被隐藏。

三　宝：（唱）每一次站在廊桥上，

　　　　　　就盼着楼房和桥一样大，

　　　　　　山路和桥一样宽，

　　　　　　青山挪开无阻挡，

　　　　　　道路延伸无限长。

　　　　　　巧莲，

　　　　　　前人造桥跨两岸，

　　　　　　为何我们不能走出山？

巧　莲：（唱）不，我爹不能没有我。

三　宝：（唱）那我就独自天涯去闯荡。

巧　莲：（唱）不，你也有爹和娘。

三　宝：（唱）穷死在深山，也难孝敬爹和娘……（泪目）

　　　　　[《车岭车上天》民谣旋律回响，渐淡。

巧　莲：三宝，你真的要走吗？

三　宝：除了当兵，没有出路。

巧　莲：那我怎么办？

三　宝：你能等我就等我，你要嫁人……就别回头！

巧　莲：不，我会等你到白头！

三　宝：巧莲……

巧　莲：三宝……

　　　　［二人相拥而泣。

《爱上了就留在爱里》

巧　莲：（唱）爱上了就留在爱里，

　　　　　　　你要走就忍受别离。

　　　　　　　夜深了，凉风又起，

　　　　　　　亲爱的，请记住，

　　　　　　　这一生，

　　　　　　　我会一直一直地等着你。

三　宝：（唱）爱上了就留在爱里，

　　　　　　　我走后你不要哭泣。

　　　　　　　夜深了，凉风又起，

　　　　　　　亲爱的，我发誓，

　　　　　　　路通了，

　　　　　　　我一定车头披彩来接你。

莲/宝：（合）爱上了就留在爱里，

　　　　　　　我会把你刻在生命里，

　　　　　　　亲爱的，请记住/我发誓，

　　　　　　　这一生/路通了，

　　　　　　　我会一直一直地等着你/我一定车头披彩来接你。

　　　　　　　这一生/路通了，

　　　　　　　我会一直一直地等着你/我一定车头披彩来接你。

　　　　［三宝将一枚用山苍籽的根雕成的莲蓬吊坠，挂在巧莲的脖子上。

三　宝：这是我用山苍籽的根雕刻的，你知道，莲子沉睡千年还能生长。

巧　莲：我相信，你不会让我等待一千年……

[鸢峰桥两端，两道光，三宝父母和冯师傅遥遥相望，默默无语……
[三宝和巧莲缓缓走向各自的父母，渐行渐远……
[夜幕中，鸢峰桥静静伫立，一阵山风吹过，《车岭车上天》民谣若隐若现。

第三场

[幕后：琅琅读书声：秋天到了。天气凉了，树叶黄了，一片片叶子从树上落下来。天空那么蓝，那么高，一群大雁往南飞，一会儿排成个"人"字，一会儿排成个"一"字。
[幕启。
[十年后。
[天幕背景的鸢峰桥老照片为棕色。
[鸢峰桥上人来人往。

《时间，时间》

时间，时间，

嘀嗒，嘀嗒，

一分一秒一刻不停地向前，

时间，时间，

嘀嗒，嘀嗒，

一不留神一天一月又一年，

转眼十年，好久不见。

恍若隔世，沧海桑田。

赖　瓜：（唱）老支书，当年满山跑，如今关节炎。
村民甲：（唱）三宝娘，满头是白发，仍把茶来添。
　　　　　　　七姑婆，患了白内障，啥也看不见。
赖　瓜：（唱）沈志鹏，特好命，

　　　　　　从队长，到主任，
　　　　　　十年一路在升迁。
村民甲：（唱）那个李技术，
　　　　　　是巧莲的同学，
　　　　　　她受县里的派遣，
　　　　　　扶贫挂村到下党，
　　　　　　说是兴农搞试验。
瓜/甲：（唱）变化最大还是算巧莲，
　　　　　　三宝参军后，她爹最可怜，
　　　　　　修桥路上遇危险，
　　　　　　摔下山崖命归天。
赖　瓜：唉！我说好人怎么没好报呢？
村民甲：胡说！
赖　瓜：（唱）是是是，你看巧莲投靠杨支书，
　　　　　　因为读过书，
　　　　　　能力又突出，
　　　　　　所以一路噌噌噌，干到村支书。
众：（唱）时间，时间，
　　　　滴嗒，滴嗒，
　　　　一分一秒一刻不停地向前，
　　　　时间，时间，
　　　　滴嗒，滴嗒，
　　　　一不留神一天一月又一年，
　　　　转眼十年，好久不见。
　　　　恍如隔世，沧海桑田。
　　　[一群大雁飞过。
巧　莲：（唱）大雁啊大雁，

　　　　　　你可知道燕来雁去岁序迁。
　　　　　　大雁啊大雁，
　　　　　　你可知道燕来雁去岁序迁。
众：（唱）天地玄黄，宇宙洪荒。
　　　　　日月盈昃，辰宿列张。
　　　　　寒来暑往，秋收冬藏。
　　　　　闰余成岁，律吕调阳。
　　　　　云腾致雨，露结为霜。
　　　　　年年盼，天天想，
　　　　　为何下党修路比那登天还要难？！
巧　莲：（唱）路不通，人未还，
　　　　　　十年别离，几多沧桑，
　　　　　　这才知情深入骨费思量。
　　　　　　孩子们读书正琅琅，
　　　　　　恰似那长江后浪推前浪。
　　　　　　一代老去，一代成长，
　　　　　　他们是下党明天的太阳。

　　［一串鞭炮响起。
　　［众村民欢声笑语送阿朵上大学，她考取了农学院，已出落得亭亭玉立。赖瓜挑着两个蛇皮袋行李为阿朵送行。

《哈哈哈哈哈》

众：（唱）哈哈哈哈哈……
　　　　　太阳照在山岗上，
　　　　　下党飞出金凤凰。
　　　　　穷乡僻壤鞭炮响。
　　　　　全村老少喜洋洋。
李技术：（唱）阿朵考上农学院，

成为我母校的大学生!

沈志鹏：（唱）将来也像你，

当个扶贫技术员。

赖　瓜：（唱）平时挑担怕沉重，

今天护送大学生，

挺直腰板、扬眉吐气、一步一步走出下党村。

众：（唱）哈哈哈哈哈……挺直腰板、扬眉吐气、一步一步走出下党村。

阿　朵：（唱）回首十年寒窗路，

不禁两眼泪汪汪。

多谢下党众乡亲，

情深义重把我养。

众：（唱）地瓜米，萝卜干，

草药茶，南瓜汤，

雪中送炭百家饭，

抱团取暖情义长。

哈哈哈哈哈……抱团取暖情义长。

三宝娘：（唱）穷帮穷来人尽好，

山中苦竹根连根。

杨光华：（唱）你爹在天若有灵，

一定夸奖你真行！

阿　朵：（唱）多谢大伯和大娘，

胜过再生亲爹娘。

李技术，三宝哥，

捐资助学没少帮。

李技术：（唱）阿朵是个好榜样，

自强不息大争光。

三宝多年捐津贴，

　　　　　　情系家乡在边疆。
众：（唱）是啊，三宝多年捐津贴，
　　　　　　情系家乡在边疆。
　　　　　　要是所有孩子都和你们一个样，
　　　　　　咱下党脱贫致富必定有希望！
　　　　　　要是所有孩子都和你们一个样，
　　　　　　咱下党脱贫致富必定有希望！
　　　　[巧莲提着内装熟鸡蛋的小篮子上。
阿　朵：（一见，急忙迎上）巧莲姐！我正到处找您呢。
巧　莲：我煮了几个鸡蛋，你带在路上吃，还有这一支英雄牌的钢笔，是县里去年奖给我的，我一直没舍得用，今天正好派上用场。
阿　朵：巧莲姐……
巧　莲：（唱）姐姐我祝你百尺竿头更进步，
　　　　　　学业有成莫忘报答咱家乡。
阿　朵：巧莲姐，谢谢！下党的父老乡亲们，谢谢！谢谢你们！
　　　　《当太阳升起的时候》
阿　朵：（唱）当太阳升起的时候，
　　　　　　大地无比安静，
　　　　　　我在聆听大山心脏跳动的声音。
　　　　　　风从我的耳边吹过，
　　　　　　它是那么温柔，
　　　　　　就像你们微笑的眼睛。
　　　　　　亲爱的父老乡亲，
　　　　　　我会永远把你们铭记在心间。
　　　　（和赖瓜一起走过鸢峰桥，朝出山的方向走去）
　　　　《山里的路》
众：（深沉地唱）一条求学路，

　　　　　徒步数十里。
　　　　　翻山越岭崎岖走，
　　　　　教我头仰起！
　　　　　上坡铆足劲哪，
　　　　　脚下有定力！
　　　　　下坡防滑摔呀，
　　　　　我小心又翼翼！

　　　　　啊，山里的路呀，
　　　　　我走得直喘气，
　　　　　啊，山里的路呀，
　　　　　我走得汗直滴。
　　　　　不为衣锦还乡哪，
　　　　　也不为风春得意。
　　　　　只想做个有用的人哪，
　　　　　顶天立地。
　　　　　只想做个有用的人哪，
　　　　　顶天立地。

　　　　〔三宝娘拿着一小包东西，急趋上。

三宝娘：（远远地喊）阿朵，你忘带山苍籽啦。

阿　朵：（在山头上回望）大娘，我已经带上啦，那一包是我暑假采的，特意留给您。（挥手，转身与赖瓜一起渐渐隐没在青山深处）

　　　　〔一群大雁飞过，众人仰望苍穹。

　　　　〔杨光华一阵眩晕，摇摇欲倒。

众　：（急扶）杨支书！

　　　　〔夜，一弯新月。

[杨光华家。

[青瓦黄墙，屋内陈设简陋。墙上贴着一张"光荣之家"的奖状分外醒目。杨光华靠在床上，一条满是补丁的被单搭在身上，床头插着一根点燃的自制竹篾，那是当年下党村民常用的照明"灯"。三宝娘在一旁炖药。

[巧莲提着一兜水果上。

巧　莲：大伯，您好些了吗？

杨光华：不碍事，你怎么还带水果来？

巧　莲：这是李技术员的栽培试验取得的最新成果。她根据我们下党的气候和土壤条件试验种植的。

三宝娘：呀，有桃子、李子、油奈，还有草莓，只是咱下党没有路，这水果就算有收成，怎么运出去呢？

巧　莲：是啊，所以我们未雨绸缪，正想办法开路呢。

杨光华：巧莲，大伯实在对不住你啊！当年我反对三宝倒插门，其实就是看不起女人，唉……不过，好在你这么有出息，三宝也快要退伍转业回到寿宁工作了。

巧　莲：是啊，他在信里也说了，转业后会安排在武装部开车，不过……（泪目）

杨光华：不过什么？

巧　莲：（掩饰，笑）没什么，没什么。

杨光华：是不是因为下党的路还没有通？

三宝娘：不管路通不通，三宝一回来，你们就结婚。

巧　莲：不不不，三宝他有言在先，要等路通了才……

杨光华：什么话，这下党的路不通，难不成你们一辈子不结婚。

巧　莲：不会的，不会的。

杨光华：巧莲啊，大伯这辈子最过意不去的事，就是你和三宝的事，要不是我棒打鸳鸯，你爹或许也不会……

巧　莲：大伯，您千万别这么想，我觉得现在这样挺好的，真的，挺好的……
　　　　[舞台分为三个空间。
　　　　[巧莲、三宝父母在不同的空间里对唱。
　　　　《夜沉沉，风飒飒》
莲/宝父/宝娘：（唱）夜沉沉，风飒飒，
　　　　　　　　一弯新月高悬在天上。
　　　　　　　　听大伯，一番话，（/听巧莲，一番话，）
　　　　　　　　我又是喜来又悲伤。
　　　　　　　　穷乡僻壤的小村官，/善解人意的好姑娘，
　　　　　　　　一辈子生活在下党。/知书达礼又能干，
　　　　　　　　廉不怕贫，勤不言苦，/三宝哪辈子修来的福气，
　　　　　　　　恶衣菲食解民倒悬如春蚕。/能遇到像她这么好的
　　　　　　　　姑娘。
巧　莲：大伯，我有一件事要请教您。
　　　　[沈志鹏、李技术员上。
沈志鹏：杨支书，怎么样？要不要去县医院看看。
杨光华：不用，这翻山越岭地去医院干什么，吃点草药就好了。
巧　莲：你们来得正好，有件事，我们同老支书一起商讨商讨。（显得非常谨慎）
杨/沈/李：什么事这么神秘。
巧　莲：听说新任地委书记非常关心老百姓疾苦，非常重视下基层，搞调查，解决人民群众最关心的问题。他说真扶贫就要扶真贫！瞄准靶心，对症下药。
杨光华：那再好不过啦！咱们下党最大的问题就是路和电，咱们想办法请领导到下党现场办公！
巧　莲：我就是这意思，可是我们应该怎么做呢？
沈志鹏：这怎么可能？咱下党自古以来连县官都没来过，地委书记怎么可

　　　　　能会来咱这穷山沟呢？
杨光华：那咱们就想办法去见见他。
沈志鹏：咱们一个小村官，哪有办法见到那么大的领导啊。
杨光华：志鹏、巧莲，你们一定要相信这一点！只要是对的，就要咬定青山不放松，信心十足，勇往直前。
莲/杨/李/王：（唱）夜沉沉，风飒飒，
　　　　　　　一弯新月高悬在天上。
　　　　　　　小村官，位卑下，
　　　　　　　恰如基石支撑着大厦。

　　　　　　　只要信心不垮塌，
　　　　　　　道路总会延伸到脚下。
　　　　　　　山风吹得树叶飒飒响，
　　　　　　　矢志不渝解民倒悬把穷根拔，
　　　　　　　矢志不渝解民倒悬把穷根拔！

第四场

　　[下党村。
　　[伴随着《干活！干活！》欢快的节奏。
　　[村民欢天喜地，奔走相告。
　　[七姑婆颤悠悠上。
七姑婆：什么事，这么高兴啊？
赖　瓜：（大拇指一竖）地府要来了！
七姑婆：你说什么？
赖　瓜：（大声地）一个很大很大的领导——地府，要来我们下党村啦！
七姑婆：那……那你快陪我回家换件衣裳吧。（扶下）

[伴随着《干活！干活！》欢快的节奏。

[男女老少，扫地的扫地，清沟的清沟，擦洗的擦洗，个个喜形于色，干劲冲天。

众：（唱）干活！干活！
　　　　从来没有这么开心过，
　　　　干活！干活！
　　　　劲头从来没有这么足。

杨光华：（唱）乡亲们，
　　　　　　为了明天好生活，
　　　　　　我们要捋起袖子好好地干活！

巧　莲：（唱）鸡鸭要圈好，牛羊别乱跑，
　　　　　　里里外外都要大除扫。

村民甲：（唱）垃圾填埋了，阴沟也通了，
　　　　　　家家户户的门窗都擦干净了。

沈志鹏：（唱）会场就设在小学校，

杨光华：（唱）午饭和休息都在鸾峰桥。

村民乙：（唱）我出一篮鸡蛋。

村民丙：（唱）我摘一筐豆苗。

三宝娘：（唱）草药茶，我来泡。

村民丁：（唱）绿豆汤，我全包。

杨光华：（唱）盛夏骄阳如烈火，
　　　　　　羊肠小道路迢迢，
　　　　　　咱一定要把地委领导保护好。

沈志鹏：（唱）毛巾草帽，我在平溪准备好。

村民甲：（唱）路旁荆棘，我用柴刀全砍掉，

巧　莲：（唱）竹木棍杖一人一条，
　　　　　　抓手地方的毛边角，

　　　　　　　记得要用布头缠一缠，绕一绕。
　　　　《草根的心，百姓的情》（以歌海出现）
众：（唱）草根的心，百姓的情，
　　　　　你可知道老百姓为何叫黎民。
　　　　　昔日勾践栖山中，
　　　　　国人致死能效命。
　　　　　滴水能将石穿透，
　　　　　久久为功天地惊。
　　　　　啊……
　　　　　草根的心，百姓的情，
　　　　　你可知道怎样赢得百姓心。
　　　　　水唯能下方成海，
　　　　　山不矜高自及天。
　　　　　但愿苍生俱饱暖，
　　　　　不辞辛苦出山林。

　　[会场。
　　[土墙上贴着两张大红纸，上书"会场"二字。村民们把课桌椅并在一起，排成会议室，他们一遍又一遍地擦拭课桌。
　　[三宝娘拿出一条崭新的被单，铺在桌子上。
　　[《草根的心，百姓的情》音乐过渡。
　　[静场片刻。
赖　瓜：（欢呼）地府到啦！
　　[村民们箪食壶浆，敲锣打鼓。
　　《走近》
众：（唱）我们走的路，
　　　　　你也一步步走；
　　　　　我们爬的坡，

　　　　　你也来翻越；
　　　　　我们吃的饭菜，
　　　　　你同我们一起吃；
　　　　　我们喝的草药茶呀，
　　　　　你也酣畅地喝下。
　　　　　与民同甘苦，
　　　　　与民共欢乐。
　　　　　得民心者得天下，
　　　　　跟随真爱走天涯。
　　　　　得民心者得天下，
　　　　　跟随真爱走天涯。
　　　　　跟随真爱走天涯。

[歌声中，村民们形成一道安静的人墙。

[移景鸾峰桥。

[七姑婆颤悠悠，双手扒开拥挤的人墙，露出一条缝隙，一道强光照着桥柱上挂着的一件汗水湿透的白衬衣和一顶写着"为人民服务"的草帽。

七姑婆：（热泪盈眶，喃喃道）我看见地府了，我看见给我们下党开路的贵人了……

赖　瓜：路一通，我也可以讨老婆了，讨回老婆，再也不会跑了。

众：（唱）与民同甘苦，
　　　　　与民共欢乐。
　　　　　得民心者得天下，
　　　　　跟随真爱走天涯。
　　　　　得民心者得天下，
　　　　　跟随真爱走天涯。

巧　莲：（热泪盈眶，饱含深情）乡亲们，干活啦！

　　　　　《干活！干活！》的旋律响起。

众：（唱）干活！干活！

　　　　从未这样开心过，

　　　　干活！干活！

　　　　劲头从来没有这么足。

赖瓜/杨光华：（唱）为了明天好生活，

　　　　　　我们要捋起袖子好好地干活！

　　　[一声炮响，开山修路。

　　　[《干活！干活！》的旋律由欢快激昂渐渐淡去。

　　　[鸾峰桥。

　　　[一轮明月高悬。

　　　[巧莲手拿山苍籽木莲吊坠，凭栏望月，她的目光越过万水千山。

　　《月亮升起的时候》

巧　莲：（唱）月亮升起的时候，

　　　　我就想起了你。

　　　　心爱的，

　　　　边疆的这一刻是否也一样月光满地。

　　　　相爱并不难，

　　　　相思不容易。

　　　　分别的日子这么长，

　　　　你已经变成了我的呼吸。

　　　　分别的日子这么长，

　　　　你已经变成了我的呼吸。

　　　　归来吧，快快归来吧！

　　　　太阳升起的时候，

　　　　我要见到你。

　　　　　归来吧，快快归来吧！
　　　　　太阳升起的时候，
　　　　　我要见到你。
　　　　[一道追光，另一表演区。
　　　　[高原雪域，三宝一身戎装，也在望月思乡。

三　宝：（唱）月亮升起的时候，
　　　　　我就想起了你。
　　　　　心爱的，
　　　　　家乡的这一刻是否也一样月光满地。
　　　　　相爱并不难，
　　　　　相思不容易。
　　　　　分别的日子这么长，
　　　　　你已经变成了我的呼吸。
　　　　　分别的日子这么长，
　　　　　你已经变成了我的呼吸。

众：（唱）归来吧，快快归来吧！
　　　　太阳升起的时候，
　　　　我要见到你。

　　　　归来吧，快快归来吧，
　　　　太阳升起的时候，
　　　　我要见到你……
　　　　[伴着火车开动声、汽车行进声，三宝踏上归途。

《我曾一路向西》

三　宝：（唱）我曾一路向西，
　　　　　今天就要回归故里。

下党，故乡，
我把你刻在生命里。

我曾一路向西，
今天就要回归故里。
下党，爹娘，
我把你刻在生命里。

我曾一路向西，
今天就要回归故里。
巧莲，姑娘，
我把你刻在生命里。

每一次唱着二郎山，
我总是想起你！

［切入歌曲《二郎山》片段：

二呀么二郎山，
高呀么高万丈，
古树荒草遍山野，
巨石满山岗。
羊肠小道难行走，
康藏交通被它挡，被它挡……

［幕后响起男声大合唱。

［切入工程兵开山修路和下党修路的双场景。

众：（唱）二呀么二郎山／山呀么山连山，
哪怕你高万丈，
解放军，铁打的汉，／下党人，山里的汉，

　　　　　下决心，坚如钢，

　　　　　要把那公路修到那西藏/下党，

　　　　　要把那公路修到那西藏/下党。

三　宝：（唱）下党的山再高，

　　　　　　　也高不过二郎山！

　　　　　　　下党的路再难，

　　　　　　　也难不过这盘山路。

众：（唱）高原雪域有天路，

　　　　　下党的天堑定能变通途！

　　　　　高原雪域有天路，

　　　　　下党的天堑定能变通途！

　　　[一声汽车喇叭脆响。众人欢呼。

　　　[巧莲和三宝娘搀着七姑婆。

七姑婆：三宝在哪？我虽然看不见汽车，但是听得见喇叭声，摸一摸汽车也好。

　　　[众人退去。

　　　[鸾峰桥上，三宝与巧莲静静地望着对方，他们百感交织，一步步迎着对方慢慢走来。

众：（唱）归来吧，快快归来吧！

　　　　　太阳升起的时候，

　　　　　我要见到你。

　　　　　归来吧，快快归来吧，

　　　　　太阳升起的时候，

　　　　　我要见到你……

　　　[分别十年的巧莲和三宝由缓缓举步到张开双臂，奔向对方，紧紧拥抱在一起……

（静场，唯美恬静的女声，唱）

    十年相思在梦里，

    双手搂着还想你……

尾声

众：（深情舒缓地唱）

    一方天罩着一方地，

    一座桥上走过我和你，

    溪水哗哗门前过，

    生我养我的故乡啊，

    就在这里。

    多少人事沧桑，

    多少春秋更替，

    古老的桥和大山一起，

    默默镌刻着一座乡村的记忆。

    ……

[鸾峰桥老照片由古到今，由斑驳、泛黄渐变为黑白、棕色、彩色，最后下党村夜景，灯火辉煌。

[巧莲和三宝肩并肩，手挽手，倚靠在鸾峰桥的栏杆上。

巧　莲：三宝，你真的决定留在下党吗？

三　宝：是的。

巧　莲：为什么？

三　宝：我想起你爹当年说：我愿为十方人做桥，让天下人踏我得渡。你爹真伟大。

巧　莲：老支书也一样啊，他也是一座桥，不仅渡我，渡你，渡阿朵，而且渡了很多很多的人。

三　宝：其实我们每一个人都是一座桥，无数的桥连接在一起，路就通向四面八方……

[《桥的心意》音乐渐渐淡出。

[《草根的心，百姓的情》渐渐淡入，直至谢幕结束。

2021 年 7 月 18 日初稿

2021 年 7 月 23 日修改

（附注：该作为命题作文，也是初次尝试音乐剧之作。衷心感谢宁德市畲族歌舞团编剧王永泰老师在创作过程中所给予的精心指导。）

小品

XIAO PIN

星星索

时间：昨天、今天和明天

地点：这里、那里

人物：雪　梅　田田的母亲，三十出头到年近不惑

　　　AI博士　雪梅同学，智能机器研发者，自闭症康复师

　　　田　田　八岁，自闭症患儿

　　　小　灵　智能机器人

　　　黄老师　小学教师

　　　少年田田　十六岁

　　　晨练者、青年志愿者（机器人舞者）、爱心小伙伴

剧情简介：

　　在一次科普展中，八岁的自闭症患儿田田被AI博士科研小组研发的智能机器人"小灵"和它播唱的印尼民歌《星星索》深深地吸引，田田的妈妈雪梅却不忍卒听。这一幕使AI博士百感交集。

　　原来，田田的爸爸是位歌手，《星星索》不仅是田田妈妈最爱的情歌，也是田田的摇篮曲，但是，田田不满周岁，爸爸就在车祸中丧生，《星星索》的歌声从这个家庭销声匿迹。不久，田田又被诊断患有自闭症。为给孩子治病，雪梅历尽艰辛，但无论怎样努力，她都无法打开孩子的心门，使田

田融入周围的世界。

科普展上发生的一幕，虽然强烈刺痛雪梅的心灵，她不愿追忆往事，但 AI 博士的提醒，点燃了她内心的希望，那就是田田对"小灵"有反应，对《星星索》更有反应！

面对 AI 博士，雪梅才知道，在这个世界上，有人比她更爱《星星索》！伟大无私的母爱，使她踏上了和 AI 博士的团队共同帮助田田走出自闭症的"星星索"之旅。AI 博士苦心孤诣的努力，也终于如愿以偿。

有爱就有奇迹！在爱内，一切伤痛皆得医治……

　　[切光，静场。
　　[男声吟唱的印尼民歌《星星索》仿佛从天际飘来……
《星星索》
　　　　呜喂
　　　　风儿呀吹动我的船帆
　　　　船儿呀随着微风荡漾
　　　　送我到日夜思念的地方……

　　[幕徐启。
　　[歌声渐弱……
　　[一道光柱静静照射着秋千架上的田田，他神思游离、专注而又孤独。
　　[秋千轻轻晃荡着，田田也晃荡着。
　　[光柱渐渐扩大。
　　[田田的母亲雪梅进入光区，她站在秋千架旁，一手扶着田田，一手扶着秋千索。随着她轻推用力，秋千开始平稳而有节奏地荡起来。
　　[光区扩大。
　　[公园一角展现眼前。人们在晨练，打太极拳、舞剑、慢步、压腿、

跳绳……

[秋千继续荡着……

[慢跑的人们经过秋千架时，都友好地向雪梅母子招呼微笑，雪梅微笑中带着苦涩，柔和地回应着，但田田对这一切毫不关心……

[光渐收。

[换景。

[光启。

[少年科技馆展示厅一角。

[旋转的展示台。各种高科技产品。

[几位爱心小伙伴在黄老师的带领下，兴致勃勃地观摩、体验。

[雪梅牵着田田上。

[雪梅不断努力，指点着展示台，希望引起田田的关注，但田田对周围的一切毫无兴趣，他在自己的世界里深邃地思考着。

[展示台，旋转着。

[AI博士小丑装扮，出现在展示台上。

[小伙伴们一见，欢呼雀跃，蜂拥上前。

[田田神思游离，兀自走动……

[雪梅紧跟着田田。

雪　　梅：田田，田田！田田……（经过黄老师跟前时，歉意地）黄老师，真对不起！

黄老师：（微笑示意）没关系。（与田田友好招呼，田田避开）

雪　　梅：（跟着田田，经过AI博士面前时，又歉意地）AI博士，真对不起，这孩子……

AI博士：呵呵，老同学，田田在我们这里是自由而安全的，请你放心。

黄老师：是啊，您放心，我们学校实施融合教育，接纳自闭症儿童，对田田这样的孩子，我们每一个人都知道要创造一个宽松的环境，让他有安全感。

雪　　梅：田田能被学校接纳，和普通孩子一起学习，并接受康复训练，真是太感谢你们了。

AI博士：老同学，别客气。雪梅，我们要注意观察田田对周围的反应。

雪　　梅：好的，谢谢你……AI博士！

AI博士：嗨，重要的事情说三遍，老同学，不客气，别博士博士的。

雪　　梅：大家都这么叫你，我也习惯了。

AI博士：好好好，你要觉得改不了口，我也不反对。（蹲下，关切地爱抚着田田）田田，你喜欢叔叔这副模样吗？

[田田的目光落在AI博士的红鼻子上，那是一个红色的小毛球。随后，田田冷不防伸手揪下小毛球，扭身跑开。

孩子们：（冲着掉了红鼻子的AI博士）哈哈哈……

雪　　梅：田田！

AI博士：呵呵呵，现在，我是不是更像小丑了？（朝孩子们扮鬼脸）

孩子们：哈哈哈……

AI博士：我的爱心小天使们，现在请大家都坐到自己的位子上，一会儿，我要给大家介绍一个非常特别的朋友！

[黄老师招呼孩子们找位子坐下。

[雪梅和田田坐在后排中间的位子上，但田田心不在焉。他动来动去，一会儿站起来，离开座位，绕场走动。老师和孩子习以为常，任他自由行动，但雪梅依然不放心地跟着。

AI博士：孩子们，你们喜欢机器人吗？

孩子们：喜——欢！

AI博士：那你们告诉我，机器人都能做什么呀？

孩子甲：我家的机器人会扫地！

孩子乙：我们学校的机器人会修剪草坪！

AI 博士：哇！真了不起！

孩子丙：我妈妈单位的机器人还会刷脸签到。

AI 博士：哦，真先进！

孩子丁：我知道机器人的本领可大啦。太空、深海、矿井……我们人类不能工作的地方，机器人都能去那里干活。

AI 博士：嚯，你知道的可真多！不过今天啊，我要给大家介绍一个非常独特的机器人朋友，它不仅会唱歌、跳舞，还会陪伴我们，回答我们各种各样的问题，它有一个非常好听的名字，就是"蓝岛精灵1号"——小灵。

孩子们：（鼓掌欢呼）耶——！

[田田兀自蹲在一旁把玩着AI博士的"红鼻子"。

[雪梅黯然神伤……

AI 博士：（深情地望了望田田母子，很快转移视线。他手执话筒，发出声控指令）小灵小灵……

[切光静场。

AI 博士：小灵小灵……

[旋转平台缓缓转动，徐徐停下。

[追光。

[田田停止把玩"红鼻子"，若有所思……

[智能机器人"蓝岛精灵1号"——小灵，出现在光区里。

AI 博士：小灵小灵……

小　灵：我在这呢。

[田田循着声音朝光柱望去。

[AI博士喜出望外。

AI 博士：小灵小灵，请你唱支《星星索》，好吗？

小　灵：马上播放。

[少儿版《星星索》歌声响起。

[小灵伴着节奏，做各种动作。

[小朋友聚精会神、饶有兴趣地观赏着。

《星星索》

  呜喂

  风儿呀吹动我的船帆

  船儿呀随着微风荡漾

  送我到日夜思念的地方

  呜喂

  风儿呀吹动我的船帆

  姑娘呀我要和你见面

  向你诉说心里的思念……

[田田不由自主地起身，朝小灵走去……

[AI博士密切关注着田田的一举一动。

[田田妈妈听到歌声，先是一怔，继而忘情泪涌，接着无比悲伤，最后怒不可遏……

[曲未毕，泪淋淋，雪梅不忍卒听，上前一把拉开田田。

雪　梅：田田，我们走！

[田田执拗地抗拒着，两眼紧盯着小灵。

[黄老师和小伙伴们有些意外，AI博士沉着稳定。

AI博士：（拉住，劝阻）雪梅……

雪　梅：（怒视）放开我！

AI博士：老同学……对不起，真的对不起！但是，你一定要听我解释……

雪　梅：你为什么要播放《星星索》？你明明知道我不想再听到它……

AI博士：我知道……

雪　梅：那你为什么还要揭我伤口，难道你不知道田田他爸……（哭泣）

AI博士：我知道，一切我都知道……《星星索》是田田爸爸的成名曲，是

　　　　　你最爱的情歌，也是田田的摇篮曲，可是，自从七年前，田田爸
　　　　　爸出车祸后，你就再也不想听它了……

雪　　梅：你既然知道这一切，为什么还要播放它？你知道这些年来，我们
　　　　　母子是怎么过来的吗？你还嫌我不够苦吗？

AI博士：雪梅，你这么说，我很难过……

　　　［小伙伴和黄老师隐去。

　　　［远处飘来《星星索》旋律。（这旋律也可由爱心小伙伴和黄老师
　　　　在光区外轻轻哼唱）

雪　　梅：你知道，田田爸爸走的时候，田田还不满周岁。那天，他去上班，
　　　　　田田还在睡觉，他要亲田田，我怕他吵醒孩子，就不让他亲，可
　　　　　谁知道……他走得那么突然，而且被车碾得……如果不是有田田，
　　　　　我……我不可能活到今天……他走了，带走了歌声，也带走了我
　　　　　的灵魂，他带走了一切……

AI博士：不，他给你留下了孩子……

雪　　梅：可他给我留下的又是一个怎样的孩子啊！三岁了还不会说话……
　　　　　至今还不懂得叫我妈妈……开始，我以为他只是说话晚了点，我
　　　　　母亲还说，贵人语迟……后来，我才发现不对劲，于是不断找医生，
　　　　　找专家，最后找到了你……

AI博士：是的，那时候，我刚从法国一家自闭症康复中心进修回来，而你找
　　　　到我的时候，你说自己已经山穷水尽，走投无路了……

雪　　梅：是的，我花光了所有积蓄，房子也卖了。我母亲在的时候，还可以
　　　　　帮忙照看田田，可是不久，她也走了。为了照顾田田，我辞了工作，
　　　　　可是没有工作，就没有收入啊……

AI博士：是啊，这一切都压在你的肩上，我能体会你有多么艰辛！

雪　　梅：我只希望自己能够比田田多活一天……

AI博士：不，雪梅，你不能这么想，你的希望不应该是比田田多活一天……

雪　　梅：那我还有什么希望？

AI博士：你是一位母亲，一位孕育生命的母亲！这天底下，哪有母亲希望孩子死在自己前面的？！

雪　梅：是啊……天底下，有哪一位母亲愿意这样呢……（泣不成声）

AI博士：所以，我们如果不帮你，就是犯罪！

雪　梅：AI博士，谢谢、谢谢您这样体谅我们，要是全世界的人都和你一样，那该多好！

AI博士：是啊，人人相亲相爱，互相关怀。但是雪梅啊，你一定要相信，只要我们继续努力，幸福一定会来敲门的。现在，我不仅听到了敲门声，而且还看到了……

雪　梅：你看到了什么？

AI博士：雪梅，你看……

　　　　［追光。

　　　　［顺着AI博士指引，光区里，田田正聚精会神地注视着小灵，抚摸着小灵，最后他将小灵拥抱在怀里……

雪　梅：（悲喜交加）噢，上帝！对……对不起，我……我真的没有注意到……

AI博士：你知道这些年来，我一直在研究自闭症儿童的特征，我希望能够为你、为田田、为更多的自闭症患者，找到一把打开心灵的钥匙，而《星星索》可能是田田的钥匙……

雪　梅：你是不是说，田田的自闭症与《星星索》有关？

AI博士：我不敢确定，但我一直在探索，我愿意陪伴你们一同前行……

雪　梅：我……我不想连累你……

AI博士：（深情地）雪梅，你我之间，不是连累，而是联系！我相信，看得见的与看不见的是有联系的，你、田田、我，是有联系的，我们和整个世界乃至宇宙都是紧密相连的。所以，我们要站在一起，让孩子的路伸向远方……现在，我可以对田田启动第二套康复治疗方案了。

雪　　梅：什么方案？

AI博士：你要变成小灵……

雪　　梅：什么？我要变成……机器人？

AI博士：是的！

雪　　梅：为什么？

AI博士：雪梅，我问你，田田可曾注视过你的眼睛？

雪　　梅：这你知道的，自闭症孩子最大的特征，就是他们不会和我们有目光的对接。

AI博士：我再问你，田田可曾主动拥抱过你？抚摸过你？

雪　　梅：这是我日夜渴望的，但你知道自闭症的孩子不懂得使用肢体语言来表达情感。

AI博士：可是，你看他现在在做什么？

[田田注视、抚摸、拥抱着小灵。

雪　　梅：他在注视小灵，他在抚摸、拥抱小灵……

AI博士：那么，你愿意变成小灵吗？

雪　　梅：（热泪盈眶）我明白了……你要我变成机器人，进入田田孤独而神秘的精神世界，从那颗神秘的星球上，把他带回来……

AI博士：是的，你要变成有血有肉，有情有爱，会给田田唱《星星索》的机器人妈妈……

雪　　梅：《星星索》……不……我没有力量唱它……

AI博士：（极其温和地鼓励）雪梅，正视痛苦，才能超越痛苦，为了田田，你一定要唱……

[《星星索》旋律深情响起，声渐强，情渐烈……

　　呜喂

　　风儿呀吹动我的船帆

　　船儿呀随着微风荡漾

　　送我到日夜思念的地方

呜喂

　　风儿呀吹动我的船帆

　　姑娘呀我要和你见面

　　向你诉说心里的思念

　　当我还没来到你的面前

　　你千万要把我记在心间

　　要等待着我呀要耐心等着我呀

　　啊姑娘

　　我心向东方初升的红太阳

　　呜喂……

[歌声中,青年志愿者、爱心小伙伴、黄老师都扮成机器人,他们每一个人都为田田起舞。他们鼓舞着雪梅、簇拥着雪梅。

[AI博士深情地为雪梅穿上机器人服装。

[聚光雪梅。

[雪梅悲泣着、战栗着。

[一段表达雪梅在痛苦中,揭开心灵,如凤凰浴火涅槃般的机器人舞蹈。

[雪梅开始喃喃低吟《星星索》,笨拙地做着机械的动作;继而越来越勇敢、越来越陶醉,自如地做着和小灵一样的动作。

[田田渐渐地被雪梅吸引,一步步朝母亲走去……最后,他终于投入了雪梅的怀抱……

[《星星索》的旋律推向高潮……

[静场。

[机器人雪梅泪流满面。

[众演员环绕雪梅母子,轻声哼唱《星星索》……

[田田望着雪梅,慢慢伸出小手去抚摸雪梅的眼泪,然后出神地望

着自己那只沾着母亲泪水的小手，若有所思……
[机器人服装从雪梅身上缓缓脱落……
[雪梅悲喜交加，紧紧拥抱田田。
[田田依然出神地望着沾着母亲泪水的小手……
[光渐收。

[欢快悠扬的音乐声中，光启。
[八年后。
[静夜。
[公园一角。
[秋千架上。
[雪梅静静地坐在秋千架上，轻轻哼着《星星索》。
[秋千轻轻晃荡着。
[雪梅依着秋千架，像婴儿憩息在母怀。
[少年田田和 AI 博士手拉手上。他们轻轻走到雪梅身后。
[随着少年田田和 AI 博士的轻轻推送，载着雪梅的秋千轻轻飘荡了起来。
[秋千轻荡，歌儿轻飞，头上，繁星满天。

2017 年 6 月 25 日初稿

2017 年 7 月 5 日修改

（附注：该作于 2018 年入选福建省现代戏征文，同年参加中国戏剧家协会《剧本》杂志社、天津市戏剧家协会共同举办的纪念改革开放 40 周年全国小戏小品剧本征集活动，近 400 件作品应征，入选 26 件，《剧本》2018 增刊发表。）

生　日

时间：当代

地点：某海景酒店包厢

人物：大姐　46 岁，温良恭俭让，比实际年龄要苍老，牺牲个人幸福，积
　　　　　劳成疾，余日无几

　　　二妹　38 岁，某公司经理，成熟，外向，忙于赚钱打拼

　　　小妹　26 岁，某演出公司演员，耽于幻想、逐梦

道具：桌、椅、生日蛋糕

剧情简介：

　　生命无价，大爱无疆！生日快乐歌每时每刻都在世界各地响起，红尘滚滚，为了生活而四处奔走劳碌的你，是否愿意并且能够放下一切，静下心来想想：我是谁？在寻找什么？谁是我的亲人？我真的快乐吗？我能够为自己或他人的生命欢呼喝彩吗？三个没有血缘关系的孤儿聚在一起，为时日无多的大姐庆生。愿她们之间的故事、冲突和内心表白，能够为我们提供一份沉思和启迪：生日对我们来说意味着什么……

　　　［幕内。

二妹：姐，您慢点。

[二妹半挽半扶着大姐上。

大姐：哎呀，你这是干什么呀？安排这么高档的酒店！

二妹：姐，我不是跟您说了吗，这是我的一个朋友开的，价格特别优惠。他听说今天是您生日，还特意赠送了一个蛋糕呢！

大姐：真的吗？

二妹：比真的还要真！你呀，一天到晚就怕我花钱。

大姐：可不是吗？现在房价那么高，你也老大不小了，婚房还没着落，再加公司贷款，小妹呢，要用钱的地方也多着呢。

二妹：你别总想着我们。看看你，一个人住在乡下，承包那么大的蔬菜基地，真是太辛苦了。

大姐：我喜欢农村，一点都不辛苦。

二妹：你呀，就是太为我们着想，才落得一身毛病……（意识漏嘴，转换话题）姐，咱的包厢到了，这可是我特意挑选的包间。

[入内。引大姐到窗前，拉开窗帘，推窗远眺。

二妹：姐，你看……

大姐：嗬！这里还可以看到大海！

二妹：大海那头就是澎湖湾呢，可惜现在已经不是外婆的澎湖湾，而是外公的澎湖湾了。

大姐：外公的澎湖湾？我怎么从没听说过？是不是被外国人开发了？

二妹：呵呵，我的傻大姐呀，你可真是一点都没变哪，人家随便说句玩笑话，你都当真。

大姐：自家姐妹的话哪能不当真呢？二妹，你的公司怎样？看你那么忙，姐真有点担心。

二妹：姐，你就别操心了，我开公司，你把房子都卖了；为了帮助小妹圆梦，你又去承包蔬菜基地，还想送她去中戏深造。我说姐啊，小妹爱做明星梦，你可千万别听她胡扯……

小妹：别这么说。人海茫茫，咱们三个能够走到一起，不容易！

二妹：是！人海茫茫，假如没有你，我早迷失了方向。

大姐：嘀，这话应该由我来说吧，怎么我倒成了你的指南针？

二妹：可不是吗？这些年来，咱在厦门摸爬滚打，接触的人形形色色。唉！多少人为了生活四处奔走，多少人为了钱权美色不择手段，又有多少人为富不仁、尔虞我诈……姐，城市虽好，但人情冷漠虚伪，有时候，我甚至自己都不认识自己了。您别看我天天和人打交道，但真正关心你、在乎你、爱你的人，又在哪里呢？

大姐：就在你身边呀！

二妹：是的姐，正因为身边有你，我才相信人间有爱……（望着大姐，忍不住动情落泪，急忙转脸，避开）

大姐：（微笑）二妹，你没明白我的意思，我是说：假如我们关心身边的人，身边自然也会有关心我们的人。

二妹：话是这么说，但有几个人能像你呢？

大姐：二妹，姐有话对你说。这几天你带我上医院检查，姐心中有数，你实话告诉我，市里的专家怎么说？我还有多少时间？

二妹：姐，你说什么呀。我不是跟你说了，医生说你身体毛病不少，但问题不大，好好调养一段时间就会好的……

大姐：（苦笑）姐没你想象的那样坚强，但也不是你想象的那么脆弱。两个月前，我肝区疼痛，就在同安县医院检查过了，医生说，肝癌这东西啊，一旦发现，十有八九都是晚期……

二妹：（哭）什么？两个月前你就知道啦？姐……你怎么不早说呀……

大姐：假如有办法医治，我肯定会说；既然没有办法，我就得好好安排剩下的时间，把该办的事情办好……

二妹：姐，你别那么想，我有同学在国外，日本也有一种抗癌药，很先进的……

大姐：二妹，我们得面对现实……

二妹：不！这现实太残酷……（哭泣）

大姐：二妹，你知道姐不喜欢看到你流泪。姐最放心不下的就是你和小妹。你们两个动不动就吵嘴，姐担心你们吵来吵去，把我们这份来之不易的姐妹深情给吵丢了……

二妹：姐，我们是吵嘴，但伤不到情，你放心好了。要不是你千叮嘱万交代，我早就告诉小妹她的身世啦。她现在已经二十六岁了，也该懂事了。你看看她，昨天说得好好的，这会儿还没到。

大姐：一定是什么事耽搁了吧。二妹，你先去洗把脸，待会儿千万不要让她知道我的病情，至少今天不要告诉她。

二妹：嗯……

　　　[二妹入内。传出哽咽声，接着是水龙头的水声，水声渐大，淹没哭声。

　　　[音乐声中，大姐默默远眺着大海。

　　　[二妹复出。

大姐：哎，小妹怎么还没到？

二妹：她呀，做事总不着调，都快三十的人了，还装萌萌哒，成天做着少女梦，一点时间观念都没有。

　　　[小妹背着小背包，左手一朵玫瑰花右手一朵康乃馨上。

小妹：（乜斜装嗲）谁说我没有时间观念呀？（白了二姐一眼，转向大姐，热情夸张地）大姐！我最最亲爱的大姐，小妹我衷心祝你 Happy Birthday！（唱）"长路奉献给远方，玫瑰奉献给爱情，我拿什么奉献给你，我的大姐……"嘻嘻嘻，玫瑰献给守身如玉、矢志不嫁的 Sister，康乃馨献给只差母乳喂养我的……还是 Sister。（献花、拥抱、亲脸）

大姐：呵呵呵，你啊，就是嘴甜。

二妹：（白了小妹一眼）上哪儿去了？这么晚才来。

小妹：刚从剧组下来。我们导演说了，这回呀，只要再加把劲，女一号可就非我莫属啦！

大姐：真的呀？

小妹：我们导演说了，这次演出的视频要在好几个卫视转播，到时候你们就能在电视上看到我啦。

大姐：那可真是太好了，大姐我就盼着这一天呢……

[二妹黯然神伤，走向一角掩饰情感。

小妹：我们导演说了，只要卫视一播，以后片约啊、广告啊、演出收入啊，那可就噌噌噌直线上升，到那时，我第一个要实现的梦想就是带着我最最亲爱的大姐，还有……（看着二姐，做个鬼脸，得意地陶醉）周游世界……

二妹：（没好气地）你是睡美人始终没遇到白马王子吧，明星梦做到现在还没醒！整天我们导演说了，我们导演说了，这话你从16岁上艺校说到现在，我的耳朵都出老茧了！

小妹：我喜欢，怎么啦？不爱听，一边待着去。大姐，我们导演说了……

二妹：你们导演能不能休息一下呀。

小妹：咦，我们导演还真的说了，他要休息一下，所以我才趁着空档，跑出来给大姐过生日呀。

二妹：那你们导演要是不休息呢？

小妹：导演不休息，演员能跑出来吗？

二妹：那昨天你是怎么答应我的？

小妹：呃……人家这段时间真的很忙嘛，整个剧组都疯了似的转，我们导演说了……

[二妹手机响起。接听。

二妹：你能不能给我闭嘴呀。对不起对不起，我……我在教训我家小妹呢。王总啊，您好您好您好，哎呀，真是对不起。什么？李总行程临时更改？现在要来我们公司？哎哟，真是不好意思，我这会走不开呢……（压低声音）一个非常非常重要的人物过生日……是啊，正准备点蜡烛呢……好的，好的！真是太谢谢哥哥您了……呵呵呵，哥……呵呵呵，哥……您知道我这几年的确不太容易，今年就指望着这单生意啦。是啊，无论如何要把王总留住，其他的我来安排。好，好，咱回头再联系……

小妹：哪位帅哥呀，（嬉皮笑脸、夸张地模仿二妹）您好您好您好，呵呵呵哥，呵呵呵哥，叫得我都快要化了。

二妹：（瞬间变脸）你欠扁是不是？

小妹：只许州官放火，不许百姓点灯吗？

二妹：你点吧点吧，别火烧连营就好。

大姐：你们啊，总是一见面就拌嘴。二妹，你有要紧事吗？可别因为我过生日给耽误了。

二妹：没事，已经处理好了。小妹，我可再说一遍，今天就算天塌下来，咱也要陪大姐过生日。（调整心情高兴地）姐，您是寿星，坐这；小妹，准备蜡烛，你点灯我放火，一起祝贺大姐生日快乐。

[小妹刚拿起彩烛包，手机声响，匆忙间，顺手将彩烛包放进包里了。

小妹：张导！（一惊一乍）噢！MyGod!……噢！噢！噢！导演，您真是天才！OK！没问题……OK！没问题……OK！OK！OK！没问题，没问题，没——问——题！（放下电话）哈哈哈……Yeah——！（唱）"胜利在向我招手，曙光在前头……"

大姐：小妹，什么事这么高兴啊？

小妹：大姐，二姐，女一号在向我招手啦！我们导演说了，他刚想休息，突然灵光一闪，脑洞大开，所以现在我得马上过去试镜头。大姐，对不起，我先走啦，咱们明天再好好庆祝！

大姐：呵呵，去吧，路上小心点。

[小妹一阵拥抱大姐，转身欲离。

二妹：（严肃地命令）你给我站住！

小妹：哦哦，蜡烛点完再走、蜡烛点完再走……蜡烛呢？咦，蜡烛呢？

二妹：（拿过小妹背包，掏出彩烛，将背包往边上一扔）今晚谁也不许走！

小妹：干什么呀你？

二妹：干什么？你就这样应付大姐的生日？

小妹：（装出苦脸）我也不想这样的，可是我们导演说了，这事关系到女一号……

二妹：（怒）就是"泰坦尼克号"，我也不许你走！

小妹：凭什么呀？我再说一遍：张导指定让我去演女一号。

二妹：就凭你？女一号？还指定？

小妹：我怎么啦？我凭本事挣钱吃饭，怎么啦？

二妹：我看你是真长本事了，你赚到什么钱了？（顺手拿起玫瑰和康乃馨）呵呵，这就是你给大姐买的生日礼物？！（怒掷地上）

大姐：二妹！

二妹：上次，她给张导过生日，送了满满一怀抱的玫瑰！

小妹：（怔住，望着地上的花朵，默默捡起，泪涌）二姐，你可以笑我穷、说我蠢、骂我骚，甚至怒斥我下贱、不要脸！但是你不能鄙视我对大姐的真情！是，为了能演女一号，我是给张导献花，但那花和这花能比吗？你以为我喜欢装嗲、喜欢装鲜卖萌、喜欢拿笑脸贴人家的臭屁股吗？我告诉你：就算你践踏我的梦想、羞辱我的尊严，你也没有权利否定姑奶奶我对大姐的真情！（怒撕花朵，狠掷二妹脸）

二妹：你……

大姐：（肝区疼痛，忍痛劝架）小妹，你走吧……二妹啊，不就一起吃顿饭吗，什么时候吃不一样啊。

二妹：（动情地）姐，那能一样吗？！每年我们生日的时候，你是怎么张罗的，今天我们好不容易给您过一次生日，她居然说走就走！

小妹：是我要走吗？是张导……

二妹：张导张导，张导是你亲爹还是你亲妈呀？当年你躺在苹果箱里奄奄一息的时候，张导他还没出生呢！

大姐：二妹！（捂住肝区）

二妹：姐……我……

小妹：你说什么？谁躺在苹果箱里奄奄一息啦？谁？

二妹：（意识到自己说漏嘴了，不再吭声）小妹，我……

大姐：小妹，张导在等你，快去吧，啊？

小妹：你们当我是三岁小孩吗？我是傻瓜白痴什么都不懂吗？说吧，我从哪里来？！路边捡来的弃婴，对吧？！

二妹：……

大姐：……

小妹：（痛苦地冷笑）我早就知道你们两个才是亲姐妹，我不过是个弃婴、包袱、累赘、垃圾！（转向二妹）所以你从小就打心眼里瞧不起我！我说什么，你都反对；我做什么，你都看不上眼；大姐对我好一点，你就生气、嫉妒，你巴不得我从你们眼前消失，是不是？！既然这样，好，我走！

二妹：你今天要是敢走，就永远别回来！

小妹：（声嘶力竭）好——！我成全你——！

大姐：（肝区痛发）小妹……（一阵昏厥）

二妹/小妹：姐——

小妹：大姐，你怎么啦？大姐，你快醒醒……

［大姐慢慢缓过来。

大姐：你们不要争吵，好吗？

小妹：大姐，您到底怎么啦？

二妹：（从包里拿出诊断）你自己看吧……

小妹：……肝癌晚期？不，这不是真的，这不是真的……

二妹：如果不是真的，我会不让你走吗？小妹……大姐……（抱头痛哭）

大姐：（静静地笑着）你们俩这是怎么啦？今天是我生日，不是死日啊，你们不要吵，也不要哭，好吗？

二妹/小妹：嗯……（勉强止住）

大姐：既然你们都知道了，有些话，姐就敞开说了。

二妹/小妹：姐，您说吧……

大姐：二妹啊，姐知道你的心意，不过在姐看来，生日不仅仅是一年中的某一天，而是生命中的每一天！只要活着，天天都是生日。生日快乐不快乐，也不在于酒楼饭店有多高级，美味佳肴有多丰盛，生日礼物有多贵重，而是你感受到生命有多宝贵、你身边的人对你有多重要！姐十三岁那年，一场车祸，父母双亡，后来，姐进了一家福利院，整整两年，没流一滴泪，也没说一句话，直到有一天，二妹来了……

小妹：什么？二姐她……她也不是你的亲妹妹？

大姐：小妹啊！人与人，亲不亲，不是血，而是心！那时候二妹才七岁，她来到福利院的第一天，就拉着我的手，不停地问我"姐姐，我的爸爸妈妈去哪里了？姐姐，我的爸爸妈妈去哪里了"，她问得我哭了又笑，笑了又哭，从此，我们形影不离……

小妹：那我呢？您遇见我的时候，我真的躺在苹果箱里奄奄一息吗？

大姐：是的，那一年我二十岁，二妹十二岁，我们一起离开福利院已经三年了。有一天，我去菜市场买菜，看到很多人围观一个苹果箱，本来我有一千条理由走开，但是不知道为什么，我竟二话不说，把你抱回家了……

二妹：你知道吗？后来，很多人以为你是大姐的私生女呢。为此，大姐带着我们南下，她交代我，以后不管谁问，我们都要说：我们的爸爸妈妈车祸死后，留下我们三个……所以，像今天这样的日子，你说我能让你走吗？

小妹：姐，你们为什么不早说呀？

大姐：小妹啊，姐知道你想当明星，但是，非得豁出一切，去演女一号吗？在姐看来，不论做什么，首先都得先学会做人，人做好，戏自然能演好。

小妹：姐……

大姐：这两个月来，姐想了很多很多。其实，姐也和你们一样，以为钱越多越好，房子越大越好，身份地位越高越好，可是，当我被查出病来的时候，我才感到，工作太忙了，真的不好！人真的需要静下来好好想想，想想什么才是最重要的！

二妹/小妹：姐……

大姐：（两手各握两个妹妹的手）姐不像你们有许多美丽的梦想，姐就像一棵青菜，或者萝卜，种在哪里，就在哪里开花结果！这梦想啊，就像种子，只要你用心耕耘播种，浇水施肥消灭病虫害，就一定有收获！（打开手提包，掏出两张银行卡）姐已经把蔬菜基地转包给别人了，这是姐的一点积蓄，你们拿去，算是姐给你们的生日礼物吧。

二妹/小妹：不，姐，我们只要你留在我们身边……

大姐：呵呵，姐这不就在你们身边吗？二妹、小妹，咱们回家吧，你们知道，姐一向喜欢在家里过生日……

二妹/小妹：好的，姐，咱回家……

　　　　[二妹、小妹扶着大姐，走出包厢……

　　　　[二妹手机声响。

　　　　[小妹手机声响。

　　　　[无人接听……

　　　　[生日快乐歌响起……

（附注：该作应厦门市艺术馆邀约而作，获华东六省一市小品大赛金奖；2019年5月，参加全国第十届群星奖决赛。）

父母的味道

时间：周末
地点：厦门郊区一幢燕尾楼老宅院内
人物：父亲　退休医生，六十多岁
　　　莉莉　女儿，三十多岁，婚姻困难中
　　　母亲　退休小学教师，六十多岁

[幕启
[一张木桌、两张竹椅，桌上摆放着米盆、塑料碗、粽叶等。
[母亲提着一串粽子，既喜悦又有点紧张地朝厨房走去，迎面撞上正从里面出来的老伴，他也在为包粽子而忙碌。

父亲：哎，别慌别慌。
母亲：莉莉不是说已经到了吗？
父亲：她的车停在祠堂那边，从弄口走过来，还得几分钟呢。
母亲：唉，这孩子就知道忙，一点都不懂得照顾自己，最近再加上施仁的事，我真担心她扛不住。
父亲：唉！施仁真够糊涂的，同学聚会，吃餐饭，喝杯酒，居然还闹出事来！他是再三低头认罪，说自己肠子都悔青了，可莉莉还是不依不饶。
母亲：出了这种事，哪个女人能轻饶？！
父亲：是是是，老婆所言极是……（欲言又止）

母亲：（苦笑了一下）你太敏感啦。我是担心莉莉，不知道她能不能挺过这一关。这段时间打她电话，不是不通就是不接，好不容易接了，说话也不到一分钟。问她想不想吃点什么，也总是没好气地扔下三个字：妈，人家正烦着呢，现在是二〇二〇，不是一九六〇，我想吃什么不会自己叫外卖吗？好啦好啦，知道了……

父亲：呵呵，这是三个字吗？

母亲：归根到底就是三个字——不、耐、烦！

父亲：施仁也不好受啊，昨天碰到他了，又向我诉苦，说这次豆豆学校开展传统美食品尝活动，主题是"父母的味道"，他特意做了豆豆爱吃的，想和莉莉一起陪孩子参加，可莉莉就是不给他机会，还限定他三天之内必须签字离婚。

母亲：哼！早知今日，何必当初！

父亲：老婆，你……

母亲：你什么你？我又不是西施，干吗这样看我？

父亲：（笑）你比西施强多了！

母亲：少来这一套。（一笑）哎！回头再好好开导开导莉莉吧。

父亲：该说的都说了，该劝说也都劝了，只剩下开膛剖腹、刮骨疗伤了。

母亲：需要打点麻药吗？

父亲：有些手术不打麻药效果更好。

母亲：那就照我们的祖传秘方，给孩子们多包一些粽子吧。不过看到莉莉受这么大的委屈，这粽子可真包得我手麻心酸哪！

父亲：你手麻啦？那我给你揉揉！（执妻手抚摸，亲吻一下）

母亲：（又爱又嗔，轻打夫手）老不正经……

父亲：这叫执子之手，亲亲一口……

　　　[莉莉手提一个礼品袋，边打手机边上。

莉莉：黄世仁，你可给我听好了，你要是敢把豆豆接走，我就不是白毛女！（狠狠掐断手机）

　　　[母亲愕然，父亲苦笑。

莉莉：（意识到自己失态，悻悻地）爸，妈，我回来了。爸，学校的门卫说这是您昨天落下的。

父亲：哦哦，是是是，昨天去学校想看看豆豆，结果在门口遇到一个熟人，两人聊着聊着，就把东西给落下了。

莉莉：爸，豆豆挺好，您不用跑来跑去。

母亲：莉莉啊，妈想跟你说句心里话，你可别不爱听。

莉莉：妈，您又来了，烦不烦啊？

母亲：妈知道你烦，但还是要说。你对施仁可以表达你的愤怒，但不要愤怒地表达，夫妻俩有什么话，一定要好好说，别张口黄世仁闭口黄世仁，毕竟他是豆豆的爸爸呀，万一豆豆学校的老师和同学听见了，还以为你们家在上演新编电影《白毛女》呢。

莉莉：妈，您不懂幽默就别乱开玩笑，您的"课"我都听腻了，不要再上了好不好。

母亲：好好好，不说了不说了。唉！当初你们谈恋爱的时候，你不是一直夸施仁是大春吗？

莉莉：妈——！

父亲：哎，豆豆怎么没来？

莉莉：我这不是赶时间吗？没等他下课，就先拐到这了。爸，粽子呢？

母亲：不是说好和豆豆一起来的吗？

莉莉：这年头说好的事情转眼就变得多了去了。妈，粽子在哪？我还有事，马上得走。

［母亲望着父亲，迟疑着。

莉莉：（不耐烦地）妈，我问您呢，粽子在哪？（朝厨房走去，母亲急忙扯住）

父亲：（不紧不慢地）你没看见，我跟你妈正在包吗？

莉莉：哦，我的天！我不是昨天就跟你们说了吗，这粽子是豆豆班上开展活动用的，今天下午四点前一定要送到学校呢，你们这时候才开始包，怎么来得及呀？

母亲：我和你爸都算好时间了，保证不误事。这粽子呢，十一点前全部包好，然后用大锅慢慢煮两个钟头，下午一点左右就可以起锅了。你呢，在这吃了午饭，休息一会儿，然后再……

莉莉：等你弄完，黄花菜都凉了。算啦，我去超市买吧。（欲走）

父亲：（不紧不慢、不轻不重地）超市买的粽子和你妈妈包的能一样吗？再说了，豆豆的老师不是说，这次学校开展的是中华传统美食品尝活动，主题是"父母的味道"，所以这粽子必须由孩子的父母亲手包，而你倒好，自己不懂得包粽子，又不让施仁动手做，还不让施仁去接孩子，你说，你让豆豆怎么品尝这"父母的味道"啊？

莉莉：爸，您别说了……黄世仁已经死了！我没有他这个老公，豆豆也没有他这个爸爸！

父亲：黄世仁是死了，但施仁和孩子总得让他们活吧？

莉莉：爸！您这是什么话？您怎么倒护起他来了？！

父亲：莉莉啊，你和施仁虽然不算青梅竹马，但你们俩可是十年同窗啊，施仁这孩子我了解他，这一次……

莉莉：爸，您不要说了！知人知面不知心，我那么爱他、那么相信他，而他竟然背叛我！

父亲：不就是同学聚会，多喝了点酒吗？

莉莉：同学聚会？我看是鹊桥相会呢！这个骗子，伪君子！爸……我……我……（哭）要不是因为豆豆，我想死的心都有呢……

父亲：唉！（自打脸）这个不要脸的臭小子，看我怎么收拾他……

母亲：你……

父亲：唉，我真替他害臊呢……

莉莉：我每天上班、接送孩子、累死累活，业余还要做淘宝挣钱贴补家用，可结果呢，他却在外面花天酒地泡女人。爸，您说，这样的臭男人有什么脸见豆豆，他又有什么资格当父亲？！

[父亲尴尬异常，如坐针毡、连连擦汗。

母亲：（欲言又止）莉莉，事情已经发生了，施仁也认错了，你就原谅他吧。

莉莉：妈，你怎么也替他说话呀，原谅？说得轻巧，换了你，难道不会跟爸爸拼命吗？

母亲：那你准备怎么办？

莉莉：还能怎么办，离婚协议都写好了！

母亲：那豆豆呢？

莉莉：当然跟我了。

父亲：唉！你们女人怎么都这么自私啊？这当父亲的犯了一个错，孩子怎么就归你们了？

莉莉：爸，您越说越糊涂了，我不跟你们瞎扯了。（要走）

母亲：那粽子呢？

莉莉：你们不是还没包好吗？我去超市买啊。

母亲：我说的是粽子的味道。

莉莉：唉，我不在乎，管它什么味道。

母亲：可我和你爸爸在乎，豆豆在乎，施仁也在乎，所有品尝这粽子的人都在乎。

父亲：莉莉啊，不是爸妈不帮你，而是爸爸妈妈不能越俎代庖，今天这粽子，你得学着包。

莉莉：爸，您知道我不懂，也没时间……

父亲：只有死人才没时间。

母亲：不懂可以学啊，我和你爸愿意教你！

莉莉：妈，你们不要逼我……

父亲：那好吧，不过你不需要去超市买粽子，你要的粽子，我们都包好了。

[打开厨房门，只见满墙壁挂的都是粽子。

莉莉：（愣住）爸……妈……你们包这么多粽子干吗？

[父母含泪，拉着女儿坐下。

莉莉：爸，妈，你们怎么了？

[音乐起。

父亲：曾经有个姑娘和她的母亲相依为命，母女以包粽子为生，后来，这个姑娘遇到了一个小伙，他们相爱了。那小伙家里很穷，常常吃不饱。姑娘经常送他粽子，并用卖粽子的钱供小伙子读书。小伙考上了一所医科大学，并成为一名医生。村里的人都担心小伙会抛弃那姑娘，但他们非常相爱。婚后他们生下一个女儿，村里人都夸这个医生品德真好！

莉莉：爸，这事您和妈妈说过，谁都知道我有一对无比恩爱的父母和一个幸福的家庭。

母亲：因为家庭条件比较好，就请了一个保姆帮忙照顾孩子。那保姆勤快、善良、年轻、漂亮，时间久了，她和医生越走越近……

莉莉：妈……爸……你们……你们？

父亲：妻子知情后，悄悄把保姆辞退了，但是医生和保姆藕断丝连。有一天，他们约会的时候，有人从屋外把门锁上，然后报告妻子。

母亲：看热闹的人围了一圈又一圈。妻子到了那里，非常生气地对围观的人说："我的表妹病了，是我叫老公上门给她看病的，你们这玩笑实在开得太过分了！"（哽咽）

莉莉：爸……妈……你们为什么要给我讲这个故事？

母亲：因为那位姑娘和你一样，她非常痛苦，哪怕丈夫双膝跪地，苦苦哀求，她也不为所动。

莉莉：那后来呢？

母亲：后来，姑娘的母亲就把自己的女儿和女婿叫到跟前，和他们一起包粽子。老人一边包，一边自言自语：这粽子在咱国家流传了几千年了吧？别人家可能是只有端午节才吃粽子，而我们家虽然不是每天都吃，但这些年，我可是每天都在包粽子啊。你们吃粽子的时候，可曾留意过这粽子的味道？或仔细想过怎样才能把粽子做好？

父亲：谁都知道包粽子的时候，需要备好食材：糯米、配料、粽叶，还有一根细细的绳子。糯米要净、配料要好、粽叶要柔密、绳子要有韧性，经得起拉、缠、绕、捆、扎！包好的生粽要变成熟粽，需要下锅，煮到叶衣里所有的食材都熟透了才行。

母亲：如果你包粽子的时候，叶衣不整、棱角不明、封口不严、捆扎不紧，就经不起高温滚煮，一个爆裂散开的粽子，它的内芯食材会粘得满锅都是，如果滚煮时间不充分，就会夹生，食材如果抱不紧，粽子就没有韧性和嚼头，味道也无法相互渗透、共融……

父亲：婚姻和家庭也一样，无论贫富贵贱，疾病健康，总会有人软弱、跌倒，你若懂得包容，这粽子就不会爆，这个家也就不会散。

母亲：莉莉啊，这是我和你爸一起包的粽子，这一个是给你品尝的，你尝了之后，觉得好，就把它送出去……

父亲：（剥开一个粽子）孩子，请你尝尝爸爸和妈妈包的粽子，怎样，味道还不错吧？

莉莉：爸……

父亲：你的爸爸可能不是好爸爸，但你的妈妈，绝对是世界上最好的妈妈！

莉莉：妈……

母亲：（拿过莉莉的提袋）这一串是红豆馅的，妈知道你爱吃；这一串是咸蛋黄馅的，豆豆和施仁爱吃；这50个给是豆豆班上的……

莉莉：妈，豆豆班上只有40个同学。

父亲：傻孩子，你怎么能把豆豆的老师们给忘了呢？

莉莉：妈，这粽子，我……我不能都拿走……

父母：为什么？

莉莉：至少豆豆的这一串，我想自己学着包，不知道你们还愿不愿意教我……

母亲：傻孩子，爸妈就等你这句话呢！

［欢天喜地坐下包粽子。

父亲：哦哦哦，我险些忘了还有一个礼物没打开呢。（打开礼品袋，取出一片蛋卷，塞在莉莉嘴里，莉莉张嘴就吃。）好吃吗？

莉莉：嗯，味道还不错。爸，这是您的哪个朋友做的呀？

母亲：是施仁做的……

莉莉：（一愣，青青的粽叶划破了她的手指）哎呀！

母亲：怎么啦？（忙拿起莉莉的手，心疼地吮吸着）还疼吗？

莉莉：（含泪，摇摇头）妈，没事，不疼……

［一家人深情注视，心领神会，紧紧相抱。

2020年8月23日

（附注：该作应厦门市艺术馆邀约而创。）

摆位子

时间：秋日早晨7：30
地点：某单位业务科办公室
人物：马春兰　女，二十五六岁，竞聘上岗的业务科长（简称马）
　　　牛国柱　男，四十六七岁，原业务科长（简称牛）

[幕启：舞台上一桌一椅，朝东摆设。边上放着热水瓶和拖把。
[马春兰搬着办公桌和椅子上。

马：我们单位，推行竞聘上岗，我本是重在参与，没想到在第一轮竞聘中，竟把我们的老科长给"竞"下去了。昨天领导找我谈话，说是为了让我带头示范，也为了让我和老科长理顺关系，所以还没正式交接，就安排我和老科长在同一个科室上班，哎……我知道整个单位的人，都睁着眼睛，在看着我呢。为了不负众望，今天我特地提前半小时上班。嗯……我这张办公桌摆哪儿好呢？

[观察办公室，继而把老科长的桌椅往后挪了挪，然后把自己的桌子顺排朝东摆下。

马：就放这儿吧，我也不搞那种让人一进门就知道哪个是科长的主次位置摆放法，免得老科长敏感。

[扫地、擦桌、打水，边干边哼唱：

总想对你表白，

　　　我的心情是多么豪迈，

　　　总想对你倾诉，

　　　我对生活是多么热爱……

　　〔突然下意识地掩嘴，向外张望。

马：哎呀，老科长心情肯定不好，要是让他听见了，还以为我春风得意，故意刺激他呢。

　　〔牛国柱捧着一小盆菊花，故作淡泊姿态上。

牛：（边走边摇头摆脑低吟）采菊东篱下，悠然见南山……老牛靠边站，小马接了班……（看见马春兰在扫地，一时忘了自己已下马，像往常一样亲切地）小马，早啊！

马：（热情地）老科长早！（看见菊花）嘿，这盆菊花好美啊！

牛：（醒悟过来，冷嘲热讽）再美也美不过那种摇头摆尾的狗尾巴花呀！

马：老科长，狗尾巴是草不是花，再说，那种草哪有菊花讨人喜爱啊！

牛：这你就错啦，现在啊，爱不爱，不管萝卜和白菜。爱上你，你就是草，不会开花也是花；不爱你的话，你就是花，开了也白开。唉！真是爱你没商量，不爱你，更没商量啊。

马：老科长，这话可不像您说的呀。您不是常跟我们讲，什么季节开什么花，既然是花草，只要季节一到，除非长势不好，哪有不争奇斗艳的？

牛：这你就又错了。如今世道变了，厄尔尼诺现象，全球气候变暖，一切都乱了套了：男人早泄、女人早产、学生早恋、瓜果早熟、狗尾巴草开出花来，乱摇乱摆，深秋的金菊花，再金碧辉煌，也无人理睬啊……

马：老科长……

牛：呵呵呵……我说得没错吧，小马？嗨，你看我这记性，现在你已经高升了，我得叫你马科长喽——

马：（佯装生气）老科长，您要再这样说，我就真的生气了。（拖地）

牛：（见状，一笑，佯装客气）哎呀，你现在是科长了，这种活怎么还能让你帮我干呢？我自己来，我自己来！

马：老科长，从今天开始，我们就要在同一个办公室里上班了，这些活，您就不要客气了……

牛：你跟我在同一个办公室？！

马：是啊，这是局里研究决定的。这样多好，我有什么不懂的地方，也便于向您请教啊。

牛：（看看办公桌）哦……连办公桌都摆好了……

马：我把您的办公桌往后挪了一点，您看，这样摆合适吗？

牛：嘀，还没交接呢，位子就挪啦。哼！合适，太合适了。我这桌子是该往后挪啦，只是，你挪得太少了……

　　[放下菊花，就去挪桌子，一直挪到西末端，然后将桌子来个一百八十度大转弯，端过椅子，重重放下。然后背对马春兰的办公桌坐下，与马呈遥遥对抗状态。

马：老科长，您怎么能挨着墙角坐呢……

牛：我本是靠边站的人了，如今还能靠边坐着，我已经心满意足啦。

马：老科长，您要这么说，我可要将您的位子移到正中间了，因为，您可是我们业务科的主心骨啊。（微笑着动手欲移）

牛：哎哎哎……别动，千万别动。

马：老科长，我不懂……

牛：是啊，你不懂的东西太多了。不过，我想张思德，你还是知道吧？

马：那当然，小学课本读过，在深山里烧炭的劳动模范。

牛：雷锋叔叔，你也听说过吧？

马：全心全意为人民服务的学习榜样，全国人民都知道。

牛：还有愚公，就是那个为了造福子孙后代，把整座山都搬走的老家伙，你也听说过吧？

马：那当然，愚公移山，家喻户晓。

牛：可你知道这些人现在都在干什么吗？

马：这……

牛：我告诉你，现在啊，张思德不烧炭了，雷锋叔叔不接站了，老愚公他也不想干了！

马：呵呵呵……老科长，您可真会说笑话啊。

牛：我可笑不出来。

马：老科长，我这也有几句话，不知您听说过没有。

牛：说来听听。

马：张思德不烧炭了，因为砍筏树木不能再干了；雷锋叔叔不用接站了，因为青年文明号上岗了；老愚公不想那么干了，因为科学技术高度发展了。

牛：这是谁说的？

马：您呀。

牛：嗬，我说过吗？

马：老科长，您还说，办公室的位子要朝东坐好，因为太阳每天都从东方升起……

牛：如今太阳下山了，这天下，改由月亮接管了。

马：老科长，我知道这次竞聘，您心里有想法，可是……

牛：哎，小马……马科长，我可是一点想法也没有啊，不仅没想法，我还真替你高兴呢！

马：是吗？

牛：那当然。想当初，你大学毕业到咱单位实习……

马：您是我的指导老师。

牛：后来，你分配到业务科……

马：也是您极力推荐的。

牛：可是，想不到啊，才两年，你就爬到我……

马：老科长，这"爬"字，多难听啊。

牛：对对对，你这么年轻漂亮，（爬状）这样子，多难看，应该是跳……

马：那更难看。

牛：对对对，你又不是蛤蟆，怎么会（比画）这样呢。应该是跑（比画）……

马：还是不对。

牛：那就是踩、踏、跨、踹、蹬、蹿（一连串比画）……哎，我一时也找不到一个恰当的动词……

马：不，老科长，有一个字很恰当，那就是竞聘上岗的"竞"字，兄字肩上一个立字，堂堂正正，大大方方。这让我想起牛顿的一句话："我之所以站得高看得远，那是因为我站在巨人的肩膀上！"

牛：可要是一个女人站在男人的肩膀上，那就是耍杂技了！

马：老科长，您又说笑了，牛顿需要巨人的肩膀，我不仅需要您的支持，而且也需要您把桌子……调转个头啊！

牛：好好好，调就调吧。（在边角打斜横放）这样行吗？

马：（笑）这不成了侧目斜视吗？

牛：那就这样。（对顶着）

马：这不是针锋相对吗？

牛：那就这样……要不就这样……（忽左忽右）

马：老科长……

牛：（不耐烦，坐下）唉，左不对右不对，不左不右我不会。算了，还是靠边站吧。

马：老科长……（佯装生气不语）

牛：呵，生气啦？

马：老科长，您常说，人与人之间的关系啊，就好比穿鞋子。

牛：是啊，舒不舒服，只有刘晓庆知道。

马：不光刘晓庆知道，每个穿鞋走路的人都知道。如果鞋子的尺寸型号没有搭配好，走起路来就会磕磕绊绊；要是穿反了，那就更糟了。

牛：（双脚一跳，左右交叉）现在你我不就成了这样吗？

马：是啊，要是您不支持我，今后我这工作就好比鞋子穿反了，别说迈不开步，连脚都得扭伤啊。您看，咱们背对背坐着，人家看见了，还不

笑话我们背水作战、背道而驰、背时、背气、背运吗？（边说边将牛的桌子掉转个头）

牛：（生气地）我是背时、背气、背运，但我决不背信弃义，背后捅刀子，人前是一套，背后是一套！（毫不客气地扳回桌子）

马：老科长……我是不是那号人，您可是知道啊！记得去年，市里开展干部竞选活动，您还一直鼓励我参加呢！

牛：我那是鼓励你往大江大河里争，而不是让你在小碗小碟里抢！

马：这次竞聘前，您还跟我开玩笑说，假如我竞聘上了，您甘为人梯让我上呢！

牛：可我现在才知道，趴着当梯子被人踩，是多么的痛苦。

马：老科长……我知道您从情感上，一时还不能接受眼前的现实，可是，您知道，我从心底里喜欢咱们单位，热爱本职工作，我希望自己所学的知识和智慧能够得到充分发挥啊！

牛：我在单位工作将近三十年了，难道我就不爱岗、不敬业吗？！

马：老科长，不管您说我大江大河里争也好，小碗小碟里抢也罢，可是，您应该明白，在当今这个充满竞争的人才世界里，就是我马春兰不跟您公开竞争，也会有别的杨春兰、李春兰跟您竞争的。您看这次竞聘，每个职位，一百多号人竞聘啊！虽然我们的位子调整了，可是，您在我心中的位子并没有改变啊！老科长，您知道我为什么能够竞争得过那么多对手吗？就是因为这些年，我跟着您，在工作实践中，学了不少业务知识啊……

牛：小马……你别说了。其实我并不是因为你取代了我的位子而心理不平衡啊……你知道吗？面对今天这个日新月异、优胜劣汰的竞争社会，面对信息爆炸、知识冲浪，面对中国入世，面对竞聘上岗，我们这一代人，该承受多大的心理压力啊！

马：不，老科长，社会在进步，时代在前进。你们这代人，也始终在追求奋斗，在与时俱进啊。有句话说得好，有进步，就必然有牺牲；有奋斗，也必然有艰辛！我们的事业每前进一步，也要经历着推陈出新的阵痛啊！这次竞聘，您不是落马，您是扶我们这一代年轻人上战马的人哪！老科长，我们不是都希望，咱们的事业、咱们的国家，就像千里马一样，能跑得更快更远吗？老科长，在我心目中，您不仅是一匹识途认路的千里马，您还是独具慧眼的识才英雄伯乐啊！

牛：（喜形于色地）你真的这样认为？！

马：这是我的真心话！两年来，我从您身上学到了不少宝贵的东西，您敬业、忠诚，您四十多岁还坚持学电脑、学英语，去年您还取得了自学考试本科文凭。看着您四十多岁的人，都这样自强不息，我们这代人，能不奋发图强吗？老科长，虽然你的职位有了一点变化，可是您在我心目中的位子并没有改变啊！

[低缓的音乐声渐起。

牛：小马……

马：老科长……

牛：说心里话，看到你们年轻人一代更比一代强，我真的打心眼里高兴啊。

马：老科长……看到您因为这事这么难过，我这心里真的感到有点对不住您啊？

牛：呵呵呵，这是什么话？小马，你放心，我一定全力支持你的工作！

马：老科长……

[音乐声过渡为抒情、明快。

牛：小马，快上班了，我们快把桌子摆好吧！

马：您说吧，怎么摆？

牛：还是你说吧。

马：那就面对面，坦诚相待。

牛：不不不，你这朵花终日在我面前晃来晃去，我可受不了。

马：那就肩并肩，并肩作战。

牛：不不不，我们又不是上战场。

马：那就朝东，我在前，您在后；我开拓进取，您保驾护航。要不，您在前，我在后，您导航领路，我继往开来。

牛：你想长江后浪推前浪？

马：我想青出于蓝胜于蓝！

牛：呵呵呵……小马，我很想跟你在同一个办公室上班，不过，听了你刚才一番话，我突然有了一个新的想法。

马：什么想法？

牛：参加第二轮竞聘。

马：老科长……

牛：怎么，你以为我不行吗？

马：不，您一定行。

牛：那可不一定哦，也许我会碰到一个牛春兰或者杨春兰呢。

马：呵呵呵……

[携手谢幕，笑下。

（附注：该作于2002年参加"中国曹禺戏剧奖"·小品小戏评选暨"中国剧协百优小品大赛"，从2380多个参赛作品中脱颖而出，获编剧三等奖，入选《2002百优小品集》，由中国戏剧出版社出版。）

小贝落户

时间：年前

地点：当地

人物：赵九爷　男，老渔民，七十多岁

　　　小　贝　女，小学五年级学生，十二三岁

　　　小　梅　女，派出所民警，二十五六岁

　　　局　长　男，公安局局长，四五十岁（只在LED上出现画面）

　　[幕启。LED大背景为一望无际的海上渔排。舞台上，家居简单摆设。赵九爷正在料理渔网，边料理边叨叨。

赵九爷：改革开放把门开，儿子儿媳想发财，携家带口去上海，留我老头守渔排。唉，不管人家怎么发财，依我看哪，还是靠山吃山，靠海吃海！

　　[小贝背书包，手拿一张卷好的奖状，上。她满脸不高兴，把书包和奖状往桌上一放，就转过身去。

赵九爷：（拿起奖状，乐呵呵地看着）贝贝，你又拿奖状啦？呵呵呵……哎，贝贝，你怎么啦？

小　贝：（一头扑到爷爷怀里，哭）爷爷，我不要当黑户，我不要当黑户。

赵九爷：什么黑户？

小　　贝：没有户口，不就是黑户吗？爷爷，为什么大家都有户口，就我没有啊？同学们都说了，没有户口，就算学习成绩再好，以后也没地方读书，不仅这样，长大以后，身份证不能办，工作没得找，连找对象结婚都不行，呜呜呜……要出国，也不能办护照……呜呜呜……

赵九爷：谁说没户口就不能读书啊？你现在不是读得好好的吗？

小　　贝：可我是寄读生，而且读的是高价。现在我小学就要毕业了，老师说了，明天报名，一定要把户口本带去。

赵九爷：唉，为了你的户口，我们一家人可没少操心哪，唉，这可怎么办哪！（团团转）我还是给你父母打个电话吧。小贝，去把爷爷的电话本拿来。

　　　　　〔小梅满面春风上。

小　　梅：基层干部在一线，一根针穿万条线。千难万苦我不怕，最怕群众有怨言。九爷，您好。

赵九爷：（放下电话，一愣，认出，脸一沉，不予理睬）

　　　　　〔小贝拿着电话本从里出。

小　　梅：呵呵，这是小贝吧，两年不见，都长这么高啦。

赵九爷：（推贝贝入内）长高又怎样，还不照样是黑户？唉，求人难啊！我这张老脸卖了多少次，也没人肯赏脸啊！

小　　梅：呵呵，九爷，前年您多次找我帮忙办理小贝落户的事，这个忙不是我不帮，而是不能帮啊！您也知道……

赵九爷：知道知道，不就是先罚款再落户吗？

小　　梅：呵呵，那叫社会抚养费。

赵九爷：甭管什么费啦，说吧，这次你来我家，有何贵干？

小　　梅：呵呵，我今天来是为了帮助您解决小贝的户口问题。

　　　　　〔小贝闻声，悄悄跑出。

赵九爷：（上下打量着小梅）你要帮我解决小贝的户口？

小　　梅：九爷，以前超生对象落户一定得等计生部门罚完款才给办理，现在政策不同了，凡是已经出生的孩子，只要身份明确，证件齐全，都可以先到公安部门办理落户手续。至于计划外生育的社会抚养费问题，可以另行处理。

赵九爷：真的？

小　　梅：昨天，我和小贝的爸爸妈妈也通了电话，因为考虑到他们夫妻俩都在外地，您年纪又大，坐船乘车不太方便，所以所里特意派我来您家，帮助解决这事。

赵九爷：这……这……这怎么好意思呢。呵呵，明天小贝要报名，我还正愁这户口呢。好好好，这些年，我也想通了，计划生育，是要支持，偷生超生，该罚多少就罚多少。（打开抽屉，拿出一个塑料包）这是我的积蓄，如果不够，我再给小贝的爸爸打电话。贝贝，我们这就跟小梅阿姨去办户口。

小　　梅：呵呵，不用到所里去办。

赵九爷：你说什么？不到所里办，难道在这里办吗？

小　　梅：是的，就在这里办。

赵九爷：？……

小　　梅：是这样的。最近，我们宁德市公安局在全市范围内开展视频约访便民活动。就是通过我们的视频约访系统，打破时空限制，让一些老百姓在家里，就可以面对面地和我们的局领导对话，把他们要说的话，要办理的事，直接跟我们局领导说。

赵九爷：什么什么？我越听越糊涂了。

小　　贝：爷爷，我知道我知道。就是像中央电视台新闻联播那样，主持人的手往屏幕上一点，远在千里之外的记者，就出现在眼前。小梅阿姨，您说是不是这样啊。

小　　梅：差不多就是那样的。呵呵，贝贝，你家不是有电脑吗？来，今天正好是我们市公安局局长视频约访的日子，我们现在就演示给爷爷看。

[小贝兴奋地拉住小梅的手。两人把电脑推出。

[小梅调试电脑，与公安局的视频约访系统连接上。

[LED 背景出现相应画面。

[赵九爷瞪大眼睛，惊讶不已。

[小贝兴致勃勃，乐不可支。

小　　梅：九爷，我连接上了，快看，这就是我们市公安局局长！局长，您好，我是海岛派出所的赵小梅，我现在正在赵九爷家里，他有一个问题迫切需要您帮助解决。

局　　长：好的，你请赵大爷和我说。

小　　梅：赵大爷，快和我们市局局长说话呀。

赵九爷：不不不，我平时看见警察都害怕，哪里敢和公安局局长面对面说话啊。

[赵九爷条件反射地跳起来，跨步上前，又迅速退下，反反复复，兴奋惊讶不已。

小　　贝：小梅阿姨，我可以和局长爷爷对话吗？

小　　梅：当然可以！贝贝，来！

[音乐起。

小　　贝：（一本正经地行了个少先队员的敬礼）尊敬的局长爷爷，我叫赵小贝，今年十二岁，是小学六年级学生，我学习成绩很好，可是，我还没有户口呢……明天，学校报名，老师让我回家拿户口……局长爷爷，我不想再当黑户了，请您帮帮我，好吗？

局　　长：呵呵，小贝同学，不要着急。

赵九爷：（挤过来）局长同志，我也求求您了！

局　　长：呵呵，老人家，别着急，您先把情况说清楚，只要符合条件，我们一定给您办好。

赵九爷：（迟疑而又有点语无伦次地）嘿嘿，是这样的。我这人脑子有点死板，总认为多子多福……本来我儿子生了一个儿子不想再生了，可我逼着他再生，结果没生出儿子，而是生了小贝，不过小贝也是我们的宝贝，只是她没有户口很麻烦……

局　　长：呵呵，老人家，您是不是说：赵小贝是您的孙女，因为属于计划外生育，现在还没有落户，对吗？

赵九爷：对对对。

局　　长：这事好办。请您和小贝的父母说一声，让他们把自己的身份证、结婚证、户口本，连同小贝的出生证明，拿到当地派出所，就可以办理落户手续了。

赵九爷：谢谢局长……谢谢局长……谢谢局长……（激动地满台鞠躬，最后竟冲着小贝连连哈腰）

小　　贝：（哈哈大笑）爷爷，我是小贝啊！

众　　人：哈哈哈……

——剧终

2010年1月14日

（附注：该小品取材于现实生活，反映由于历史原因而未及时落户的孩子户口问题得到解决，由宁德市畲族歌舞团演出。）

金贝情缘

时间：春天

地点：上金贝畲村

人物：金凤　畲家姑娘，二十多岁

　　　李小龙　电业局宣传小分队队长、技术员，二十多岁

　　　蓝花等畲家姑娘、电业局宣传队队员若干名

[光启。

[上金贝畲村，花香鸟语，满眼是春。（可以舞蹈表现）

[幕内一曲畲歌，飘然而来：

　　　畲乡地方好田洋，

　　　水里莲花叶长长，

　　　风景又好人又好，

　　　年年花开满村香，

[金凤内声：姐妹们，快来啊——

[金凤与众畲家姑娘欢快上。

众畲姑：畲村金贝如画舫，山清水秀好风光；游客如织交口赞，事业蓬勃如潮涨。

金　凤：今天心情分外好，见谁都想把歌唱；电业宣传进畲村，哎呀——

一想起他，我这心头，咋就怦怦响！姐妹们，市电业局宣传小分队要到咱村开展安全用电宣传活动，蓝主任让我们到村口迎接，咱们快去看看他们到了没有。

[姑娘甲含笑比画，悄然意示，众姑娘俏皮点头称许。

蓝　　花：金凤姐，别急嘛，不就是电业局的宣传小分队吗？

金　　凤：蓝花妹妹，你怎么这样说话呀。这电业局的同志和咱们上金贝村各项事业的发展，关系可密切啦。

众姑娘：（俏皮调笑，话外有音）是啊，这电业局的同志和咱们上金贝村各项事业的发展，关系可密切啦，哈哈哈……

金　　凤：你们笑什么呀，难道我说的不对吗？喏，你们想想看——

想当初，咱村有多穷和苦：

一条小路盘山曲，

几座草寮和土屋。

房前几丛茶——

众姑娘：屋后几竿竹；

金　　凤：全年几百块——

众姑娘：人均总收入。

金　　凤：再看现在金贝村——

众姑娘：那是天翻地也覆。

金　　凤：画里畲村把名著，

　　　　　4A景区赛姑苏。

蜜柚园，樱花谷，

葡萄沟，荷花渡，

众姑娘：还有国家非遗古文物！

金　　凤：再看村容村貌和村企，

众姑娘：姐姐你心中更有数！

金　　凤：果蔬加工有蜜柚，

　　　　　金贝畲茶见功夫。
　　　　　畲家酒楼有特色,
　　　　　农家乐里笑满屋。
众姑娘：最喜莫过蓝主任,
　　　　　笑看村民腰包鼓。
　　　　　今年村财四十万,
　　　　　明年百万干劲足!
金　凤：是啊,这一切看得见的变化,都和一种看不见的暖流密切相关啊!
众姑娘：金凤姐,你说的是什么流啊?
金　凤：暖流、热流、电流!
众姑娘：哈哈哈,金凤姐,您说的是国家电网源源不断输送到千家万户的暖流、热流、电流吧?
金　凤：是啊。这几年,电业局在咱村就投入了上百万资金,把电缆埋入地下,天上的蜘蛛网不见了,畲村更美了!
姑娘甲：更新老线路,畲村踏上幸福路。
姑娘乙：调换变压器,开足马力办村企。
姑娘丙：优化配网架,金牌畲村准拿下。
金　凤：是啊,没有电,咱们家的电灯能亮、电视能看、冰箱能用、工厂里的机器能转得起来吗?
众姑娘：不能!
金　凤：没有电,咱村各项事业,能顺利发展吗?
众姑娘：不能!
金　凤：所以说,是电力帮助咱村走上了小康路,是电力点亮了咱们畲家第一村——上金贝啊!
蓝　花：可是金凤姐,还有一项很关键的事业,和电的关系更加密切,你为什么一字不提呢?
金　凤：什么事业?

蓝　　花：就是你和电业局宣传队队长、技术员李小龙甜蜜的事业呀！

众姑娘：对啊，甜蜜的事业！

金　　凤：哎呀，你们……你们瞎说什么呀……（羞赧，跑到一角）

众姑娘：（模仿金凤）哎呀，哎呀，你们瞎说什么呀？哈哈哈……

　　　　［李小龙领着宣传小分队队员上。

李小龙：畲村跨步求发展，电力先行保驾航。用电安全最重要，翻山越岭来宣传。

宣传甲：队长心系上金贝，工作领先又到位。

宣传乙：不说苦来不说累，一说畲村，你就心花怒放笑开眉。

李小龙：哈哈哈，那是因为这里山好水好人更好啊！

宣传队：对啊，这里山好水好人更好！

蓝　　花：呵呵呵，说曹操，曹操到。金凤姐，"电"来啦！

众姑娘：不对，不对，是来"电"啦！

李小龙：姑娘们，什么事这么高兴啊？

众姑娘：暖流，热流，电流！

李小龙：你们说什么呀？

众姑娘：你问问她吧？（嬉笑着把李小龙、金凤二人推在一起）

金　　凤：我……

李小龙：哎哎哎，你们这是干什么呀？

　　　　［李、雷二人心有灵犀，四目相对，含情脉脉。

众姑娘：有没有触电的感觉呀？哈哈哈……

金　　凤：姐妹们，别闹了，快请宣传队进村吧。

众姑娘：好咧——

　　　　［音乐起，众人载歌载舞。

众　　男：电是火，电是光，

　　　　　电如日月放光芒。

　　　　　风驰电掣亮光闪，

与时俱进铸辉煌。

众　女：铁塔高耸入云端，

　　　　银线穿梭蓝天上。

　　　　群山峻岭通电路，

　　　　畲汉一家一线牵。

众　男：我用心啊，你用电，

　　　　确保安全最关键。

众　女：情如水啊，爱如电，

　　　　电网情深心相连。

合　唱：情如水啊，爱如电，

　　　　电网情深心相连……

齐　唱：我（你）用心啊，你（我）用电，

　　　　确保安全最关键。

　　　　情如水啊，爱如电，

　　　　电网情深心相连。

　　　　情如水啊，爱如电，

　　　　电网情深心相连，心相连！

　　　　[载歌载舞中，李小龙和金凤不知不觉手拉着手。

　　　　[众人含笑悄然退下，舞台只剩龙凤二人。二人意识到后，四目相对，一阵羞赧，继而含情脉脉相拥在一起……

　　　　[切光。

2012 年 4 月 15 日第三稿

（附注：该作由宁德市畲族歌舞团付排演出，参加宁德市电业局成立 20 周年文艺晚会。）

麦盖提的羊巴扎

时间：2018 年 12 月

地点：厦门、新疆

人物：古丽扎尔　维吾尔族，四十多岁，女，新疆农民画家

　　　陈主任　汉族，女，四十多岁，培训班负责人

　　　阿　坤　汉族，男，三十多岁，台湾，农民漆画高研班学员

　　　妈　妈　维吾尔族，六十多岁，古丽母亲

　　　扬　子　回族，女，五十多岁，农民漆画高研班学员

　　　郎　加　藏族，男，十八岁，唐卡画师，农民漆画高研班学员

　　　雷　姐　畲族，女，三十多岁，农民漆画高研班学员

　　　群众演员：学员班其他学员，按照演出需要

　　　[欢快的《达坂城的姑娘》乐曲。

　　　[阿坤步伐轻快，载歌载舞上。

　　　[陈主任携同郎加、扬子、雷姐，笑着跟上。

阿　坤：嗨——！哈哈！

　　　　达坂城的石头硬又平呀

　　　　西瓜大又甜呀

　　　　达坂城的姑娘辫子长呀

　　　　　两个眼睛真漂亮

　　　　　你要是嫁人

　　　　　不要嫁给别人

　　　　　一定要嫁给我

　　　　　带上你的嫁妆

　　　　　领着你的妹妹

　　　　　赶着那马车来……

陈主任：阿坤，古丽不是达坂城的姑娘，她是麦盖提的姑娘。

扬　子：是啊，古丽也不是赶着马车来，而是坐着飞机来。

阿　坤：呵呵，我呀，一听到新疆两个字，就忍不住要唱《达坂城的姑娘》。这次全国农民漆画高研班，光是看着同学们的通讯录，我就大开眼界啦。我们这些农民画学员，虽然不是专业画家，但我们对农民画的感情，那可是大浪淘沙之后……剩下的都是闪闪发光的金子呀。

雷　姐：呵呵，听说古丽在一线还担负着"维稳"工作呢，她这次能来，真是奇迹！

陈主任：是啊，好事多磨，一波三折。从报名、初审、复审到终审，那可谓险象环生、奇迹不断哪！临上飞机了，她还接到通知说不能走，最后还是毕会长亲自给麦盖提县领导打电话特批的呢，所以我跟她说：等你的农民画《麦盖提的羊巴扎》变成漆画的时候，还会有意想不到的奇迹发生。

郎　加：那我的唐卡呢？

雷　姐：我的《山哈情》呢？

扬　子：我的《油香》呢？

陈主任：肯定都会有奇迹！你们想，八千岁的漆艺女神和年轻的农民画哥哥结合在一起，能不发生奇迹吗？

众　人：哈哈哈……

阿　坤：陈主任，古丽的航班就要到了！

陈主任：走，咱们到出口处接她去！（与众下）

　　　　[LED画面：厦门机场出口处。

　　　　[古丽拉着行李箱，打着手机，焦急不安上。

古　丽：（喃喃）爸爸……爸爸他怎么啦？不！不……好……好的……我一见到陈主任，就和她说……

　　　　[陈主任与阿坤等人迎上。

陈主任：古丽！（喜迎）你终于来了！

古　丽：（悲伤落泪）陈主任……

陈主任：怎么啦？

古　丽：我刚刚接到哥哥的电话，他说，我爸爸脑溢血……正在医院抢救……

陈主任：啊？！你不是说，今天早上你的爸爸和哥哥一起送你到乌鲁木齐机场吗？

古　丽：是的，可能因为长途坐车，过于劳累，所以在回家路上发生了意外……（哭）由于我一上飞机就关闭手机了，所以刚刚才知道……陈主任，真对不起，我得马上回家。

陈主任：古丽，我很难过。你先回去，培训的事我会尽力安排！

古　丽：陈主任，《麦盖提的羊巴扎》恐怕没有办法变成漆画了。

陈主任：不，古丽，一定会有办法，我们等你回来！

众学员：古丽，我们等你回来！

　　　　[切光暗转。

　　　　[光启。

　　　　[一周后。

　　　　[LED画面：新疆，古丽的家。

　　　　[古丽无比哀伤，妈妈叹息着走到她身边。

妈　妈：古丽，听妈妈的话，明天就去厦门，好吗？

古　丽：妈妈，我……

妈　妈：农民画是你的最爱，让农民画发扬光大，也是你爸爸生前最大的心愿啊。

古　丽：假如不是因为我，爸爸他是不会走的……妈妈，是我害了爸爸，是我害了爸爸呀……

妈　妈：孩子，生死有命，你爸爸走了，他对农民画的使命也结束了，这是上天的旨意，他在天之灵一定不会责怪于你，但假如你就这样放弃了千载难逢的学习机会，他在天之灵，一定会很伤心的。

古　丽：妈妈，这几天我反反复复在想一句话："命里有时终须有，命里无时莫强求。"也许我压根就不应该画农民画。

妈　妈：古丽，你怎么能这么说呢？农民画是你在任何困境中都没有被剥夺的至爱呀！你爸爸之所以不断鼓励你，就是因为他坚信，咱们麦盖提的农民画总有一天会走出麦盖提，走出南疆，走出中国呀！

古　丽：以前我也相信会有这一天，但是现在，爸爸走了，我的眼前一片漆黑……

妈　妈：古丽，你从小就爱画画，虽然很多人看了都笑，说你成天东涂西画，却没有一幅像样的，但是，你的爸爸从来都不这样看。

古　丽：是的，记得小时候，爸爸还在乡下种地，生活虽然很辛苦，但他却给我买纸、买颜料，鼓励我画画；后来，我在市场里摆摊，空闲的时候就画那些小商小贩，牛驴马羊，别人看了都笑话我，可是爸爸却很高兴，他说麦盖提巴扎，和所有熙熙攘攘的菜市场一样，都是一个世界的缩影，画好巴扎，就能画好一切；再后来，我当了民办教师，一边教学，一边画画；后来做"维稳"工作，虽然很忙，但我照样画，爸爸也总是鼓励我，他还说：画好农民画，也能推动"维稳"工作。

妈　妈：是啊，所以这一次，他一听说全国农民漆画高研班在厦门举办，就很兴奋，虽然他没有见过漆画，可他认为这是农民画艺术的一次革命，所以他鼓励你，无论如何都要报名参加！

古　丽：一层又一层的领导都对我说："你又不是专业画家，哪能请四十天长假参加培训呢？"为此，我还跟单位领导顶嘴说："随便你们扣我工资、把我发配到哪里，我都要去！"但是，就因为我坚持要去，现在，爸爸走了……假如没有农民画，爸爸就不会离开我们……

妈　妈：不，没有农民画，爸爸总有一天也会离开我们，但是古丽，你要记住：你的爸爸是农民画家，他是在护送自己的女儿去参加全国农民漆画高研班，回家的路上，含笑离开这个世界的……古丽，你要记住，你要永远记住这一点……

古　丽：是的，妈妈，但我为什么要画农民画呢？农民画究竟给我带来了什么？

妈　妈：那要看你的希望是什么？

古　丽：我的希望？

妈　妈：对！是金钱吗？

古　丽：我画这么多年，几乎没有赚到一分钱。

妈　妈：是荣誉吗？

古　丽：到现在，在人们眼里，我连画家都不是。

妈　妈：是地位吗？

古　丽：农民的女儿，就是我的地位吧。

妈　妈：是的，你是农民的女儿！你是麦盖提农民画家的女儿，所以，孩子，收拾行李，去厦门吧，为了农民画，明天，妈妈送你去机场……

古　丽：不，妈妈，培训班已经开学一周了，这次机会，我已错过……

[追光。

陈主任：古丽，我们一直在等你！

古　丽：已经延误了这么多天，就算明天去，我也跟不上进度，完不成《麦盖提的羊巴扎》呀！

陈主任：不，古丽，你看——！

　　　　[暗转。

　　　　[LED 画面：厦门，福建工艺美术学院，画室。

　　　　[伴着《天路》乐曲，众学员专心致志在作画。

　　　　[阿坤在一幅画板前，乐呵呵忙碌着。

阿　坤：（哼唱）是谁带来远古的呼唤

　　　　　　　是谁留下千年的祈盼

　　　　　　　难道说还有无言的歌

　　　　　　　还是那久久不能忘怀的眷恋

　　　　　　　哦，我看见一座座山一座座山川

　　　　　　　一座座山川相连

　　　　　　　呀啦索

　　　　　　　那可是青藏高原

郎　加：阿坤，这会儿，你怎么又唱起我们藏族的歌曲啦?

阿　坤：呵呵，提起新疆，我会想起克里木，唱起《达坂城的姑娘》；看到郎加你，我会想起韩红，唱起《青藏高原》。

郎　加：那你看到郝老师的《二人转》，又会想起谁?

阿　坤：当然是邓丽君、朱逢博啦："阿里山的姑娘美如水呀，阿里山的少年壮如山……"

郎　加：呵呵呵，我们还是去看看古丽姐姐的《麦盖提的羊巴扎》吧。

　　　　[LED 画面：一群农民漆画高研班的学员，围着一张画桌，他们个个低头俯首、聚精会神地在镶嵌《麦盖提的羊巴扎》。

　　　　[阿坤、加郎也加入其中。

　　　　[陈主任出现在光区。

陈主任：古丽，你知道吗？为了让《麦盖提的羊巴扎》漆画保持进度，学员班每个学员，每天奉献一小时！这些来自全国各地的农民画学员，个个都是执着的追梦者。他们不仅明白梦想是什么，他们更懂得追梦的路上会遇到什么？这一次，当我们把农民画家的梦想和古老的传统漆艺相结合的时候，每个人都感到了一种怦然心动，它所产生的生命冲击和艺术裂变，正如漆画之美，层层叠加，细细打磨，最后绽放的异彩，是意想不到的！

[另一个光区里。

古　丽：陈主任，谢谢您！这三个字是我的农民画家爸爸和妈妈再三交代，一定要对您说的！

[古丽向妈妈挥手作别。

古　丽：妈妈，我一定要让麦盖提的农民画走出麦盖提，走出南疆，走出中国……

[LED 画面呈现：古丽的《麦盖提的羊巴扎》从第一道工序起，到最后完成的画面。

[伴着欢快的《达坂城的姑娘》乐曲。

[阿坤和古丽步伐轻快，载歌载舞上。

[陈主任携同加郎、扬子、雷姐等学员，拍着节拍，欢笑跟上。

阿　坤：嗨——！哈哈！

麦盖提的石头硬又平呀

西瓜大又甜呀

麦盖提的姑娘辫子长呀

两个眼睛真漂亮

你要是问我

麦盖提的画家

我就一定告诉你

麦盖提的羊巴扎

麦盖提的羊巴扎

一幅农民漆画……

（附注：该作于 2019 年应福建省艺术馆约请而创。）

今天是你的生日

场景：家

人物：杨父　杨崇银，杨春之父，八十七岁

　　　杨母　余焦英，杨春之母，八十五岁

　　　杨丽　杨春的二姐

　　　群众演员　华、峰、芳、小宝、众干警

简介：

2019年1月23日（农历十二月十八），福建省宁德市蕉城区公安分局副局长杨春，在工作岗位上因疲劳过度、突发心梗、光荣殉职。杨春父母年过八旬，家人担心二老年迈，经不起打击，遂隐瞒了真相，谎称杨春同志被公安部派到境外维和去了……日子一天又一天过去，虽阴阳相隔，音讯全无，但父子情深、母子连心。这一天，杨春五十岁生日到了，老人把全家人召集在一起……

　　　[静谧中，幕启。

　　　[LED 淡进杨父和杨母的背影照片：北岸公园栈道上，杨父坐在轮椅上，杨母手扶椅背，二老面对东湖，望穿秋水……

　　　[照片淡出。

　　　[寂静中，杨母隐忍的啜泣声。

[光启。
[家。墙上悬挂着新旧两面"光荣之家"牌子。
[杨父杨母以相片中的人物背影造型出现在舞台上。
[杨父坐在轮椅上,默默注视着墙上的牌子,杨母泪眼凝望手中照片。杨父缓缓侧转,默默为杨母擦拭眼泪,他轻轻地拍了拍老伴的肩膀,二老转向观众。

杨母：崇银,今天是春儿的五十岁生日,我想再叫丽丽想想办法,和上级领导说说,能不能让春儿一完成任务,就给我们打个电话,报声平安,我真的很想他……

杨父：焦英,你怎么又忘啦,不要对着孩子的照片哭泣,这样不好……

杨母：（立即收泪）可我实在太想春儿了,已经九个月了,怎么还是一点消息都没有,我这心里……

杨父：我也不停地寻思着,春儿一定出了大事,丽丽他们是怕我们年纪大,身体不好,经不起打击,所以才刻意瞒着我们。

杨母：我也这么想,可我又不敢往坏处想……

杨父：焦英……（悲伤地、欲言又止）

杨母：崇银,你想说什么?

杨父：你说……春儿会不会是犯了什么错误被纪检"双规"了?

杨母：不会的不会的,这孩子我太了解他了,你也知道,春儿从小品行端正,不论读书、入伍,还是从警,从来没有辱没家风,辜负我们的教导。他总是搂着我说："余老师,您就放心吧,您的儿子决不会给'光荣之家'抹黑的。"

杨父：是啊,他也总是对我说："老杨同志,您放心吧,你退伍不褪色,我呀,永葆军警本色。"

杨母：他一心扑在工作上,怎么可能犯错误呢?

杨父：可是除了"双规",还有什么事情会让他这么长时间既不能见人,也不能打电话呢?

杨母：丽丽不是说他被公安部派到境外去维和了吗?

杨父：就算去维和,也不至于一声不吭、不告而别。从1月20日春节前我杨父：腿痛的那天晚上，他送膏药过来，陪我们聊了一阵子，到现在九个月了，一个电话也没有……

杨母：丽丽不是说，因为涉及国家最高机密，所以哪怕是父母妻儿，谁也不能联系吗？

杨父：唉，我多么希望孩子们对我们说的话都是真的啊！

杨母：崇银……莫非春儿真的出了什么大事？

杨父：一会儿丽丽过来，我们再问问她，今天是春儿生日，她该对我们说真话了。

杨母：崇银，我日夜都想知道真相，但又害怕知道真相……

杨父：（握着妻手）焦英，各种设想我都和你说了，你要答应我，假如春儿真的出了什么事，我们一定要扛住……别给孩子们添乱……

杨母：崇银，你别吓我……

杨父：我不是吓你，而是我们需要一起共同面对。

杨母：春儿他不会有事的，春儿他不会有事的……

杨父：焦英，这段时间，我前思后想，越来越肯定春儿并没有被派到境外去维和，而是出了别的事情……

杨母：那会是什么事啊！

杨父：孩子们封锁消息，瞒着我们，就是怕我们经不起打击，他们知道，军人视荣誉为生命，更何况我们是"光荣之家"。

杨母：可我宁愿相信丽丽，春儿是被派到境外去维和了……

杨父：焦英，你想想，能被公安部派到境外去维和，这是多么光荣、崇高的使命啊，是天大的好事，但孩子们跟我们报告这个消息的时候，我一点也没感受到那份喜悦！

杨母：你这么说，我这心……

杨父：焦英，我们一起生活已经六十年了，你一定要答应我，不论发生什么咱事，都不能给孩子们添乱，你明白我的意思吗？

杨母：我明白……我怎么会不明白呢？可是春儿他怎么可能会犯错误呢？

杨父：你看这两块牌子，一块是我1951年报名参军的时候，新中国政府敲锣打鼓送到我们家的。以前挂在老房子的大厅上，我的母亲每次打扫卫生，总要爬上梯子，把牌子擦得干干净净。1986年，政府又给我们送来一块新的"光荣之家"牌子，因为咱们的春儿也当兵入伍了。

杨母：是啊，你是陆军，春儿是海军。你退伍考师范当教师，春儿退伍考公安当警察，你说这是子承父志，他说这是精忠报国，还开我玩笑说我不是妈妈，而是岳母……

杨父：是啊，这孩子思想纯正，怎么可能犯错误呢……

杨母：假如没犯错误，又没去维和，那春儿会不会……病了？

杨父：什么病会严重到孩子们这样隐瞒我们呢……

[丽丽提着一袋水果上。

丽丽：爸，妈，华姐和峰哥手上还有点事，他们说晚点过来。妈……你……你又想春了？

杨母：丽丽，你就告诉我们，春儿究竟怎么啦？

丽丽：妈，你怎么啦？我已经说过N遍了，春被公安部派到境外去维和啦。

[一阵长久的沉默。

杨父：丽丽，你到爸爸这边来。

丽丽：爸……我……我先给你们削个苹果……

杨父：不要打岔，你知道我们什么也不想吃。（凝视着丽丽的眼睛，丽丽避开）

丽丽：爸……妈……（迟疑着）

杨母：听爸爸的话，跟我们说说春儿到底怎么了。

丽丽：爸，春……真的……去境外……维和了……

杨父：丽丽，有些事，是任何撒谎的技巧都无法隐瞒的。孩子，春是我们的儿子，也是你唯一的弟弟……爸知道你们四个兄弟姐妹，一个比一个有孝心。你们用心良苦，但爸爸也希望你们明白，爸爸也当过兵、入过伍，吃过酸甜，经过风雨，遭过挫折，见过生死。我和你妈妈从同窗共读，到并肩执教，我们一路走到现在，最欣慰的就是教给你们两句话："少盐少米不能少良心，无衣无食不能无胸怀"，我们比你们想象的要坚强得多。你告诉我，春究竟怎么了？

丽丽：爸，我不是说了吗？春真的在境外维和，你们放心，他真的没事。

杨父：我们不知道真相，怎么放心？

丽丽：爸……

杨母：丽丽，爸爸妈妈老了，但我们都没有糊涂，很多事情我比你们记得更清楚。今年1月20日晚上，那天是大寒节气，你爸膝盖疼得不行，春送膏药来的时候，陪我们聊了很久。他说腊月廿九的年夜饭已经安排好了。我说今天才腊月十五呢。他说你们四个兄弟姐妹，每年轮流做东，今年轮到他，他怕自己一忙起来给忘了，所以早早预定安排好。他还说，今年6月18日是我和你爸结婚六十周年纪念日，你们兄弟姐妹已经计划好，要给我们举办钻石婚庆。可是，过了三天，一切都变了。我清楚记得那是1月23日，那天，我一早就开始拉肚子，拉得整个人都站不起来。中午，你匆匆忙忙跑过来，我以为你爸爸和你说了，所以你担心我的身体，要陪我上医院，可你却向我们要手机，说是移动公司办活动，赠送话费，要换新的卡。你还把家里的电话号码本拿到房间去翻了一会儿，然后又匆匆走了。我问你爸，丽丽怎么不带我上医院啊，他说他根本没对你说我拉肚子。我们不知道发生了什么事，但是从那以后，我给所有的熟人打电话，对方总是告诉我，电话打错了……

杨父：儿行千里母担忧，丽丽，你不要再隐瞒了，春是不是犯错误被"双规"了，虽然这是最让我们羞耻和痛苦的事，但如果是，我们也必须和你们一起共同面对。

丽丽：爸，你瞎说什么呀。

杨母：假如他没有犯错误，芳和小宝为什么离开他？

丽丽：妈，谁说芳和小宝离开春啦？

杨父：孩子，你们兄弟姐妹一个比一个孝顺，特别是春，只要没出差，每个周日都会过来看望我们。1月20日腊月十五他来过，1月27日年关廿二，我打电话给春，他一直没接。我就打给芳，还是没人接。最后，我打给你，打了三次，你才接。就在那一天，你说春到境外维和去了……到了腊月廿九，本来每年你们四个兄弟姐妹、四个小家庭都是欢天喜地一起吃团圆饭，可是你说，春去维和，不在家，芳和小宝要去亲家母那边过春节，华和峰也说年年大聚，今年改一下，小聚……我就纳闷了，如果春是去维和，那我们家应该喜上加喜啊，为什么你们一个个看上去一点也不喜乐呢？春节，我和你妈妈不想多问，过了正月十五，我才问……

丽丽：爸……对不起，我知道今年整个春节，你们都没过好……

杨父：孩子没过好，父母怎么能过得好呢？你们有事，躲着我们，瞒着我们……特别是芳和小宝，从去年腊月十五到现在，都没有见到他们，春到底怎么啦？他被"双规"了？

丽丽：爸，您越说越离谱了。芳和小宝不是去新加坡小姨那边了吗？

杨父：丽丽，你想封锁所有的消息吗？手机卡换了，别人打不进来，电话号码改了，我打不出去，电视遥控器，你也不教我怎么选台。本来我每个月都是自己去理发店理头发，也变成你哥亲自给我理头发了；好不容易去北岸公园散步，我想去你弟单位转一转，和分局领导谈谈，你也死活不同意；连生病，你都把医生请到家里来……孩子，我们体谅你们用心良苦，尽量配合，但你们也要体谅父母啊！你们要瞒我们到什么时候呢？就算是天塌下来，我们也要一起面对呀。说吧，春是不是被"双规"了，假如是，咱就把墙上的"光荣之家"牌子摘了！

丽丽：爸，我拿性命担保，春没有犯错误，他对得起党，对得起人民、对得起父母、妻儿和所有的兄弟姐妹……他……他……

杨父：那他就是因公殉职了，对吧？

[静默，出乎意料的静默。

丽丽：爸……妈……

杨母：丽丽，春儿真的……走了？……

丽丽：（满眼是泪，点点头）……前年医生就要他住院，但他总说熬过这一阵，就去，熬过这一阵，就去，那么多案件，再加上上汽用地征迁、扫黑除恶，他连日加班，因为疲劳过度，突发心梗，倒在了办公室，殉职了……

杨母：崇银……（恸哭）

杨父：（轻抚、喃喃地）我已经料想到了……我已经料想到了……可是丽丽……你……你们真不应该瞒着我们啊！

丽丽：爸……对不起，我们不想再失去你们啊！

杨母：丽丽，春儿，他是1月23号日，农历腊月十八走的吧？

丽丽：妈，您怎么知道？！

杨母：母子连心哪！那一天，妈拉肚子，从清早一直拉到午后，整个人都掏空了……

杨父：春儿的葬礼是1月27日腊月廿二举行的吧？

丽丽：爸？您怎么知道？！

杨母：那天早上九点多，你爸在客厅的轮椅上坐着坐着，忽然一下子站起来，因为没拿拐杖，所以一下子就摔倒在沙发上……

丽丽：爸，您摔倒了？我怎么不知道呀。

杨父：是的，那天，恍恍惚惚中，我好像看到春儿开门进来，叫了我一声"爸"，我一激灵，一下子站了起来，然后就摔倒了。我内心不安，就拼命给你们打电话……春儿，我的好孩子，你是前来和爸爸做最后的告别啊！

杨父/母：丽丽，再怎样，你们也得让我们看看春儿呀！

丽丽：爸，妈，对不起，真的对不起……

杨父：傻孩子，人固有一死，或重于泰山，或轻如鸿毛。你的弟弟既是军人又是警察，爸爸曾经也是军人，军人和警察，怎么能够贪生怕死呢！

丽丽：爸……真对不起……我们也想早点告知你们真相，但是，我们真的不知道怎么开口啊。弟弟因公殉职，党和国家没有忘记他。他的葬礼非常隆重，各级党委、政府和政法委还追授他很多荣誉。今年6月，弟弟被追授为"全国人民满意的公务员"；7月，中共福建省委追授他为"优秀共产党员"；国家人力资源社会保障部、公安部联合追授他"全国公安系统一级英雄模范"称号，有关部门还在为他申报"时代楷模"称号……

杨父：丽丽，你赶紧跟领导们说说，不要再申报了，这些荣誉已经过高了。翻开咱新中国的历史，别说抗日战争、解放战争，多少革命先烈抛头颅、洒热血，献出宝贵生命，就是和平年代的今天，我们国家各条战线、各项建设，又有多少有名或无名的英雄儿女，为了祖国的安定团结和繁荣富强，默默地做出牺牲和奉献。

杨母：是啊，春儿一向淡泊名利，从不沽名钓誉，我宁愿他好好活着……

杨父：焦英，我们不是经常教育孩子们："所有的父母都是你们的父母，所有的儿女都是我们的儿女吗？"春儿没有走，他永远和我们生活在一起。今天不是春儿的五十岁生日吗？丽丽，你给芳打个电话，叫她和小宝快快回来吧……

[芳牵着小宝的手，出现在舞台另一个位置。

芳/小宝：爸/妈（爷爷/奶奶）我们回来了……

杨母：华和峰呢，丽丽，叫华和峰过来……

[华、峰出现在舞台上。

华/峰：爸、妈，我们在这……

全体干警：爸、妈，我们在这……

[LED背景出现生日蛋糕和蜡烛。

杨母：（泣唱）祝你生日快乐……

杨父：（坚强接上）祝你生日快乐……

[丽丽、杨华、杨峰、芳和小宝接唱：祝你生日快乐……

[全体干警（合唱）：祝你生日快乐……

[LED杨春相片。

[音乐过渡演变为《今天是你的生日，我的中国》

2019年8月4日星期日初稿

（附注：该作取材全国公安系统一级英模杨春同志及其家属感人事迹，由宁德市畲族歌舞团付排参加宁德市政法系统文艺演出。）

后 记

把这些习作装订成册出版,不由想起已经逝世的父母。母亲良善谦和,父亲正直勤勉,他们一生都在努力活出基督徒的信仰,始终默默无闻。在他们离开人世之后,有谁会念想他们,见证他们曾经实实在在地诞生在这颗星球上,走过、爱过、笑过、哭过——鲜活、生动、具体、丰盛地生活过呢?我想最直接的莫过于他们所生育的子女吧。

母亲一生孕育8个子女,因时代风云、家庭变故,更兼个人先天与后天各种因素影响,有胚芽被掐,有幼年夭折,有英年早逝,也有像我这样蒙恩得福、年过半百、此时此刻还能在电脑面前嘀哒敲着键盘,抒写这些文字。

作者与作品的关系,好比父母和子女,孕以精血,哺以乳汁,抚育、教养艰辛,但子女品貌如何、才华怎样、成果有无、贡献大小,往往难遂父母所怀的龙凤之愿,及至文章既出,呈于读者,亦好比儿女成大,步入社会,未来虽不可控,但仍可期矣!

我在而立之年误闯梨园,有幸得到诸多关爱,苦心孤诣尝试创作的这些习作,虽然明显存在先天不足和后天营养不良,但它们确确实实是我青壮时期所生的"孩子",它们当中的每一个都能证明我的人生被戏曲"撞了一下腰!"所以当我尝试以慈母情怀来审视这些习作时,更多的是感恩,是敝帚自珍，是自我梳理和小结，假如能够意外遇见几个诚朴、良善的读者——哪怕只有一个，我也倍感惊喜和感激！

我永远感念恩师郑怀兴先生毫不嫌弃我资质愚蒙，以无比的耐心和深切的关怀，在剧本创作上倾囊相授，不厌其烦地给予宝贵的鼓励和指导。我也诚挚感谢中国戏剧出版社的曹静编辑和其他老师，在习作出版过程中，所给予的耐心而精细的审阅以及专业的指导。

当今世界资讯无比密集、便捷而迅猛，自媒体时代赋予每个人表达的自由和平台，耐心聆听他人讲述一个完整的故事，静静捧读他人撰写的作品，已经非常珍稀而宝贵。至于这部习作为何取名"初集"，那是因为我的内心还有一份纯净的渴望：能够安安静静、实实在在、从容不迫、纯粹为了生命和心灵的感悟而创作，希望还有"再集"……

赖玲珠

2023 年春